T.M. Logan
The Catch – Sie sagt, er sei perfekt.
Doch ich weiß, dass er lügt ...

PIPER

T.M. Logan

THE CATCH

SIE SAGT, ER SEI PERFEKT.
DOCH ICH WEIß, DASS ER LÜGT ...

Thriller

Aus dem Englischen
von Sonja Rebernik-Heidegger

PIPER

Mehr über unsere Autorinnen, Autoren und Bücher:
www.piper.de

Wenn Ihnen dieser Thriller gefallen hat, schreiben Sie uns unter Nennung des Titels »The Catch« an *empfehlungen@piper.de,* und wir empfehlen Ihnen gerne vergleichbare Bücher.

Von T.M. Logan liegen im Piper Verlag vor:
Holiday – Sieben Tage. Drei Familien. Ein tödliches Geheimnis.
The Catch – Sie sagt, er sei perfekt. Doch ich weiß, dass er lügt ...

Unser Versprechen für mehr Nachhaltigkeit
• Klimaneutrales Produkt
• FSC®-zertifiziertes Papier
• Hergestellt in Europa

FSC www.fsc.org
MIX
Papier | Fördert gute Waldnutzung
FSC® C083411

Deutsche Erstausgabe
ISBN 978-3-492-31868-6
Juni 2023

Titel der englischen Originalausgabe:
»The Catch«, Zaffre/Bonnier Books UK, London 2020
Published by Arrangement with LOGAN COMMUNICATIONS LTD.

Dieses Werk wurde vermittelt durch die Literarische Agentur Thomas Schlück GmbH, 30161 Hannover.
Redaktion: René Stein
Satz: Satz für Satz, Wangen im Allgäu
Gesetzt aus der Minion
Druck und Bindung: CPI books GmbH, Leck
Printed in the EU

T.M. Logan

THE CATCH

SIE SAGT, ER SEI PERFEKT.
DOCH ICH WEIß, DASS ER LÜGT ...

Thriller

Aus dem Englischen
von Sonja Rebernik-Heidegger

PIPER

Mehr über unsere Autorinnen, Autoren und Bücher:
www.piper.de

Wenn Ihnen dieser Thriller gefallen hat, schreiben Sie uns unter Nennung des Titels »The Catch« an *empfehlungen@piper.de,* und wir empfehlen Ihnen gerne vergleichbare Bücher.

Von T.M. Logan liegen im Piper Verlag vor:
Holiday – Sieben Tage. Drei Familien. Ein tödliches Geheimnis.
The Catch – Sie sagt, er sei perfekt. Doch ich weiß, dass er lügt ...

Unser Versprechen für mehr Nachhaltigkeit
• Klimaneutrales Produkt
• FSC®-zertifiziertes Papier
• Hergestellt in Europa

FSC
www.fsc.org
MIX
Papier | Fördert gute Waldnutzung
FSC® C083411

Deutsche Erstausgabe
ISBN 978-3-492-31868-6
Juni 2023

Titel der englischen Originalausgabe:
»The Catch«, Zaffre/Bonnier Books UK, London 2020
Published by Arrangement with LOGAN COMMUNICATIONS LTD.

Dieses Werk wurde vermittelt durch die Literarische Agentur
Thomas Schlück GmbH, 30161 Hannover.
Redaktion: René Stein
Satz: Satz für Satz, Wangen im Allgäu
Gesetzt aus der Minion
Druck und Bindung: CPI books GmbH, Leck
Printed in the EU

Für John und Sue, Jenny und Bernard

Menschen sehen nur das, was sie bereit sind zu sehen.

Ralph Waldo Emerson

Er nimmt das Messer in die linke Hand und legt zwei Finger auf die Halsschlagader, um den Puls zu fühlen.

Nichts.

Die Haut ist noch warm, aber der Körper ist still. Vollkommen still. Das letzte Fünkchen Leben ist aus ihm gewichen.

Er muss jetzt vor allem ruhig bleiben. Sie würden es nicht verstehen. Die Dinge sind außer Kontrolle geraten. Er hat es sich nicht ausgesucht – er wurde gezwungen. Außerdem gehörte es zu seinem Job. Dem wichtigsten, lohnendsten Job seines Lebens. Und es war am besten so. Er wollte immer nur das Beste – für alle. Er hat die Gefahr erkannt und sie ausgeschaltet. Es hätte ohnehin nie funktioniert. Nicht auf Dauer.

Sie würde darüber hinwegkommen. Mit der Zeit. Über ihn.

Er wischt das Messer sauber und steckt es ein.

Unter ihm erstreckt sich ein rauer Teppich aus Moorgras, grob und unnachgiebig. Er buddelt mit den bloßen Händen im Boden, und dunkle Derbyshire-Erde bricht hervor. Er steckt die Finger in den lehmigen Untergrund, der nach dem letzten Regen weich und feucht unter ihnen nachgibt. Gut.

Das Graben wird ihm leicht von der Hand gehen.

TEIL I

DER FREUND

FREITAG

1

Ich saß auf der Veranda, die Abendsonne wärmte mein Gesicht, und in den Ahornbäumen am Rande unseres Gartens trällerten die Lerchen. Es war ein Freitag Mitte Mai, der Geruch nach frisch gemähtem Gras und dem Gegrillten unserer Nachbarn waberte zu mir herüber. Es war warm genug, um nach dem Abendessen draußen im Garten zu sitzen und an meinem Kaffee zu nippen, während meine Tochter auf dem weitläufigen Rasen mit ihrem neuen Freund Federball spielte.

Wir hatten ihn heute erst kennengelernt, obwohl Abbie schon seit sieben Monaten mit ihm ausging. Er war groß, athletisch, trug ein blassrosa Leinenhemd sowie Chinos und sah aus wie ein Model aus der Sonntagsbeilage. Die Segelschuhe hatte er pflichtschuldigst vor dem Eingang ausgezogen, ohne darum gebeten worden zu sein. Und er hatte meine Frau Claire und Joyce, meine Schwiegermutter, nicht auf die Wange geküsst, sondern ihnen die Hand entgegengestreckt. Respektvoll und unaufdringlich, aber keinesfalls reserviert. Sein Händedruck war fest und trocken gewesen, und er hatte meine Hand selbstbewusst noch ein zweites Mal gedrückt, bevor er sie losließ.

Ryan schlug daneben, verlor übertrieben tollpatschig das Gleichgewicht und landete mit dem Rücken auf dem Boden, wo er lachend versuchte, den Ball doch noch zu erwischen. Abbies helles, reines Lachen hallte durch den Garten.

Auch am Tisch neben mir erklang leises Lachen. Claire und Joyce sahen lächelnd zu dem Paar hinüber.

»Was für ein gut aussehendes Gespann«, sagte Claire und streckte die gebräunten Arme über dem Kopf aus. »Findest du nicht auch?«

»Also ich würde nicht Nein zu ihm sagen, wenn ich ein paar Jahre jünger wäre.« Joyce lächelte und beugte sich in ihrem Rollstuhl nach vorne. »Seht euch die beiden bloß mal an.«

»Was meinst du, Ed?« Claire legte eine warme Hand auf meinen Unterarm. »Es ist schön, sie wieder strahlen zu sehen, nicht wahr?«

»Sie scheint ihn wirklich zu mögen«, erwiderte ich und wich ihrem Blick aus.

Und es stimmte: So glücklich hatte ich Abbie schon lange nicht mehr erlebt. Sie *leuchtete* geradezu. Die letzten Monate ihrer Fern- beziehungsweise Wochenendbeziehung hatten wir ständig nur *Ryan-hier* und *Ryan-dort* gehört.

»Er scheint ein netter Junge zu sein«, meinte Joyce.

»Er ist dreiunddreißig«, erwiderte ich. »Das ist nicht gerade ein Junge, nicht wahr? Er ist fast zehn Jahre älter als sie.«

»Du weißt genau, was Mum meint«, sagte Claire. »Sieh sie dir an, man erkennt sofort, dass sie zusammengehören.«

»Wir haben den Kerl gerade erst kennengelernt.«

Meine Frau wandte sich fragend zu mir um. »Ed?«

»Was?«

»Abbie mag ihn wirklich, also gib ihm bitte eine Chance, ja? Ich glaube, er ist anders als die anderen.« Sie drückte kurz meinen Arm. »Sei nett.«

»Ich bin immer nett«, antwortete ich leise.

»Aber *natürlich,* Liebling«, erwiderte Claire und klang dabei nur eine Spur sarkastisch. »Natürlich bist du das.«

Ich richtete meine Aufmerksamkeit wieder auf das Spiel.

Ryan drosch auf den Federball ein, und er landete prompt im Netz.

Abbie war barfuß und trug ein geblümtes Trägertop und weiße Jeans, die ich noch nie an ihr gesehen hatte. Ihre feinen, dunklen Haare flogen durch die Luft, während sie von einer Seite zur anderen sprang. Sie spielte Badminton, seit sie ein kleines Mädchen war. Ich hatte ihr das Netz jeden Sommer aufgebaut, und wir hatten endlose Matches ausgefochten. Es war eine schöne Erinnerung, trotzdem zog sich mein Herz zusammen.

»Lust auf eine Revanche?«, fragte sie Ryan lächelnd.

»Nur, wenn du mir auch eine Chance lässt«, erwiderte er, stemmte sich hoch und wischte sich das Gras von der Hose.

»Auf keinen Fall!«, rief sie fröhlich und schoss den Federball übers Netz.

Ich musterte ihn, während sie spielten. Er war gut gebaut und sah hervorragend aus – wie die Kerle in diesen Boybands. Kaum sichtbare Bartstoppeln überzogen sein kantiges Kinn mit dem kleinen Grübchen. Er hatte gerade weiße Zähne, die er gerne zeigte, und sein Lächeln schien ehrlich und warmherzig. Dazu die geraden, kräftigen Augenbrauen und die Augen, die so dunkelbraun waren, dass sie beinahe schwarz wirkten. Er ertappte mich dabei, wie ich ihn beobachtete, und unsere Blicke trafen sich. Er lächelte nicht, und er wandte auch nicht den Blick ab. Er starrte mich einfach nur an.

Und in diesem Moment traf es mich wie ein elektrischer Schlag. Ein Schaudern lief meinen Rücken hinunter, und die Luft zwischen uns schien wie eine angeschlagene Saite zu vibrieren.

Es war ein urtümliches, instinktives Gefühl, das einst den Eiszeitjäger vor dem Raubtier gewarnt hatte, das sprungbereit im Schatten lauerte.

Man sieht die Gefahr nicht. Man riecht sie nicht und kann sie auch nicht hören. Aber man spürt sie an der Art, wie sich die feinen Härchen im Nacken aufstellen.

Ich sah in Ryans Augen und wusste es. Ich wusste, dass mit dem neuen Freund meiner Tochter etwas nicht stimmte.

Etwas verbarg sich in diesen dunklen, schattenhaften Augen.

Etwas Verdorbenes.

Ja, etwas stimmte hier ganz und gar nicht.

2

Ich stand in der Küche und nahm die Kaffeekanne von der Warmhalteplatte. Ich spürte, wie mein Herz pochte, und holte tief Luft. Die Kanne in meiner Hand zitterte. Konnte es sein, dass ich mich getäuscht hatte? Bis jetzt war mir Ryan durchaus nett erschienen. Aber ich spürte immer noch seinen starren Blick auf mir, und Adrenalin jagte durch meine Adern.

Etwas stimmte nicht mit ihm, da war ich mir sicher. Er verbarg etwas.

Ich trat zurück auf die Veranda und füllte Claires Tasse auf, wobei ich versuchte, ihren Blick einzufangen, doch sie war gerade dabei, ihrer Mutter die Strickjacke über die Schultern zu breiten. Abbie kehrte an den Tisch zurück und ließ sich schwungvoll auf einen der Holzstühle fallen. Tilly, unsere schon etwas ältere Katze, sprang schwerfällig auf ihren Schoß und begann ihre Oberschenkel durchzukneten, wobei sie lange graue Haare auf dem weißen Stoff hinterließ.

»Du bist dran, Dad.«

Ich sah auf und lächelte gezwungen. »Gerne, Abs.« Ich stellte die Kaffeekanne ab. »Aber denk daran, ich bin nicht mehr der Unbesiegbare wie früher, also sei gnädig.«

»Nein, nicht mit mir«, sagte sie und kraulte Tilly hinter den Ohren, die sofort zu schnurren begann. »Ich brauche eine Pause. Ich meinte, dass du mit Ryan spielen sollst.«

»Ach. Echt?«

Claire warf mir einen Blick zu.

»Klar.« Ich griff nach dem Schläger. »Warum nicht?«

»Keine Sorge«, sagte Ryan, der gerade auf uns zuschlenderte. »Ich bin ein schrecklich schlechter Spieler.«

Ich kickte meine Flipflops von den Füßen und folgte Ryan über den frisch geschnittenen, kratzigen Rasen. Sein Aftershave roch nach Zitrone und Kiefer. Oder Eukalyptus. Wir nahmen unsere Positionen ein, und ich spielte den Federball in einem sanften Bogen über das Netz, um das Spiel in Gang zu bringen, und dachte dabei an die Worte meiner Frau. *Sei nett.* Doch während Ryan vorhin mit dem Schläger in der Luft gerudert hatte, sprang er nun behände hin und her, und seine Schüsse landeten präzise außerhalb meiner Reichweite. Er rollte nicht mehr im Gras umher, sondern diktierte das Spiel, und die Muskeln an seinem Unterarm traten vor Anstrengung hervor.

Er warf den Federball hoch in die Luft, doch anstatt ihm mit dem Blick zu folgen, beobachtete ich sein Gesicht. Er warf mir einen schnellen Blick zu, dann drosch er mit voller Kraft auf den Ball ein, und ehe ich michs versah, knallte er gegen meine Brust, und sämtliche Luft entwich aus meiner Lunge.

»Ryan!«, rief Abbie lachend. Ich hob beschwichtigend die Hand, obwohl meine Brust brannte. Ryan lachte ebenfalls und riss übertrieben reumütig die Hände hoch. »Entschuldigung, Ed!«

Es stand 7 : 2 für Ryan, als ich merkte, wie er nachließ. Er erwischte Bälle nicht mehr, die er vorhin mit einer Leichtigkeit zurückgeschlagen hatte. Das Match endete 11 : 9 für mich.

Ich rang nach Atem. Mein Poloshirt klebte schweißnass an meinem Rücken.

»Super Spiel«, meinte Ryan, der kaum schwitzte. »Lust auf eine Wiederholung?«

»Ich brauche eine kleine Verschnaufpause.« Ich deutete auf meine Familie auf der Veranda. »Trinken wir doch etwas. Sind Sie sicher, dass Sie keinen Kaffee möchten?«

»Danke, Mr Collier, ich verzichte auf Koffein.«

Ich griff in den Eimer mit dem Eis und spritzte mir etwas kaltes Wasser in den Nacken. Es war herrlich.

»Wir haben Bier und Wein«, sagte Claire. »Oder etwas Stärkeres?«

Ryan hob lächelnd die Hand. »Danke, für mich nicht. Ich fahre morgen nach Manchester und muss früh los. Und Montag Morgen werde ich als Vortragender in einer Schule erwartet. Also sollte ich lieber nichts trinken.«

»Ryan arbeitet ehrenamtlich als Hilfspolizist«, erklärte Abbie ihrer Großmutter.

»Ach was!«, meinte Joyce und schlang sich die Strickjacke enger um den Körper. »Ein Polizist? Na, dann sollten wir uns von unserer besten Seite zeigen, nicht wahr?«

»Ich bin kein richtiger Polizist«, sagte Ryan. »Wir sind zur Unterstützung vor Ort, kümmern uns um die Leute, gehen Streife, setzen Sicherheitsinitiativen um … Ich besuche zum Beispiel seit ein paar Monaten verschiedene Schulen und rede mit den Schülern über Messerkriminalität. Es ist einfach schön, etwas zurückzugeben. Man hat das Gefühl, einen Beitrag zu leisten.«

Ich füllte meine Kaffeetasse auf und beobachtete ihn aus dem Augenwinkel. Er wirkte nicht mal annähernd wie ein Polizist. Zu geschliffen. Zu perfekt. Andererseits war es lange her, dass ich Kontakt mit der Polizei gehabt hatte. Fast ein ganzes Leben.

»Wie wäre es stattdessen mit einer Coke Light?«, fragte Claire. »Ein Wasser vielleicht? Oder Limonade?«

»Ein Wasser wäre perfekt, danke, Mrs Collier.«

Sie holte eine kleine grüne Flasche aus dem Eiskübel und reichte sie ihm. »Nennen Sie mich doch Claire.«

»Danke, Claire.«

Joyce stemmte sich vorsichtig aus dem Rollstuhl hoch und griff zitternd nach ihrem Gehstock. »Ich denke, ich lege mich ein wenig hin.«

Sofort stand Ryan neben ihr, bot Joyce seinen Arm an und stützte sie, als sie sich dem Haus zuwandte.

»Danke, Ryan.« Sie lächelte milde. »Wie nett von Ihnen.«

»Keine Ursache.«

»Nana?« Abbie erhob sich ebenfalls. »Ist alles in Ordnung?«

»Natürlich, Liebes, der nette junge Mann passt schon auf mich auf. Ich brauche nur meine üblichen zwanzig Minuten.«

Wir sahen zu, wie Ryan sie ins Haus führte. Ihre Hand lag auf seinem Unterarm. Claire schüttelte seufzend den Kopf.

»Mum wird von Tag zu Tag schwächer«, meinte sie leise. »Glaubst du, die neuen Medikamente wirken nicht?«

Ich nahm ihre warme, weiche Hand und drückte sie sanft. »Am besten reden wir am Montag mit dem Onkologen«, sagte ich. »Er soll sich die Dosierung noch einmal ansehen.«

Claire nickte, als Ryan aus dem Haus kam und sich wieder an den Tisch setzte. Abbie warf ihrem Freund einen Blick zu, und sie schienen sich wortlos zu verständigen. Dann setzte sie Tilly vorsichtig auf dem Boden ab, erhob sich und reichte ihrer Mutter einen der Federballschläger. »Komm, Mum. Jetzt sind wir an der Reihe.«

»Aber ich bin doch gar nicht dafür angezogen, Liebling.« Claire deutete auf ihr blau gemustertes Wickelkleid. »Und ich habe Wein getrunken.«

»Keine Ausreden.« Abbie lächelte. »Aber ich gebe dir drei Punkte Vorsprung, okay?«

Claire stand schweren Herzens auf, nahm den Schläger und

folgte ihrer Tochter auf den Rasen. Mir fiel wieder einmal auf, wie ähnlich sie sich sahen: die gleiche olivfarbene Haut, das gleiche feine dunkle Haar, die gleiche schlanke Silhouette – Abbie war lediglich ein paar Zentimeter größer als ihre Mutter. Ryan und ich sahen den beiden schweigend beim Spiel zu. Der Federball flog gemächlich hin und her, und ihr Geplänkel beruhigte meine Nerven. Claire und Abbie waren alles auf der Welt für mich. Ich liebte sie so sehr, dass es manchmal wehtat.

Ein protestierendes Miauen riss mich aus meinen Gedanken, und mein Blick sprang zu Tilly, die Ryan mit zurückgelegten Ohren und schmalen Augen anfauchte. *Hatte er gerade den Fuß zurückgezogen?* Er streckte die Hand aus, um sie zu streicheln, doch die Katze zuckte zurück und fauchte erneut. Die Haare an ihrem Schwanz richteten sich auf. Sie bewegte sich seltsam und schien ein Hinterbein nicht richtig zu belasten.

»Tut mir leid, Ryan«, sagte ich. »Sie ist normalerweise nicht so aggressiv.«

Ich streckte eine Hand nach Tilly aus und erntete ebenfalls ein Fauchen, bevor sie sich in Richtung Garage verzog.

Ryan rieb sich den Handrücken.

»Hat sie Sie gekratzt?«

»Nein, schon gut.«

Ich musterte ihn. Die Spannung zwischen uns schien verschwunden. Hatte ich sie mir nur eingebildet? Er lächelte verlegen, und ich lächelte zurück.

»Also, Abbie hat erzählt, dass Sie beim Militär waren?«

»Das ist schon eine Weile her«, erwiderte er. »Ich habe fünf Jahre als Infanterist beim Royal Anglian Regiment gedient.«

»Vermissen Sie es?«

Er zuckte mit den Schultern. »Manchmal. Vor allem die Kameraden. Aber zweimal Afghanistan waren genug.«

»Das war sicher hart.«

Er schien die nächsten Worte genau abzuwägen. »Ich habe viele … Dinge gesehen. Dinge, die alles ins rechte Licht gerückt haben.« Er brach ab und richtete den Blick auf Abbie. »Man sollte das Beste aus jedem Tag machen. *Carpe diem.*«

Ein unbehagliches Schweigen senkte sich über uns.

»Ich wollte mich noch einmal bei Ihnen bedanken«, sagte er schließlich. »Dass Sie mich heute Abend eingeladen haben.«

»Natürlich. Keine Ursache.«

»Ich bin froh, dass wir die Gelegenheit haben, uns zu unterhalten. Nur wir beide.«

Ich sah ihn an, und meine Brust zog sich zusammen. »Okay …«

»Es ist nur. Ich … ich muss Sie etwas fragen, Ed.«

Mir war sofort klar, worum es hier ging. »Was müssen Sie mich fragen?«

Ryan lehnte sich vor, legte die Hände aufeinander und schluckte schwer. »Eigentlich möchte ich Sie vielmehr um Erlaubnis bitten.«

Die Welt um mich herum verstummte – die Rufe und das Lachen meiner Frau und Tochter, das Trällern der Vögel, die leise Musik aus dem Nachbarsgarten – und ich sah nur noch das Gesicht des Mannes, der mir gegenübersaß.

Ich räusperte mich und hörte mich sagen: »Meine Erlaubnis wofür?«

»Ich würde Abbie gerne heiraten.«

3

»Heiraten?«, wiederholte ich.

Das Blut rauschte in meinen Ohren. Dafür war es doch noch zu früh, oder? Wie lange kannten sie einander? Sieben Monate? Abbie war noch nicht einmal fünfundzwanzig. Das ging zu schnell. *Viel* zu schnell. Und ich hatte noch keine Gelegenheit gehabt, mir über das erste Bauchgefühl klar zu werden, das ich bezüglich Ryan gehabt hatte. Keine Gelegenheit, herauszufinden, wer er war.

Ryan hielt meinen Blick gefangen, ohne ein einziges Mal zu blinzeln. »Abbie ist die freundlichste, liebenswürdigste, wunderbarste Frau, die ich jemals kennengelernt habe. Ihre Tochter ist ein unglaublicher Mensch, und ich möchte mein restliches Leben mit ihr verbringen.«

»Ja, sie ist wirklich unglaublich«, sagte ich, und eine seltsame Kälte breitete sich trotz des warmen Abends in mir aus. »Aber das kommt etwas … plötzlich, nicht wahr, Ryan?«

Er schüttelte aufrichtig den Kopf. »Für mich nicht. Ehrlich gesagt, ich wusste es bereits, als wir uns damals auf der Party kennenlernten. Es war Liebe auf den ersten Blick. Verrückt, nicht wahr? Ich hätte nie gedacht, dass mir so etwas einmal passiert.« Er nahm einen Schluck Wasser. »Tut mir leid, ich rede zu viel. Die Nerven.«

Ich befand mich in einer ausweglosen Situation. Ich konnte Nein sagen, aber wie sollte ich die Entscheidung rechtfertigen – und würde es für Abbie überhaupt einen Unterschied machen? Ich wollte aber auch nicht Ja sagen. Weshalb mir nur eines übrig blieb: Ich musste auf Zeit spielen.

»Haben Sie … denn schon einen Verlobungsring?«

Ryan nickte. »Ein Familienerbstück. Ich war mir nicht sicher, ob Abbie etwas Neues möchte oder etwas, das von Generation zu Generation weitergegeben wurde. Ich war ja noch nie in dieser Situation. Aber ich wollte alles richtig machen.«

»Natürlich. Wow«, meinte ich erneut. »Eine Hochzeit.«

»Wir wollen nicht länger warten, deshalb wollte ich Sie um Erlaubnis bitten, damit wir es offiziell machen können. Mir ist klar, dass es ein Schock ist, aber es ist das, was wir beide wollen.«

Mein Kopf drehte sich immer noch. Gerade eben hatten wir Abbies ersten Schultag gefeiert. Sie hatte einen roten Pullover und glänzende Lackschuhe getragen, die Haare zu Zöpfen gebunden und meine Hand umklammert. Und im nächsten Augenblick saß ich hier und sprach über Liebe auf den ersten Blick und ihre Hochzeit mit einem Mann, den ich kaum kannte.

Und nicht nur mit irgendeinem Mann. Sondern ausgerechnet mit *diesem.*

»Das ist ein großer Schritt«, sagte ich langsam. »Und es kommt so plötzlich. Wollt ihr nicht noch warten, bis … ihr eine Zeit lang zusammengewohnt habt?«

Ryan rieb sich das stoppelige Kinn und warf einen Blick auf Abbie und Claire, die auf dem Weg zu uns waren. »Diesbezüglich gibt es ebenfalls Neuigkeiten.«

»Neuigkeiten? Welche …«

Abbie trat Arm in Arm mit ihrer Mutter an den Tisch, und beide lächelten. Claires Augen funkelten aufgeregt. Abbie drückte Ryan einen Schmatz auf die Wange, dann wandte sie sich mit einem breiten Grinsen an mich.

»Also?«, fragte sie, und ihr Blick huschte zwischen ihrer Mutter und mir hin und her. »Was meinst du?«

»Sie sind verlobt!«, rief Claire. »Das sind wunderbare Neuigkeiten, nicht wahr, Ed? Kaum zu glauben!«

Abbie schloss uns beide in eine Umarmung, und ihr sanftes, frisches Parfum umfing uns. »Dad, was sagst du dazu?«

»Es ist wundervoll«, presste ich hervor, und mir wurde klar, dass Ryan mich bloß der Form halber um Erlaubnis gefragt hatte. Er hatte ihr den Antrag bereits gemacht. »Ich gratuliere euch beiden.«

Ryan holte ein kleines violettes Samtkästchen aus seiner Hosentasche und reichte es Abbie. »Ich schätze, den kannst du jetzt wieder anstecken«, sagte er lächelnd.

Abbie öffnete die Schachtel vorsichtig, steckte sich den Ring an und hielt ihn uns entgegen. Der Diamant war *riesig*. Ich hatte keine Ahnung von Schmuck, aber selbst mir war klar, dass dieser Ring sehr erlesen war.

»Er gehörte meiner Großmutter«, erklärte Ryan. »Sie hat oft erzählt, wie mein Großvater Arthur sein ganzes Monatsgehalt beim *Grand National* auf ein Pferd namens *Well To Do* gesetzt hat. Er verstand nichts von Pferden, aber der Name gefiel ihm, und er wäre selbst gerne ›gut situiert‹ gewesen. Das Pferd gewann mit einer Quote von 14 zu 1, und er hat fast den gesamten Gewinn für den Ring ausgegeben.«

Was für eine nette kleine Anekdote. Trotzdem schien die Geschichte nicht ganz astrein. Sie war fast zu schön, um wahr zu sein.

»Und du bist dir sicher, dass Grandma Hilda gewollt hätte, dass ich ihn bekomme?« Abbie strahlte.

»Sie wäre begeistert gewesen, Abbie. Genau wie von dir.«

Abbie hielt den funkelnden Ring ins Licht. Er musste mindestens ein Karat schwer sein. »Es ist unglaublich. Ich kann gar nicht aufhören, ihn anzusehen!«

Sie sprang auf und umarmte Claire und mich ein weiteres Mal lachend. Claire drückte ihr einen Kuss auf die Wange, und ich sah überrascht, dass sie Tränen in den Augen hatte.

»Das muss gefeiert werden!«, sagte sie und eilte in die Küche, da sie nicht mochte, wenn jemand sie weinen sah.

Abbie setzte sich auf Ryans Schoß und schoss ein Foto von dem Ring an ihrem Finger. Vermutlich, um es auf Instagram zu posten.

»Ich weiß, dass es ziemlich plötzlich kommt, Dad«, meinte sie, während sie tippte. »Aber für uns fühlt es sich nicht so an. Es fühlt sich richtig an. Perfekt.«

»Es ist nur … es ist einfach ein großer Brocken, Abs. Vor allem aus dem Nichts heraus …«

»Tut mir leid, Dad.« Sie sah auf und runzelte besorgt die Stirn. »Ich wünschte, du hättest Ryan schon früher kennengelernt. Aber da ist sein Job, und dann wurde er auch noch nach New York geschickt. Es fand sich keine Gelegenheit. Und dann hat er mir den Antrag gemacht, und … hier sind wir nun.«

»Ja, hier sind wir nun«, wiederholte ich.

Verlobungen dauern oft Jahre und gehen ständig in die Brüche. Ich klammerte mich an diesen Gedanken wie ein Ertrinkender an den Rettungsring.

»Heute scheint ein guter Tag für Ankündigungen zu sein«, fuhr sie fort und verschränkte lächelnd ihre Finger mit Ryans, der ihr Lächeln sofort erwiderte. »Hat dir mein Verlobter die anderen Neuigkeiten auch schon verraten?«

»Es gibt noch mehr?«, fragte ich.

»Wir ziehen zusammen.«

»Wie bitte?« Ich versuchte, meine Gedanken wenigstens halbwegs zu ordnen.

»Ryan hat ein Haus in Beeston. Es ist viel näher an der Schule, und im Sommer kann ich praktisch zu Fuß zur Arbeit gehen. Für Ryan ist es auch bequemer. Er ist viel mit dem Auto unterwegs, und die M1 ist nicht weit.« Sie holte einen Schlüsselanhänger hervor und hielt ihn hoch. Es war eine kleine silberne Katze mit einem einzelnen Schlüssel. »Es ist ein sehr schönes Haus in einer guten Gegend.«

»Beeston«, wiederholte ich. »Verstehe.«

»Es ist nur ein paar Kilometer entfernt, Dad. Es gehört immer noch zu Nottingham. Hilfst du mir beim Packen?«

Eine Leere breitete sich in meiner Brust aus. »Klar«, sagte ich. »Aber du kannst so lange hierbleiben, wie du willst. Nimm dir ruhig Zeit.«

»Danke, Dad. Du bist der Beste.«

Ihr Telefon piepte mittlerweile alle paar Sekunden mit Benachrichtigungen von Instagram und Facebook – atemlose Reaktionen auf das Verlobungsfoto, das sie gepostet hatte. Jede neue Nachricht zauberte ihr ein Lächeln aufs Gesicht, und sie tippte begeistert Antworten und zeigte Ryan die Glückwünsche ihrer Freunde.

Claire kam mit einer Flasche Champagner und vier Gläsern aus der Küche. Wir griffen danach und schwiegen, während sie einschenkte. Sie wich meinem Blick immer noch aus, und einen Moment lang fragte ich mich, ob sie sich vielleicht auch nicht ganz sicher war, was Ryan betraf, und ihre Höflichkeit vielleicht nur ihr Misstrauen verbergen sollte.

»Ist das nicht aufregend?«, fragte sie.

Ryan grinste. »Wir sollten einen Toast ausbringen! Worauf trinken wir?«

Abbie hob ihr Glas. »Auf einen Neuanfang?«

Claire und Ryan hoben die Gläser, und ich folgte ihnen zögernd.

»Auf einen Neuanfang«, wiederholte Claire.

Wir stießen an und nippten an unseren Gläsern. Ryan stellte sein Glas ab und schob es von sich, als wollte er es nicht noch einmal anrühren.

»Ich möchte mich noch einmal bei Ihnen bedanken«, sagte er. »Dafür, dass Sie mich so herzlich aufgenommen haben.«

»Aber nicht doch …«, sagte Claire. »Es ist doch schön, wenn es so tolle Neuigkeiten in der Familie gibt, nicht wahr, Ed?«

»Ja.« Ich nickte steif. »Auf jeden Fall.«

Sie griff nach meiner Hand und drückte sie sanft. *Ich weiß. Ich verstehe dich. Wir reden später.*

»Ich warte schon lange auf die richtige Frau«, erklärte Ryan. »Und nachdem ich Abbie kennengelernt hatte, wollte ich keine Zeit mehr verlieren. Wenn man sich sicher ist, ist man sich eben sicher, nicht wahr?«

Er hatte »auf die richtige Frau gewartet«, als hätte er darauf gewartet, dass es endlich eine Sonderverkaufsaktion beim Autohändler gab. Außerdem redete er ständig von sich. Abbie war nicht nur irgendeine Frau. Sie war ein wichtiger, wunderbarer, eigenständiger Mensch – und er verdiente sie nicht.

»Also!« Claires Wangen waren vom Champagner gerötet. »Habt ihr euch schon wegen des Datums Gedanken gemacht?«

»Na ja, wir …«

»Ich weiß, es ist noch zu früh«, fuhr Claire fort. »Ich bin nur neugierig, was euch so vorschwebt.«

Abbie drehte den Verlobungsring an ihrem Finger. »Ehrlich gesagt, haben wir schon ein Datum.«

Claire erstarrte und saß einen Moment lang schweigend und mit offen stehendem Mund da. »Wirklich? Jetzt schon?«

»Wir würden gerne im Frühsommer heiraten. Ende Juni.«

»Im Juni? Wow.« Auch Claire fiel das Lächeln immer schwerer. Sie holte Luft. »Wir haben erst letzte Woche eine Vorstellungsreihe für Juni nächsten Jahres fixiert. Ich sehe schnell mal nach.« Sie eilte erneut ins Haus und wich meinem Blick auch dieses Mal aus.

Abbie beugte sich zu Ryan und flüsterte ihm etwas ins Ohr. Er nickte lächelnd und sah ihr tief in die Augen. Ich hätte etwas sagen sollen, aber ich brachte nichts über die Lippen. Stattdessen nahm ich einen großen Schluck Champagner. Mir blieb etwas mehr als ein Jahr, um aus dem Kerl schlau zu werden. Genug Zeit, um herauszufinden, ob er etwas verbarg und mich mein Instinkt nicht trog.

Claire kehrte mit ihrem in blaues Leder gebundenen Kalender zurück. Er war wie eine Familienbibel, in der sie alle beruflichen Auftritte mit dem Theaterensemble, Treffen mit Freunden, Ferien, Geburtstage und andere Termine penibel eintrug und koordinierte. Abbie hatte versucht, sie für den Handykalender zu begeistern, damit wir die Termine synchronisieren konnten, doch Claire hatte abgelehnt. Bei ihrem Kalender wusste sie, woran sie war. Aber ich hatte das Gefühl, dass es mehr war als das. Ihr Leben zu planen und alles vorab aufzuschreiben war ihre Art, es zu meistern.

»Also gut …« Sie schlug den Kalender auf. »Ende Juni. Ich würde vorschlagen, dass wir die Einladungen früh genug ausschicken – im September oder Oktober –, bevor die Leute ihre Sommerurlaube fürs nächste Jahr planen. An welchen Tag habt ihr gedacht?«

»An den 29. Juni.«

Claire sah nach. »Okay. Die Vorstellungsreihe endet am 23., das ist gut. Und der 29. ist ein … Dienstag.« Sie hob stirnrunzelnd den Blick. »Seid ihr sicher, dass es der 29. sein soll und nicht der 26.? Das wäre der letzte Samstag im Juni.«

Abbie zögerte, und ein nervöses Lächeln umspielte ihre

Lippen. »Wisst ihr … Mum, Dad …« Sie zupfte an ihrem Top herum. »Es ist kein Dienstag.«

»Nicht?« Claire warf einen genaueren Blick in den Kalender. »Aber genau das steht hier.«

»Es ist ein Montag, Mum.«

Mein Blick wanderte von meiner Tochter zu ihrem Verlobten, doch sein makelloses Gesicht verriet nichts. »Was meinst du damit, Abs?«, fragte ich leise.

»Die Hochzeit soll nicht im nächsten Jahr stattfinden«, antwortete Abbie und schluckte. »Sondern nächsten Monat.«

4

Ich stellte den Champagner vorsichtig auf den Tisch und umklammerte die Armlehne des Gartenstuhls. Die raue Kante grub sich in meine Handfläche.

Claires Gesicht war wie versteinert, ihr Stift schwebte über dem Kalender. »Sag das noch mal«, meinte sie schließlich.

»Am Ende des nächsten Monats, Mum.« Abbies Stimme klang leise. Zaghaft. »Am 29. Juni.«

Ich versuchte zu verstehen, was sie gerade gesagt hatte, und rechnete es im Kopf durch. »Abbie, das sind … nicht einmal sechs Wochen. Ist das überhaupt möglich?«

»Man muss eine Hochzeit achtundzwanzig Tage vor der Zeremonie anmelden. Mehr nicht.«

»Aber das ist zu früh. Das geht zu schnell.« Ich versuchte, mir meine Stimmung nicht anhören zu lassen. »Warum die Eile? Wir müssen Reservierungen durchführen, Leute einladen. Es gibt eine Million Dinge zu erledigen, und viele Leute werden so kurzfristig keine Zeit haben.«

»Ich weiß, es ist kurzfristig, Dad.« Sie verschränkte die Hände und legte sie in den Schoß. »Aber ich wollte immer, dass meine engste Familie bei meiner Hochzeit dabei ist.«

»Sicher, Abs, aber …«

»Und zwar alle.« Sie wandte den Kopf ab. »Alle, die mir auf dieser Welt etwas bedeuten. Und wenn wir bis nächstes Jahr oder noch länger warten, dann …« Sie brach ab und rieb sich die Augen.

»Oh, Abbie. Liebling«, hauchte Claire.

Die Sonne war hinter den Ahornbäumen verschwunden, und mit der Dämmerung sank die Temperatur um einige Grad. Ein Schaudern lief mir über den Rücken.

Abbie erhob sich. Ihre Stimme war kaum mehr als ein Flüstern. »Ich ertrage die Vorstellung nicht, dass Nana Joyce nicht bei meiner Hochzeit dabei sein kann.«

Claire stand ebenfalls auf, ging zu ihrer Tochter und umarmte sie. »Oh, Abbie«, wiederholte sie. »Mum würde nicht wollen, dass du wegen ihr ein Datum festlegst. Sie würde wollen, dass du das machst, was am besten für *dich* ist.«

»Aber das *ist* das Beste für mich. Außerdem will ich nicht warten.« Sie löste sich aus Claires Umarmung und versuchte sich an einem Lächeln. »*Wir* wollen nicht warten. Ich habe eineinhalb Tage Sonderurlaub bekommen. Weil es … so kurzfristig ist.«

»Was ist mit Ihrer Familie, Ryan?«, fragte ich. »Was hält die davon?«

Abbie trat neben den Stuhl ihres Verlobten und legte eine Hand auf seine Schulter. »Es war Ryans Idee. Als ich ihm von Nanas Diagnose erzählt habe, meinte er, dass wir alles tun müssen, damit sie an unserem großen Tag dabei sein kann. Dann klärte er die rechtlichen und praktischen Dinge, sprach mit dem Standesbeamten und setzte ein Datum fest.«

Ryan nickte langsam und lächelte zaghaft. »Es wird eine standesamtliche Trauung in der Bridgford Hall. Mit den engsten Freunden und der Familie. Es ist nichts Großes, aber es ist hübsch und gleich neben dem Park. Und im nächsten Sommer planen wir eine große Feier mit allen Verwandten und Freunden.«

»Eine Glücklich-bis-ans-Lebensende-Party nennt man das mittlerweile«, meinte Abbie.

Der Begriff ließ mich zusammenzucken.

»Okay«, meinte Claire und rieb sich das Gesicht. »Das klingt, als hättet ihr schon alles geplant.«

»Nicht wirklich, Mum. Es gibt trotzdem noch jede Menge zu organisieren. Ich dachte, wir drei könnten morgen gleich mal damit anfangen?«

»Sicher.« Claire rang sich ein Lächeln ab. »Aber zuerst sehen wir nach, ob Nana wach ist, dann kannst du ihr gleich von den Neuigkeiten berichten.«

5

»Erzähl uns von dem Antrag«, sagte Claire.

Ryan war fort. Er hatte mir zum Abschied die Hand geschüttelt und war dann mit seinem Audi davongefahren. Jetzt saßen wir zu viert im Wohnzimmer. Abbie hatte auf dem Sofa Platz genommen, mit Claire auf der einen und Joyce auf der anderen Seite. Sie hatte die Beine hochgezogen und lächelte beinahe schüchtern.

»Er hat mich letztes Wochenende zu einem wundervollen Picknick im Park von Chatsworth House eingeladen. Wir tranken Champagner, und er hat mir dieses entzückende Fotobuch mit Bildern von uns geschenkt.« Sie hob es hoch und ließ eine Hand über den glänzend weißen Einband gleiten. »Auf der letzten Seite befand sich ein Foto von einem samtbezogenen Kästchen. Als ich aufsah, hielt er das Kästchen in der Hand, ging vor mir auf die Knie, griff nach meiner Hand und bat mich, seine Frau zu werden. Ich war so überrascht, dass ich zu lachen begann.«

»Der arme Ryan!«, rief Joyce, die eine karierte Decke um die Schultern gewickelt hatte. »Er war sicher sehr gekränkt.«

»Ja, ich weiß, Nana. Ich weiß nicht, warum ich lachen musste. Wahrscheinlich war es der Schock. Er war zutiefst enttäuscht, aber dann fragte er mich noch einmal, und ich sagte Ja!« Sie betrachtete erneut den großen Diamanten an ihrem Finger, als müsste sie nachsehen, ob er noch da war. »Dann musste ich weinen, und er meinte, er würde euch heute Abend um Erlaubnis fragen.«

Claire hatte den Kopf geneigt. Sie hatte die Kontaktlinsen gegen ihre Schildpattbrille getauscht und trug ihre alten Schaffellpantoffeln. Wir hatten immer noch keine Gelegenheit gehabt, alleine zu reden, und ich hatte keine Ahnung, was sie von der Sache hielt. Wenn sie ebenso besorgt war wie ich, verbarg sie es gut.

»Das Fotobuch ist eine wundervolle Idee«, sagte sie. »Nicht wahr, Ed?«

Ich ließ den Brandy im Glas kreisen, nahm einen Schluck und spürte das Brennen im Hals. »Ja, sehr gut überlegt.«

Joyce nahm Abbies Hand in ihre. »Willst du meine Meinung dazu hören, Liebling?«

»Natürlich, Nana.«

»Ich glaube, du hast dir da einen guten Mann geschnappt. Er erinnert mich an deinen Granddad, als wir uns kennenlernten.«

»Granddad Jim?«, fragte Abbie lächelnd. »Wie meinst du das?«

»Er ist einer von den Guten, das weiß ich einfach. Jim war ein Gentleman, und das ist dein Ryan auch. Nicht auf altmodische Art, einfach … aufmerksam und zuvorkommend.«

»Danke. Es freut mich sehr, dass du ihn magst.« Abbie umarmte ihre Großmutter vorsichtig. »Ich bin, ehrlich gesagt, erleichtert. Ich war nervös, was ihr von ihm haltet.«

»Er ist auf jeden Fall ein guter Fang«, sagte Joyce. »Meint ihr nicht auch?«

»Er scheint wirklich nett zu sein«, sagte Claire und sah mich an.

»Ja, unbedingt«, fuhr Joyce fort. »Ein echt guter Fang – ganz ohne Haken.«

Ich lehnte mich an die Küchenarbeitsplatte und wartete, dass das Wasser für Claires Tee zu kochen begann, während ich mir Abbies Instagram-Post von vorhin ansah. Das Foto mit dem riesigen Diamanten war erst einige Stunden alt, hatte aber bereits mehr als dreihundert Likes und vierundsiebzig Kommentare von Freunden, die Abbie mit aufgeregten Nachrichten voller Küsschen und Emojis von Ringen, Champagnerflaschen und Herzchen gratulierten.

Abbies Lächeln war so breit und ehrlich, dass mein Herz normalerweise vor Freude einen Sprung gemacht hätte, doch mein Blick huschte immer wieder zu Ryan, dessen geübtes Lächeln nur ein blasser Abklatsch von Abbies Strahlen war. Die kohlenschwarzen Augen sahen aus wie bei einem Hai.

Ich goss gerade heißes Wasser in den Becher, als Claire in die Küche kam. Sie drückte mir einen schnellen Kuss auf den Mundwinkel und lehnte sich an die kleine Frühstücksbar.

»Also«, sagte meine Frau.

Ich musterte sie und wartete darauf, dass sie ihre wahren Gefühle offenbarte, aber sie lächelte nur. »Also …«, wiederholte ich zögerlich.

»Was für ein Abend.«

Ich nickte langsam. »Ja … das war es.« Ich rührte gedankenverloren im Tee, und der Duft von Äpfeln und Honig stieg mir in die Nase.

»Ist alles okay, Ed? Du warst so ruhig.«

»Ich versuche bloß, das alles zu begreifen, glaube ich.«

»Da sind wir schon zwei«, erwiderte sie nickend. »Und was hältst du von unserem zukünftigen Schwiegersohn?«

Heißes Wasser schwappte über den Rand der Tasse. Ich ließ den Löffel fallen.

»Aua«, sagte Claire. »Hast du dich verbrannt?«

»Geht schon.« Ich hielt meine Hand unter den Wasserhahn. Der Daumen leuchtete bereits rot. »Ich weiß nicht. Was hältst du von ihm?«

»Es wirkt sehr nett. Und sie sind offensichtlich vernarrt ineinander.«

Ich wickelte mir ein Küchentuch um die pochende, verbrannte Hand und schüttelte den Kopf. »Ich hätte mir mehr Zeit gewünscht, um uns an die Vorstellung zu gewöhnen … und um ihn besser kennenzulernen.«

»Mum hat nicht mehr viel Zeit.« Sie verschränkte die Arme vor der Brust. »Es war unglaublich rücksichtsvoll von Abbie und Ryan, dafür zu sorgen, dass sie auch dabei sein kann.«

»Ich weiß. Aber ich würde gerne mehr darüber wissen, was hier los ist. Die Fakten kennen. Das ganze Bild …«

»Sie ist es nicht …«

»Was ist sie nicht?«

»Schwanger.«

Ich schluckte erleichtert. Wenigstens gab es keine weiteren Überraschungen an diesem Abend. »Okay. Das meinte ich zwar nicht, aber okay.«

»Ich habe sie erst vorhin gefragt, bevor sie zu Bett ging. Ich habe ihr versichert, dass wir kein Urteil fällen werden und es okay ist, wenn sie es wäre. Wir würden es nur gerne wissen.«

»Und sie hat es dir gesagt?«

»Natürlich. Sie erzählt mir alles.«

Abbie fand es immer schon leichter, sich ihrer Mum anzuvertrauen. Das liegt wohl in der Natur der Sache. Außerdem hörte ihr Claire immer und ohne jegliche Wertung zu und gab mir danach – wenn Abbie nicht mehr da war – eine Zusammenfassung.

»Jetzt bist du an der Reihe, Ed.«

»Ich?«

»Rede mit mir.« Sie neigte den Kopf. »Was denkst du? Du hast heute sehr ernst und angestrengt gewirkt.«

»Genau das mochtest du früher immer so gerne an mir.«

»Ja. Das tue ich noch immer.«

»So bin ich eben.«

Claire hob eine Augenbraue. Ich zögerte. Wenn ich es aussprach – *Ich habe wirklich schwere Bedenken, was den Verlobten unserer Tochter angeht* –, klang es ziemlich paranoid. Ich musste einen indirekteren Weg wählen.

Ich reichte ihr den Teebecher. »Es geht alles so schnell. Abbie führt eine Fernbeziehung mit irgendeinem Kerl, er jettet um die Welt, dann kommt er zurück nach Großbritannien, zieht nach Nottingham und *bumm* … Wir lernen ihn endlich kennen, und im nächsten Augenblick sind sie verlobt, ziehen zusammen und heiraten in ein paar Wochen. Mein Kopf dreht sich, ehrlich gesagt, noch immer.«

Abgesehen von dem Offensichtlichen, hatte ich jetzt erst erkannt, wie sehr ich meine Tochter vermissen würde. Ihre Stimme im Haus, ihre Marotten, die kleinen Späße, die wir teilten. Wie sie jedes Jahr nach der Bonfire Night am 5. November Weihnachtslieder auflegte und ich jedes Mal genervt stöhnte, obwohl es mir insgeheim gefiel, dass sie Weihnachten so liebte. Es war ein Beweis, dass wir trotz allem, was passiert war, gute Arbeit geleistet hatten. Ich hatte immer gewusst, dass es früher oder später passieren würde – Abbie wohnte bei uns, weil sie auf die Anzahlung für eine eigene Wohnung sparte –, aber doch nicht so schnell.

»Es war für uns beide ein Schock, und ich kämpfe auch damit, wie schnell es ging, aber wir müssen darüber hinwegsehen und uns an die Arbeit machen.«

Sag etwas, dachte ich. *Sag es.*

»Da ist noch etwas«, erklärte ich schließlich. »Ein Gefühl, das ich nicht benennen kann.«

»Weil ihre Beziehung sich so schnell entwickelt hat?«

»Nicht ihre Beziehung. Es geht um *ihn.*«

Claire seufzte. Und mir wurde klar, dass sie sich absolut keine Gedanken wegen Ryan machte. Dass sie vorhin meinen Blicken ausgewichen war, hatte einen anderen Grund gehabt.

»Mit Ryan? Wie meinst du das?«

»Irgendetwas ist mit ihm … aber ich weiß nicht was.«

»Das hatten wir doch schon mal, Ed, nicht wahr?«

»Aber nicht so.«

»Okay.« Sie seufzte erneut. »Was gefällt dir nicht an ihm?«

»Na ja, er …« Ich zögerte erneut. Es klang irre und nicht greifbar. *Da ist dieser Abgrund hinter seinen Augen. Er verbirgt etwas. Etwas Schlimmes. Ich spüre es.* »Findest du ihn nicht seltsam? Ich habe das Gefühl, dass er etwas verheimlicht.«

»Was hat er denn getan, dass du zu einem solchen Schluss kommst?«

»Als wir vorhin alleine auf der Veranda waren«, antwortete ich und fühlte mich reichlich albern, »hat er Tilly getreten.«

»Wie bitte?«

»Er hat sie getreten, glaube ich. Wer macht so etwas?«

Claire schüttelte den Kopf. »Wovon redest du da?«

»Als Abbie und du Federball gespielt habt, habe ich kurz weggesehen, und plötzlich hat Tilly vor Schmerz gemaunzt und ist fortgehumpelt, und Ryan hatte …«

»Ed, er hat die Katze nicht getreten. Sie ist im Alter einfach mürrisch geworden, und wahrscheinlich wollte er nicht, dass sie auf seinen Schoß springt, mehr nicht.«

»Ich weiß, was ich gesehen habe.«

»Du hast ihn dabei *beobachtet?*«

»Nicht wirklich. Ich habe euch beim Spielen zugesehen, und …«

»Das klingt eher so, als würdest du nach einem Grund suchen, ihn nicht zu mögen.« Sie sah stirnrunzelnd auf ihren Becher hinunter. Sie war enttäuscht von mir, und das tat weh.

»Ich sollte jetzt ins Bett gehen. Es ist spät. Reden wir morgen.«

Ich nickte.

»Kommst du auch?«

»Ich schließe noch ab und gebe der Katze ihr Futter.«

»Gut.« Sie sah mich an. »Gib Ryan bitte eine Chance, Ed. Lerne ihn einfach einmal kennen.«

Sie verschwand, und ich lauschte ihren Schritten die Treppe hinauf. Dem vertrauten Knarren auf der dritten und zehnten Stufe.

Ich pfiff leise nach Tilly, und ihr graues Gesicht schaute mir aus der offenen Kellertür entgegen, die in die Küche führte. Ich gab ihr Futter in eine Schüssel und sah zu, wie sie vorsichtig näher kam und zu fressen begann. Sie zog definitiv ein Bein hinterher. Ich kraulte sie hinter den Ohren, während sie sich über ihr Futter hermachte.

Claire wollte, dass ich den Verlobten unserer Tochter kennenlernte. Und genau das würde ich tun. Ich würde die Wahrheit über diesen Fremden herausfinden, der Abbies Herz im Sturm erobert hatte.

Bevor es zu spät war.

6

CLAIRE || SAMSTAG

Siebenunddreißig Tage bis zur Hochzeit

Als Claire aufwachte, roch es nach gebratenem Speck, und sie wusste sofort, dass an Schlaf nicht mehr zu denken war. Sie lag noch einen Moment lang in die warme Decke gekuschelt da und dachte an den letzten Abend. Es waren gute Nachrichten gewesen, oder nicht? Abbie war glücklich, und sie hatte es sich verdient. Ihre Gedanken bewegten sich in Richtung Arbeit, doch sie ermahnte sich sofort. Es war Samstag, und Abbie brauchte ihre volle Aufmerksamkeit. Vor allem, wenn Ed sich so benahm wie gestern. Das Theater konnte noch einen oder zwei Tage warten.

Sie schlüpfte in ihren alten Frotteemorgenmantel und die Hausschuhe, tappte zum Gästezimmer und öffnete leise die Tür. Ihre Mum schlief noch. Sanftes Morgenlicht fiel auf die blassen Wangen und die Pillenfläschchen auf dem Nachttisch. Claire beobachtete einen Augenblick lang, wie sich Joyces Brust mit jedem Atemzug kaum merklich hob und senkte, dann schloss sie die Tür wieder. Sie stieg die Treppe zu Abbies Zimmer im zweiten Stock hoch. Auch hier war nichts zu hören. Sollte sie ruhig noch ein wenig schlafen, immerhin war es erst acht Uhr. Claire tappte die Treppe nach unten.

In der Küche spielte leise Bruce Springsteens *Atlantic City,* und Ed hörte sie nicht. Er stand mit dem Rücken zu ihr, und in den Pfannen vor ihm brutzelten Speck, Quorn-Streifen für Abbie und Baked Beans. Dazu gab es vegetarische und normale Würstchen und Hash Browns. Ed hatte früher – bevor sich ihr Leben in seine einzelnen Bestandteile auflöste – jeden Samstag gekocht, aber das war lange her. Die Zubereitung eines großen Familienfrühstücks war wohl seine Art, mit Abbies Ankündigungen zurechtzukommen.

Claire schlang die Arme um ihn, legte eine Wange auf seinen breiten Rücken und spürte die warme Brust unter ihren Handflächen.

»Guten Morgen, du«, sagte sie leise.

Er versteifte sich einen Augenblick lang, dann entspannte er sich. »Guten Morgen.« Er legte eine Hand auf ihre. »Ich wollte dir das Frühstück nach oben bringen.«

»Schon gut«, sagte sie. »Es ist ohnehin besser, früher in den Tag zu starten. Es gibt viel zu tun.«

»Jap.«

Sie drückte sich an ihn, und der frische Duft des Duschgels und des Aftershaves vermischte sich mit den Frühstücksgerüchen. »Tut mir leid, dass ich gestern Abend so abweisend war.«

»Kein Thema.« Seine Stimme ließ seine Brust vibrieren. »Ich war ein alter Griesgram, mehr nicht.«

»Ed? Geht es dir gut?«

»Sicher.«

»Wovon hast du letzte Nacht geträumt? Erinnerst du dich?«

Er versteifte sich erneut, legte den Pfannenwender beiseite und sah sie an. Er trug eine schwarze Schürze mit der Aufschrift *Made in 1971* über einem *Blade-Runner*-T-Shirt. Die dunklen Haare waren noch feucht vom Duschen.

Er nickte langsam. »Ein wenig.«

Claire sah ihrem Mann in die Augen. Darunter hatten sich dunkle Ringe gebildet. »Du hast im Schlaf geschrien«, sagte sie sanft. »Das hast du schon lange nicht mehr getan.«

»Tut mir leid, dass ich dich geweckt habe«, sagte er und drückte ihr einen Kuss auf die Stirn.

Claire nahm seine Hände in ihre. »Du hast nach Joshua gerufen«, sagte sie sanft. »War es wieder derselbe Albtraum?«

Er schüttelte den Kopf und senkte den Blick. »Dieses Mal war es anders.« Er biss die Zähne aufeinander. »Aber das willst du sicher nicht hören.«

»Doch.«

»Es hat sich so real angefühlt.«

»Erzähl es mir.«

Er zögerte und warf einen gehetzten Blick über ihre Schulter. »Ich war am Strand. Ganz vorne am Wasser.«

»Okay. Und was ist passiert?«

»Ich weiß nicht, wo sich der Strand befand, aber hinter mir war nichts und vor mir nur das Meer. Abbie saß in einem kleinen Ruderboot und trieb aufs Wasser hinaus, ohne es zu merken. Ich rief nach ihr, aber sie konnte mich nicht hören, also watete ich ins Wasser. Sie trieb weiter und weiter, und ich sank tiefer und tiefer. Ich kam immer langsamer voran, bis das Wasser in meinen Mund drang und schließlich über meinen Kopf stieg.«

»Oh, Ed.« Claire drückte seine Hände. »Das ist schrecklich.«

»Und da sah ich Joshua.« Seine Stimme war kaum noch zu hören. »Unter Wasser. Ich wollte zu ihm, streckte die Hände nach ihm aus … und in dem Moment bin ich aufgewacht. Es war alles so real, dass ich das Gefühl hatte … sie waren beide fort, und ich hatte erneut versagt.«

Ed verstummte, und sie standen einen Moment lang da, versunken in der Erinnerung an den gemeinsamen Verlust. An eine Wunde, die so tief und grausam war, dass sie sie beinahe das Leben gekostet hätte. Doch irgendwie hatten sie überlebt.

Claire streichelte die Hand ihres Mannes. »Willst du über ihn reden?«

Eds Blick huschte zu der Fotocollage an der Wand. Eine Sammlung von Familienfotos, mit zwei Bildern in der Mitte, die älter und ausgeblichener waren als der Rest. Zwei Bilder, die er nur ansah, wenn er keine andere Wahl hatte. In der Hoffnung, dass es eines Tages besser werden würde. Und in dem Wissen, dass es nie dazu kommen würde. Joshua war ständig bei ihnen, aber trotzdem nie da. Schon lange nicht mehr.

Ed wich ihrer Frage aus, und sie hatte genau das erwartet. Sie wünschte sich manchmal so sehr, über Joshua zu reden, dass sie unter der Dusche seinen Namen schrie. Sie musste ihn hören, sich daran erinnern, dass er wirklich da gewesen war. Und dass sie ihn so sehr geliebt hatte, dass es beinahe unerträglich war, ohne ihn zu leben.

»Ich muss zusehen, dass das Frühstück nicht verbrennt«, sagte Ed, wandte sich wieder dem Herd zu und griff nach dem Pfannenwender. »Willst du die Eier pochiert oder aus der Pfanne?«

Claire trat seufzend einen Schritt zurück. »Pochiert, bitte.« Sie füllte den Wasserkessel und holte Becher aus dem Schrank. »Hast du noch mal über Abbies Zukunft nachgedacht? Sie wünscht sich so sehr, dass du …«

Ed schlug Eier in eine Pfanne, und die Frage hing einen Moment lang in der Luft, bevor er meinte: »Dass ich was?«

Claire gab die Teebeutel in die Becher. »Dass du einverstanden bist.«

»Womit? Dass sie heiratet?«

»Mit *ihm*. Mit Ryan.«

Er schüttelte den Kopf. »Ich habe ihn gestern erst kennengelernt.«

»Ich doch auch. Aber du könntest wenigstens an den richtigen Stellen ein wohlwollendes Brummen von dir geben. Es würde ihr viel bedeuten.«

»Ich weiß mehr oder weniger gar nichts über den Kerl.«

»Dann *frag* sie. Zeig Interesse. Ohne dass es wie ein Verhör wirkt.«

»Ich *bin* interessiert. Das weißt du doch.«

»Und du musst nicht knurren, wenn du mit ihm sprichst.«

»Wer hat geknurrt?« Er hob übertrieben ergeben die Hände. »Ich sicher nicht.«

»Deine Stimme wird eine Oktave tiefer. Du klingst dann wie Liam Neeson in *96 Hours.*«

»Aber das ist doch ein hervorragender Film«, erklärte er und deutete mit dem Pfannenwender auf sie.

»Es ist dir nicht einmal aufgefallen, oder?«

Ed zuckte mit den Schultern. »Meine Stimme ist eben ziemlich tief.«

»Wir sind seit siebenundzwanzig Jahren verheiratet, Ed. Ich habe eine ziemlich genaue Vorstellung davon, was in deinem Kopf vorgeht. Du runzelst sogar jetzt die Stirn, obwohl wir nur davon reden.« Sie deutete auf ihre eigene Stirn. »Die Falte zwischen deinen Augenbrauen war eine regelrechte Schlucht, als du gestern mit Ryan gesprochen hast.«

»Stimmt doch gar nicht!«

»Du tust es schon wieder.«

Er grinste gezwungen und hob die Augenbrauen. »Siehst du?« Er streckte beide Daumen in die Höhe. »Euer glücklicher, heiterer, liebenswürdiger Ehemann steht Euch zu Diensten, Ma'am.«

Sie schüttelte den Kopf, musste aber unwillkürlich ebenfalls grinsen. »Du alberner Tropf.« Sie stieß ihn sanft gegen die Schulter. »Geben wir Ryan einfach eine faire Chance, okay? Er gehört bald zur Familie.«

»Natürlich. Jeder hat das Recht auf eine faire Chance«, erwiderte Ed. »Egal, ob er sie verdient oder nicht.«

»Ed!«

»Das war ein Witz. Ein dämlicher Witz, meine allerliebste Ehefrau.«

Sie deutete auf das Fahrtenmesser, das von der Pinnwand hing und dessen Holzgriff die Aufschrift *#1 Dad* trug. »Ich glaube, das hier räumen wir vorsorglich in die Schublade.«

»Von mir aus«, erwiderte er. »Ich hätte sowieso nach der Axt gegriffen. Die ist Furcht einflößender.«

Ihr Ehemann grinste erneut.

Und Claire war sich *fast* sicher, dass er wieder nur witzelte.

7

Ich richtete den Laptop so aus, dass Abbie und Claire ihn vom Sofa aus nicht sehen konnten. Wir waren den ganzen Tag unterwegs gewesen und hatten unter anderem drei Brautmodengeschäfte besucht – bloß, um zu erfahren, dass niemand innerhalb von fünf Wochen ein Hochzeitskleid bereitstellen konnte. Danach hatten wir zwei Stunden in einem Coffeeshop in der Innenstadt verbracht und Hochzeitsmagazine gewälzt. Es war anstrengend gewesen, die gewünschte Begeisterung an den Tag zu legen, und ich wurde das Gefühl nicht los, Abbie spürte, dass etwas nicht stimmte. Seit wir Joyce in ihrer Wohnung abgeliefert und nach Hause zurückgekehrt waren, gab ich vor, Arbeit nachzuholen, während sich Claire und Abbie eine Quizshow im Fernsehen ansahen.

Ich stellte noch einmal sicher, dass sie sich nicht für mich interessierten, dann verkleinerte ich das Fenster mit den E-Mails, öffnete ein neues Fenster und tippte *Ryan Wilson* in den Suchbalken. Mehr als 360 Millionen Ergebnisse. Du lieber Himmel. Konnte er nicht einen weniger gebräuchlichen Nachnamen haben? Die meisten Einträge betrafen den früheren Kapitän einer Rugbymannschaft, der *Glasgow Warriors,* und hatten nichts mit dem Ryan Wilson zu tun, der am vergangenen Abend bei uns gewesen war. Ich scrollte weiter, und nachdem ich nichts fand, wechselte ich zur Bildersuche. Doch auch das brachte keine Ergebnisse.

Ich musste die Suche einschränken. Was wusste ich sonst noch über Ryan? Nicht viel. Ich versuchte ein paar Kombinationen: *Ryan Wilson Manchester; Ryan Wilson Nottingham; Ryan Wilson Royal Anglians; Ryan Wilson Recruiting.* Die letzte Suche brachte einige Ergebnisse. Eine Firmenhomepage, einen Twitter- und einen Facebook-Account.

Mein Blick huschte erneut zu Abbie. Sie schien es zu spüren, sah auf und lächelte. Ich streckte beide Daumen in die Höhe und tat dann, als müsste ich mich auf die Arbeit konzentrieren. Sie verdrehte die Augen und wandte sich wieder dem Fernseher zu.

Ich öffnete die Website von *Eden Gillespie International* und entdeckte Ryan sofort. Neben einem kurzen Abriss seines beruflichen Werdeganges gab es ein gediegenes Porträt von Ryan in einem konservativen Anzug mit dunkler Krawatte, der selbstbewusst in die Kamera blickte.

> Ryan Wilson verfügt als Partner bei Eden Gillespie über herausragende Erfahrung in der Rekrutierung hochrangiger Angestellter und Beamter in den Bereichen Technik, IT, Luftfahrt und Verteidigung. Derzeit ist er mit der Leitung unserer Außenstelle in den Midlands betraut. Ryan hat das Bachelor-Studium der Psychologie an der Universität von Manchester mit Auszeichnung abgeschlossen und vor seiner Zeit bei Eden Gillespie als Offizier beim Royal Anglian Regiment der British Army gedient.

Offizier bei der British Army. Uniabschluss mit Auszeichnung. Partner mit dreiunddreißig. Hilfspolizist. Modelgesicht.

Joyces aufgeregte Worte kamen mir in den Sinn. *Ein guter Fang – ganz ohne Haken.*

Ryan war tatsächlich in vielerlei Hinsicht perfekt. Es sprach eine Menge für ihn.

Trotzdem …

Trotzdem ließ mich mein erster Eindruck nicht los.

Ich vergrößerte das Porträt. Ein professionelles Foto. Seriös, aber nicht zu ernst. Das Gesicht eines Mannes, mit dem man reden kann, der mit Leuten umgehen kann, dem man vertrauen kann. Ein Mann, den man gerne in der Familie willkommen heißt.

Aber diese Augen. Dunkel, selbstbewusst, wissend.

Es war bloß ein Foto, aber mich überkam erneut ein Schaudern. Ein Gefühl des Wiedererkennens. Als wüsste ich, was ich vor mir sah. Wenn ich den Bildschirm lange genug anstarrte, würde ich die Geheimnisse hinter den perfekten Wangenknochen, dem kantigen Kinn und dem selbstbewussten Lächeln lüften.

Wer bist du? Was hast du getan?

»Dad?«

Ich fuhr hoch und legte eine Hand auf den Laptopdeckel, um ihn notfalls in Sekundenschnelle zu schließen. Die Katze, die mit dem Kopf auf meinem Oberschenkel eingeschlafen war, wachte ruckartig auf.

»Was?« Ich räusperte mich. »Was ist los?«

Abbie sah mich fragend an. »Weißt du die Antwort? Aber ohne Google!«

Ich las die Frage auf dem Fernsehbildschirm. *Wofür steht das A in der Abkürzung für die britische Militäreinheit SAS?* Die Antwortmöglichkeiten lauteten: *Armee, Agency, Air* oder *Action.*

»Air.«

»Sicher?«

»Hundertprozentig. *Special Air Service.*« Ich lächelte, und mit einem Mal war die Sehnsucht so groß, dass es wehtat. Ich würde es vermissen. Die ganze Familie vereint. Abbie, die mich um Rat fragte, wenn sie bei der Samstagabendshow nicht weiterwusste.

Der Kandidat entschied sich für »Air« und somit für die richtige Antwort.

»Ja!« Abbie hob triumphierend die Faust. »Woher weißt du solche Sachen immer, Dad?«

»Ich bin eine Quelle der nutzlosen Informationen«, erwiderte ich schulterzuckend.

»Weshalb ich dich auf jeden Fall als Telefonjoker nehmen würde. Dich und Mum. Dad kann Geschichte, Sport, Literatur und Militär abdecken. Mum, du machst Wissenschaft, Ernährung, Geografie, Kunst und Kultur, Filme, Tennis und Eishockey.«

»Und Ryan?«, fragte Claire.

»Der sitzt im Publikum und feuert mich an.«

Ich wandte mich wieder dem Laptop zu, fügte die Website von Eden Gillespie zu den Favoriten hinzu und surfte noch ein wenig weiter. Es gab Büros in London, Nottingham, Manchester und Glasgow sowie Paris, Frankfurt, Turin, Genf und New York. Die Geschäfte liefen offenbar gut.

Nachdem die Google-Suche etwa eine Million Ryan Wilsons auf Facebook ergeben hatte, ging ich auf Abbies Facebook-Seite und fand Ryan in ihrer Freundesliste. Das Profilbild zeigte ihn lächelnd in einem weißen Hemd mit offenem Kragen vor strahlend blauem Himmel. Offenbar befand er sich am Strand oder auf einem Boot. Sein Profil war öffentlich, und er hatte knapp vierhundert Freunde. Wohnort Nottingham, stammt aus Manchester. Arbeitet bei Eden Gillespie International. In einer Beziehung. Kein Geburtstag – nicht einmal das Jahr – und keine Schul- und Uniabschlüsse.

Ich scrollte durch seine Posts. Grillpartys, Hochzeiten, Ryan bei einem Ironman, als Marathonläufer zugunsten der Krebsforschung und in Wanderklamotten im Moor. Dazu ein paar Posts von Manchester United und ab und zu ein witziges Meme, das Millionen andere ebenfalls geteilt hatten. Keine politischen Posts, keine Kontroversen, alles mehr oder weniger nichtssagend.

Und perfekt. *Zu* perfekt.

Auf Twitter war es das Gleiche. Vieles hatte mit seinem Job oder Fußball zu tun, unterbrochen von dem einen oder anderen witzigen Retweet. Er hatte 496 Follower und folgte 652 anderen Accounts. Sowohl der Facebook- als auch der Twitter-Account stammten aus dem Jahr 2013. Hatte das etwas zu bedeuten? Warum gab es davor keine Aktivitäten?

Er war dreiunddreißig, also war er 2013 sechsundzwanzig gewesen. Vielleicht war er damals aus der Army ausgestiegen? Wenn er nach der Uni gleich zum Militär gegangen war und sich für fünf Jahre verpflichtet hatte, stimmten die Jahre genau überein. Aktivitäten auf den sozialen Medien waren beim Militär vielleicht nicht gern gesehen.

Es gab keinen Instagram-Account mit einem nachvollziehbaren Usernamen, hier würde ich mich wieder an die Accounts halten, denen Abbie folgte. Es sei denn, er verwendete einen fremden Usernamen, von dem auch sie nichts wusste. Was auch die Schwachstelle dieser Art der »Recherche« war. Es konnte durchaus sein, dass die Profile unter seinem richtigen Namen nur einen Teil der Geschichte darstellten und er noch weitere Accounts unter fremdem Namen hatte.

Bevor ich Ryans LinkedIn-Profil öffnete, loggte ich mich aus meinem eigenen Account aus, damit er nicht benachrichtigt wurde, dass Edward Collier auf seinem Profil geschnüffelt hatte. Das Bild war dasselbe wie auf der Homepage von Eden

Gillespie. Er arbeitete seit drei Jahren für die Firma, davor war er jeweils zwei Jahre lang bei zwei anderen Arbeitgebern gewesen, beide Male im Führungsebenen-Recruiting. Erst dieses Jahr war er bei Eden Gillespie zum Partner ernannt worden.

Auch auf LinkedIn hatte er angegeben, dass er vor seiner Zeit beim Militär das Psychologiestudium in Manchester mit Auszeichnung abgeschlossen hatte. Zumindest das hatten wir gemeinsam. Ich hatte fünfzehn Jahre vor ihm dort studiert und nahm mir vor, ihn nach der Zeit in Manchester zu fragen. Weitere Schulen waren nicht angeführt.

Ich erstellte einen neuen Favoritenordner in meinem Browser, nannte ihn »Admin« und speicherte die Accounts, die ich gefunden hatte. Dann rief ich das Porträt von Eden Gillespie noch einmal auf, vergrößerte es und betrachtete Ryans Gesicht.

Ich dachte daran, wie Joyce ihn mit meinem Schwiegervater verglichen hatte, der vor fünf Jahren gestorben war.

Ich sah etwas anderes, wenn ich in Ryans braune Augen sah.

Ich sah Dunkelheit.

SONNTAG

Sechsunddreißig Tage bis zur Hochzeit

8

Meine Lunge brannte. Mein Herz sprang mir beinahe aus der Brust, und meine Beine waren schwer wie Blei, während ich die verwaisten Straßen von West Bridgford entlangjoggte. Ich hatte erst spät mit dem Laufen begonnen, und manchmal – nicht immer, aber oft genug – gelang es mir, mit meinen Gedanken an einen Ort zu gelangen, wo alles sauber und einfach war und in geordneten Bahnen verlief. Laufen, Atmen, die Gedanken hinter sich lassen.

Heute funktionierte es nicht.

Ryan. Ryan. Ryan. Der Name hallte mit jedem Schritt durch meinen Kopf. Ich musste mir sein bisheriges Leben noch genauer ansehen. Die Online-Recherche gestern Abend war ein guter Anfang, aber sie zeigte nur das Bild, das er der Öffentlichkeit von sich vermitteln wollte. Ich musste tiefer graben, um die Wahrheit ans Licht zu bringen. Ich wusste, dass es etwas zu finden gab. Ich wusste zwar nicht was, aber ich würde es aufspüren.

Ich kehrte zum Haus zurück und traf Abbie in der Küche, wo sie sich zu einem Lied von Justin Timberlake summend ein Glas Orangensaft einschenkte.

»Guten Morgen, Lieblingstochter.« Ich drückte ihr einen Kuss auf die Wange. »Gut geschlafen?«

»Wie ein Baby«, antwortete sie und strich mit dem Daumen über mein Kinn. »Du solltest dich rasieren, Papa.«

Ich winkte ab. »Heute ist Sonntag, da bleibt der Bart stehen.« Ich goss mir eine Tasse Kaffee ein und setzte mich auf einen der Hocker an der Frühstücksbar. »Auch eine Tasse?«

»Nein, danke. Ich versuche, auf Koffein zu verzichten.« Sie nippte an ihrem Saft. »Ryan trinkt weder Tee noch Kaffee.«

»Ach ja, das hatte ich vergessen.«

»Wie war das Joggen?«

»Super. Wenn ich so weitermache, kann ich 2024 bei den Olympischen Spielen starten.«

Sie schüttelte den Kopf und schenkte mir ein Lächeln, das sie ausschließlich für meine dummen Späße reserviert hatte.

Ich bemerkte erst jetzt, dass sie ebenfalls Sportklamotten trug. Sie war als Kind und Jugendliche lieber zum Eislaufen gegangen, als einem Sportclub beizutreten, hatte Popmusik gehört, Konzerte besucht und im Tierheim ausgeholfen. Irgendwann war sie zu der Überzeugung gelangt, dass sie nicht sportlich war, Sport nicht zu ihrem Körper passte und sie außerdem in keiner Sportart wirklich gut war. Sie hatte das Beste ihrer Eltern in sich vereint, aber der größere Teil fiel auf Claire. Ich hatte unserer Tochter die Körpergröße, das Grübchen am Kinn und die Liebe zu alten Filmen vermacht, aber von ihrer Mutter hatte Abbie das gute Aussehen, die langen dunklen Haare und die haselnussbraunen Augen geerbt, die manchmal grünblau und manchmal braungrün schimmerten. Außerdem hatte sie ihre Herzenswärme und den Optimismus von Claire.

Wie ihre Mutter sah auch Abbie stets das Beste in jedem Menschen. Was einer der Gründe war, warum ich auf sie achtgeben musste.

»Gehst du auch laufen?«, fragte ich. »Habe ich dich endlich überzeugt?«

»Das war Ryan. Wir nehmen im Juli an einem Zehn-Kilometer-Lauf teil. Jeder hat sich eine Wohltätigkeitsorganisation ausgesucht, und wir teilen die gesammelten Spenden. Ryan läuft für die Krebsforschung und ich für das Sonnenblumenhospiz.«

»Für den kleinen Jungen aus deiner Klasse?«

»Theo.« Ein Schatten legte sich über ihr Gesicht. »Das Sonnenblumenhospiz kümmert sich unglaublich um ihn.«

»Wie geht es ihm?«

»Der Krebs geht zurück. Vorerst.« Sie sah in den Garten hinaus. »Die armen Eltern.«

Ich tätschelte ihre Hand. »Und wie war der Mini-Sporttag?«

»Er war begeistert und hat alle Stationen ausprobiert. Auch dabei haben die Leute vom Hospiz großartige Arbeit geleistet.«

Theo, ein schrecklich tapferer Sechsjähriger aus ihrer Klasse, war am Boden zerstört gewesen, weil er den Schulsporttag aufgrund seiner Krebsbehandlung verpassen würde. Also hatte Abbie für die gesamte Klasse einen Mini-Sporttag im Garten des Hospizes organisiert, sodass Theo mit seinen Klassenkameraden gemeinsam spielen konnte. Sie hatte sich alles selbst überlegt, die Genehmigungen eingeholt und die Veranstaltung abgehalten. Alles für Theo.

Sie setzte sich mit einer Banane neben mich. »Du unterstützt uns doch auch, Dad? Hast du unsere Spendenseite schon gesehen?«

Sie rief die Seite auf ihrem iPad auf. *Ryans und Abbies Zehn-Kilometer-Challenge* als Überschrift und dazu ein Selfie von Ryan und Abbie in Laufklamotten und Sonnenbrillen, die Wange an Wange in die Kamera lachten. Sie hatten bereits die Hälfte der erhofften fünftausend Pfund erreicht.

»Natürlich.«

»Ryan hat die anderen Partner in der Firma dazu gebracht, jeweils zweihundertfünfzig Pfund zu spenden. Es bedeutet ihm sehr viel, nach allem, was seine Mum durchmachen musste.«

»War sie denn krank?«

»Brustkrebs. Sie ist letztes Jahr gestorben.«

»Das tut mir leid. Dann hast du sie also nicht mehr kennengelernt?«

»Die Ärzte haben den Krebs viel zu spät entdeckt. Deshalb versucht Ryan, Geld für die Krebsforschung zu sammeln, wann immer es ihm möglich ist.«

Ich dachte an die Fotos auf seinen Social-Media-Profilen. »Ironman und solche Dinge?«

Abbie sah mich überrascht an. »Ja, woher weißt du das? Er redet normalerweise nicht darüber.«

Weil ich ihn gestalkt habe.

Ich nahm eilig einen Schluck Kaffee, um Zeit zu gewinnen. »Ich glaube, du hast mir neulich davon erzählt?«, meinte ich schließlich. »Als wir über seine Hobbys gesprochen haben.«

»Wirklich? Ich kann mich nicht erinnern. Er leistet auch Freiwilligendienst im Krankenhaus. Er sitzt bei den Patienten und redet mit ihnen, spielt Gitarre …«

»Er spielt Gitarre?«

»Er war mal in einer Band.«

»Wow, dann ist er auch noch Musiker.« Ich gab mein Bestes, mir nichts anmerken zu lassen.

Abbie sah mich forschend an. »Es hat ihm am Freitag sehr gut bei uns gefallen.«

»Schön zu hören.«

»Er bat mich, dass ich mich noch mal bei euch für die Einladung bedanken soll.«

»Klar. Keine Ursache.«

Abbie legte eine Hand auf meinen Arm. »Dad, bist du einverstanden mit, du weißt schon … der Hochzeit?«

Ich rang mir ein Lächeln ab. »Wenn du es wirklich aus tiefem Herzen willst, dann ja. Dann bin ich einverstanden.«

»Ehrlich?«

Nein.

»Willst du es denn wirklich?«

»Natürlich.« Sie zögerte. »Und was hältst du von Ryan?«

Ehrlich? Ich traue ihm nicht. Ich glaube ihm nicht. Irgendetwas stimmt nicht mit ihm.

»Nun«, murmelte ich mit Blick in die Kaffeetasse. »Es scheint vieles für ihn zu sprechen. Es wäre nett, ihn besser kennenzulernen.«

»Er ist einfach wunderbar. Ich kann immer noch nicht glauben, dass wir verlobt sind.« Sie schloss mich in eine Umarmung. »Ich bin froh, dass du ihn auch magst, Dad.«

Ich umarmte sie ebenfalls und genoss den sauberen, sanften Geruch ihres Apfelshampoos. »Bleibst du heute zum Abendessen oder bist du mit Ryan verabredet? Ich koche.«

»Schaffst du es bis zum Nachmittag? Bevor er aus Manchester kommt?«

»Klar, dann koche ich zu Mittag.«

Sie trat an mir vorbei in den Flur. »Ich mache mich mal an meine fünf Kilometer, Dad.«

»Vergiss das Aufwärmen nicht.«

Ich sah ihr nach, und mein Lächeln verblasste. Die Küche fühlte sich mit einem Mal leer an. Ich wartete darauf, dass sich die Haustür schloss, dann griff ich nach Abbies iPad, entsperrte es – sie benutzte Tillys Geburtstag als Passwort – und öffnete ihre Kalender-App. Sie hatte alle Termine penibel vermerkt, und die meisten betrafen Ryan. Ich stieg auf die Monatsansicht um und scrollte langsam, damit ich den gesuchten Eintrag nicht übersah. Meine Tochter war genauso gewissenhaft und organisiert wie ihre Mutter. Ich hätte Geld darauf verwettet, dass ich das Datum fand, und ich hatte recht behalten.

»Dad?«

Ich zuckte zusammen und schloss eilig den Kalender. Abbie stand in der Küchentür und sah mich verwirrt an.

»Bist du schon wieder zurück?«, fragte ich und zwang mich zu einem Lächeln. »Das ging aber schnell.«

»Was machst du an meinem iPad?«

»Ich wollte die Nachrichten lesen. Hast du die BBC-App?«

Sie runzelte einen Moment lang die Stirn, dann ließ sie es gut sein. »Die ist sicher irgendwo. Ich habe die Kopfhörer vergessen.«

»Klar, ohne Musik kann man nicht joggen.«

Sie verschwand erneut, und dieses Mal wartete ich eine Minute, bevor ich den Kalender wieder öffnete.

Am 10. September hatte sie *RYAN 34!!!* notiert.

Ich kritzelte 10. 9. 1986 auf ein Post-it und steckte es ein.

9

Nach dem Abendessen holte ich meinen Werkzeugkasten aus dem Keller und trug ihn bis in den zweiten Stock. Wir hatten die große Doppelhaushälfte mit den fünf Schlafzimmern vor mehr als zwanzig Jahren gekauft und vorgehabt, sie mit Kindern zu füllen. Alleine der Gedanke daran brach mir beinahe das Herz. Ein Kind für jedes Schlafzimmer, das war der Plan gewesen. Und vielleicht noch mehr, wenn alles gut lief. Als Älteste bekam Abbie das größte Zimmer im zweiten Stock – die Prinzessin in ihrem Turm. Ihr Bruder Joshua bekam das zweitgrößte Zimmer direkt neben unserem.

Doch dann hatten wir ihn verloren, und alle unsere Pläne waren uns bedauernswert, grausam und sinnlos erschienen.

Claire hatte in den zwei Jahren nach dem Tod unseres Sohnes zwei Fehlgeburten und irgendwann – ohne Diskussion und Widerrede meinerseits – beschlossen, wieder mit der Pille zu beginnen.

Abbie hatte noch immer das größte Zimmer im Haus.

Es war ein Teenagerzimmer: blasslila Wände, eine davon in einem etwas dunkleren Violett, Lichterketten hinter dem Bett, ein großer Spiegel und ein Schminktisch, ein Schreibtisch und ein Sofa, auf dem früher ihre Freundinnen übernachtet hatten.

Ich hatte die Wände unzählige Male gestrichen. Ein paar Schichten unter der aktuellen Farbe befand sich ein Wandbild, das von allem am längsten durchgehalten hatte. Ich hatte sechs Wochen für das Bild von Alice im Wunderland gebraucht, in dessen Mitte Abbie saß. Meine kleine Abbie in ihrem kleinen, persönlichen Wunderland. Als das Bild fertig war, fiel sie mir um den Hals, drückte mir einen Kuss auf die Wange und meinte, ich sei der beste Maler der Welt. Damals war ich in ihren Augen allwissend und ein Genie in allem, was ich tat. Ich war derjenige, nach dem sie rief, wenn sie aus einem bösen Traum erwachte. Claire war mit dem Theater oft Wochen im ganzen Land unterwegs, was mit ein Grund war, warum Abbie und ich uns so nahe gestanden hatten, bevor sie zum Teenager geworden war. Wir waren eine Gang. Unsere Versteckspiele waren legendär und dauerten oft Stunden, und sie fand immer wieder neue, unmögliche Verstecke, sodass Treffen mit ihren Freunden oft ausfallen mussten, weil sie so in ihr Spiel vertieft war. Die Königin des Versteckens.

Abbie im Wunderland war mittlerweile unter einigen Schichten Farbe begraben.

Ich holte einen Schraubenzieher aus dem Werkzeugkasten und ging in das angrenzende Bad. Abbie hatte mich gebeten, die Dusche zu reparieren, doch als ich das Wasser anmachte, fiel mir kein Defekt auf. Seltsam. Es sah alles absolut funktionstüchtig aus. Ich griff nach meinem Telefon und schrieb eine Nachricht.

Was sollte ich noch mal in deiner Dusche reparieren? Es sieht alles gut aus. X

Kurz darauf kam die Antwort:

Keine Sorge, Dad, Ryan hat sich bereits darum gekümmert. X

Ich starrte auf die Nachricht.

Ryan hat sich bereits darum gekümmert.

Ich tippte eine schnelle Antwort, dann löschte ich sie wieder.

Es war nett von Ryan, dass er sich die Zeit genommen hatte, Abbies Dusche zu reparieren. Es war aufmerksam und anständig. Ich gab offen zu, dass ich Heimwerkerarbeiten weder besonders mochte noch besonders gut hinbekam, weshalb ich sie gerne vor mir herschob. Trotzdem war ein fremder Mann ohne mein Wissen und meine Erlaubnis in mein Haus spaziert, hatte sich meiner Aufgaben angenommen und meine Rolle überflüssig gemacht.

Er hatte mich *ersetzt.*

MONTAG

Fünfunddreißig Tage bis zur Hochzeit

10

Ich saß an meinem Schreibtisch und nippte an dem Kaffee, den ich mir von der Mittagspause mitgenommen hatte, während ich aus dem Fenster blickte. Von meinem Büro im vierten Stock hatte man einen schönen Ausblick auf die Bronzestatue von Brian Clough, einem der berühmtesten Söhne der Stadt, vor der Touristen eifrig Selfies schossen. Dahinter erhob sich eine Reihe reich verzierter viktorianischer Gebäude, deren Terrakottaziegel in der Sonne leuchteten.

Durch die Glastrennwand meines Büros sah ich hinaus auf das restliche Stockwerk und mein Team, doch die meisten waren unterwegs zu Kundengesprächen, und so war es relativ ruhig. Ich schloss die Bürotür und setzte mich wieder. Eine E-Mail von der Assistentin der Geschäftsführerin ging ein. Sie wies mich darauf hin, dass sie noch immer auf meine Rückmeldung zum letzten Konsultationsprotokoll wartete und alle anderen schon abgegeben hatten.

Verdammt. Die Umstrukturierung. Ich warf einen Blick auf die gelbe Mappe, die seit letzter Woche auf meinem Schreibtisch lag, und antwortete, dass ich mich bis Dienstschluss darum kümmern würde.

Danach öffnete ich die Mappe zum etwa zwanzigsten Mal und fragte mich wie die Male zuvor, ob ich auf der Abschussliste der Geschäftsführerin stand und bereits feststand, wann ich den Hut nehmen musste. Andererseits mussten wir alle unser Feedback abgeben. Ich öffnete ein halb fertiges Word-Dokument, legte die Hände auf die Tastatur und starrte auf den Bildschirm.

Die Buchstaben verschwammen vor meinen Augen.

Ich klappte die Mappe zu und legte sie in die Schreibtischschublade. Minimierte das Fenster. Ich musste etwas wegen Ryan unternehmen. Am Baum rütteln und sehen, was herunterfiel. Die Stellen finden, wo seine Geschichte Risse zeigte.

Ich drehte den Bildschirm etwas von der Tür fort, dann machte ich mich an die Arbeit.

Ich begann mit den Facebook- und Twitter-Accounts, die ich bereits aufgespürt hatte, doch seit Samstagabend gab es keine neuen Einträge. Genauso wenig wie auf LinkedIn und bei Eden Gillespie. Ich gab *Ryan Wilson Prozess* und *Ryan Wilson Verbrecher* ein, bekam jedoch keine Ergebnisse.

Ich rief das Porträtfoto auf, um es mir im kalten Licht des Tages noch einmal anzusehen. Vielleicht würde sich mein Misstrauen in Luft auflösen. Doch das Gegenteil geschah. Ryans Augen schienen mich herauszufordern, mich zu verhöhnen, über die Banalität eines Montagnachmittags im Büro zu lachen.

Ich öffnete LinkedIn und beschloss, am Anfang zu beginnen. Der erste Eintrag war das Bachelor-Studium an der Universität von Manchester. Ich war immer erstaunt, wie viele Firmen sich nicht die Mühe machten, Referenzen zu überprüfen, und dem Lebenslauf eines Bewerbers blindes Vertrauen schenkten. Ich erkundigte mich gerne, wenn ich neue Leute für mein Team suchte – und ich hatte die Werkzeuge, um derartige Nachforschungen anzustellen.

Ich rief eine Datenbank auf, in der sämtliche akademischen Abschlüsse verzeichnet waren, loggte mich über den Firmenaccount ein und füllte das Anfrageformular mit den Daten von Ryans LinkedIn-Account aus. Für das Geburtsdatum holte ich das Post-it aus meiner Geldbörse, dann klickte ich auf »Weiter«.

Es war eine Einverständniserklärung der betroffenen Person erforderlich.

Ich lud das Formular herunter, unterschrieb mit einem unleserlichen Gekritzel und fügte es der Anfrage hinzu. Dann erkannte ich meinen Fehler. Um derartige Informationen zu erhalten, musste die E-Mail-Adresse der betroffenen Person angegeben werden, damit sie darüber informiert werden konnte, dass Informationen über sie ausgegeben wurden und an wen.

Verdammt.

Ryan würde erfahren, dass ich Nachforschungen angestellt hatte, und Abbie zwangsläufig ebenfalls. Im nächsten Moment fiel mir allerdings die Lösung ein. Es war beschämend, wie schnell ich bereit war, etwas derart Unethisches und vermutlich auch Illegales zu tun. Ich erstellte einen neuen Gmail-Account mit einer Fake-Adresse, in der sein Name vorkam. So würde Ryan nie etwas erfahren.

Nach dem Studium hatte Ryan fünf Jahre als Soldat gedient. Ich hatte noch nie ehemalige Militärs eingestellt, aber eine schnelle Google-Suche führte mich auf eine Seite, auf der zukünftige Arbeitgeber Referenzen überprüfen konnten. Ich füllte ein weiteres Formular aus, fügte auch hier eine unterschriebene Einverständniserklärung hinzu und gab die neue E-Mail-Adresse als Kontakt an. Einen Moment lang ließ mich das schlechte Gewissen innehalten, aber ich war bereits zu weit gegangen, um jetzt noch abzubrechen. Ich schickte alles ab und lehnte mich in meinem Stuhl zurück.

Es war ein Anfang, aber es würde nicht reichen.

Ich sah auf die Uhr. Es war halb vier. In fünf Wochen würde

Abbie um diese Zeit bereits verheiratet sein. Fünfunddreißig Tage. Achthundertvierzig Stunden.

Ich sah hinaus zu meinen Kollegen. Nur Paul war noch da und hatte den Blick auf seinen Bildschirm gerichtet. Ich machte den Computer aus und schnappte meine Jacke.

Wenn ich mich beeilte, erwischte ich Ryan, wenn er aus dem Büro kam.

11

Ich stand ein paar Minuten vor dem modernen sechsstöckigen Gebäude von Eden Gillespie und versuchte, etwas hinter dem dunkel getönten Glas zu erkennen. Das Haus thronte auf dicken, grauen Betonpfeilern, durch die man auf die darunterliegende Parkfläche sah.

Von meinem Beobachtungsposten auf der gegenüberliegenden Straßenseite aus entdeckte ich kein offensichtliches Wachpersonal, es gab bloß eine Schranke an der Ein- und Ausfahrt. Es roch nach Diesel und Abgasen vom nahe gelegenen Bahnhof. Ich überquerte die Straße und betrat die Parkfläche, als würde ich hierher gehören. Als suchte ich zwischen den BMWs, Jaguars, Mercedes und Porsches meinen eigenen Wagen. Ryans makelloser schwarzer Audi A 6 parkte am Ende der Reihe. Er war also da und arbeitete in einem der Büros über mir. Gut.

Ich warf einen schnellen Blick über die Schulter, schoss ein Foto von Ryans Auto samt Kennzeichen und machte mich dann unauffällig auf den Rückweg zur anderen Straßenseite. Ich war mir nicht sicher, was ich mit dem Kennzeichen anstellen wollte – zumindest noch nicht –, aber es war auf jeden Fall gut, es zu kennen. Ich stieg in meinen Peugeot, den ich am Ende der Straße geparkt hatte, und eine Idee reifte in mir.

Ich behielt den Haupteingang von Eden Gillespie im Auge und sah zu, wie die Angestellten das Gebäude verließen oder von Kundengesprächen zurück ins Büro kamen. Ryan war nirgendwo zu sehen. Es war gerade halb fünf, also hatte ich noch ein wenig Zeit. Normalerweise kam ich frühestens um halb sechs nach Hause.

Ich trommelte mit den Fingern auf das Lenkrad. *Das ist albern. Ich sollte das Feedback für die Geschäftsführerin vorbereiten. Was mache ich hier eigentlich? Was wird Ryan meiner Meinung nach tun?*

Trotzdem blieb ich sitzen und wartete auf den Verlobten meiner Tochter. Es war kein weiter Weg hierher gewesen. Und vielleicht ließen sich meine Gedanken beruhigen. Ich wollte nur sehen, wo mein Schwiegersohn arbeitete, wohnte und nach der Arbeit hinfuhr. Das tat doch niemandem weh, oder?

Solange Ryan nichts davon erfuhr.

Ich griff nach meiner Sonnenbrille und setzte sie auf, dann suchte ich im Handschuhfach nach der alten Baseballkappe der *Nottingham Panthers*.

Und was jetzt?

Nichts. Ich würde gar nichts machen. Ich stellte lediglich diskrete Nachforschungen an, mehr nicht. So, wie es Immobilienmakler tun, wenn sie ein Haus verkaufen. Sie wollen sicherstellen, dass niemand mit falschen Karten spielt und es zu keinen bösen Überraschungen kommt. Das war absoluter Standard, dabei war der Erwerb einer Immobilie bei Weitem nicht so wichtig wie das hier.

Um zwölf Minuten vor fünf trat Ryan aus der Drehtür. Er trug einen dunklen Anzug, hatte eine Aktentasche in der Hand und das Handy am Ohr. Er ging mit schnellen Schritten zum Auto, parkte elegant aus und bog nach links auf die Canal Street.

Ich startete den Wagen und reihte mich hinter ihm in den Verkehr ein.

12

Ryan fuhr schnell, und sein schwarzer Audi schlängelte sich elegant durch den Abendverkehr in Richtung des Krankenhauses, in dem Abbie und Joshua geboren worden waren. Ich hielt mich etwa drei Autos hinter ihm.

Sein Haus befand sich in Beeston, westlich des Stadtzentrums, weshalb Ryan geradeaus über den Kreisverkehr musste, doch er blinkte im letzten Moment und wechselte die Spur. Ich verfolgte ihn und quetschte mich zwischen zwei andere Autos, woraufhin ein wütendes Hupkonzert erklang. Ich hob entschuldigend die Hand, und kurz darauf hielten wir an einer roten Ampel.

Ich folgte Ryan auf die Umgehungsstraße Richtung Norden. Er fuhr also nicht nach Hause. Vielleicht stand noch ein letzter Kundentermin im Kalender? War es eine Abkürzung? Oder traf er sich zum Fußballspielen mit Freunden?

Vielleicht war es auch etwas vollkommen anderes.

Er fuhr schneller, als ich es gewohnt war, und mein Herz schlug bis zum Hals. Ich zerrte an meinem Hemdkragen, um ihn zu lockern. Ich schaffte es gerade noch, den Audi nicht aus den Augen zu verlieren. Ich hatte genug Filme gesehen und Bücher gelesen – der Trick war, nahe genug dranzubleiben, um nicht von einer Ampel getrennt zu werden, aber nicht so nahe, dass man irgendwann direkt hinter dem Vordermann klebte.

Wo willst du hin, Ryan?

Wir fuhren an einem Einkaufszentrum vorbei, und Ryan überquerte zwei Fahrstreifen und bog nach links. Ich gab Gas, um noch bei Grün über die Ampel zu kommen, und schaffte es gerade noch. Als ich von der Kreuzung war, war die Ampel rot. Hoffentlich gab es hier keine Verkehrsüberwachung.

Abseits der Umgehungsstraße war der Verkehr ruhiger. Ich ließ mich zurückfallen und hoffte, dass Ryan den silbernen Peugeot nicht bemerkt hatte, der ihn seit dem Stadtzentrum verfolgte und nun direkt hinter ihm fuhr.

Wir fuhren nach Bestwood, einer großen Siedlung von in den 1930er-Jahren erbauten Sozialhäusern, die durch die Familie Gunn und ihr Verbrecherkartell traurige Bekanntheit erlangt hatte. Nach einigen Morden, die auf großes Medienecho stießen, war die Bande vor etwas mehr als zehn Jahren schließlich aufgeflogen. Darüber hinaus stammte der bekannte Serienmörder Harold Shipman aus Bestwood. Ich kannte die Gegend vorwiegend aus den Nachrichten, aber was hatte Ryan hier verloren? Es war kein Ort, an dem man rein zufällig landete.

Einige junge Männer in dunklen Kapuzenpullovern sahen dem Audi nach, während er die Straße hinunterfuhr. Ryan fuhr bei Gelb über die Kreuzung, und ich legte eine Vollbremsung hin, um nicht eine junge Frau mit einem Kinderwagen niederzumähen. Der Audi gab Gas, und ich reckte den Kopf und sah gerade noch, wie er etwas weiter vorne rechts abbog.

Verdammt. Ich hatte ihn verloren. Ich trommelte mit den Fingern auf das Lenkrad und spürte, wie ein Tropfen kalter Schweiß von meiner Achsel nach unten rann. Nachdem die Ampel endlich grün geworden war, gab ich Gas und bog ebenfalls nach rechts ab. Vielleicht konnte ich ihn noch einholen. Ich gelangte auf eine weitere Straße mit aufgebrochenem Asphalt und überwucherten Gärten. Auf dem Bürgersteig lag ein umgedrehter Einkaufswagen, und gegenüber stand ein regennasses Sofa mit aufgerissenem Bezug.

Der Audi war verschwunden.

Ich fuhr weiter, bog zweimal nach links und gelangte am Ende wieder zum Ausgangspunkt. Die Siedlung glich einem Labyrinth. Mein Blick fiel auf heruntergekommene Läden, einen China-Imbiss, einen Schnapsladen, ein Pub aus den Sechzigern, dessen Fenster zur Hälfte vernagelt waren.

Ich wollte bereits aufgeben, als ich den Audi entdeckte. Ich trat auf die Bremse und fuhr ein Stück rückwärts. Er stand in einer Seitenstraße, zwischen ein paar halb verfallenen, verbarrikadierten Garagen.

Was machte Ryan hier? Dieser Ort war meilenweit von dem hübschen Innenstadtbüro und der Junggesellenwohnung in Beeston entfernt.

Ich fuhr an den Straßenrand und machte den Motor aus. Ryans Auto war verwaist. Es gab jeweils sechs Häuser in einer Reihe, von denen der schmutzig-weiße Verputz bröckelte. Im Garten gegenüber wucherte das Unkraut. Zwischen dem restlichen Müll lag ein umgekippter rostiger Kühlschrank. Ich rutschte tiefer in den Sitz. Mein Auto war in dieser Gegend viel zu auffällig. Ein paar Schuljungen gingen mit Chipspackungen in den Händen an mir vorbei und warfen mir herausfordernde Blicke zu.

Fünf Minuten. Zehn.

Eine Gestalt kam aus einem der Häuser, sah rechts und links die Straße hinunter und ging in die Richtung, in der der Audi parkte. Er hatte die Anzugjacke gegen eine dunkle Lederjacke getauscht, die Krawatte abgenommen und eine Baseballkappe aufgesetzt, aber er war es definitiv. Er steckte die Hände in die Taschen und ging weiter.

Verdammt noch mal. Hatte er mich gesehen?

Ich hatte keine Ahnung. Und es gab noch ein weiteres Problem. Er würde mich ganz sicher sehen, wenn er aus der Seitenstraße fuhr. Sollte ich davonfahren? Nein. Zu auffällig. Ich rutschte noch tiefer und zog mir die Baseballkappe ins Gesicht.

Bitte fahr in die andere Richtung.

Als ich den Kopf hob, sah ich das Heck des Audi am Ende der Straße verschwinden. Er war nach links abgebogen. Ich stieß die Luft aus. Das war für meinen Geschmack etwas zu knapp gewesen.

Aber was hatte der adrette Ryan hier verloren, in einer der verruchtesten Gegenden der Stadt? Einer Gegend, wo Verbrecher und Drogendealer verkehrten?

Es gab nur zwei Möglichkeiten, das herauszufinden. Ich konnte ihn fragen. Oder mich umsehen.

Ich entschied mich erst einmal für die zweite Möglichkeit und stieg aus. Mein dunkelblauer Anzug und das weiße Hemd waren genauso auffällig wie mein Auto. Ich nahm eilig die Krawatte ab und stopfte sie in die Tasche meines Jacketts. Es war seltsam und beinahe unheimlich still. Ich ging langsam und bemüht unauffällig die Straße entlang, als wüsste ich genau, wo ich hinwollte. Das Haus befand sich etwa dreißig Meter entfernt auf der linken Seite.

Ich hielt davor. Der winzige Garten war ein Desaster, der Weg zum Haus aufgesprungen und von dickem Gras überwuchert. An der Mauer waren noch die Umrisse der Hausnummer – 98 – zu erkennen. Meine Nackenhaare richteten sich auf. Ich hatte das Gefühl, beobachtet zu werden. Ich wäre am liebsten sofort zur Tür gegangen und hätte geklopft, aber davon hätte Ryan sicher erfahren. *Ein Weißer mittleren Alters in einem Anzug. Groß, dunkle Haare mit einem silbernen Peugeot. Kennst du ihn?*

Stattdessen ging ich weiter zum nächsten Haus, wo der Fernseher so brüllend laut war, dass man ihn bis auf die Straße hörte. Ein Hund bellte in einem fort. Ich klopfte, wartete und klopfte erneut.

Niemand öffnete.

Auf der anderen Seite hatte ich mehr Glück. Die Tür schwang nach dem ersten Klingeln auf, und ich stand zwei Mädchen in Schuluniformen gegenüber. Sie waren etwa sechs und sieben Jahre alt und stark geschminkt. Ich lächelte und dachte daran, dass Abbie früher das Gleiche mit Claires Make-up getan hatte.

»Ja?«, fragte die Kleinere mit einem Selbstbewusstsein, das ich ihr aufgrund ihrer Größe nicht zugetraut hätte.

Der Flur hinter ihnen war makellos sauber.

»Hallo. Ist eure Mum oder euer Dad zu Hause?«

»Warum?«

»Ich muss mit ihnen reden.«

Die Kleine warf mir einen misstrauischen Blick zu. »Warum?«

»Wegen eures Nachbarn.«

Das Mädchen überlegte einen Moment, dann rief sie: »Mum!«

Eine Stimme drang aus einem Raum, bei dem es sich vermutlich um die Küche handelte. »Wer ist es, Ella?«

»Ein Mann!«, riefen die beiden Mädchen wie aus einem Mund, dann verschwanden sie die Treppe nach oben.

Eine schlanke Frau mit Schürze erschien. Sie hatte die Haare zu einem lockeren Pferdeschwanz zusammengefasst und trug ein Kind in Windeln auf der Hüfte.

»Sind Sie von der Stadtverwaltung? Ich habe Ihnen doch schon gesagt …«

»Nein, ich bin wegen eures Nachbarn hier.«

»Was ist mit ihm?« Sie warf einen Blick auf die leere Straße hinter mir. »Sind Sie von der Polizei?«

»Nein.« Ich lächelte. »Ich wollte mich nur bei ihm bedanken. Er hat vor Kurzem gesehen, wie mein Auto auf einem Parkplatz beschädigt wurde, und einen Zettel unter den Scheibenwischer gesteckt. Das war meine Rettung.«

»Können Sie ihm denn nicht schreiben?«

»Ich wollte mich persönlich bedanken.« Ich zuckte mit den Schultern. »Die meisten Leute hätten sich nicht die Mühe gemacht, aber er hat mir eine Menge Ärger mit der Versicherung erspart. Glauben Sie, er ist bei der Arbeit? Ich habe geklopft, aber es hat niemand aufgemacht.«

»Ich habe ihn, ehrlich gesagt, noch nie gesehen.« Das kleine Kind auf der Hüfte wurde unruhig, und sie wiegte es sanft. »Er wohnt erst seit ein paar Monaten hier, und die Vorhänge sind immer zu. Manchmal höre ich, wie er spätabends das Haus verlässt.«

»Hat er viele Besucher? Leute, die zu ihm kommen?«

Das war eine Frage zu viel.

»Manchmal.« Sie beäugte mich misstrauisch und legte eine Hand auf die Tür. »Wie war noch mal Ihr Name?«

»Tom«, antwortete ich. »Ripley.«

»Egal, wer bei ihm ein und aus geht, es geht mich nichts an. Und Sie auch nicht.«

»Nein, natürlich nicht. Ich dachte nur, dass er vielleicht …«

Doch sie schloss bereits die Tür.

Ich wandte mich ab und bemerkte erst jetzt, dass die vier Typen mit den Kapuzenpullovern sich auf der anderen Straßenseite versammelt hatten und mich beobachteten. Ihre Augen blieben unter den Schirmen ihrer Kappen verborgen. Der saure Geruch von Cannabis umgab die pickeligen Gesichter.

Ich spürte den ganzen Weg zum Auto ihre Blicke auf mir.

13

Ich legte meinen Schlüssel in die Schale neben der Eingangstür und mein Jackett über das Treppengeländer. Claire war in der Küche und kochte ein Curry. Es roch nach Kreuzkümmel und Koriander, und mein Magen knurrte. Sie streckte mir die Wange für einen schnellen Kuss entgegen, während sie weiterrührte. Montag Abend ging sie immer zum Tennis, und sie hatte die Arbeitsklamotten bereits gegen eine Trainingshose und ein Sweatshirt getauscht.

»Wie wars im Büro?«, fragte sie.

»Ganz okay.« Ich holte ein alkoholfreies Bier aus dem Kühlschrank. »Wie immer.«

Sie musterte mich. »Du bist heute ziemlich leger unterwegs …«

Ich sah an mir herunter. Meine Krawatte steckte noch im Jackett. »Nein, es war bloß warm im Auto.« Ich nahm einen Schluck Bier. »Wie war dein Tag? Läuft mit der neuen Produktion alles nach Plan?«

Sie blies sich die dunklen Stirnfransen aus der Stirn. »Gute Frage. Dominic hatte mal wieder Textunsicherheiten, aber er ist jung und du kennst ihn ja. Das Gute ist, dass bereits die Hälfte der Vorstellungen ausverkauft ist.«

Claire war die Geschäftsführerin der Theatertruppe, die im Sommer mit dem Stück *Blick von der Brücke* eine Zeit lang durch Irland und Schottland touren würde. Es war ein kleines, eng verwobenes Team, und sie war mehr oder weniger für alles zuständig, was nicht zu den Aufgaben der künstlerischen Leiterin Miranda gehörte. Sie beruhigte junge Schauspieler, organisierte die Reisen, trieb Sponsorengelder auf, bewarb die Aufführungen und fuhr den Minibus.

Ich holte Messer und Gabeln und deckte die Frühstücksbar. »Aber ihr habt doch noch genug Zeit, um alles auf die Reihe zu bekommen, oder?«

»Ja, es sind noch ein paar Wochen.« Sie gab weitere Kräuter in den Topf. »Hast du Katzenfutter besorgt?« Sie deutete auf Tilly, die im Wintergarten auf dem Sofa lag.

»Ach, verdammt«, stöhnte ich. »Das habe ich vergessen.«

»Ist schon okay. Sie kann auch einen Tag lang etwas anderes fressen.«

»Nein, sie braucht ihr gewohntes Futter«, widersprach ich und kraulte die Katze zwischen den Ohren. Sie hob den Kopf und gähnte, dann schloss sie erneut die Augen. »Sie mag nichts anderes, und sie muss etwas fressen. Ich fahre einfach schnell in den Supermarkt.«

Ich kehrte zu meinem Wagen zurück und wollte gerade einsteigen, als ich eine schlanke Gestalt am Ende der Einfahrt entdeckte. Ein Mann mit langen dunklen Haaren in einem zerknitterten weißen Leinenhemd mit aufgerollten Ärmeln, die den Blick auf die verschnörkelten Tattoos auf seinem linken Unterarm freigaben. Das Hemd stand zur Hälfte offen, und seine Brust zierten mehrere Leder- und Silberketten. Dazu trug er schwarze Skinny-Jeans mit Löchern an den Knien und eine schicke Sonnenbrille, obwohl es bewölkt war und sicher bald zu regnen begann. Sein VW Golf GTI Cabrio parkte auf der anderen Straßenseite.

Er hob zur Begrüßung die Hand. »Hey, Ed.«

Ich schloss die Autotür wieder und lehnte mich dagegen, um ihm den Weg zum Haus zu versperren.

»Hallo, George«, sagte ich zögernd. »Was führt dich hierher?«

»Ist Abbie zu Hause?«

»Nein.«

Er nickte. »Ich muss mit ihr reden. Ihr alles erklären.«

»Sie ist nicht da.«

Er trat näher. »Ich hatte viel Zeit, um über alles nachzudenken. Darüber, was ich falsch gemacht habe, und wie … grauenhaft ich war. Ich bekomme jetzt Hilfe und setze mich mit meinem toxischen Verhalten auseinander. Ich habe erkannt, wie fürchterlich ich sie behandelt habe. Abbie war anders. Sie war etwas Besonderes. Einer der seltenen Menschen, zu denen man eine echte, ehrliche Verbindung spürt. Eine spirituelle Verbindung. Sie ist meine …«

»Sie ist nicht da«, wiederholte ich.

George warf einen Blick auf die riesige Rolex an seinem knochigen Handgelenk. »Wann kommt sie normalerweise nach Hause?«

»Schwer zu sagen. Am Montag gibt es immer eine Lehrerbesprechung. Außerdem will sie dich sicher nicht sehen.«

»Warum nicht?«

Ich verschränkte die Arme. »Weil sie dich hinter sich gelassen hat.«

George lächelte und legte die Hände aufeinander wie zum Gebet. »Aber *ich* doch auch. Das sage ich ja die ganze Zeit, Ed. Ich habe die Vergangenheit auch hinter mir gelassen. Ich bin *gewachsen.* Als Mensch und als Mann. Ich habe meine Fehler erkannt. Ich will doch nur noch eine Chance.«

Ich, ich, ich. Derselbe alte George. Es geht immer nur um dich, nicht wahr?

»Sie interessiert sich nicht mehr für dich. Das kann ich dir hundertprozentig garantieren.«

Nun wirkte sein Lächeln verschlagen. »Ich glaube dir nicht.«

»Von mir aus.«

»Du bist ein beschissener Lügner, Ed. Wusstest du das? Wenn man mit Schauspielern arbeitet, so wie ich, bekommt man ein Gefühl für die wahre Bedeutung heuchlerischer Worte. Man bekommt sozusagen eine Nase dafür.«

Ich stellte mir nicht zum ersten Mal vor, wie befriedigend es wäre, George eins auf die besagte Nase zu geben. Für alles, was Abbie seinetwegen durchleiden musste, nachdem sie mit ihm Schluss gemacht hatte.

Ziemlich zufriedenstellend.

»Du kannst nicht ständig hierherkommen, George. Sie will dich nicht sehen.«

»Ich weiß, dass an ihrer Schule heute eine Lehrerfortbildung stattfindet. Ich habe nachgesehen.« Er trat so nahe, dass ich sein Aftershave und den abgestandenen Zigarettenrauch riechen konnte. »Sie sollte also inzwischen zu Hause sein. Ich werde nicht gehen, bevor ich nicht mit ihr persönlich gesprochen habe.«

»Hör mal, George, du bist ein junger Kerl mit einigen Vorzügen«, erklärte ich. Ich hatte beschlossen, es auf andere Art zu versuchen. »Die Frauen stehen doch sicher bei dir Schlange, und es gibt viele, die …«

»Sei nicht so gönnerhaft!«

Er wollte sich an mir vorbeidrängen, doch ich hielt die Stellung. Er versuchte es erneut, aber er war ein schlaksiger Kerl, und ich war schwerer, größer und breiter – ein unbeweglicher Fels zwischen meinem Auto und der Gartenhecke.

»Du kannst mich nicht davon abhalten!«, rief George.

»Auf meinem Grundstück kann ich das.«

»Ich befinde mich nicht auf deinem Grundstück.« Er versuchte es ein drittes Mal, und ich legte eine Hand auf seine Brust und stieß ihn bestimmt zurück auf den Bürgersteig. Er stolperte nach hinten und senkte schockiert den Blick nach unten, um ihn anschließend auf meine ausgestreckte Hand zu richten.

»Das war ein tätlicher Angriff.«

»Wohl kaum.«

»Du hast mich angegriffen.«

»Nein.«

»Es *war* ein tätlicher Angriff. Du hast die Hände auf meine Brust gelegt und absichtlich widerrechtliche Gewalt angewandt. Ich habe ein Jahr Jura studiert, und mein Vater ist Kronanwalt, wie du weißt. Dafür bekommst du sechs Monate.«

Ich verlor langsam die Geduld. Ich hatte diesen überprivilegierten Angeber so satt, der immer wieder bewies, dass er ein Nein nicht akzeptieren konnte. »Ich habe dich nicht angegriffen«, knurrte ich. »Aber das werde ich, wenn du Abbie nicht in Ruhe lässt.«

»Ist das eine Drohung? Bedrohst du mich etwa?«

»Weißt du was?«, meinte ich mit einem Mal erschöpft. »Geh einfach. Du machst dich hier gerade zum Affen.«

»Du hast gedroht, mich zusammenzuschlagen.« Er schien mich geradezu aufzufordern, auf ihn loszugehen. »Ich bleibe hier, bis du mich mit Abbie reden lässt. Ich könnte dich anzeigen für das, was du vorhin getan hast.«

»Wofür denn? Dass ich mit dir geredet habe?«

»Du hast versucht, mich einzuschüchtern. Du hast mir gedroht, dass ich es bereuen werde, wenn ich Abbie nicht gehen lasse.«

»Du hast sie gestalkt«, erwiderte ich unnachgiebig. »Nachdem sie mit dir Schluss gemacht hatte.«

»*Ich* habe sie gestalkt?« Er stieß ein bellendes Lachen aus. »Das klingt seltsam aus dem Mund eines derart überfürsorglichen Vaters.«

»Du hast sie verfolgt, George.«

»Weil ich sie geliebt habe und immer noch liebe. Und weil sie erwachsen ist, geht dich das im Grunde nichts an!«

»Falsch. Das Glück meiner Tochter geht mich sehr wohl etwas an. Und ich habe dich gewarnt, dazu bin ich nicht verpflichtet.«

Er nahm die Sonnenbrille ab, steckte sie in die Hemdtasche und sah mich mit schmalen Augen an. »Du bist ein wenig irre, was, Ed? Weiß Abbie, wie du wirklich bist?«

Ich verschränkte die Arme und schwieg. Wir starrten einander noch einige Augenblicke an, dann wandte er sich ab und kehrte zu seinem Auto zurück. Er fuhr mit heulendem Motor und quietschenden Reifen davon. Ich sah ihm nach. *So ist es gut. Fahr weiter. Immer weiter. Komm nur nicht zurück.* Ich ließ den VW nicht aus den Augen, bis er um die Ecke verschwunden war.

Ein anderes Auto hielt hinter mir, und ich drehte mich um. Abbie winkte mir aus ihrem kleinen roten Fiesta zu.

»Hey, Dad.« Sie stieg mit dem Laptop in der einen und einer Umhängetasche voller Aufgabenhefte in der anderen Hand aus dem Auto. »Wer war das?«

Ich nahm ihr die Tasche ab und drückte ihr einen Kuss auf die Wange. »Ach, nur irgendein junger Verrückter.«

Sie musste nicht erfahren, dass George Fitzgerald es immer noch nicht begriffen hatte.

14

MITTWOCH

Dreiunddreißig Tage bis zur Hochzeit

Jemanden im Auto zu verfolgen, ist sehr viel schwerer, als es im Fernsehen aussieht. Das hatte ich auf die harte Tour erlernen müssen. Doch die erste Fahrt nach Bestwood ließ mich vermuten, dass es noch mehr herauszufinden gab. Ich gab einen Suchbegriff in mein Handy ein und ging die verschiedenen Möglichkeiten durch. Es sollte nicht zu billig sein. Ich brauchte etwas Strapazierfähiges, das seinen Zweck fehlerlos erfüllte. Ich wählte das Gerät mit der höchsten Kundenbewertung – es war mit 149 Pfund nicht gerade billig – und las den Haftungsausschluss. Jeder Käufer musste sich über die Gesetzeslage in Großbritannien im Klaren sein und danach handeln, und natürlich übernahm der Verkäufer keine Haftung bei illegalem Gebrauch. Ich wählte »Versand am nächsten Tag« aus und drückte auf »Kaufen«.

Es war unglaublich, was man alles im Internet erwerben konnte.

Ich öffnete ein weiteres Fenster und ging auf Abbies und Ryans Spendenwebsite. Der Text unter dem Selfie erzählte von Ryans Mutter und ihrem Kampf gegen den Brustkrebs. Die größte Spende betrug 250 Pfund und kam von *Steve E,* der offenbar ein Kollege oder Ryans Vorgesetzter bei Eden Gillespie war. Ich spendete 300 Pfund und legte mein Handy beiseite, dann streckte ich die Beine so weit wie möglich aus und rutschte tiefer in den Fahrersitz. Ich saß hier schon viel zu lange.

Ich hatte meinen auffälligen Peugeot in einer Seitenstraße mit direktem Blick in die Neilson Road geparkt. Es war ruhig, abgesehen von ein paar jungen Müttern mit Kinderwagen und dem einen oder anderen Rentner, der mit dem Hund spazieren ging.

Ryan war nirgendwo zu sehen.

Ich hatte nicht wirklich erwartet, dass er so bald schon zu dem Haus mit der Nummer 98 zurückkehren würde, aber ich musste dem Verdacht nachgehen, der bei seinem Besuch vor zwei Tagen in mir aufgekeimt war. Am Dienstag hatte ich dank mehrerer Meetings den ganzen Tag im Büro festgesessen, aber heute hatte ich keine wichtigen Termine, weshalb ich mich krankgemeldet hatte, in meine alten Jeans und einen Anorak geschlüpft war und mich noch einmal auf den Weg nach Bestwood gemacht hatte.

Der letzte Besucher im Haus 98 war ein etwa siebzehnjähriger, maximal achtzehnjähriger großer, spindeldürrer Junge gewesen. Er war mit den Händen in den Taschen seines Kapuzenpullovers auf das Haus zugegangen, hatte geklingelt, den Blick nach oben gerichtet und war nach relativ langer Wartezeit schließlich ins Haus getreten. Kurz darauf kam er wieder heraus. Er hatte die Kapuze auf dem Kopf, hielt den Kopf gesenkt und schaute eilig nach rechts und links, bevor er mit den Händen in den Taschen einen hastigen Abgang machte. Er war der dritte Besucher innerhalb der letzten zwei Stunden gewesen, und wie die anderen war er nur wenige Minuten im Haus geblieben. Ich war kein Fachmann, aber ich hatte genug Krimiserien gesehen, um zu wissen, dass in diesem Haus vermutlich ein Drogendealer Geschäfte machte.

Mein Handy klingelte. Es war eine unbekannte Nummer.

»Ed?«

»Ja.«

»Hier ist Georgia aus dem Büro. Tut mir leid, wenn ich störe.«

Verdammt.

»Schon gut.« Ich sprach leiser und langsamer, immerhin hatte ich mich krankgemeldet. »Ich war ohnehin wach. Was ist los?«

»Julia bat mich, Sie nach Ihrem Feedback zur Umstrukturierung zu fragen«, erklärte sie entschuldigend. »Ich habe noch nichts von Ihnen bekommen, und ich dachte … ich wollte nur nachfragen, ob Sie es abgeschickt haben oder nicht. Ich weiß, Sie hatten viel zu tun, und manchmal gehen Dokumente auch im System verloren, also …«

»Eigentlich wollte ich das Feedback dieser Tage fertigschreiben, aber dann hat das Projekt für die Stadtverwaltung meine ganze Aufmerksamkeit beansprucht. Ich klemme mich morgen früh dahinter.«

»Julia bat mich, Ihnen zu sagen, dass die Deadline bereits verstrichen ist.«

Ich seufzte, und mein Magen zog sich zusammen. »Okay. Schon gut. Meine Schuld. Ich hätte mich früher darum kümmern sollen.«

»Und sie meinte, dass die Einzelbesprechungen nächste Woche stattfinden werden.«

»In Ordnung. Bis dahin bin ich sicher wieder auf dem Damm.«

Zwei Jungen in Schuluniformen rannten am Auto vorbei. Einer jagte den anderen mit einem großen Stock, und beide brüllten, so laut sie konnten.

»Ed?«, fragte Georgia zögernd. Sie war halb so alt wie ich und erst seit sechs Monaten bei uns, aber sie hatte sich bereits den Ruf erarbeitet, die Augen und Ohren der Geschäftsführerin zu sein. »Sind Sie … zu Hause?«

»Ja, auf dem Sofa. Der Fernseher ist ein wenig laut, Entschuldigung.«

Es folgte eine kurze Pause. »Okay.« Die Zweifel waren ihr anzuhören. »Dann war das einstweilen alles.«

»Ich hoffe, wir sehen uns morgen.«

Ich beendete das Telefonat innerlich fluchend und stellte das Handy auf lautlos, um nicht noch einmal gestört zu werden. Dann zog ich den Reißverschluss meines schwarzen Anoraks bis zum Kinn und stieg aus. Es war alles ruhig, nur in der Ferne bellte ein Hund. Ich zog die Baseballkappe tiefer ins Gesicht und stellte den Kragen auf. Hoffentlich wirkte ich dadurch etwas weniger auffällig als am Montag. Ich überquerte die Straße und klingelte bei Haus 98. Nichts. Ich klingelte erneut und klopfte. Keine Reaktion.

Die Jalousien an den Wohnzimmerfenstern waren geschlossen, sodass nichts zu erkennen war. Der schmutzigweiße Verputz bröckelte, und mehrere Dachziegel hingen in die Dachrinne. Die Eingangstür war jedoch von guter Qualität und sehr stabil. Es gab keine Klinke und keinen Briefschlitz, bloß zwei Schlösser. Sie wirkte sowohl an diesem Haus als auch in dieser Gegend fehl am Platz. Im nächsten Moment entdeckte ich das kleine, runde Auge einer Kamera in der oberen Ecke des Türrahmens. Der Besitzer hatte offenbar nichts für ungebetene Gäste übrig. Ich klingelte erneut und richtete die Baseballkappe so aus, dass meine Augen nicht zu sehen waren, als ich direkt in die Kamera blickte. »Hallo? Könnten Sie mich reinlassen, bitte?«

Die Kamera glotzte regungslos zurück.

Ich wartete noch eine Minute, dann ging ich zum Gartentor, das in einen schmalen Durchgang zwischen den Häusern und zu einer asphaltierten Fläche hinter dem Haus führte. Es war zweifach abgeschlossen, und auf einem großen Schild mit einem knurrenden Deutschen Schäferhund stand »Hier wache ich«. Ich versuchte es noch einmal mit der Klingel, dann kehrte ich zum Auto zurück. Ein paar Typen hatten sich darum versammelt.

Zwei Gestalten in schwarzen Kapuzenpullovern und Jeans lehnten an der Motorhaube, zwei weitere an der Fahrerseite. Angst stieg in mir hoch, und ich hätte am liebsten mitten auf der Straße angehalten, doch ich zwang mich, ruhig weiterzugehen.

Der älteste Kerl war Mitte zwanzig, hatte kurz geschorene schwarze Haare und trat auf mich zu. »Hast du dich verlaufen, Kumpel?«

»Nein«, erwiderte ich bemüht unbeeindruckt. »Ich suche jemanden.«

»Und hast du ihn gefunden?«

Ich hielt vor den Männern an und holte den Autoschlüssel aus der Tasche. *Provoziere sie nicht. Verschwinde einfach.* »Ich wollte eigentlich gerade fahren.«

Der Kerl trat noch näher. Ich spürte seinen heißen Atem, der nach Zigaretten und billigem Frittierfett roch.

»Dann musst du zuerst die Gebühr zahlen.«

»Die Gebühr?«

»Fürs Parken.« Er hob die Trainingsjacke und zeigte mir den Holzgriff des Messers in seinem Gürtel. »Oder willst du damit Bekanntschaft machen?«

Seine drei Freunde rückten näher und kreisten mich ein. Einen alleine hätte ich vielleicht überwältigt, aber nicht vier, und vor allem nicht, wenn Messer im Spiel waren. Ich holte mit pochendem Herzen meine Geldbörse hervor und reichte dem Kerl eine Zwanzig-Pfund-Note. Doch bevor ich die Geldbörse schließen konnte, griff er hinein, nahm sich auch den Rest und zerknüllte ihn in der Faust.

»Danke«, sagte er und lehnte sich noch näher. »Jetzt kannst du verschwinden.«

Eine halbe Stunde später und einen Kilometer entfernt beruhigte sich mein Puls endlich ein wenig. Ich saß im Auto, auf einem McDonald's-Parkplatz, lehnte den Kopf zurück und dachte an mein knappes Entkommen. Ich fühlte mich lächerlich, war aber auch erleichtert. Ich hatte einen Blick unter die Oberfläche geworfen und begonnen, die Wahrheit über Abbies Verlobten ans Tageslicht zu befördern. Dann hatte es mich eben fünfzig Pfund gekostet. Das war ein geringer Preis dafür.

Ryan verbarg definitiv etwas.

Andererseits tat ich das auch.

Ich warf einen Blick auf die Uhr. Es wurde langsam Zeit.

Jeden Mittwoch fand ich mich um dieselbe Uhrzeit am selben Ort ein. Ich hätte nie gedacht, dass etwas Langfristiges daraus werden würde, aber irgendwie war es so gekommen, und nun konnte ich nicht mehr damit aufhören. Vor allem nicht nach einem Tag wie heute.

Im Augenblick war es *genau das,* was ich brauchte.

15

Danach fühlte ich mich immer wie neu geboren, und meine Schritte waren federleicht. Doch schon einen Moment später setzte das schlechte Gewissen ein.

Irgendwann würde ich Claire sagen müssen, was los war. Aber erst, wenn der richtige Zeitpunkt gekommen war. Wobei ich mir das schon seit einer Ewigkeit schwor. Schon seit Beginn. Ich kämpfte die zwanzigminütige Fahrt nach Hause mit meinen Schuldgefühlen, bis ich schließlich in unsere Straße bog und den weißen Golf GTI sah. George war zurück.

Er saß in seinem Auto, hielt den Blick auf sein Handy gerichtet und sah noch schlimmer aus als vor zwei Tagen. Die Haare waren strähnig, und er hatte dunkle Ringe unter den Augen. Früher hatte er auf gewollte, trendige Art kaputt ausgesehen, doch langsam spiegelte es seinen tatsächlichen Zustand wider. Ich verspürte ein seltsames, unerwartetes Mitleid für ihn, weil ich ihm bald den Rest geben und meine Trumpfkarte ausspielen würde. *Sie zieht zu ihm. Sie heiraten in einem Monat. Du musst es gut sein lassen und weiterziehen, okay?*

Obwohl ich die Ryan-Karte lieber nicht gespielt hätte. Ich wollte ihn nicht dafür benutzen, George zu vertreiben, und ihm womöglich etwas dafür schulden.

Dann kam mir eine Idee. Es war zwar eine ziemlich seltsame Idee, aber im Moment fiel mir nichts ein, was dagegengesprochen hätte. Vielleicht sollte ich George gar nicht vertreiben. *Benutz nicht Ryan, um George loszuwerden. Benutz George, um Ryan loszuwerden.*

George war natürlich keine langfristige Lösung, aber er war eine bekannte Größe – ich wusste, wie er tickte. Er war leicht zu durchschauen. Im Gegensatz zu Ryan, der immer lächelte und nichts von sich preisgab. Ein Mann, der etwas verbarg. Ein Mann, dem etwas Wesentliches fehlte.

Wenn ich George wieder ins Spiel brachte, offenbarte Ryan vielleicht sein wahres Gesicht. Ich konnte die beiden gegeneinander ausspielen. Ryan würde wütend und eifersüchtig werden und die Kontrolle verlieren. Er würde sich auf George stürzen, und Abbie würde entsetzt erkennen, wie ihr Verlobter wirklich tickte. Wozu er fähig war.

Und ich würde wie immer da sein, um sie zu beschützen.

Es war riskant und würde George sicher einiges abverlangen, ganz egal, wie die Sache ausging. Aber ich musste den Einsatz erhöhen.

»George.« Ich stieg aus und ging über die Straße auf ihn zu. »Du bist zurück.«

»Hey, Ed.« Seine Augen waren blutunterlaufen. »Ich habe etwas für Abbie.«

»Ich denke, du hast es schon beim Haus versucht?«

»Claire meinte, ich soll mich verziehen.«

Ich musste unwillkürlich grinsen. »Sie kann sehr direkt sein.«

»Ich habe Abbie einen Brief geschrieben.« Er griff in seine hintere Hosentasche und zog einen dicken weißen Umschlag hervor. »In dem ich mich entschuldige, ihr alles erkläre und ihr sage, was ich für sie empfinde.«

»Einen Brief?«

»Ja, ich weiß …« Er grinste. »Ziemlich oldschool, was? Ich habe noch nie jemandem einen Brief geschrieben. Aber in einer E-Mail geht so viel verloren. So viele Nuancen, Gefühle, Eigenarten, die nur rüberkommen, wenn man sein Herz über die Seiten ergießt. Und ich will ihn ihr persönlich geben.«

Ich lächelte. Zu Beginn hatte ich George gemocht. Er sah auf byronsche Art gut aus, und sein pseudointellektueller Schwachsinn war recht amüsant. Abbie hatte ihn im Sommer nach dem Uniabschluss kennengelernt, bevor sie in Cardiff mit der Lehrerausbildung begann. Er war höflich, aufmerksam und sehr verliebt in sie. Aber irgendwann war die Beziehung an der Entfernung gescheitert, und Abbie hatte Schluss gemacht. Zuerst tat er mir leid – bis er zu jeder Tages- und Nachtzeit vor ihrer Wohnung aufkreuzte und sie anflehte, es sich noch einmal zu überlegen.

Ich streckte die Hand aus. »Ich gebe ihr den Brief.«

»Oh.« Er konnte seine Überraschung nicht verbergen. »Echt?«

Ich nickte. »Und es tut mir leid wegen neulich. Ich habe mich danebenbenommen.«

»Ich würde ihn ihr lieber selbst geben, dann kann ich gleich mit ihr reden.«

»Hör mal, wenn du wirklich mit Abbie reden willst, dann solltest du aufhören, einfach so hier aufzutauchen. Du musst es auf neutralem Boden versuchen. In einem Café oder so. Schreib ihr und frag sie. Sei *normal.* Hör auf, sie zu verfolgen.«

Er wollte mir den Umschlag bereits geben, doch dann hielt er inne, und seine Augen wurden schmal. »Das ist eine ziemlich plötzliche Kehrtwende, Ed.«

»Ich schätze, jeder verdient eine zweite Chance, und ich kann nicht beurteilen, was Abbie will und nicht will. Ihr seid beide erwachsen. Die Entscheidung liegt bei ihr.«

George musterte mich lächelnd. »Heißt das, dass du nicht gerade begeistert von Abbies neuem Verehrer bist?«

Ich ignorierte die Frage. »Hör mal, wusstest du, dass sie einen Zehn-Kilometer-Lauf plant, um Geld für einen wohltätigen Zweck zu sammeln? Es wäre eine nette Geste, etwas beizutragen. Ein Weg, das Eis zu brechen und ins Gespräch zu kommen. Vor allem, wenn die Spende auffallend groß ist.«

Nun hatte ich Georges volle Aufmerksamkeit. Als Abbies Freund hatte er zwar versagt, aber er hatte mehr als genug Geld. Sein Treuhandfond ermöglichte ihm ein Leben, von dem die meisten Vierundzwanzigjährigen nur träumen konnten.

»Okay«, meinte er langsam, wahrscheinlich, weil er sich immer noch an meinen plötzlichen Gesinnungswandel gewöhnen musste. »Ich sehe es mir an.«

Ich nannte ihm die Adresse der Website.

»Sie wollen fünftausend Pfund sammeln. Es würde ihr sehr viel bedeuten, das Ziel zu erreichen.«

»Das sollte kein Problem sein.« George tippte etwas in sein Handy. »Dann kann ich dir den Brief für sie also geben?«

Er streckte mir den Umschlag entgegen, auf dem in schöner geschwungener Handschrift der Name meiner Tochter stand. »Sie wird ihn bekommen. Versprochen.«

Abbie und Claire waren im Wintergarten und sahen sich auf dem iPad Hochzeitskleider an.

»Hi, Dad«, sagte Abbie. »Mit wem hast du geredet?«

»Mit George Fitzgerald.«

Sie runzelte die Stirn. »Wirklich? Was wollte er?«

Ich hielt den teuren Umschlag in die Höhe. »Eine zweite Chance.«

DONNERSTAG

Zweiunddreißig Tage bis zur Hochzeit

16

Ich saß in einer Ecknische im *Copper,* einer Weinbar an der High Street, das volle Bierglas vor mir auf dem mit Glasabdrücken übersäten Holztisch. Es war ein ruhiger Donnerstagabend, lediglich einige Pärchen, eine Gruppe Freundinnen und ein paar junge Männer in Anzügen hatten sich eingefunden, um sich nach der Arbeit einen Drink zu gönnen. Ich war allein und versuchte, meine Bedenken bezüglich Ryan mit den strahlenden Empfehlungen in Einklang zu bringen, die er von allen Seiten bekam.

Vielleicht verlor ich den Verstand. Vielleicht war ich tatsächlich ein Psychodad.

Bin ich verrückt? Oder sehe ich bloß etwas, das niemand sonst erkennt?

Die Tür ging auf, und ich hob grüßend die Hand, als mein Freund Jason eintrat.

»Ed!« Er kam mit einem freundlichen Lächeln auf mich zu. »Wie gehts?«

»Ganz gut.« Ich deutete auf das zweite Pint auf dem Tisch.

Er setzte sich, stieß mit mir an und trank ein Drittel des Glases in einem Zug leer.

»Wie gehts den Jungs?«

»Sie sind jetzt schon größer als ich. Das ist echt erschreckend.«

Jason war ein knochiger, dauerfröhlicher Kerl mit drei Söhnen, die er jedes Wochenende sah. Wir waren Nachbarn, als die Kinder noch klein gewesen waren. Er arbeitete am Finanzmarkt, wobei ich nie ganz verstanden hatte, was genau er eigentlich tat. Seit seiner Scheidung lebte er mit seiner riesigen Sammlung von Actionfilmen aus den Achtzigern und einer einäugigen Katze namens Gismo in einer kleinen Wohnung im nahe gelegenen Lady Bay.

»Also, was ist los?«, fragte er. »Du siehst grauenhaft aus.«

Ich erzählte ihm die ganze Geschichte. Beginnend bei dem Tag, an dem Abbie zum ersten Mal Ryans Namen erwähnt hatte, bis zu den Bedenken, die mich dazu gebracht hatten, Jason um Rat zu bitten. Als ich fertig war, war Jasons Glas beinahe leer.

»Und jetzt sind sie verlobt?«, fragte er kopfschüttelnd. »O Mann.«

»Jap.«

Er dachte einen Augenblick nach. »Es war allerdings immer schon klar, dass du und Abbie irgendwann diesem Problem gegenüberstehen werdet.«

»Wie meinst du das?«

»Na ja, so ist das eben mit Vätern und Töchtern.« Er zuckte mit den Schultern. »Bei einem Jungen ist das anders.«

»Das ist schon irgendwie sexistisch.«

»Vielleicht. Aber es ist einfach so, oder etwa nicht?« Er bedeutete dem Kellner, uns noch zwei Pints zu bringen. »Du hast also ein schlechtes Gefühl, was diesen Kerl betrifft? Du glaubst, er ist der Falsche?«

»Ich *weiß* es.«

»Warum weißt du es?«

»Ich … ich weiß es einfach. Da ist dieses Gefühl. Als wären nur etwa zehn Prozent von ihm sichtbar, und die restlichen neunzig lägen im Dunkeln. So ähnlich wie bei einem Eisberg.«

»Bloß, weil es im Dunkeln liegt, muss es nicht schlecht sein.«

»Doch, das ist es. Vertrau mir.« Ich beugte mich vor und senkte die Stimme. »Ich glaube, er hat mit Drogen zu tun.«

»Wie kommst du darauf?«

»Ich habe gesehen, wie er ein Haus in Bestwood betreten hat. Es ist ziemlich sicher das Haus eines Dealers.«

»Du hast ihn *gesehen?*« Jason hob eine Augenbraue. »Dann warst du wohl zufällig in der Gegend, was?«

»Ich … Es kann sein, dass ich ihn verfolgt habe.«

Er schüttelte lachend den Kopf. »Okay. Das klingt zwar ein bisschen nach *Magnum*, aber immerhin hast du ihn auf frischer Tat ertappt. Und was machen wir jetzt mit ihm?«

»Wir?«

»Klar. Abbie ist meine Patentochter.« Er schlug mir scherzhaft auf den Arm. »Du warst da für mich, als mein Leben aus den Fugen geriet. Du hast mir geholfen, die Dinge mit Rachel und der Scheidung auf die Reihe zu bekommen, damit ich meine Jungs weiterhin sehen konnte. Du hast mir damals den Rücken gestärkt, und jetzt bin ich an der Reihe.«

Es war grauenhaft gewesen, dabei zuzusehen, wie Jasons Leben sich in Luft auflöste. Es war jetzt fünf Jahre her, dass wir genau hier an diesem Tisch gesessen hatten und ihm mit einem Mal bewusst geworden war, dass seine Ehe vorbei war.

»Du schuldest mir gar nichts, Jason.«

»Das ist Schwachsinn, und das weißt du.«

Ich schluckte den Kloß im Hals hinunter und starrte auf den Tisch. »Cheers, Kumpel. Und danke.«

Er schob mir ein volles Pint hin, doch ich hob abwehrend die Hand. Ich hatte schon das erste kaum angerührt. »Ich muss einen klaren Kopf bewahren. Nimm du es.«

Jason lehnte sich zurück, verschränkte die Arme und neigte

den Kopf. »Okay. Ich habe da eine Idee, wie wir dein Problem aus der Welt schaffen.«

»Schieß los.«

Er lehnte sich wieder nach vorne. »Wir machen es auf die althergebrachte Art«, erklärte er und senkte die Stimme. »Stell dir Folgendes vor: Dieser Ryan wacht mitten in der Nacht auf, und da stehen du und ich vor seinem Bett. Mit Sturmhauben und Baseballschlägern. Wie James Bond. Wir fesseln ihn, werfen ihn in meinen Kofferraum und fahren in den Wald.«

»Ich glaube nicht, dass James Bond schon mal einen Baseballschläger dabeihatte.«

»Ist doch egal.« Mein Freund schien sich langsam für das Thema zu erwärmen. »Wir fahren also in den Wald und lassen ihn sein eigenes Grab schaufeln. Wir jagen ihm eine Höllenangst ein und sagen, dass er sich zurück nach Manchester verziehen soll.«

Ich hob eine Augenbraue. »Ist das nicht ein wenig zu extrem?«

»Du würdest ihn garantiert nie wiedersehen.«

»Und Abbie auch nicht.«

»Aber sie würde dir irgendwann verzeihen.«

»Da wäre ich mir nicht so sicher. Ich muss sehr vorsichtig sein. Hast du nicht noch andere Ideen?«

»Gefällt dir meine denn nicht?«

Ich wollte ihm eine schnippische Antwort an den Kopf werfen, aber ich hielt mich zurück. Jason hatte vielleicht zu viele Actionfilme gesehen, aber er hatte das Herz am rechten Fleck. »Meinst du das wirklich ernst?«, fragte ich. »Du willst ihn in einen Wald verschleppen?«

»Warum nicht?«

»Weil ich nicht wegen Entführung und Freiheitsberaubung

ins Gefängnis will. Außerdem ist er jung und fit, und wir sind beide bald fünfzig.«

»Aber Abbie wäre das doch wert, oder nicht?«

»Natürlich. Bloß, dass Ryan sofort klar wäre, was vor sich geht, sobald er meine Stimme hört.«

»Dann überlässt du mir das Reden. Vielleicht können wir es anders angehen. Wir könnten ihn damit erpressen, dass er Drogen konsumiert. Oder wir setzen eine heiße Braut auf ihn an, schießen kompromittierende Fotos und jagen ihn damit davon.«

»Ich weiß nicht, Kumpel. Sturmmützen, Erpressung und eine Sexfalle … das ist schon ein wenig verrückt, oder? Nichts für ungut, aber da kann jede Menge schiefgehen.«

Jason hob eine Hand. »Natürlich nicht. Du willst ihm also keine Angst einjagen und ihn auch nicht erpressen. Das verstehe ich. In diesem Fall müssen wir den anderen Weg einschlagen.«

»Und der wäre?«

»Wir suchen noch mehr belastende Beweise.«

»Ich bin schon dabei.«

»Aber das Logischste hast du vergessen.«

»Und das wäre?«

Jason zuckte mit den Schultern. »Du musst in sein Haus.«

CLAIRE || MONTAG

Achtundzwanzig Tage bis zur Hochzeit

17

Claire sah zu, wie Ryan den Rollstuhl vorsichtig die Rampe in den Festsaal von Bridgford Hall schob. Hier, in diesem beeindruckenden georgianischen Herrenhaus, würde er in vier Wochen ihre Tochter heiraten. Sie bemerkte, wie behutsam und bedacht er vorging, damit Joyce nicht unnötig durchgerüttelt wurde. Er hatte sie vorhin mit den Armen voller Geschenke auf dem Parkplatz erwartet – ein Armreif für Claire, Ohrringe für Abbie und ein riesiger Blumenstrauß für Joyce – und anschließend darauf bestanden, Joyces Rollstuhl zu schieben, während sie sich den Park und schließlich den Festsaal im zweiten Stock ansahen.

Der Raum, in dem die Trauung stattfinden würde, war lichtdurchflutet und bot durch die hohen Fenster einen herrlichen Ausblick auf den Park. Die Stühle hatten hohe Lehnen und waren mit weißem Stoff überzogen. Die Standesbeamtin, eine enthusiastische Frau in einem dunkelgrauen Kostüm, erklärte ihnen die Formalitäten und versorgte sie stolz mit Informationen zu dem 1786 erbauten Haus. Claire betrachtete lächelnd ihre Tochter und ihren zukünftigen Schwiegersohn, die Händchen hielten, während sie zuhörten. Sie hatte – relativ erfolglos – versucht, Ed zu erklären, dass sie genauso neugierig auf diesen gut aussehenden Fremden war, der plötzlich in ihr Leben getreten war. Sie wollte ebenfalls alles über ihn wissen. Sie hatte nur eine andere Herangehensweise.

Als die Führung vorüber war, fuhren sie mit dem Aufzug zurück ins Erdgeschoss und traten hinaus in den Garten, wo ebenfalls Trauungen stattfanden. Es war ein schöner, sonniger Tag Anfang Juni. Auf dem Boden lagen winzige Hufeisen aus Papier – offenbar Konfetti, die von einer Hochzeit am Wochenende zurückgeblieben waren.

Abbie legte eine Hand auf Ryans Schulter. »Jetzt bin ich mal an der Reihe«, sagte sie. »Komm, Nana, Ryan hat in einem hübschen Restaurant einen Tisch fürs Mittagessen reserviert.«

Claire sah den beiden nach, während Ryan mit seinem Handy einige Bilder von Bridgford Hall schoss, dann folgten sie Abbie und Joyce.

»Also, Ryan«, begann Claire. »Erzählen Sie mir von den Gästen, die Sie eingeladen haben. Werden Ihre Freunde und die Familie hier übernachten? Ich freue mich schon, sie kennenzulernen.«

»Ich werde wohl nur ein paar Freunde aus dem Büro einladen. Ich habe einen Cousin in Neuseeland, der vermutlich zu der Party im nächsten Jahr kommen wird, aber die Hochzeit selbst war leider zu kurzfristig. Und Mum, natürlich wäre es schön gewesen, wenn sie dabei gewesen wäre, aber …« Er zuckte mit den Schultern, und seine Stimme geriet ein wenig ins Wanken. »Meinen Dad habe ich zum letzten Mal im Teenageralter gesehen, und ich habe zwar ein paar Großtanten in Fife und einen Cousin irgendwo im Süden, aber ich stehe ihnen nicht sehr nahe.«

»Sie haben also keine Geschwister?«

»Nein, ich bin ein Einzelkind.«

»Nun, dann freue ich mich darauf, Ihre Freunde kennenzulernen.«

Ryan nickte und griff in seine Tasche, um ein weiteres Geschenk herauszuholen. »Claire, würden Sie bitte so nett sein und Ed das hier geben?«

»Ach Ryan, Sie müssen uns doch nichts schenken. Aber es ist sehr großherzig von Ihnen, danke. Natürlich werde ich es ihm geben.«

»Es ist bloß ein Flachmann, nichts Wertvolles. Abbie hat erzählt, dass er mal einen hatte, der allerdings verloren ging, also dachte ich, er würde sich vielleicht freuen.«

»Das wird er ganz sicher, danke.«

Ryan lächelte unsicher. »Das ist nett von Ihnen, aber …«

»Aber was …?«

Er blieb stehen und steckte die Hände in die Taschen. »Darf ich ehrlich sein, Claire?«

»Natürlich.«

»Ich habe das Gefühl, als hätte ich noch nicht den richtigen Draht zu Ihrem Mann gefunden.«

»Ich verrate Ihnen mal ein Geheimnis, Ryan.« Sie senkte die Stimme. »Noch keiner von Abbies Freunden hatte den richtigen Draht zu ihm. Zumindest nicht unmittelbar. Abgesehen von George vielleicht, aber der hat sich nach der Trennung reichlich seltsam benommen. Ich will damit bloß sagen, dass Ed Zeit braucht, mehr nicht.«

»Ich habe einfach das Gefühl, dass er mich nicht sonderlich mag.«

»*Natürlich* tut er das«, erwiderte Claire. »Er ist nur … es ist kompliziert. Er hat im Moment viel um die Ohren, aber ich bin mir sicher, dass sich das bessert, sobald er Sie besser kennt.«

»Das hoffe ich sehr. Es ist wirklich schade, dass er heute nicht dabei sein kann.«

»Das wollte er ursprünglich.« Sie hielt ihr Handy hoch. »Aber es gab in letzter Sekunde einen Notfall im Büro.«

»Kommt er wenigstens zum Mittagessen?«

Wie auf ein Stichwort hin piepte Claires Telefon.

Tut mir leid, die Sache in der Arbeit dauert noch. Hoffe, es hat euch gefallen. Esst lieber ohne mich. X

»Offensichtlich nicht«, erklärte Claire und tippte eine schnelle Antwort. »Kommen Sie, gehen wir zu den anderen. Ich verhungere.«

18

Ich las Claires Antwort und steckte das Handy zurück in die Hosentasche.

Es roch stark nach Putzmitteln, Bleiche und Lufterfrischer, und meine Nase juckte. Ich stand einen Moment lang in der engen Diele und lauschte der Stille des leeren Hauses. Es waren nur das Ticken einer Uhr und das leise Surren eines Kühlschranks im Raum zu meiner Rechten zu hören. Sonst war alles ruhig, und das war auch gut so, denn immerhin war Ryan nicht zu Hause, sondern mehrere Kilometer entfernt beim Mittagessen mit meiner Frau, meiner Tochter und meiner Schwiegermutter.

Er würde nie erfahren, dass ich in seinem Haus gewesen war.

Ich steckte meine Hand in die andere Hosentasche und befühlte den Schlüssel, den Abbie mir gegeben hatte, damit ich ihr beim Umzug helfen konnte. Ich ließ meine Finger über das scharfe Metall gleiten. Obwohl ich einen Schlüssel hatte, fühlte es sich dennoch an, als hätte ich mir unerlaubt Zutritt verschafft – als hätte ich die Tür eines fremden Hauses aufgedrückt und wäre hineinspaziert. Und im Grunde hatte ich genau das getan.

Und jetzt?

Ich konnte das Haus nicht einfach durchwühlen, sondern musste subtiler vorgehen. Mich umsehen. Hinweise sammeln. Vor mir führte eine Treppe ins Obergeschoss, und da es sich um ein kleines Reihenhaus handelte, ging ich davon aus, dass sich dort zwei Schlafzimmer und ein Bad befanden. Ich entschied mich dafür, mit dem Erdgeschoss zu beginnen.

Zuerst das Wohnzimmer. Die Vorhänge standen offen, aber es hätte wohl zu viel Aufsehen erregt, sie jetzt zu schließen, also tat ich nichts dergleichen. Ich musste mich eben beeilen. Das Wohnzimmer ging im hinteren Teil in einen kleinen Essbereich über, sodass der Großteil des Erdgeschosses ein einziger Raum war. Es gab eine unscheinbare dreiteilige Wohnlandschaft, einen riesigen Fernseher, ein Bücherregal, eine Akustikgitarre auf einem Ständer, einen Kaminsims mit gerahmten Fotos und mehrere Bilder an der Wand. Das größte hing über dem Kamin und war ein Foto eines englischen Moores vor strahlend blauem Himmel. Lake District oder Exmoor vermutlich. Ganz unten stand in winzigen Ziffern das Datum, anscheinend hatte Ryan das Foto vor zwei Jahren selbst aufgenommen.

Die meisten Fotos auf dem Kaminsims zeigten Ryan mit Freunden oder Familienmitgliedern in den verschiedenen Phasen seines Lebens. Auf einigen war eine ältere Frau zu sehen, bei der es sich wohl um seine Mutter handelte. Es gab auch ein Familienfoto mit seinem Vater. Ich fotografierte die Bilder mit dem Handy ab.

Am Ende des Zimmers zeigte ein Fenster in den gepflegten Garten hinter dem Haus, und auf der Wand hinter dem Esstisch hingen zwei Urkunden in Silberrahmen. Zu der ersten Urkunde gehörte auch ein Military Cross, die dritthöchste Tapferkeitsauszeichnung der britischen Streitkräfte. Ryan hatte von seiner Zeit als Soldat erzählt, aber weder er noch Abbie hatten erwähnt, dass er ausgezeichnet worden war. Ich war beeindruckt. War das Military Cross echt? Es sah jedenfalls so aus.

Die zweite Urkunde w[illegible]usszeugnis der Universität von Manchester. D[illegible]iefkopf zeigte das violett-gelbe Wappen der Universität und das Motto *Cognitio, sapienta, humanitas*. Ich dachte an meinen eigenen Abschluss zurück, und es schien mir, als entstamme er dem Leben eines anderen. Was für ein seltsamer Zufall, dass Ryan ebenfalls in Manchester studiert hatte. Wenn er denn tatsächlich dort gewesen war.

Ich machte auch von den beiden Urkunden ein Foto und nahm mir vor, bald nachzusehen, was bei den Referenzüberprüfungen herausgekommen war.

Die Küche war klein und praktisch eingerichtet, neben der Hintertür stand ein Karton mit einer elektrischen Stichsäge von Bosch, noch in Originalverpackung. Abgesehen davon, war alles an seinem Platz. Die Arbeitsflächen waren makellos sauber, und in der Spüle stand nicht einmal ein Becher oder eine Frühstücksschale. Er hatte alles gespült und zum Trocknen aufgestellt. Ich griff nach einem Becher, der ebenfalls das Wappen der Universität von Manchester trug. Er musste seine Uni wirklich geliebt haben.

Mein Telefon piepte, und es klang schreckliche laut in der stillen Küche. Ich zog es eilig hervor. Wahrscheinlich eine Nachricht von Claire. Aber sie war es nicht. Stattdessen kam die Nachricht von meiner Stellvertreterin Siobhan.

> Nur eine kleine Vorwarnung: Julia ist
> stinkwütend auf dich. Sie dachte, du hättest
> heute dein Medientraining bei Cognos,
> aber offenbar bist du dort nicht aufgetaucht?
> Wo bist du?

Ich fluchte und schrieb eine schnelle Antwort.

Probleme mit dem Auto. Ich erkläre es später. Danke für die Warnung.

Mir wurde mit einem Mal klar, wie unverantwortlich es gewesen war, heute Morgen nicht zur Arbeit zu erscheinen, bloß weil ich wusste, dass Ryan den ganzen Vormittag beschäftigt sein würde. Natürlich musste ich die Gelegenheit, mir ungestört sein Haus anzusehen, beim Schopf packen, aber ich konnte es mir nicht leisten, meine Vorgesetzte gegen mich aufzubringen. Nicht jetzt, vor der großen Umstrukturierung.

Ich zog Ryans Haustür hinter mir zu und machte mich gerade auf den Weg zu meinem Wagen, als ich bemerkte, wie sich die Vorhänge im Haus gegenüber bewegten.

19

»Schade, dass du heute nicht dabei sein konntest«, meinte Claire, als ich mich am Abend am Küchentisch niederließ.

»Ich weiß.« Ich schaffte es nicht, sie anzusehen. »Wie ist es gelaufen?«

»Nun, es ist eine umwerfende Location, um Hochzeit zu feiern.« Sie war nach dem Mittagessen direkt ins Büro gefahren und trug noch immer ihren dunkelblauen Hosenanzug und Stöckelschuhe, mit denen sie beinahe so groß war wie unsere Tochter. »Und im Park hinter dem Haus gibt es ein hübsches Plätzchen für Fotos.«

»Ich habe jede Menge Fotos für dich gemacht, Dad«, meinte Abbie.

»Super.« Ich versuchte, so begeistert wie möglich zu klingen. »Ich wäre wirklich gerne gekommen, aber ein Kunde wollte den gesamten Webauftritt noch einmal überarbeiten, obwohl wir schon über der Deadline waren. Es war verrückt.«

Die Lügen kamen mir immer leichter über die Lippen. *Übung macht den Meister.*

»Mum scheint es auch besser zu gehen«, meinte Claire gerade. »Sie ist aufgeregt wegen der Hochzeit. Es wäre schön, wenn sie dieses Wochenende wieder bei uns sein könnte.«

»Klar«, sagte ich. »Ich hole sie Freitag Abend.«

Tilly sprang auf meinen Schoß, knetete meine Oberschenkel und begann zu schnurren, als ich das Tier zwischen den Ohren kraulte. Der neue Flachmann von Ryan lag auf der Küchenarbeitsplatte. Ich sah die selbst gemachten Karten durch, die Abbie von ihren Schulkindern bekommen hatte. Sie waren voller Herzchen und Kussmünder.

»Die Kleinen haben sich sehr für mich gefreut«, sagte sie. »Ich habe dieses Jahr eine tolle Klasse.«

Claire reichte ihr eine Tasse Pfefferminztee. »Zeig die mal besser nicht Ryan«, meinte sie lächelnd. »Sonst wird er noch eifersüchtig.«

Abbie grinste. »Ich schätze, er kommt damit klar.« Sie steckte sich die Haare hinters Ohr. »Aber wo wir gerade von Eifersucht reden: Schon seltsam, dass George neulich hier war.«

Ich spitzte die Ohren.

»Inwiefern?«, fragte Claire.

»Seit er den Brief geschrieben hat, schickt er mir wieder Nachrichten und kommentiert meine Posts auf Instagram. Es ist seltsam – ich dachte, ich sei immer noch wütend auf ihn, aber jetzt habe ich das Gefühl, als hätte ich es hinter mir gelassen.«

»Ich hoffe, du ignorierst ihn.«

»Ich habe ein paarmal geantwortet. Es war bloß Geplänkel, nichts Ernstes.«

»Du bist viel zu nett.«

»Er klingt viel reifer. Vielleicht sollte ich ihn auf einen Kaffee treffen, was meint ihr?«

»Dann könntest du ihm gleich von Ryan erzählen«, schlug ich vor, als wäre mir die Idee gerade erst gekommen.

Claire schüttelte energisch den Kopf. »Er hatte seine Chance, Abs. Er hat es vermasselt.«

»Das meinte ich gar nicht. Bloß, dass wir … Freunde werden.«

»Aber er will nicht nur mit dir befreundet sein, oder?«, fuhr Claire fort. »Er will eine zweite Chance für eure Beziehung, und ich könnte mir vorstellen, dass Ryan etwas dagegen hat.«

»Ryan findet es okay.«

»Du hast mit ihm darüber geredet?«, fragte ich. »Dass George wiederaufgetaucht ist?«

»Wir haben keine Geheimnisse voreinander«, antwortete sie. »Es ist so toll, endlich einen richtigen Erwachsenen an meiner Seite zu haben und keinen übergroßen Teenager. Ryan ist anders als die anderen.«

Ja, dachte ich. *Das ist er definitiv.*

Ich dachte an die gerahmten Urkunden in seinem Wohnzimmer. »Meinst du, das hat etwas mit seiner Zeit beim Militär zu tun?«

»Vielleicht.« Sie zuckte mit den Schultern.

»Spricht er oft darüber?«

»Nein, er hat nur erzählt, dass er gleich nach der Uni mit der Ausbildung begonnen und in Afghanistan schreckliche Dinge gesehen hat. Nach seinem Ausstieg hat er begonnen, im Personalmanagement zu arbeiten. Aber wenn dich sein Lebenslauf interessiert, kannst du sein LinkedIn-Profil checken«, neckte sie. »Soll ich dir den Link schicken?«

Tilly rieb ihr Gesicht an meinem stoppeligen Kinn, und ich spürte ihr Schnurren im ganzen Körper.

»Nein, nicht nötig.«

Claire lehnte sich lächelnd an die Wand neben mir. »Weil er bereits nachgesehen hat«, meinte sie.

»Dad! Wirklich?«

»Natürlich nicht.«

»Ach, da fällt mir ein, was macht ihr am Donnerstagabend?«, fragte Abbie plötzlich, und das Thema war vom Tisch.

Claire holte ihren Kalender aus der Handtasche. »Nichts, wie es aussieht. Warum?«

»Wir würden euch gerne zum Essen ausführen. Nachdem Dad es heute nicht geschafft hat.«

Claire lächelte. »Das wäre schön.«

»Das ist doch nicht nötig«, meinte ich.

»Aber Ryan will es, Dad. Er hat schon einen Tisch im World Service reserviert.«

»Das klingt wunderbar.« Claire holte einen Stift. »Ich trage es gleich ein. Und du wolltest auch noch wegen der anderen Sache mit Dad reden, Abbie.«

Ich sah zwischen meiner Frau und meiner Tochter hin und her. »Welche andere Sache?«

»Ich wollte dich etwas fragen, Dad. Mum findet es okay, aber ich wollte wissen, was du davon hältst.«

»Wovon?«

»Weißt du, Ryan hat sich eine neue Stichsäge gekauft.«

»Okay?« Ich hatte sie vor ein paar Stunden in seiner Küche gesehen, aber ich hatte keine Ahnung, wo das hinführte. »Er ist ein guter Heimwerker, nicht wahr?«

»Ja. Er … er will eine Katzenklappe in die Hintertür einbauen.«

»Ihr bekommt ein Kätzchen?«

»Ähm, nein, kein Kätzchen.« Sie hielt inne. »Ich dachte, Tilly könnte mit mir in Ryans Haus ziehen.«

»Was?«

»*Bitte,* Dad? Es würde mich riesig freuen, und Tilly würde es auch gefallen, das weiß ich.«

»Außerdem gehört sie im Grunde Abbie, nicht wahr, Ed?«, mischte Claire sich ein. »Sie hat sie zum zehnten Geburtstag bekommen.«

»Ja, aber …« Ich dachte an den ersten Abend mit Ryan, als

Tilly ihn angefaucht hatte und fortgehumpelt war. »Mag Ryan Katzen denn überhaupt?«

»Natürlich, Dad. Er *liebt* Katzen.«

»Tilly ist eine alte Dame, Abs, und alte Bäume verpflanzt man nicht. Katzen sind Gewohnheitstiere.«

»Ryans Haus liegt in einer Sackgasse, dort wäre es sehr viel sicherer für sie. Außerdem gibt es nicht so viele nervende Kater wie hier.«

Mein Herz wurde schwer, denn mir war klar, dass ich diese Diskussion nicht gewinnen würde. »Lass mich einmal darüber schlafen«, meinte ich schließlich.

DONNERSTAG

Fünfundzwanzig Tage bis zur Hochzeit

20

Das World Service war dunkel und gediegen eingerichtet, mit holzgetäfelten Wänden und zwei Kaminen, die am anderen Ende des Raumes vor sich hin loderten. Nach dem Essen war Claire aufgestanden, um eine alte Freundin ein paar Tische weiter zu begrüßen, und Abbie hatte sie begleitet, um die Neuigkeiten zu verkünden. Ryan, dessen ölschwarze Haare frisch geschnitten und makellos nach hinten gekämmt waren, holte eine American-Express-Karte aus der Geldbörse und legte sie auf das gestärkte weiße Tischtuch.

»Noch einmal danke, dass Sie mich letztes Wochenende zu sich eingeladen haben«, sagte er. »Sie haben ein hübsches Haus.«

»Und ich danke Ihnen für das Abendessen.«

»Abbie ist etwas ganz Besonderes.«

»Ja, das ist sie.«

»Ihre Frau und Sie haben wunderbare Arbeit geleistet und einen großartigen Menschen großgezogen. Ich hoffe, ich schlage mich nur halb so gut, wenn ich einmal die Chance bekomme, Vater zu sein.«

Er klang hundertprozentig ehrlich, und jeder andere hätte sich geschmeichelt gefühlt. Ich jedoch dachte nicht zum ersten Mal: dieser Widerling.

»Also, Ryan, wie gefällt Ihnen Nottingham?«, fragte ich. »Konnten Sie die Stadt schon besser kennenlernen?«

»Ich mag es sehr. Wenn man in Manchester wohnt, hält man es für den Nabel der Welt, aber dann zieht man fort und erkennt, was man verpasst hat. Ich brauche nicht jeden Tag eine Stunde ins Büro und wieder nach Hause, ich muss nicht dreihunderttausend Pfund lockermachen, um ein Haus in einer halbwegs vernünftigen Gegend zu kaufen, und es sind viel weniger Menschen. Aber es brauchte einige Monate Abstand von Manchester, bevor die Scheuklappen fielen.«

»Haben Sie sich auch ein wenig umgesehen?«

»Ein wenig. Ich war in Hockley, in der Motorpoint Arena und habe mir Wollaton Hall angesehen. Batman hat im Film dort gewohnt, nicht wahr? Abbie hat mir einiges gezeigt. Es ist nett, eine neue Stadt kennenzulernen.«

Ich nippte an meinem Espresso und bemühte mich, beiläufig zu klingen. »Waren Sie schon in Bestwood?«

»Bestwood«, wiederholte Ryan. »Ich glaube nicht. Was ist dort?«

Lügner.

»Ich war letzte Woche beruflich dort und dachte, ich hätte Ihr Auto gesehen. Ein Audi fällt dort auf wie ein bunter Hund.«

Vermische die Wahrheit und die Lüge, dann fällt es kaum auf.

Ryan sah mich an, und seine Augen gaben nichts preis. Kein betretenes Blinzeln, keine Furcht. Nichts.

Diese Augen.

Ausdruckslos.

Wie bei einem Reptil.

Und so schrecklich vertraut.

Eine Erinnerung stieg aus den Tiefen empor wie Treibgut eines gesunkenen Schiffes, bis sie die Oberfläche durchbrach. Ryan erinnerte mich an eine Dokumentation, die ich vor einigen Jahren gesehen hatte. Es ging um einen attraktiven Mann mit einer kalten Leere hinter seinen Augen. *Ted Bundy.*

»Ed?«, fragte Ryan. »Ist alles okay?«

»Ja, klar.« Ich trank die Espressotasse leer. »Tut mir leid, was haben Sie gesagt?«

»Sie haben mich nach Bestwood gefragt.« Er nickte. »Und wissen Sie was? Ich war tatsächlich letzte Woche dort. Ich habe Stephen besucht.«

Ich versuchte, mich wieder auf das Gespräch zu konzentrieren. »Einen Arbeitskollegen?«

»Einer meiner Kameraden aus dem Regiment. Ich wollte nach ihm sehen. Er ist zur selben Zeit ausgestiegen wie ich, hat aber Schwierigkeiten, sich im zivilen Leben zurechtzufinden.«

»Sie haben noch Kontakt zu Ihren Kameraden?«

»Ich versuche es, so gut es geht. Stephen hat in Afghanistan ein Bein verloren.«

»Es muss schwer sein, mit einer solchen Verletzung heimzukehren.«

»Ja, aber er ist ein harter Brocken.« Ryan nahm einen Schluck Wasser. »Er kommt zurecht, aber ich wollte sicherstellen, dass er die Hilfe bekommt, die er braucht.«

»Und? Bekommt er Hilfe?«

Ryan nickte, doch ich spürte ein leichtes Zögern. »Ja, er ist auf dem richtigen Weg.«

»Kommen ihn denn viele Leute besuchen? Zu Hause, meine ich.«

Ryan warf mir einen seltsamen Blick zu und wollte gerade antworten, als der Kellner mit der Rechnung an den Tisch trat.

Ryan gab ihm die Kreditkarte, und ich hielt meine ebenfalls hoch, doch Ryan winkte ab. »Lassen Sie mich das übernehmen, Ed. Ich bestehe darauf.«

Claire saß auf dem Sofa, eine volle Tasse Kamillentee auf dem Tischchen neben ihr. »Es war sehr großzügig von Ryan, die ganze Rechnung zu übernehmen.«

Abbie nickte langsam. »Ich wollte, dass der heutige Abend perfekt wird«, sagte sie leise.

Claire tätschelte ihren Arm. »Er *war* perfekt, Liebling. Es war ein sehr schöner Abend.«

»Hmmm.«

»Was ist los, Schatz?«

Abbie schüttelte den Kopf. »Ich wollte, dass wir gemeinsam feiern und glücklich sind.«

»Das sind wir doch, Abbie«, sagte Claire.

»Dad nicht.«

Claires Blick huschte zu mir. »Aber natürlich, Liebling.«

Abbie ignorierte ihre Mutter. »Ich verstehe nicht, warum du ihn nicht magst, Dad.«

Ich hob abwehrend die Hände. »Ich habe nie gesagt, dass ich ihn nicht mag.«

»Das musst du nicht. Es ist auch so nicht zu übersehen.«

Ich stellte mein Glas ab. Sollte ich es ihr einfach sagen? Sollte ich ihr erklären, dass mein siebter Sinn sich gemeldet hatte und ich Ryan seine Geschichten nicht abkaufte? Sollte ich ihr von seinem Besuch bei dem Dealer in Bestwood erzählen, über dessen Tür eine Kamera prangte? Ihr zu verstehen geben, dass es Dinge gab, die zu gut aussahen, um wahr zu sein, weil sie tatsächlich nicht wahr waren? Sollte ich ihr raten, einen Schritt zurückzutreten und noch ein wenig abzuwarten, bis ich ihr dabei helfen konnte, die Wahrheit über den Mann zu erfahren, der wollte, dass sie ihr restliches Leben mit ihm teilte?

Noch nicht. Nicht, bevor ich einen wasserdichten Beweis hatte.

»Weißt du, Abbie …«, begann ich, »wir haben gerade erst erfahren, dass du verlobt bist und bald heiraten willst. Es geht alles schrecklich schnell, und es fällt mir einfach schwer, mich daran zu gewöhnen.«

»Nun, dann musst du dich mehr anstrengen.« Sie presste sich eine Hand auf die Stirn.

»Ich meine ja nur, dass wir ihn erst zwei- oder vielleicht dreimal gesehen haben. Es ist nicht so, dass ich ihn nicht mag, Abbie. Ich kenne diesen Kerl bloß nicht.«

»Aber das, was du bis jetzt kennst – was gefällt dir daran nicht?«

»Also, das ist schwer zu …«

Claire warf mir einen warnenden Blick zu und unterbrach mich. »Nichts, Liebes. Gar nichts.«

»Du bist nicht diejenige, die mit ihm verlobt ist, Dad.« Abbies Stimme wurde immer lauter. »Und lüg mich nicht an! Ich weiß, dass du ihn nicht magst. Du kannst mir nichts vormachen!«

Wenn du wüsstest.

Ich weiß nicht, wann genau es angefangen hatte. Ich hatte immer den Beschützer gegeben und Scherze über die Jungen gemacht, die Abbie nähergekommen waren. Da war etwa der kleine Oscar aus der Kita gewesen, der allen immerfort seine Genitalien gezeigt hatte, oder der Junge in der Grundschule, der ihr jedes Mal zum Valentinstag eine Karte gebastelt hatte. Aber es war immer mit einem Augenzwinkern geschehen. *Ed geht zu ihm und redet Klartext mit seinem Dad. Ist es nicht süß, wie er den Beschützer spielt?* Doch irgendwann war aus einem Scherz Ernst geworden.

Wann war das gewesen? In der Pubertät, vermutlich.

»Es geht einfach so schnell, Abbie, und ich weiß nicht, ob …«

»Du hast Mum innerhalb eines Jahres einen Heiratsantrag gemacht!« Abbies Wangen glühten vor Zorn, und ich wusste aus Erfahrung, dass sie den Tränen nahe war.

»Das war etwas anderes.«

Sie warf die Hände hoch. »Inwiefern? Ich kenne Ryan seit bald acht Monaten. Bloß, weil alle anderen heutzutage Ewigkeiten warten, müssen wir das doch nicht auch tun. Ich habe eben das Gefühl, ihn schon mein ganzes Leben lang zu kennen.«

Claire setzte sich neben unsere Tochter und legte ihr tröstend einen Arm um die Schulter. »Achte nicht auf deinen Dad«, sagte sie und warf mir einen bitterbösen Blick zu. »Er hat einfach Angst vor Veränderungen.«

»Das ist es nicht«, sagte ich und starrte in meinen Brandy.

Abbie zog die Beine hoch. »Als ich klein war, wollte ich unbedingt eine Beziehung, wie Dad und du sie habt. Jetzt habe ich das Gleiche mit Ryan gefunden und kann nicht glauben, dass Dad sich wieder so verhält. Es ist, als wollte er es mir wegnehmen.«

Claire hob die Hand. »Niemand möchte dir etwas wegnehmen, Schatz.«

»So fühlt es sich aber an.«

»Es ist deine Entscheidung, Abbie«, sagte ich. »Ich will nur, dass du dir sicher bist.«

»Ich bin mir sicher, aber du bist es nicht. Du willst nicht, dass ich ausziehe, und erst recht nicht, dass ich heirate. Du willst nicht, dass ich erwachsen werde.«

»Natürlich will ich das.«

»Aber wie soll ich erwachsen werden, wenn du immer nur das Schlechteste in allen siehst?«

»Das ist nicht fair, Abbie.« Ich versuchte, ruhig zu bleiben. »Ich wollte und will immer nur dein Bestes. Ob es dir gefällt oder nicht, deine Mutter und ich haben wesentlich mehr Erfahrung und wissen Dinge, die man nicht wissen kann, wenn man jünger ist.«

Claire hob warnend den Zeigefinger. »Lass mich da raus, Ed. Ich finde Ryan sehr nett, und die beiden geben ein tolles Paar ab.«

Abbie sah mich an. *Siehst du? Du bist der Einzige.* »Weißt du, Dad, du suchst immer zuerst nach den Fehlern, selbst bei Leuten, die keine wirklichen Fehler haben. Manchmal muss man einfach vertrauen. Oder kannst du das nicht mehr?«

»Ich vertraue dir und deiner Mum.«

»Gut, dann vertrau mir, dass ich die richtigen Entscheidungen treffe!« Sie wischte sich eine Träne aus dem Augenwinkel. »Danke, dass du den perfekten Abend ruiniert hast. Ich gehe zu Bett.«

Sie stand auf, drückte ihrer Mutter einen Kuss auf die Wange und ging ohne ein weiteres Wort an mir vorbei.

21

»Das ist ja nicht gerade gut gelaufen«, meinte Claire eisig, als sie ins Schlafzimmer trat.

Ich stand vor dem Kleiderschrank und öffnete mein Hemd. »Soll ich noch mal mit ihr reden?«

»Nein, auf keinen Fall. Zumindest nicht jetzt. Warte mindestens bis morgen.« Sie stemmte die Hände in die Hüften, und ihre Wangen glühten. »Ich weiß, das alles kommt überraschend, aber dir ist doch klar, dass du total überzogen reagierst, oder?«

Ich sah zu dem gerahmten Foto auf der Kommode hinüber. Es zeigte Abbie bei ihrem ersten Krippenspiel in der Grundschule. Sie trug ein Laken, das mit einem Gürtel um die Mitte fixiert war, und ein Geschirrtuch auf dem Kopf. *Ich spiele das gemeine Volk,* hatte sie stolz verkündet. Ich war fast die ganze Aufführung lang mit Joshua auf der Schulter im hintersten Winkel des Saales auf und ab gegangen, damit er endlich einschlief.

»Ich könnte einfach Nein sagen.«

»Nein zu was?«

»Zur Hochzeit. Ich könnte meine Zustimmung verweigern.«

»Und was dann? Ryan hat doch bloß aus Höflichkeit gefragt, weil er einen guten Eindruck machen wollte.« Sie klang genervt. »Dir ist doch klar, dass er unsere Zustimmung nicht braucht, oder? Wir sind hier nicht bei Jane Austen, verdammt.«

»Schon klar.«

»Du würdest Abbie nur noch wütender machen und sie gegen dich aufbringen.«

»Das will ich nicht«, sagte ich leise. »Es ist nur …«

»Nur was?«

»Ryan ist nicht der, der er vorgibt zu sein.«

Claire nahm ihre Ohrringe ab. »Was soll denn das heißen?«

Ich setzte mich auf die Bettkante. »Er ist nicht der Richtige für sie.«

»Das hat er mit allen anderen Männern gemeinsam. Zumindest was dich betrifft.«

»Aber auf ihn trifft es ganz besonders zu.«

Sie seufzte. »Erinnerst du dich daran, wie Abbie mit diesem älteren Kerl ausging, als sie siebzehn war? Er hatte ein Motorrad, Tattoos, Piercings und sonst noch was.«

»Du meinst Toby, den Kerl, der uns gebeten hat, die Hälfte zu ihrem Valentinsgeschenk beizusteuern?«, knurrte ich. »Der war ein echter Widerling. Hat er sie nicht betrogen?«

»Sie war achtzehn Monate mit ihm zusammen, obwohl sie ihn schon nach sechs Monaten abservieren wollte.«

»Und?«

»Weißt du, warum sie so lange durchgehalten hat?«

»Weil sie seine Gefühle nicht verletzen wollte?«

»Nein.« Claire stieg aus ihrem Rock. »Du warst der Grund, Ed.«

»Ich?«

»Du hast ihn strikt abgelehnt, und das hat ihre Beziehung am Laufen gehalten. Sie fand es aufregend, dass du ihn nicht mochtest. Wenn du nicht gewesen wärest, hätte sie schon viel früher Schluss gemacht.«

Ich runzelte die Stirn. »Das hat sie mir nie gesagt.«

»Natürlich nicht, deshalb sage ich es dir jetzt.« Sie setzte sich an den Schminktisch und griff nach den Abschminkpads. »Selbst wenn du Ryan nicht magst – und ich kann mir keinen guten Grund vorstellen, warum nicht –, musst du vorsichtig sein, wie es bei Abbie ankommt.«

»Sie ist mittlerweile sehr viel reifer.«

»Trotzdem ist sie unsere Tochter. Wenn du gegen Ryan arbeitest, erreichst du vermutlich bloß das Gegenteil von dem, was du willst.«

»Ich kann mich nicht zurücklehnen und nichts tun.«

»Warum nicht? Wir wollen beide, dass sie glücklich ist, und wir wussten, dass dieser Tag früher oder später kommen würde. Klar heiraten sie ein wenig früher, als wir gedacht haben, aber sie ist erwachsen. Sie weiß, was sie tut. Es ist ein bedeutsamer Schritt. Die Zusammenführung zweier Familien …«

»Er *hat* doch nicht einmal eine Familie, soweit ich weiß.«

Sie seufzte. »Das ist ja wohl kaum seine Schuld, oder?«

Das Bedürfnis, mich jemandem anzuvertrauen, war mit einem Mal übermächtig. Ich ging zur Schlafzimmertür, schloss sie und lehnte mich mit dem Rücken dagegen.

»Ist dir nie in den Sinn gekommen, dass er zu gut ist, um wahr zu sein?«

Sie verdrehte die Augen. »Nicht das schon wieder.«

»Sieh ihn dir doch mal an: Uniabschluss mit Auszeichnung, Träger des Military Cross', Partner in seiner Firma, und das mit dreiunddreißig, freiwilliger Hospizhelfer, Hilfspolizist, Marathonläufer, Spendensammler. Er könnte bei einer verdammten Boyband mitmachen!« Ich hob die Hände. »Er ist *zu* perfekt.«

»Er ist ein kluger, ehrgeiziger junger Mann mit einem guten

Herzen, einem sozialen Gewissen und fantastischen Wangenknochen. Solche Männer gibt es, weißt du?«

»Aber wo ist der Haken? Er verbirgt doch irgendetwas.«

»Warum muss es immer einen Haken geben?«, fragte sie entnervt. »Das ist zynisch, Ed.«

»Vielleicht bin ich ein alter Zyniker, aber es gibt Dinge in Ryans Leben, von denen du keine Ahnung hast.«

»Natürlich gibt es die! Ich habe ihn erst einige Male getroffen. Aber ich werde ihn in den nächsten Monaten sicher besser kennenlernen, vorausgesetzt, du vermasselst es nicht.«

»Ich meine, es gibt Dinge, die *ich* weiß. Dinge, die ich letzte Woche herausgefunden habe.«

Sie wandte sich mit dem Abschminkpad in der Hand zu mir um. »Wovon sprichst du?«

»Dinge, die deine Meinung über ihn ändern werden.«

»Wie zum Beispiel?«

Ich war versucht, es ihr zu sagen. Aber es war zu früh und zu riskant. Also erzählte ich ihr nur, dass Ryan jemanden in Bestwood besucht hatte.

Claire schüttelte langsam den Kopf, unfähig, ihre Überraschung zu verbergen. »Mein Gott, Ed. Du hast ihn verfolgt?«

Meine Wangen glühten. »Ich habe ihn gesehen, als ich einen Kunden besucht habe, und ich war neugierig, was er dort verloren hatte.« Ich hatte die Lüge so lange eingeübt, dass sie sich wie die Wahrheit anfühlte. »Sein Auto fällt in dieser Gegend natürlich auf.«

»Du hast sein Auto *zufällig* in einer heruntergekommenen Straße entdeckt? In einer Stadt mit einer halben Million Einwohnern? Seltsamer Zufall.«

Ich wandte den Blick ab. »Ich wollte bloß mehr über ihn erfahren.«

»Und warum um alles in der Welt fragst du ihn nicht einfach? Oder Abbie?«

»Weil er uns mehr oder weniger alles erzählen kann, und wir haben keine Ahnung, ob es die Wahrheit ist oder nicht. Was wissen wir wirklich über ihn? Mehr oder weniger gar nichts. Unsere Tochter ist das Wichtigste auf dieser Welt für uns. Unser einziges Kind. Und sie heiratet einen Fremden.«

»Wir leben nicht im achtzehnten Jahrhundert, Ed. Wir *übergeben* sie nicht ihrem Ehemann. Es ist ihre Entscheidung.«

»Du weißt, was ich meine.«

»Ist dir eigentlich klar, dass du wie diese eigenartigen Menschen im Internet klingst, die glauben, jemand hätte ein Verbrechen begangen, weil er ›irgendwie verdächtig‹ aussieht?«

»Es ist ein Bauchgefühl, und ich hatte es schon, als ich ihm das erste Mal gegenüberstand. Es klingt verrückt, aber ...«

»Ja, es klingt wirklich *total* verrückt«, sagte sie. »Und weißt du was? Ich glaube, es hat absolut nichts mit ihm zu tun. Er hat sich als anständiger, ehrenwerter und durch und durch netter junger Mann präsentiert. Du hast etwas gegen ihn, weil du das Gefühl hast, er würde dir Abbie wegnehmen. Es liegt nur an *dir*, Ed.«

»An mir?«, sagte ich. »Wie meinst du das?«

»Es ist deine Unfähigkeit, Abbie loszulassen. Mehr nicht. Aber du darfst nicht zulassen, dass deine Besessenheit alles ruiniert. Es ist ihr Leben.«

»Meine *Besessenheit?* Was soll das heißen?«

»Es soll heißen, dass hier etwas nicht stimmt. Aber nicht mit ihm.« Sie hielt inne und schluckte. »Ich toure bald ein paar Wochen durch Irland, und ich muss wissen, dass du nicht alles kaputt machst, wenn ich nicht da bin. Schaffst du das?«

»Natürlich.«

»Versprich mir, dass du dich zurückhältst und nicht mehr den verrückten, überfürsorglichen Dad spielst. Dir muss bewusst sein, welche Konsequenzen drohen, wenn du es nicht tust.«

»Konsequenzen?«

»Wenn du nicht vorsichtig bis, zwingst du sie, sich zwischen dir und Ryan zu entscheiden. Und glaub mir: Wenn du sie im Moment vor die Wahl stellst, würde dir ihre Antwort nicht gefallen.«

SAMSTAG

Dreiundzwanzig Tage bis zur Hochzeit

22

Abbie reichte mir eine Tasse Tee und setzte sich auf das Sofa gegenüber. Wir waren von Kartons umgeben, in denen wir Bücher, DVDs, Klamotten, Toilettenartikel und Make-up, Schmuck, gerahmte Bilder, Kalender und Hunderte andere Dinge von ihrem Zimmer in unserem Haus in Ryans Wohnzimmer transportiert hatten. Ich versuchte schon den ganzen Vormittag herauszufinden, ob sie nach unserem letzten Streit immer noch wütend war. Sie war eigentlich nicht nachtragend, aber ihre Antworten auf meine Nachrichten waren kurz ausgefallen, sie hatte die meisten meiner Anrufe nicht entgegengenommen, und die Stimmung zwischen uns war unterkühlt.

Es war seltsam, wieder hier in dem Wohnzimmer zu sitzen und Tee zu trinken, in dem ich erst vor ein paar Tagen heimlich nach Hinweisen auf meinen zukünftigen Schwiegersohn gesucht hatte.

Claires Worte hallten immer noch durch meinen Kopf. *Lass es gut sein und sie ihr Leben leben, sonst wirst du sie verlieren.*

Was auch immer Ryan verbarg, ich kam nicht gegen ihn an. Zumindest nicht, was Abbie betraf. Ich musste klüger vorgehen.

»Ich wollte mich für neulich Abend nach dem Essen im World Service entschuldigen«, erklärte ich und nippte an dem

Becher mit dem Wappen der Universität von Manchester. »Ich habe wirklich den Abend ruiniert.«

Abbie schüttelte den Kopf. Sie hatte die Haare zu einem lockeren Pferdeschwanz gebunden und trug Jeans und ein weites violettes Sweatshirt ihrer alten Schule mit den Namen ihrer Klassenkameraden auf dem Rücken. Sie lehnte sich zurück und zog die Beine an. »Keine Sorge, Dad.« Sie sah mich nicht an. »Ist schon in Ordnung.«

»Wirklich?«

»Wirklich.«

Ich schwieg einen Moment lang, bevor ich fragte: »Was ist los, Abs?«

»Nichts.«

»Du warst den ganzen Vormittag über sehr schweigsam.«

Endlich sah sie mich an. »Willst du es wirklich wissen? Na gut. Ryan hat mich gefragt, ob ich es nicht doch langsamer angehen will.«

»Es?«

»Die Hochzeit. Er will unsere Familie nicht entzweien.« Sie steckte sich eine Haarsträhne hinters Ohr. »Er weiß, dass du und ich eine ›besondere Verbindung‹ haben« – sie malte Anführungszeichen in die Luft – »und er will nicht schuld daran sein, dass sie zerbricht. Also hat er mich gefragt, ob ich nicht noch mal über das Datum für die Hochzeit nachdenken will.«

Cleverer Junge, dachte ich. Es war ein kluger Schachzug, sich als edelmütiger Mann darzustellen, der bereit war, sein eigenes Glück auf die lange Bank zu schieben. Womit er indirekt mir die Schuld in die Schuhe schob. Ich spürte, wie meine Wangen zu glühen begannen. »Und was hast du dazu gesagt?«

»Nein, natürlich!« Ihre Stimme brach beinahe. »Ich will die Hochzeit nicht verschieben.«

»Okay. Was hat er sonst noch gesagt?«

»Er weiß, dass es dir schwerfällt, unsere Verlobung zu akzeptieren, und er will dich nicht gegen sich aufbringen. Er will nicht, dass es zu einem Problem wird. Und weißt du, was das Schlimmste ist? Das wirklich Verrückte an der Sache? *Er* macht sich Sorgen um *dich* und *deine* Gefühle. Wobei ich glaube, dass er heimlich Bedenken hat, in eine Familie mit einem verrückten Schwiegervater einzuheiraten. Er sieht es als gute Möglichkeit, doch noch aus der Verlobung herauszukommen.«

Mein Magen zog sich zusammen. Ich hatte Abbie enttäuscht und würde sie verlieren – so oder so. »Da irrst du dich sicher, Abs.« Ich lehnte mich nach vorne. »Es tut mir schrecklich leid. Ich habe mich wie ein Arsch verhalten. Ich bin sicher, ihr beide kommt rechtzeitig wieder auf Kurs.«

»Und was ist mit euch beiden?«, fragte sie. »Mit dir und Ryan?«

»Wir schaffen das auch. Ich mag keine Veränderungen, du kennst mich ja. Aber im Moment bin ich einfach glücklich, wenn du glücklich bist.«

»Hmmm.« Sie rang sich ein kleines Lächeln ab. »Mum nennt dich einen grummeligen alten Sack.«

»Da hat sie recht.« Ich lächelte auch. »Ich bin nun mal ein Miesepeter.«

Ich stand auf, setzte mich neben sie und legte einen Arm um ihre Schulter. Ich drückte einen Kuss auf ihre Schläfe, und mit einem Mal war die Liebe für sie so stark, dass sie mir den Atem raubte. »Ich verspreche, dass ich mich bemühen werde.«

»Ryan mag dich wirklich, weißt du?«

»Tatsächlich?«

»Er sagt immer, was für ein toller Kerl du bist. Ein wunderbarer Vater, ein einzigartiges Vorbild …«

»Menschenkenntnis hat er.«

Sie schlug mir scherzhaft auf die Schulter. »Ich musste ihn ein paarmal auf den Boden der Tatsachen zurückholen.«

»Das war jetzt gemein.« Ich rückte ein Stück ab und musterte meine Tochter. Sie hatte einen stressigen Beruf, musste eine Hochzeit organisieren und zog gerade um. Aber da war noch etwas anderes in ihrem Gesicht. »Ist sonst alles okay, Abs? Du scheinst immer noch besorgt.«

»Es hat nichts mit Ryan zu tun. Da ist noch etwas.«

Sie holte ihr Telefon aus der Jeanstasche und zeigte mir einen Instagram-Post von einer Frau namens Alannah Fitzgerald. Es war ein Foto von George, der sich gerade lachend zur Kamera umdrehte und dessen Gesicht halb im Profil zu sehen war. Der Text darunter lautete:

George Fitzgerald wurde am Dienstag, dem 2. Juni,
zum letzten Mal gesehen. Bitte melde dich, G.
Wir lieben und vermissen dich! Alle machen sich
schreckliche Sorgen um dich! Falls ihr Informationen habt,
die uns helfen, George zu finden, meldet euch BITTE
bei der Polizei, bei unserer Familie oder direkt bei mir.

Der Post hatte 487 Likes und Dutzende Kommentare.

»Er ist verschwunden?«

Abbie nickte. »Der Post stammt von heute Morgen.«

Mir lief ein kalter Schauer über den Rücken. George hatte seine Schwächen, aber er war ein beliebter, kontaktfreudiger Kerl, der nicht einfach so verschwand.

»Vielleicht ist es psychisch? Hatte er irgendwann Probleme?«

»George? Ich glaube nicht. Er sollte am Dienstag eine Fragerunde mit jungen Filmschaffenden im Broadway Cinema moderieren. Aber er ist nicht aufgetaucht, und seitdem hat niemand von ihm gehört. Weder seine Mum noch sein Dad, seine Schwester oder irgendwelche Freunde. Das passt nicht zu ihm.«

»War er auch nicht im Büro?«

»Er ist mehr oder weniger sein eigener Boss. Aber offenbar hätte er sich gestern mit einem Produzenten aus London treffen sollen, den er ebenfalls versetzt hat. Ich mache mir wirklich Sorgen um ihn, Dad. Ich habe versucht, ihn anzurufen, aber sein Handy ist aus. Es kam nur die Mailbox.«

Sie redete weiter, doch ich hörte nicht mehr richtig hin. Ich zählte in Gedanken die Tage und überlegte, wie lange es her war, dass George vor unserem Haus aufgetaucht war und ich versucht hatte, ihn gegen Ryan auszuspielen. Damit Abbies Verlobter endlich sein wahres Gesicht zeigte. Was allerdings nicht geklappt hatte, weil Abbie Ryan alles über ihren Ex erzählt und Ryan kein Problem damit gehabt hatte.

Trotzdem war George jetzt verschwunden.

CLAIRE

23

»Also«, sagte Claire und hielt die Autotür auf. »Hatten Sie schon Gelegenheit, Abbies Freunde kennenzulernen?«

»Ja, einige.« Ryan hob eine schwere Kommode in den weißen Ford Transit. »Ein paar Freunde von der Uni und Kollegen von der Schule. Wir waren letztes Wochenende auf einer Geburtstagsparty, und ich habe jede Menge Leute kennengelernt, aber ich fürchte, ich kann mich kaum noch an irgendwelche Namen erinnern. Es waren zu viele.«

Er trat zurück, und Claire schloss die Tür, strich ihren Overall glatt und setzte sich hinters Lenkrad, während Ryan auf dem Beifahrersitz Platz nahm. Der Van war alt, laut und stank nach Diesel, aber er gehörte dem Theater und sie durfte ihn sich jederzeit ausleihen.

»Ist das jetzt alles?«, fragte Ryan und deutete mit dem Daumen nach hinten.

Er trug alte Jeans, einen grauen Adidas-Sweater mit einem Loch am Ellbogen und eine Kappe der New York Yankees mit dem Schirm nach hinten. Es war seltsam, um wie viel jünger er aussah, wenn er sich nicht für ein Abendessen oder die Arbeit schick gemacht hatte. Beinahe so, als hätte er mit dem Anzug eine Rüstung abgelegt, unter der sein wahres Ich zum Vorschein kam. Es war Claires Idee gewesen, dass Ryan ihr mit dem Van half. Es war eine gute Gelegenheit, mehr über ihn zu erfahren.

»Ich glaube schon«, sagte sie und bog auf die Hauptstraße.

»Mein Haus ist immer noch halb leer, und es wird schön werden, die Lücken zu füllen.«

Claire machte das alte Radio lauter, und die Klänge von George Michaels *Faith* erfüllten den Van. »Haben Sie George auch schon getroffen?«

»Wen?«

Claire lächelte. »George Fitzgerald.«

Er dachte einen Moment lang nach. »Ist er Lehrer an Abbies Schule?«

»Nein, er ist ein ziemlich anhänglicher Ex-Freund.«

Claire spürte, wie Ryan in seinem Sitz herumrutschte. »Ähm … ist das dieser Filmkerl?«

»Genau. Ein angehender Regisseur. Abbie und er waren mindestens ein Jahr ein Paar.«

»Abbie hat ihn mal erwähnt. Aber ich glaube nicht, dass ich ihn persönlich kennengelernt habe.«

»Ich wollte Sie nur vorwarnen. George ist noch nicht über Abbie hinweg und akzeptiert kein Nein. Er glaubt wahrscheinlich immer noch, dass sie wieder zusammenkommen.«

»Er hat es also nicht kapiert?«

»Leider nein.«

Ryan nickte langsam. »Danke für die Warnung, Claire.«

»Nicht, dass Sie jetzt einen falschen Eindruck bekommen.« Sie legte lachend eine Hand auf seinen Unterarm. »Ihre anderen Freunde sind wirklich nett.«

»Ja, das kam mir auch so vor.«

»Was ist mit Ihren Freunden, Ryan? Planen Sie einen großen Junggesellenabschied? Gokart fahren in Blackpool vielleicht? Oder ein wildes Wochenende in Vegas?«

»Ähm … ich treffe mich wahrscheinlich nur mit Freunden aus Manchester auf ein paar Drinks. Nichts Großes.«

Sie schüttelte lächelnd den Kopf. »Ich wollte Sie nur aufziehen, Ryan.«

»Ach so.« Er lächelte verlegen. »Meinen Sie, ich sollte Ed einladen?«

»Einladen? Zu Ihrem Junggesellenabschied?«

»Ja. Macht man das?«

»Ich habe keine Ahnung von Junggesellenabschieden«, antwortete Claire. »Was meint Ihr Trauzeuge dazu?«

»Ich habe keinen Trauzeugen.« Er verschränkte die Arme. »Ich habe Ollie gefragt, meinen besten Freund aus dem Regiment, aber er ist auf Zypern stationiert und kann so kurzfristig nicht weg. Also organisiere ich alles selbst. Ich würde Ed einladen, wenn Sie meinen, dass es … hilft.«

»Das ist sehr nett, Ryan, aber ich denke, Sie sollten in diesem Fall Ihr eigenes Ding machen.«

»Okay.« Ryan sah sie an. »Erzählen Sie mir von Ed. Ich würde gerne mehr über ihn erfahren, damit wir uns irgendwann besser verstehen.«

»Ed?« Claire warf ihm einen fragenden Blick zu. »Was wollen Sie wissen?«

Ryan zuckte mit den Schultern. »Was macht er so? Hat er Hobbys?«

»Er läuft gerne, liest, sieht sich Filme an und hört Rockmusik. Ganz normale Dinge eben.«

»Wandert er? Ich liebe den Peak District. Vielleicht könnten wir vier einmal zusammen hin?«

»Das klingt sehr nett, Ryan.«

»Und vielleicht melde ich mich in seinem Fitnessstudio an. Taugt es etwas?«

»Sein *Fitnessstudio?*«

»Ja, das Studio in der Nähe des Bahnhofs.«

»Ed geht nicht ins Fitnessstudio.«

»Sie bieten auch Massagen und Wellnessbehandlungen an.«

»Das interessiert Ed nicht.«

»Ach, und ich hätte schwören können, dass ich ihn letzte Woche dort gesehen habe.«

Claires Gedanken rasten, während sie versuchte, Ryans beiläufige Bemerkung einzuordnen. Vielleicht hatte er sich getäuscht. »Möglicherweise hat er … es einmal ausprobiert und mir nichts davon erzählt«, meinte sie schließlich.

Oder er hat mehr Geheimnisse vor mir, als ich ahne.

MONTAG

Einundzwanzig Tage bis zur Hochzeit

24

Am Montagmorgen traf ich mich mit einem Kunden in Loughborough und kam erst um die Mittagszeit in die Firma. Ich ging durch das Großraumbüro, begrüßte einige Kollegen und bekam lediglich ein leises Murmeln als Antwort. Niemand sah mich an. Bloß Siobhan schenkte mir ein halbherziges Lächeln, bevor sie den Blick wieder auf die Tastatur richtete. *Was war das gewesen? Mitgefühl? Solidarität?* Ich hatte noch nicht einmal das Jackett ausgezogen, da klopfte Georgia, die Assistentin meiner Vorgesetzten, bereits an die Glastür meines Büros.

»Hi, Ed«, sagte sie tonlos. »Julia würde Sie gerne sprechen.«

»Sicher.« Ich legte meine Aktentasche auf den Tisch. »Ich schreibe nur eine schnelle E-Mail ans Team von …«

»Sofort«, sagte sie und wurde rot.

»Okay.«

Ich folgte ihr und spürte die Blicke der anderen im Rücken. Ein unbehagliches Gefühl stieg in mir hoch. Das Büro der Geschäftsführerin befand sich am Ende des Stockwerks hinter einer weiteren Glaswand, war aber zweimal so groß wie meines. Wir waren immer gut klargekommen, und sie hielt mich für einen effektiven Teamleiter. Zumindest dachte ich das.

»Hi, Julia«, begrüßte ich sie bemüht fröhlich. »Sie wollten mich sprechen?«

In Julia McKennas Büro hing der schwere, berauschende Duft ihres Parfums. Sie saß hinter einem großen weißen Schreibtisch mit zwei Bildschirmen, iPad, Notebook und jeder Menge Akten, und die Wand hinter ihr war mit Auszeichnungen der Firma tapeziert, die sie von Grund auf mit aufgebaut hatte.

»Schließen Sie die Tür, Ed«, sagte sie, ohne mich anzusehen. Sie war Anfang vierzig, hatte kurze blonde Haare und trug schwarze Skinny-Jeans und eine cremefarbene Bluse.

Ich zog die Tür zu und betrachtete die beiden Stühle vor ihrem Schreibtisch. Wenn ich mich setzte, würde ich das, was jetzt kam, nur unnötig hinauszögern. Ich blieb stehen und steckte die Hände in die Taschen.

»Wie geht es Ihnen, Ed?«, fragte Julia und legte ihren Stift beiseite. »Wie läuft es?«

»Gut. Ich bin gerade aus Loughborough zurück. Wir haben die neue Kampagne besprochen, und es gab einige richtig gute Ideen, mit denen das Team weiterarbeiten kann.«

»Wunderbar.« Sie sprach so schnell und präzise, dass es mich an das Klappern einer Schreibmaschine erinnerte. »Also, Ed. Ich habe einige besorgniserregende Informationen erhalten und frage mich, ob Sie mir mit der Aufklärung behilflich sein können?«

»Informationen?«

Sie scrollte durch ein Dokument auf ihrem iPad. »Am Mittwoch, den 27. Mai waren Sie krankgeschrieben, nicht wahr?«

»Ja.« Panik stieg in mir hoch. »Magenverstimmung.«

»Und Sie waren definitiv zu Hause, als Georgia Sie wegen des Feedbacks für die Umstrukturierung anrief? Das ich übrigens nie bekommen habe …«

»Ja, ich war zu Hause. Warum fragen Sie?« Ich spürte, wie mir der Schweiß ausbrach.

Sie fixierte mich mit ihren blassblauen Augen, und ich zwang mich, den Blick nicht abzuwenden.

»Georgia hatte den Eindruck, als wären Sie im Auto unterwegs. Aber wenn Sie etwas anderes behaupten, dann hat sie sich wohl getäuscht.«

»Ja.«

Sie scrollte weiter. »Dann kommen wir zum 1. Juni, das war der letzte Montag.«

Mein Mund war staubtrocken.

»Sie wurden bei Cognos zum Medientraining erwartet, haben aber kurzfristig abgesagt. Ein Problem mit Ihrem Wagen?«

Ich trat unwillkürlich einen Schritt nach hinten. »Platten.«

»Wo haben Sie ihn reparieren lassen?«

»Spielt das eine Rolle?«

Sie hob eine Augenbraue. »Nein, nicht wirklich.«

Ich kratzte mich am stoppeligen Kinn. »In einer Werkstatt in der Derby Road.« Ich räusperte mich.

»Verstehe.« Sie beugte sich vor und legte die Ellbogen auf den Tisch. »Kennen Sie Ian aus der Designabteilung einen Stock tiefer?«

»Flüchtig.«

»Ian hatte an diesem Tag Zeitausgleich und war zu Hause. Er wohnt in Beeston. In der Leslie Road. Kennen Sie die Gegend?«

Plötzlich wusste ich, worauf sie hinauswollte. »Ich glaube nicht.«

»Das ist seltsam, denn er hat Sie an diesem Tag beim Haus seines Nachbarn gesehen. In etwa zu der Zeit, als Sie zum Medientraining bei einem unserer größten Kunden erwartet wurden.«

Verdammt.

»Er muss sich getäuscht haben. Ich war nicht …«

»Wenn ich die IT-Abteilung bitte, die Trackingdaten Ihres Büro-iPads zu überprüfen, würde es Ihre Version der Geschichte untermauern, nehme ich an?«

Ich versuchte verzweifelt, mich zu erinnern, ob ich mein iPad an den beiden Tagen dabeigehabt hatte. Bis mir klar wurde, dass es keine Rolle spielte. Julia hatte sich die Daten bereits angesehen, bevor sie mich zu sich bestellt hatte.

»Ja.« Ich schluckte.

Sie lehnte sich zurück und betrachtete mich stirnrunzelnd. »Was ist los mit Ihnen, Ed? Sie leisten gute Arbeit, und Ihre Leute mögen Sie. Aber Sie sind Teamleiter, Sie müssen ein Vorbild sein. Und im Moment weiß ich ehrlich nicht, was Sie vorhaben. Sehen Sie sich nach einem anderen Job um?«

»Nein.«

»Haben Sie mir irgendetwas zu sagen?«

Ich schüttelte den Kopf. »Nein, Julia.«

»Ich bin nämlich gerade dabei, die Führungsebene umzustrukturieren, und ich bin mir nicht sicher, ob Sie versuchen, es mir einfacher zu machen.«

»Bloß, weil im Büro geredet wird?« Meine Stimme wurde lauter, und die Sorgen und der Frust der letzten Wochen brachen aus mir hervor. »Weil jemand *glaubt,* etwas gesehen zu haben? Und *denkt,* ich wäre im Auto gewesen anstatt krank zu Hause?«

»Beruhigen Sie sich, Ed.«

»Das ist Schwachsinn! Nichts anderes als Hörensagen! Sie können doch nicht …«

Sie hob die Hand. »Sie befinden sich auf sehr dünnem Eis, Ed«, sagte sie langsam. »Ich verstehe, dass Sie sich in einer schwierigen Situation befinden, aber Sie können nicht in mein

Büro kommen und vor allen Kollegen herumbrüllen. Warum gehen Sie nicht nach Hause und denken darüber nach, wie es für Sie weitergehen soll?«

»Ich habe jede Menge Arbeit, und …«

»Das war keine Frage, Ed. Gehen Sie nach Hause. Wir sehen uns morgen.«

Ich spürte es in dem Moment, als ich das Haus betrat.

Etwas war seltsam. Anders. Als ob ich den Flur durch einen Spiegel sah. Alles war an seinem Platz, aber irgendwie doch verkehrt. Da war ein schwacher, würziger Geruch, der nicht hierhergehörte. Jemand war gerade noch hier gewesen.

Ich war nach dem Gespräch mit Julia immer noch wütend, und auf der Heimfahrt hatten sich Kopfschmerzen angekündigt. Aber dieses Gefühl ging tiefer. Viel tiefer.

Ich legte den Autoschlüssel in die Schale neben der Tür und stand einen Augenblick lang regungslos im Flur. Es war früher Nachmittag, Claire war noch bei der Arbeit, und das Haus war unnatürlich ruhig. Totenstill. Ich hörte mich selbst atmen.

Die Katze. War es das? Normalerweise wartete sie auf mich, wenn ich nach Hause kam, miaute und wand sich um meine Beine, damit ich ihr etwas zu essen gab, ganz egal, wie spät es war.

Heute war sie nirgendwo zu sehen.

Ich ging zur Treppe, sah hinauf und pfiff nach ihr.

Nichts.

»Tilly?«

Immer noch nichts. Und sie war auch nicht im Schlafzimmer oder im Wohnzimmer.

Ich ging in die Küche und sah in den Garten hinaus, dann pfiff ich noch einmal.

Was war das?

Jemand war hier.

Ich drehte mich um. Ein leises Rascheln. Jemand bewegte sich. Unter mir. Ich holte das Nudelholz aus einer Schublade. Das glatte Holz fühlte sich beruhigend stabil an.

Die Kellertür stand einen Spaltbreit offen. Ich öffnete sie und machte das Licht an.

»Hallo?«, rief ich. »Wer ist da?«

Ich hörte das Geräusch erneut. Dort unten bewegte sich jemand.

Ich umklammerte das Nudelholz fester und tappte die Treppe nach unten, wobei ich den Kopf einziehen musste, um mich nicht an der niedrigen Decke zu stoßen. Es roch nach feuchten Ziegeln, Erde und alter Farbe. Unten angekommen, fuhr ich eilig herum, falls sich jemand in dem …

Tillys kleiner grauer Körper tauchte hinter einem Stapel alter Laken auf.

»Da bist du ja.« Ich stieß die Luft aus und senkte meine behelfsmäßige Waffe. »Komm her.«

Sie kam langsam und vorsichtig aus ihrem Versteck. Ich stieg die Treppe hoch und sah zu, wie sie mir in die Küche folgte. Ein Schritt nach dem anderen mit zurückgelegten Ohren, während sie ständig nach rechts und links blickte. Sie hatte Angst.

»Was ist denn los, Mädchen?«

Ich versuchte, sie hochzuheben, doch sie wich zurück. Ich konnte mich nicht erinnern, wann sie das zum letzten Mal getan hatte. Sie wollte *immer* hochgehoben und gestreichelt werden. Außerdem ging sie normalerweise auch nicht in den Keller, vor allem nicht tagsüber, wenn sämtliche Stühle, Sofas und Betten zur freien Verfügung standen. Ich gab ihr etwas Trockenfutter und sah zu, wie sie langsam näher kam und hastig zu fressen begann. Dann ließ ich sie alleine und ging wieder in den Flur.

Das seltsame Gefühl, dass etwas anders war, ließ langsam nach, verschwand aber nicht.

Jemand war hier gewesen. Da war ich mir sicher.

MITTWOCH

Neunzehn Tage bis zur Hochzeit

25

Es war mir nicht schwergefallen, den GPS-Tracker anzubringen.

Ich vermutete zwar, dass Ryans Büroparkplatz videoüberwacht wurde, und er war selten zu Hause, doch nachdem er am Dienstag Abbie zum Kino abgeholt hatte, wartete ich bis zum Filmanfang und fuhr den beiden hinterher. Ich parkte, schlenderte zu Ryans Audi, bückte mich, um meinen Schnürsenkel zu binden, und klebte das kleine Kästchen in den hinteren Radkasten.

In den fünf Sekunden, die ich dafür brauchte, konzentrierte ich mich auf den Gedanken, dass ich das Richtige tat. Ich liebte meine Tochter und machte mir Sorgen um sie. Ich *beschützte* sie.

Ich versuchte, nicht daran zu denken, wo der Weg hinführen würde, den ich eingeschlagen hatte. Ich mochte den Kerl, zu dem ich geworden war, nicht sonderlich. Den Kerl, der Ryans Social-Media-Accounts stalkte und ihn mit dem Auto verfolgte. Der heimlich einen GPS-Tracker an einem Auto befestigte. Ich hatte eine Grenze überschritten. Die Angaben des Händlers waren klar gewesen: Es lag in der Verantwortung des Nutzers, sich an die Gesetze zu halten.

Deshalb war es besser, sich keine Gedanken darüber zu machen.

Ich würde mir einfach ein oder zwei Wochen lang ansehen,

was er trieb, dann würde ich den Tracker wieder entfernen, und niemand würde je etwas davon erfahren. Es war einfacher und sicherer, als seinem Auto zu folgen. Sicherer für mich, für Ryan und für alle anderen Verkehrsteilnehmer.

Ich wartete ein paar Tage, bevor ich die App auf meinem Handy öffnete.

Ryan war ein Frühaufsteher und verließ das Haus um sieben, um zur Arbeit in die Stadt zu fahren. Er war viermal außerhalb unterwegs gewesen – zweimal in Birmingham, einmal in Derby und einmal in Leicester, wobei es sich ausschließlich um Kundentermine gehandelt hatte, zumindest ließen das die Adressen vermuten. Außerdem war er in Beeston im Fitnessstudio und im Polizeirevier gewesen, was wohl mit seiner Arbeit als Hilfspolizist zu tun hatte. Meistens war er erst um sieben Uhr abends wieder nach Hause zurückgekehrt.

Es gab drei interessante Details.

Erstens war Ryan tatsächlich noch einmal zum Haus Nummer 98 in der Neilson Road in Bestwood zurückgekehrt.

Zweitens hatte er am vergangenen Sonntag eine Fahrt in Richtung Nordwesten unternommen und war erst am Abend zurückgekommen. Abbie hatte den Tag bei uns verbracht, weil Ryan unterwegs war. Jeden zweiten Sonntag im Monat fuhr er nach Manchester und stellte frische Blumen auf das Grab seiner Mutter. Das war – neben Abbie – noch etwas, das ich mit Ryan gemeinsam hatte. Auch ich hatte noch Jahre nach Joshuas Tod beinahe jede Woche sein Grab besucht. Vielleicht konnte Ryan die Toten auch nicht loslassen.

Ich starrte auf die unregelmäßige Linie, die Ryans monatliche Rückkehr in seine Heimat zeigte, und das schlechte Gewissen stieg in mir hoch. Ich hatte kein Recht, die Nase in derart private Angelegenheiten zu stecken. Es zeugte von einem gewissen Maß an Hingabe und Pflichtbewusstsein, einmal im

Monat eine vierstündige Autofahrt auf sich zu nehmen. Sein Vater war verschwunden, und er hatte keine Geschwister, also hatte Ryan die Pflicht übernommen, die Erinnerung an seine Mutter am Leben zu erhalten und ihre letzte Ruhestätte zu pflegen. Es war sehr anständig von ihm, und ich verstand, warum er es tat. Man bekam das Gefühl, wenigstens *irgendetwas* zu tun, auch wenn man im Grunde gar nichts mehr tun konnte.

Trotzdem war irgendetwas an der Route seltsam. Geografie war noch nie meine Stärke gewesen, aber er schien nicht die ganze Strecke gefahren zu sein. Ich zoomte näher und erkannte, dass er zwar nach Norden und anschließend nach Westen in Richtung Manchester gefahren war, aber nach etwa zwei Drittel der Strecke angehalten hatte. Ich zoomte noch näher heran. Das GPS-Signal hatte mehr oder weniger den ganzen Tag aus einer Ortschaft namens Edale im Peak District gesendet, die etwa auf halber Strecke zwischen Manchester und Sheffield lag.

Edale. Was war dort? Im Grunde nicht viel: ein Bahnhof mit einer Verbindung nach Manchester und Sheffield. Viele Hügel, einige Stauseen.

Ich rief die Wikipedia-Seite der Ortschaft auf und las, dass sie 353 Einwohner hatte und als Start- oder südlicher Endpunkt des Pennine Way, eines 429 Kilometer langen Fernwanderwegs, sehr beliebt bei Wanderern war.

Ich hätte schwören können, dass Abbie erzählt hatte, dass Ryan an diesem Tag in Manchester war. Oder hatte er es selbst erzählt? Andererseits ging er gerne wandern. Vielleicht hatte er statt des Grabes einen Ort besucht, an dem er in Ruhe an seine Mutter denken und sich an sie erinnern konnte. Oder an dem sie vor ihrer Krankheit eine glückliche Zeit miteinander verbracht hatten.

Aber warum hatte er dann behauptet, er hätte den ganzen Tag in Manchester verbracht?

26

Es gab noch eine dritte Fahrt, die der GPS-Tracker aufgezeichnet hatte und die ich nicht zuordnen konnte.

Am Dienstagabend kurz nach neun hatte sich Ryan eine knappe halbe Stunde lang in Radford aufgehalten. Genauer gesagt, in der Forest Road West, nördlich des Stadtzentrums. Was seltsam war, denn die Straße lag am Rande des Rotlichtbezirks. Zumindest war das früher der Fall gewesen. Ich beschloss, mir selbst ein Bild zu machen, packte meine Sporttasche und griff nach meinem Mantel.

Claire war in der Küche und wälzte Zahlen fürs Theater.

»Ich fahre zum Squash mit Jason.« Ich drückte ihr einen Kuss auf die Wange.

»Liebe Grüße. Komm nicht zu spät nach Hause, okay?«

Ich schüttelte den Kopf und fragte mich, wie lange ich meine Frau noch belügen musste. »Spätestens um neun bin ich wieder da.«

»Und lass ihn nicht gewinnen.«

Ich lächelte und reckte beide Daumen in die Höhe. »Niemals.«

Die Forest Road West war eine lange, gerade verlaufende Straße mit dreistöckigen edwardianischen Häusern auf der einen und einem Park und einem Friedhof auf der anderen Seite. Ich passierte sie langsam, wendete in einer Seitenstraße und fuhr etwa die Hälfte zurück, bevor ich an einer dunklen

Stelle zwischen zwei Straßenlaternen parkte. Ich machte den Motor aus und saß eine Minute lang da, bis sich meine Augen an die Dunkelheit gewöhnt hatten. Alles schien ruhig. Nur wenige Autos rollten gemächlich an mir vorbei. Zu meiner Linken befand sich eine hohe Mauer, in die etwa alle zwanzig Meter ein Tor eingelassen war. Rechts trennte ein Eisenzaun die Straße von der Dunkelheit des Forest Rec, eines bewaldeten, von Gehwegen durchzogenen Parks, der nach unten zu einem weitläufigen Areal führte, wo jedes Jahr im Oktober die *Goose Fair* stattfand, ein großer Jahrmarkt. Ich kniff die Augen zusammen, um etwas zu erkennen, aber es war zu dunkel.

Ich sah noch einmal in der GPS-App nach und zoomte näher heran. Das hier war in etwa die Stelle, wo Ryans Auto vor ein paar Tagen geparkt hatte.

Jemand klopfte ans Fenster, und ich zuckte erschrocken zusammen.

Eine junge, stark geschminkte Frau mit rotem Lippenstift sah durchs Beifahrerfenster herein. Ich ließ es hinunter, und sie lehnte sich ins Auto, das sofort nach billigem Parfum und abgestandenem Zigarettenrauch roch. Sie war dünn und wirkte schrecklich jung. Abbies Alter, vielleicht sogar jünger. Gerade mal zwanzig, aber mit müden Augen und verhärmtem Gesicht. *Jemandes Tochter,* dachte ich. *Jemandes ganzer Stolz.*

Sie musterte mich. »Hast du dich verirrt?« Ihre Stimme war ausdruckslos.

»Nein, ich suche jemanden.«

»Lust auf ein Geschäft?«

Ich zeigte ihr Ryans Foto von seinem Facebook-Profil. »Ich suche einen Freund. Haben Sie ihn gesehen? Er war vor ein paar Tagen hier.«

»Nö.«

»Sie haben sich das Foto nicht einmal angesehen.«

Sie nahm das Handy. Die Knochen an ihrer Hand stachen hervor, ihre Haut war kalkweiß. Einen Moment lang schien sie wie erstarrt, als sie das Foto sah, dann schüttelte sie eilig den Kopf. »Nein.« Sie gab mir das Handy wieder. »Den kenne ich nicht.«

»Er fährt einen schwarzen Audi. Schönes Auto.«

»Ich kenne viele schöne Autos.«

Ja, das kann ich mir vorstellen, dachte ich, und mir wurde erneut bewusst, wie ähnlich diese junge Frau Abbie war. Wenn das hier Abbie gewesen wäre, was hätte ich von einem Fremden wie mir erwartet? Was hätte ich mir erhofft?

»Hören Sie«, sagte ich. »Es muss doch Leute geben, die Ihnen von der Straße runter helfen. Lassen Sie mich Ihnen helfen.«

»Ich sagte doch schon, dass ich ihn nicht kenne.« Ihr Blick huschte zur anderen Straßenseite und wieder zurück. »Hast du jetzt Lust auf ein Geschäft oder nicht? Es kostet fünfundzwanzig Mücken.«

Ich bemerkte eine Bewegung auf der anderen Straßenseite. »Wie alt sind Sie?«

»Bist du von der Polizei, oder was?«

»Nein. Aber ich habe eine Tochter, die in etwa gleich alt ist wie …«

Ich zuckte zusammen, als etwas gegen mein Fenster schlug. Es war ein glatzköpfiger Kerl in einem Adidas-Sweater und mit einem Dreitagebart. Er klopfte noch einmal und bedeutete mir, das Fenster hinunterzulassen.

Ich folgte seiner Anweisung, und er beugte sich zu mir in den Wagen. Dabei umklammerte er die Tür, als wollte er sie jeden Moment herausreißen. Ich roch ihn, bevor er etwas sagte. Der scharfe, moschusartige Geruch von Aftershave, Schweiß, Gras und frittierten Zwiebelringen. »Suchst du etwas, Kumpel?«

»Ich habe die Dame nur gefragt, ob sie meinen Freund gesehen hat.« Ich deutete auf das Beifahrerfenster, doch sie hatte sich abgewandt und verschwand bereits in der Dunkelheit. Als ich mich wieder umdrehte, breitete sich ein plötzlicher Schmerz in meinem Kiefer aus. Einen Moment lang wurde mir schwarz vor Augen, und ich schwankte orientierungslos, bis ich sah, wie der Glatzkopf seine Faust zurückzog. »Verschwinde, bevor du mir noch mehr Kunden vergraulst.«

Ich fluchte und blinzelte den Schmerz fort. Es war Jahre oder sogar Jahrzehnte her, dass ich einen derartigen Schlag abbekommen hatte, und mein Schädel brummte.

Ich atmete zitternd ein. »Das war doch nicht nötig. Ich wollte nur wissen, ob jemand meinen Freund gesehen hat.«

Ich hob das Handy mit Ryans Foto hoch, doch der Glatzkopf schlug es mir aus der Hand, sodass es in den Fußraum des Beifahrersitzes fiel.

»Du willst echt Ärger, was?« Er lehnte sich noch weiter ins Auto. Seine Nasenflügel bebten. »Ich – sagte – *verschwinde!*«

Er trat zur Untermauerung gegen die Autotür, und ich hörte, wie das Metall unter seinem Stiefel nachgab.

Ich startete den Wagen, fuhr die Fenster hoch und sah zu, wie der stämmige Körper des Mannes im Rückspiegel kleiner wurde. Mir war immer noch schwindelig von dem Schlag, und ich schmeckte Blut. Ich hielt etwa zweihundert Meter die Straße hoch, versuchte, mich zu beruhigen, und machte das Deckenlicht an, um mein Gesicht zu begutachten. Es würde einen Bluterguss geben, den ich Claire erklären musste. Noch eine Lüge. Wenigstens war nur der Gaumen aufgerissen, und es blutete schon gar nicht mehr.

Ich hob mein Handy auf und nahm ein kleines schwarzes Notizbuch aus meiner Jackentasche, um mir Notizen zu meinen Nachforschungen zu machen.

Forest Road West – Radford – Dienstagabend – Rotlichtbezirk. Prostituierte kannte ihn?

Da war definitiv etwas in den Augen der jungen Frau gewesen, als sie sich das Foto angesehen hatte. Hatte sie ihn erkannt? Hätte sie es zugegeben, wenn …?

Erneut klopfte jemand an das Beifahrerfenster.

Scheiße, dachte ich. *Er ist zurück.*

Aber es war nicht der glatzköpfige Zuhälter. Es war eine weitere junge Frau mit schulterlangen blonden Haaren und knallrotem Lippenstift, die zum Fenster hereinschaute. Sie sah nicht wie eine Drogensüchtige aus.

»Lust auf ein Geschäft?«, fragte sie, nachdem ich das Fenster hinuntergelassen hatte.

Sie arbeiten alle nach demselben Drehbuch, dachte ich.

»Ich suche eigentlich nach einem Freund. Er fährt einen schwarzen Audi.« Ich hielt ihr das Handy mit Ryans Foto entgegen. »Haben Sie diesen Mann vielleicht in den letzten Tagen gesehen?«

Sie betrachtete das Bild, runzelte die Stirn und schüttelte den Kopf. »Nein, leider.« Sie lehnte sich noch weiter durchs Fenster und präsentierte ihr Dekolleté. »Suchst du sonst noch etwas?«

»Sind Sie sicher? Waren Sie am Dienstagabend auch hier? Gegen neun Uhr?«

»Willst du, dass ich einsteige?«

»Nein.« Mein Kiefer begann zu pochen.

»Deshalb bist du doch hier, oder? Soll ich einsteigen, und wir fahren wohin, wo es etwas bequemer ist?«

»Hören Sie, ich fahre jetzt, okay? Tut mir leid, dass ich Ihre Zeit vergeudet habe.«

Ich sah aus dem Augenwinkel, wie eine Gestalt aus einem

auf der anderen Straßenseite geparkten Auto stieg. Ein Mann kam auf mich zu. Nein, zwei Männer.

Mein Gott, nicht schon wieder.

Die Frau griff in ihre Handtasche und zog etwas Dunkles, Kantiges hervor. Sie hob es hoch und streckte es mir entgegen.

Ich hob instinktiv die Hände, um mich gegen einen weiteren Angriff zu schützen.

Sie öffnete die Hülle und zeigte mir ihren Ausweis. »Nottinghamshire Police. Steigen Sie bitte aus.«

27

Ich schlüpfte gerade aus meinem Mantel, als Claires Stimme aus dem Wohnzimmer drang. »Du warst lange aus. Wie wars?«

»Es war ein echt knappes Match«, sagte ich, und erneut stieg das vertraute schlechte Gewissen hoch. »Danach waren wir noch auf ein Glas im Pub.«

Ich ging in die Küche, füllte den Wasserkocher und stützte mich mit beiden Händen auf der Arbeitsplatte ab. *Es ist alles okay. Du wurdest nicht verhaftet. Du hast kein Verbrechen begangen. Du hast nichts falsch gemacht. Deine Vorgesetzte wird es nie und nimmer erfahren. Oder?* Die Polizei hatte meine Personalien aufgenommen, und ich war zu benommen gewesen, um zu lügen. Außerdem hatte ich eine strenge Verwarnung bekommen.

Und ich hatte ihnen Ryans Namen verraten.

Verdammt. Ich hatte nicht daran gedacht, dass er als Hilfspolizist arbeitete. Was, wenn die Cops ihn kannten, die mich heute Abend vernommen hatten? Was, wenn die Frau ihn auf dem Foto auf meinem Handy erkannt hatte? Was, wenn sie es ihm gegenüber erwähnte? Es war zu spät, um jetzt noch etwas daran zu ändern. Ich konnte nur hoffen, dass sie ihn noch nie gesehen hatten. Er war erst vor ein paar Monaten von Manchester hierher gezogen, vielleicht hatte sich sein Name noch nicht herumgesprochen. Es war unmöglich zu beurteilen.

Außerdem musste das Auto in die Werkstatt. Es hatte eine große Delle auf der Fahrerseite, wo der glatzköpfige Zuhälter zugetreten hatte. Ich musste morgen früher los, bevor Claire etwas auffiel.

Ich trat in die Wohnzimmertür und wandte das Gesicht dabei ein wenig zur Seite, damit sie den Bluterguss nicht sah, der sich bereits bildete.

Claire lag eingerollt in ihren Frotteemorgenmantel auf dem Sofa, sah sich ein Tennismatch im Fernsehen an und las nebenbei in einem Magazin. Ihr Handy lag in ihrem Schoß.

»Wie geht es Jason?«, fragte sie. »Ich habe ihn schon Ewigkeiten nicht mehr gesehen.«

»Es ist immer noch der Alte. Trinkt gerne, redet viel.«

»Und seinen Jungen?«

»Denen geht es gut. Tom macht gerade das Abi. Er will auf die Keele University.«

»Geht Jason immer noch auf Dates?«

»Darüber haben wir nicht gesprochen.« Ich wandte mich ab. »Ich checke noch mal meine E-Mails, bevor ich schlafen gehe.«

»Ed?« Claire runzelte die Stirn. »Was ist mit deinem Gesicht passiert?«

Sie winkte mich zu sich, nahm mein Kinn in die Hand und drehte meinen Kopf zur Seite, um die Schwellung zu begutachten.

»Aua«, sagte sie. »Das wird ein netter Bluterguss. Was ist passiert?«

»Nichts.« Ich zuckte mit den Schultern. »Jason hat mich mit dem Schläger getroffen.«

»Du solltest vorsichtiger sein, wenn du mit ihm spielst. Offensichtlich weiß er nicht, wie viel Kraft er hat.«

»Ich muss einfach schneller ausweichen.«

Sie runzelte die Stirn und drückte meinen Arm. »Willst du eine Ibuprofen? Ich glaube, ich habe welche in der Handtasche.«

»Nein, schon gut.«

»Wer hat eigentlich gewonnen?«

»Was gewonnen?«

Sie musterte mich zweifelnd. »Squash?«

»Ach, das. Ja … Jason hat gewonnen. Wie immer.«

Ich ging wieder in die Küche, machte den Wasserkocher an und rieb mir den schmerzenden Kiefer.

Die Zeit lief mir davon, und die Hochzeit rückte immer näher. Ich gab mein Bestes, um Abbie zu helfen, aber es reichte nicht. Wenn ich sie beschützen und meine Pflicht als Vater erfüllen wollte, brauchte ich Hilfe.

Es wurde Zeit, einen Profi einzuschalten.

DONNERSTAG

Achtzehn Tage bis zur Hochzeit

28

Der Bus Nummer 10 in die Innenstadt war vollgestopft bis unters Dach. Ich klammerte mich an die Überkopfhaltegriffe und wurde den Mittelgang entlang weitergeschoben, während immer mehr Leute zustiegen. Mir gegenüber saß ein etwa zwei- oder dreijähriger kleiner Junge mit blonden Locken auf dem Schoß seines Vaters. Ich schenkte ihm ein Lächeln, doch er vergrub das Gesicht an der Brust seines Vaters und steckte sich den Daumen in den Mund. Ich spürte einen stechenden Schmerz, als die Trauer sich wie ein Messer in mein Herz bohrte.

Ich hatte bereits ein Kind enttäuscht. Das würde mir nicht noch einmal passieren.

Die Vormittagsbesprechungen hatten ewig gedauert, aber ich durfte das Büro offiziell erst zur Mittagspause verlassen. Um Punkt zwölf schnappte ich mir meine Jacke und machte mich auf den Weg. Zehn Minuten später stand ich endlich vor einem vierstöckigen Backsteinhaus am Lace Market. Es handelte sich um ein altes viktorianisches Lagerhaus, das in einen ultramodernen Bürokomplex für Designagenturen, Architekten und Anwaltskanzleien umgebaut worden war. Auf einem bescheidenen Blechschild waren sämtliche Firmen vermerkt. *Midland Investigations Limited* befand sich im obersten Stock.

Ich saß in einem eleganten beigen Lehnstuhl in dem sonnendurchfluteten Wartezimmer. Es war sauber und aufgeräumt, die Möbel waren modern und es roch nach neuen Teppichen und frischen Blumen. Durch eine Glastrennwand sah ich zahlreiche Schreibtische, hinter denen Männer und Frauen in den Zwanzigern saßen. Sie trugen Headsets, tippten, lächelten, redeten. Auf einer Seite des Großraumbüros befanden sich mehrere abgetrennte Büros. Die Geschäfte liefen offenbar gut.

Ich hatte ein schmuddeliges, unordentliches, von qualmendem Zigarettenrauch erfülltes Kellerbüro erwartet. Etwas, das der allgemeinen Vorstellung eines Privatdetektivs eher entsprach. Aber das hier war etwas anderes.

Joel Farmer war ein schlanker Mann Anfang vierzig mit milchkaffeebrauner Haut und kurz geschorenen, grau melierten Haaren. Er begrüßte mich mit einem freundlichen Händedruck und führte mich in eines der größeren Büros. Nachdem wir uns gesetzt hatten, deutete er mit dem Daumen hinter sich.

»Ist der Hund okay für Sie, Mr Collier?«

Eine schwarze Labradorhündin lag in einem Körbchen in der Ecke, und ihr Schwanz klopfte zur Begrüßung sanft auf den Boden.

»Ich liebe Hunde.« Ich lächelte. »Aber meine Frau und ich arbeiten den ganzen Tag, und ich möchte keinen Hund den ganzen Tag alleine zu Hause lassen.«

»Ich auch nicht«, erwiderte Farmer.

Die Labradorhündin mit den grauen Tasthaaren stemmte sich gemächlich hoch, tappte zu meinem Stuhl, umkreiste mich schnüffelnd und legte schließlich ihr Kinn auf meinen Oberschenkel, um mit großen, freundlichen Augen zu mir hochzublicken. Ich kraulte sie zwischen den Ohren, dann kehrte sie in ihr Körbchen zurück und ließ sich mit einem zufriedenen Seufzen hineinfallen.

»Rosie hat Sie für gut befunden«, meinte Farmer lächelnd. Er sprach leise und langsam, als würde er jedes Wort abwiegen, aber er vermittelte Zähheit und Selbstbewusstsein.

»Sie ist hinreißend. Gehört sie zum Personal?«

»Sie hat die beste Spürnase von allen«, antwortete Farmer. »Also, Mr Collier, was kann ich für Sie tun?«

Ich hatte überlegt, wie ich mein Problem am besten beschreiben konnte, mich am Ende aber dafür entschieden, geradewegs damit herauszurücken.

»Es geht um den Verlobten meiner Tochter. Ich muss mehr über ihn in Erfahrung bringen, bevor die beiden heiraten.«

»Okay.« Farmer streckte die Hände aus. »Weil …?«

»Weil ich glaube, dass er etwas verbirgt. Ich vertraue ihm nicht. Ich habe ein wirklich schlechtes Gefühl, was ihn betrifft.« Ich zuckte mit den Schultern. »Es ist schwer zu erklären. Es ist wohl eher unüblich, dass jemand wegen seines zukünftigen Schwiegersohns zu Ihnen kommt, nehme ich an?«

»Es kommt häufiger vor, als Sie denken, obwohl wir solche vorehelichen Ermittlungen üblicherweise für den Ehepartner und nicht für die Schwiegereltern durchführen.« Er griff nach einem Stift. »Gibt es eine spezielle Richtung, auf die wir unser Augenmerk legen sollen? Alarmglocken, die lauter schrillen als die anderen? Wir verfolgen vielschichtige Ermittlungsansätze, angefangen bei der üblichen Überwachung und diversen Hintergrundchecks bis hin zu Lügendetektortests, Beschattung und Entwanzungen.«

»Entwanzungen?«

»Wir durchsuchen Ihr Haus nach Abhörvorrichtungen, die möglicherweise ohne Ihr Wissen angebracht wurden. Was in Ihrem Fall vermutlich nicht notwendig ist. Ihnen würde ich zunächst einen Hintergrundcheck mit Hauptaugenmerk auf die Arbeitgeber, die Kreditfähigkeit und kriminelle Auffälligkeiten empfehlen. Alles, was im Rahmen des Gesetzes passieren darf. Wir werden uns den Mann sehr genau ansehen.« Er machte sich ein paar Notizen. »Haben Sie schon GPS-Tracking in Betracht gezogen?«

Ich schluckte. »Ist das denn legal?«

»Zu einhundertzehn Prozent.« Farmer beugte sich über seinen Tisch. »Es erlaubt uns, die Bewegungen der Zielperson genau zu erfassen, ohne Tage oder Wochen vor Ort zu sein. Ich empfehle normalerweise einen Zeitraum von zwei Wochen, sodass man die beiden Wochen miteinander vergleichen und nach wiederkehrenden Mustern suchen kann. Sie bekommen einen Code, um die Daten online abzurufen. Es ist kosteneffizienter als eine persönliche Beschattung inklusive Beweisfotos, wobei wir das als Folgeservice natürlich ebenfalls anbieten.«

»Ehrlich gesagt … habe ich es bereits mit GPS-Tracking versucht.«

»Okay.« Farmer wirkte nicht im Geringsten überrascht. »Nutzen Sie es auch jetzt noch?«

»Es hat sich wohl vom Auto gelöst, keine Ahnung, warum.«

Der Tracker hatte heute Morgen seine Arbeit eingestellt. Zuerst dachte ich, die Batterie wäre leer, obwohl sie laut Garantie mindestens vierzehn Tage hätte halten sollen. Aber das Gerät war billig gewesen, und da die meisten Kunden es aus nicht ganz legalen Beweggründen kauften, gab es wohl kaum Beschwerden.

Ryan hatte es auf einer Strecke verloren, die er mehr oder weniger jeden Tag zurücklegte. Vielleicht hatte es sich gelockert, als er in ein Schlagloch gefahren war. Vielleicht hatte ich nicht den richtigen Platz im Radkasten gewählt. Die Möglichkeit, dass Ryan den Tracker gefunden hatte, wollte ich lieber nicht in Betracht ziehen.

Entspann dich. Er kann das unmöglich mit dir in Verbindung bringen.

»Ich wette, Sie haben es aus dem Internet«, sagte Farmer gerade. »Kein Wunder, dass sich der Sender gelöst hat. Im Netz bekommt man keine Qualität. Wir vertrauen auf ein gewerbliches Trackingsystem, das kleiner, diskreter und stärker ist.« Er holte das Gerät aus der Schreibtischschublade und reichte es mir.

»Okay«, sagte ich. »Dann nehmen wir GPS-Tracking dazu.« Ich wog das Gerät in der Hand. »Wenn Sie die Hintergrundchecks durchführen, merkt … die betroffene Person etwas davon?«

»Auf keinen Fall. Wir garantieren absolute Vertraulichkeit und Diskretion. Wir brauchen lediglich den vollen Namen, das Geburtsdatum und die letzte bekannte Adresse.«

»Das habe ich.«

Farmer tippte etwas in den Computer, und der Drucker sprang an. Er reichte mir das ausgedruckte Blatt.

»Hier ist Angebot inklusive einer Zusammenfassung unserer Leistungen und der Auftragsbedingungen. Ich brauche einen Vorschuss von fünfundsechzig Prozent, wenn Sie unsere Dienste in Anspruch nehmen. Der Rest wird mit Übergabe des Berichts fällig.«

Mein Blick fiel auf den Betrag, und ich schluckte. *Claire bringt mich um, wenn sie davon erfährt. Abgesehen davon, dass ich noch nicht weiß, ob ich die Umstrukturierung im Büro überlebe. Was, wenn nicht? Was mache ich dann?*

Darüber konnte ich mir später Gedanken machen. »Wow, das ist um einiges mehr, als ich dachte.«

»Der innere Frieden ist diese Investition meiner Erfahrung nach wert.«

»Ja, das stimmt vermutlich.«

»Ich gehe davon aus, dass ich Ihnen in zehn bis vierzehn Tagen einen ersten mündlichen Bericht liefern kann. Je nachdem, was wir herausfinden.«

»Zehn bis vierzehn Tage sind in Ordnung. Geht es auch schneller?«

»In meiner Branche zählen vor allem Genauigkeit und Sorgfalt, sonst braucht man gar nicht erst anzufangen.«

»Gut, das ist genau das, was ich brauche«, erklärte ich nickend und griff nach meiner Geldbörse. »Nehmen Sie auch Kreditkarten?«

SAMSTAG

Sechzehn Tage bis zur Hochzeit

29

Das Trent Building der Universität von Nottingham stand stramm wie ein Wächter auf dem Hügel. Mein Blick glitt über die großen, in weißem Portlandstein eingebetteten Sprossenfenster und den viereckigen Uhrturm, der sich stolz über dem See mit den Ruderbooten erhob, der das südliche Ende des University Park markierte. Ryan und ich saßen Seite an Seite in einem Boot, und jeder hielt ein Ruder, während Abbie und Claire auf der Bank gegenüber Platz genommen hatten, um die Nachmittagssonne zu genießen.

Wir hatten den Vormittag damit verbracht, Abbies restliche Sachen in Ryans Haus zu bringen, ihr beim Auspacken zu helfen, Möbel wieder zusammenzubauen und alles einzuräumen. Es fühlte sich an wie das Ende einer Ära. Eine Trennung, für die ich nicht bereit war. Ich hatte sie drei Jahre lang zum Beginn des neuen Semesters nach London auf die Uni begleitet und ihr beim Auspacken geholfen, aber das war immer nur vorübergehend gewesen. Ich hatte immer gewusst, dass sie nach Hause zurückkehren würde. In ihr Zimmer. An ihren Platz im Gefüge.

Das hier drohte ein dauerhafter Zustand zu werden.

Nach dem Mittagessen waren wir zum Unicampus gefahren und hatten uns auf Abbies Drängen hin ein Boot gemietet. Sie war schon immer gerne hier gewesen. Als sie noch klein war, waren wir ganze Nachmittage auf dem See im Kreis gepaddelt, hatten Eiscreme gegessen und waren zum Trent Building hochgewandert. Abbie hatte auf meinen Schultern gesessen, und sie hatte mir einmal erzählt, dass ihre früheste Kindheitserinnerung war, wie ich sie auf den Schultern getragen hatte und sie die Finger nach den Ästen der Bäume ausgestreckt hatte. *Groß wie ein Riese.* Sie war drei oder vier Jahre alt gewesen und hatte von oben auf die Köpfe der anderen hinuntergesehen, während ihr die Sonne ins Gesicht schien. Einmal hatte sie so begeistert geklatscht, dass sie einen Bügel meiner Sonnenbrille abgebrochen hatte. Ich hatte sie mir die ganze Heimfahrt mit dem Finger auf die Nase gedrückt.

Ich konzentrierte mich darauf, im Gleichklang mit Ryan zu rudern, während er Claires Fragen zu seiner Freiwilligenarbeit beantwortete.

»Was genau machen Sie im Hospiz, Ryan?«

»Meistens rede ich nur mit den Patienten oder sitze neben ihnen und höre ihnen zu. Die Familienmitglieder können nicht immer an ihrer Seite sein, und einige wollen einfach nur Gesellschaft und ein freundliches Gesicht sehen. Manchmal habe ich auch meine Gitarre dabei und spiele im Gemeinschaftsraum.« Er lächelte, während seine Augen hinter der verspiegelten Sonnenbrille verborgen blieben. »Beatles und die Carpenters kommen immer gut an.«

»Ich habe nach dem Tod meines Vaters auch überlegt, wieder als Freiwillige zu helfen«, meinte Claire. »Aber ich war mir nicht sicher, ob ich damit zurechtkommen würde, Menschen leiden zu sehen und ihnen nicht helfen zu können.«

Drei Enten landeten mit Getöse direkt vor uns und flüchteten anschließend laut quakend vor unserem kleinen Boot.

Ryan nickte. »Ich sehe es als Privileg, die Patienten während ihrer letzten Wochen oder Tage zu unterstützen. Man trifft die unglaublichsten Leute im St Jude's. Es lässt einen demütig werden.« Er schluckte, und sein Adamsapfel hüpfte auf und ab. »Und ich habe das Gefühl, etwas zurückzugeben.«

»Ryans Mum Catherine war in einem Hospiz«, erklärte Abbie leise.

Claire nickte mitfühlend. »Das muss unendlich schwer gewesen sein.«

»Sie waren sehr gut zu ihr. Es war der richtige Ort für sie.«

»Wo war sie, Ryan?«, fragte ich. »Nicht hier in Nottingham, oder?«

»Zu Hause in Manchester.« Er ließ das Ruder einen Moment lang sinken. »Ich habe in London gearbeitet, als sie die Diagnose erhielt, und bin zurückgekehrt, um während der Behandlung bei ihr zu sein.«

Abbie lehnte sich nach vorne und legte eine Hand auf sein Knie. »Das war so lieb von dir.«

Ryan nickte traurig und zog sein Paddel erneut durchs Wasser. »Sie hatte niemanden sonst. Mein Dad ist schon lange fort, und seit ich in die Schule kam, gab es immer nur Mum und mich.«

Ich betrachtete Claire, die mir mit einem mitfühlenden Lächeln und zur Seite geneigtem Kopf gegenübersaß. Sie konnte immer schon Leute dazu bringen, sich zu öffnen, und sie war – wie Abbie – geneigt, das Beste in jedem Menschen zu sehen. Vermutlich hatte sie deshalb so viele Freunde.

Ich hingegen hatte nur einige wenige. Und ich glaubte Ryan die Geschichte über das Hospiz nicht.

»Ich habe auch schon einmal überlegt, es zu versuchen«, sagte ich. »Meinen Sie, ich kann Sie einmal begleiten, um mir anzusehen, wie es so ist?«

Ich sah ihn an und versuchte, seine Reaktion abzuschätzen. Doch ich sah nur mein Spiegelbild in Ryans Sonnenbrille.

»Klar, sicher«, sagte er. »Ich glaube, Sie wären echt gut darin, Ed.«

»Ich hätte auf jeden Fall Interesse.«

»Im Moment gibt es allerdings eine Warteliste«, fuhr Ryan fort. »Es gibt vorab Kontrollen und eine Trainingsphase. Man braucht etwa ein Führungszeugnis. Aber ich kann die Pflegeleitung gerne fragen und Ihnen beim nächsten Mal sicher schon mehr sagen. Ich muss Sie allerdings warnen, es ist nicht gerade eine schöne Gegend.«

»Wo ist es denn?«

»In Radford. Ganz in der Nähe des Parks, in dem im Herbst dieser große Jahrmarkt stattfindet.«

»Sie meinen die *Goose Fair?*« Mein Herz klopfte schneller. »Dann ist es also in der Nähe der Forest Road West?«

»Ganz genau.«

Ist das Zufall? Oder steckt etwas anderes dahinter? Was hast du an dem Abend gemacht, Ryan? Warst du dort, um Sterbenden Trost zu spenden? Oder um eine Prostituierte von der Straße aufzulesen?

Was ist dein wahres Ich?

Zurück am Ufer, saßen Claire und ich auf einer Picknickdecke im Gras, während Abbie und Ryan noch einmal alleine hinausruderten. Abbie hatte die Ruder übernommen und bewegte das Boot mit kraftvollen, geraden Schlägen, wie ich es ihr beigebracht hatte. Ich erschauderte, als ich an den Albtraum dachte, in dem sie aufs Meer hinausgetrieben war und meine warnenden Rufe nicht gehört hatte. Ich blinzelte, um die Gedanken zu vertreiben. In der Nähe der ersten kleinen Insel ließ sie das Ruder ins Wasser klatschen, und ihr helles, klares Lachen hallte über den See, als Ryan schützend die Hand hob, um nicht nass zu werden. Er erhob sich und ließ das Boot von einer Seite auf die andere schaukeln, während Abbie fröhlich kreischte.

Claire lag auf dem Rücken und hatte sich auf die Ellbogen gestützt. Sie trug ein gemustertes Trägertop, eine helle Leinenhose und hatte die Sonnenbrille in die langen dunklen Haare geschoben.

»So hat sie schon lange nicht mehr gelacht«, sagte sie. »Ich kann mich nicht erinnern, sie jemals so glücklich gesehen zu haben.«

Wir schwiegen beide einen Moment lang und beobachteten, wie unsere Tochter wieder nach den Rudern griff. Ihr Lachen hallte noch immer über den See.

»Sie werden das Boot noch umwerfen, wenn sie nicht aufpassen«, sagte ich.

»Weißt du, sie hat einmal zu mir gesagt, dass sie ständig das Gefühl hat, nicht genug zu sein, weil die meisten ihrer Freunde sie irgendwann betrogen haben.«

»Sie ist besser als alles, was sich diese Kerle verdient hatten.« Ich schüttelte den Kopf und stach einen Cocktailspieß in eine Olive. »Aber dieser Meinung ist sie jetzt nicht mehr, oder?«

»Ich glaube, mit Ryan ist es anders. Ich bin so froh, dass sie endlich einen guten Mann gefunden hat.« Claire sah mich an und erwartete offensichtlich meine Zustimmung. »Einen einfachen, ehrlichen und netten jungen Mann.«

Ich schwieg und nahm mir vor, bald nachzusehen, wo sich das Hospiz tatsächlich befand. War die Geschichte, dass Ryan dort aushalf, glaubhaft? War es wirklich in der Nähe der Forest Road West? Und wie sollte ich Claire davon erzählen? *Weißt du, Schatz, ich habe einen GPS-Tracker gekauft und ihn an seinem Auto befestigt. Ryan verbirgt etwas.*

»Ed?«

»Ja, bitte?«

»Er ist ein netter junger Mann«, wiederholte sie. »Es wäre also hilfreich, wenn du dir ihm gegenüber etwas mehr Mühe gibst.«

»Ich gebe mir doch Mühe«, erwiderte ich. *Du hast ja keine Ahnung, wie sehr.*

»Du musst ihn nicht verhören, als stünde er vor Gericht. Es gibt subtilere Wege, Dinge in Erfahrung zu bringen, weißt du?«

Ich sah wieder zu Abbie und Ryan hinaus, die eine kleine Insel mit Trauerweiden umrundeten. »Es ist doch nicht falsch, mehr über ihn wissen zu wollen.«

»Nein, ist es nicht. Aber es gibt einen richtigen und einen falschen Weg, es zu tun.«

»Hast du nicht auch das Gefühl, dass er uns etwas verschweigt?«

Claire schüttelte seufzend den Kopf. »Ich habe das Gefühl, dass er Abbie wirklich mag und sie respektvoll behandelt. Er ist höflich, liebenswürdig, aufmerksam und großzügig. Er holt sie um Mitternacht vom Bahnhof, er kauft ihr Wein und Blumen, wenn sie einen harten Tag in der Schule hatte. Er kocht ihr Lieblingsessen, und es macht ihm nichts aus, sich ständig *Mamma Mia 2* anzusehen, weil es nun mal ihr Lieblingsfilm ist. Er kauft uns Geschenke, lädt uns zum Essen ein und fährt Mum im Rollstuhl spazieren. Und wenn er gerade Zeit hat, dann repariert er die Dusche in Abbies Bad, die schon seit Monaten nicht richtig funktioniert.« Sie warf mir einen vielsagenden Blick zu. »Niemand ist perfekt, aber meiner Meinung nach fehlt ihm nicht viel.«

»Hmm.«

»Was soll das heißen?«

»Er ist fast zu gut, um wahr zu sein.«

»Es gibt gute Männer dort draußen, Liebling. Und unsere Tochter hat sich einen davon verdient.«

»Natürlich hat sie das.«

Mein Handy klingelte. Eine unbekannte Nummer.

»Mr Collier.« Es war Farmer.

Ich stemmte mich eilig hoch und machte ein paar Schritte von der Decke fort. »Am Apparat.«

»Können Sie sprechen?«

»Ja.«

»Ich wollte Ihnen nur mitteilen, dass der neue GPS-Tracker nun an Ort und Stelle ist. Sie können sich über unsere Website mit Ihrem Usernamen und dem Passwort einloggen. Beides besteht aus Ihrem Vor- und Nachnamen, ohne Leerzeichen. Ich empfehle, das Passwort nach dem Log-in zu ändern.«

»Alles klar. Das heißt, es läuft jetzt?«

»Ganz genau. Ach, und Mr Collier? Senden Sie keine Nachrichten oder E-Mails, was das Tracking betrifft, in Ordnung? Rufen Sie mich einfach unter dieser Nummer an, wenn Sie Fragen haben.«

Ich senkte die Stimme und sah mich um, ob mich auch niemand hörte. »Ich dachte, es wäre zu einhundertzehn Prozent legal?«

»Ist es auch«, erwiderte Farmer. »Aber ich halte die Dinge lieber sauber und einfach.«

Wir verabschiedeten uns, und ich kehrte zu Claire zurück.

»Wer war das?«, fragte sie.

»Siobhan. Es ging um ein neues Projekt.«

»Musst du ins Büro?«

Ich winkte ab. »Nein, kein Problem.«

Sie musterte mich einen Augenblick, bevor sie den Blick wieder auf den See richtete.

Abbie und Ryan saßen nebeneinander, die Ruder hingen

ins Wasser und sie küssten sich lange und innig. Abbies Haare tanzten sanft im Sommerwind, und nachdem sie sich voneinander gelöst hatten, lachte sie glücklich.

Ryan sah zu uns und hob grüßend die Hand. Den Mund zu einem breiten Lächeln verzogen.

Claire lächelte und winkte begeistert zurück.

Meine Hände verharrten regungslos in den Hosentaschen.

30

MONTAG

Vierzehn Tage bis zur Hochzeit

Die Zeit bis zur Hochzeit verging wie im Flug, während sie im Büro beinahe zum Stillstand kam. Die Umstrukturierung hing immer noch wie ein Damoklesschwert über uns, und ich wusste nur, dass die Vier-Augen-Gespräche eine weitere Woche nach hinten verschoben worden waren. Ich war mir nicht sicher, ob ich es als gutes oder schlechtes Zeichen deuten sollte.

Wenn ich bei geschlossener Tür in meinem Büro saß, fand ich mich regelmäßig auf dem Portal des Trackingsystems wieder. Es war um einiges ausgefeilter als mein selbst gekauftes und lieferte Echtzeitdaten von sämtlichen Ausfahrten des Audi. Ich schrieb alles in mein kleines schwarzes Buch und versah unklare Daten mit einem Sternchen, um sie mir später genauer anzusehen.

Ryan war noch einmal bei dem Haus in Bestwood gewesen, und es gab mehrere andere kurze Abstecher innerhalb der Stadt, die ich mir nicht sofort erklären konnte. Gerade jetzt befand er sich in Coventry, vermutlich bei einem Klienten.

Den Rest des Vormittags verbrachte ich mit der Suche nach DNA-Testkits. Wenn ich Ryans DNA hatte, konnte sie mir vielleicht einen Hinweis darauf geben, wer er wirklich war, und ich hatte ein weiteres Puzzleteil, mit dem ich arbeiten konnte. Das Problem war, dass die meisten Kits einen Wangenabstrich erforderten und ich bis jetzt keine Ahnung hatte, wie ich eine solche Probe entnehmen sollte.

Außerdem checkte ich wie besessen meinen E-Mail-Account, wobei ich die meisten neuen Nachrichten ignorierte. Ich hoffte vor allem auf einen ersten Bericht der Detektei. Einen Hinweis, dass sie etwas gefunden hatten. Mein Handy blieb mittlerweile rund um die Uhr auf Empfang, falls sie mich dringend erreichen mussten. Doch seit dem Anruf von Joel Farmer am See herrschte Funkstille.

Dafür bekam ich eine E-Mail der Leitung des St Jude's Hospice. Ich öffnete sie, doch meine Hoffnungen verflüchtigten sich sofort. Sie durften keine Namen von Mitarbeitern bestätigen, nicht einmal von Freiwilligen.

Ich hatte es zwar vermutet, wollte die Möglichkeit aber nicht verstreichen lassen. Die Freiwilligenarbeit im Hospiz war wie eine juckende Stelle am Rücken, an die ich nicht herankam, um mich zu kratzen. Ein weiterer Teil von Ryans perfektem Leben, den ich aufdecken wollte. *Ich habe das Gefühl, etwas zurückzugeben,* hatte er uns am See erzählt.

Es musste noch einen anderen Weg geben, ihn dieser Lüge zu überführen. Ich war mir sicher, dass er noch nie einen Fuß in dieses Hospiz gesetzt hatte.

Ich öffnete die Website von St Jude's, die einfach und geschmackvoll in sanften Farben gehalten war und hochwertige Fotos enthielt. Plötzlich hatte ich eine Idee. Ich griff nach dem Telefon und wählte die angegebene Nummer.

»Hallo, mein Name ist Edward Jones. Ich hätte gerne einen Termin.«

Gerald Matheson, der Geschäftsführer vom St Jude's, war ein kleiner, fülliger Mann mit dünner werdendem Haar und einer runden, dunklen Brille. Wir schüttelten uns am Empfang die Hände, und er führte mich einen breiten Korridor entlang.

»Danke noch mal für den kurzfristigen Termin«, sagte ich und rückte den Besucherausweis um meinen Hals zurecht.

»Ich finde es wichtig, dass die Leute herkommen, sich das Haus ansehen und ein Gefühl dafür bekommen, bevor sie sich für uns entscheiden. Sie sagten, es geht um Ihre Mutter?«

»Meine Schwiegermutter«, erwiderte ich leise. »Krebs.«

»Das tut mir leid.«

Es war warm und roch nach Desinfektionsmittel und Raumspray. Er zeigte mir ein leeres Vierbettzimmer, erklärte mir den Tagesablauf der Patienten, sprach vom Personal und den Besuchszeiten, bevor er mich in einen großen Gemeinschaftsraum führte, in dem etwa ein halbes Dutzend Patienten in roten Lehnstühlen um einen Tisch saßen.

Ein paar Köpfe drehten sich in unsere Richtung, und ich nickte zur Begrüßung. Ein schmerzhaft dünner Mann in den Sechzigern mit einem Paisley-Bandana auf dem Kopf sprach mich an, und wir unterhielten uns. Alle Patienten waren freundlich und schienen begierig auf ein Gespräch. Kurz darauf wurde Matheson von einer Mitarbeiterin aus dem Zimmer geholt.

»Der Verlobte meiner Tochter arbeitet als Freiwilliger hier«, erwähnte ich beiläufig. »Vielleicht kennen Sie ihn? Er heißt Ryan.«

Als Matheson zurückkehrte, hatte ich sechs Patienten und mehrere Angehörige nach meinem zukünftigen Schwiegersohn gefragt, doch niemand kannte den großen dunkelhaarigen Freiwilligen mit der Gitarre.

»Ah, Mr Jones«, sagte Matheson lächelnd. »Haben Sie alles, was Sie wissen wollten?«

»Ja.« Ich schüttelte ihm erneut die Hand, dann wandte ich

mich an die Patienten. »Es hat mich sehr gefreut, Sie alle kennenzulernen.«

Neben dem Eingang stand eine Spendensammelbox. Ich holte sämtliche Banknoten aus meiner Geldbörse und warf sie ein, bevor ich das Haus verließ.

MITTWOCH

Zwölf Tage bis zur Hochzeit

31

»Wer ist Ryan Wilson, Ed?«

Ich betrachtete die vier Leute, die mich von der gegenüberliegenden Seite des Besprechungstisches ansahen. Meine Vorgesetzte Julia stellte die Fragen, Georgia führte Protokoll, außerdem waren James Moss, der Vertriebsleiter, und – völlig überraschend – Amanda Armstrong von der Personalabteilung anwesend, die mich mit emotionslosen graublauen Augen musterte. Einen Moment lang überlegte ich, ob ich lügen sollte. Ich war in den letzten drei Wochen wirklich gut darin geworden. Aber ich hatte das Gefühl, es würde alles nur noch schlimmer machen.

Und es sah auch jetzt schon schlimm genug aus.

»Der Verlobte meiner Tochter.«

»Verstehe«, erwiderte Julia spitz. »Wann ist der große Tag?«

»Montag in einer Woche.«

»Ich nehme an, Sie mögen ihn nicht besonders?«

Ich hatte keine Gelegenheit gehabt, mein Jackett auszuziehen, und ich spürte, wie mein Hemd unter den Achseln feucht wurde. »Wie meinen Sie das?«

»Ich werde es kurz und schmerzlos machen, Ed. Um unserer aller willen.«

Sie reichte fünf Blätter über den Tisch, und ich überflog sie eilig. Es war mein Browserverlauf der letzten paar Wochen, und einige Dutzend Einträge waren mit gelbem Leuchtstift markiert:

Ryan Wilson Militär
Ryan Wilson Manchester
Ryan Wilson Polizei
GPS-Tracker
GPS-Tracker legal UK
Privatdetektiv Nottingham
DNA-Testkits
DNA-Probe
Psychopath erste Anzeichen
Psychopath Test
Psychopathisches Verhalten

Die Liste ging beinahe endlos weiter.

»Die eine oder andere Google-Suche zwischendurch ist keine große Sache«, fuhr Julia fort. »Das machen die meisten. Vor zehn Tagen, als herauskam, dass Sie offenbar während der Arbeitszeit privaten Erledigungen nachgingen, war ich noch bereit, Ihnen einen Vertrauensbonus zu gewähren.«

Vier Augenpaare waren starr auf mich gerichtet. Ich spürte, wie die Hitze meinen Hals hochstieg, und meine Krawatte fühlte sich mit einem Mal so eng an, dass ich beinahe erstickte. »Ich werde …«

»Ich bin noch nicht fertig.« Ihre Stimme klang hart und ausdruckslos, und zum ersten Mal wurde mir klar, wie wütend sie war. Julia hatte mich zum Teamleiter befördert und ihr Vertrauen in mich gesetzt, und ich hatte es missbraucht. »Es ist allerdings *sehr wohl* eine große Sache, wenn jemand vorsätzlich auf die Ressourcen der Firma zurückgreift, um Nachforschungen anzustellen, die sich im gesetzlichen Graubereich bewegen, und damit die Firma – *meine* Firma – in eine rechtliche Zwickmühle bringt.«

»Ja.«

»Etwa, wenn jemand zwei aus der Luft gegriffene Anfragen zu einer Privatperson stellt, deren Unterschrift für die Einwilligungserklärung fälscht und eine falsche E-Mail-Adresse erstellt, um Spuren zu verwischen. Streiten Sie irgendetwas davon ab?«

Ich stieß die Luft aus. »Nein.«

»Sie hatten das Pech, dass beide Anfragen von der Betrugserkennungssoftware herausgefiltert wurden und zu mir zurückgesandt wurden. Sie haben mich damit in eine unmögliche Situation gebracht, Ed. Missbräuchliche Verwendung der Firmenressourcen stellt ein schwerwiegendes Fehlverhalten dar, und schwerwiegendes Fehlverhalten ist ein Kündigungsgrund.«

»Julia, ich …«

»Ich halte nichts davon, eine langwierige Untersuchung einzuleiten. Das verschwendet sowohl Ihre als auch meine Zeit. Das Leben ist kurz. Also sollten wir einen Schlussstrich ziehen und weitermachen, oder was meinen Sie? Es gibt demnach zwei Optionen. Bei Option A wird ein Disziplinarverfahren eingeleitet, und Sie werden bis zum Ende des Verfahrens suspendiert. Es wird hässlich und schmutzig, und letztlich müssen Sie diese Firma ohnehin verlassen, denn die Beweise für Ihr Fehlverhalten sind bombensicher. Das wissen Sie, und ich weiß es auch.«

Ich rieb mir die Stirn, hinter der sich erneut Kopfschmerzen bemerkbar machten. »Und Option B?«

»Bei Option B reichen Sie Ihre sofortige Kündigung ein. Sie bekommen ein neutrales Dienstzeugnis und zwei Monatslöhne.«

Zwei Monatslöhne waren weniger, als mir zustand, aber ich sah ihr an, dass ihr selbst dieses Angebot alles abverlangte.

Ich nickte langsam. »Ich nehme Option B.«

»Gut.« Sie lehnte sich zurück. »Haben Sie sonst noch etwas zu sagen?«

Mir fielen Dutzende Dinge ein – *Geben Sie mir noch eine Chance. Ich war einen Moment lang geistig nicht zurechnungsfähig. Es war dumm, aber ich bringe das in Ordnung* –, aber nichts davon hätte einen Unterschied gemacht.

Ich schüttelte den Kopf. »Es tut mir leid, Julia.«

Sie betrachtete mich mit einer Mischung aus Wut und Enttäuschung. »Amanda hat die nötigen Unterlagen dabei. Sobald Sie unterschrieben haben, wird James Sie nach unten begleiten. Die Kündigung tritt mit sofortiger Wirkung in Kraft.«

DONNERSTAG

Elf Tage bis zur Hochzeit

32

Ich stand um die normale Zeit auf, rasierte mich, duschte und schlüpfte in Anzug und Krawatte, bevor ich mit Claire gemeinsam frühstückte. Sie fragte mich, was heute so anstand – bloß ein paar Besprechungen und ein paar Projekte, die abgeschlossen werden müssten, erklärte ich ihr lächelnd –, und ich fragte sie, was es im Theater Neues gab. Wir unterhielten uns wie jeden Morgen. Alles war wie immer.

Ich hatte ihr nicht gesagt, dass ich meinen Job verloren hatte. Ich hatte es niemandem gesagt.

Um Viertel vor acht fuhr ich in die Stadt und parkte auf dem gewohnten Parkplatz.

Es war surreal – beinahe, als würde ich über meinem Körper schweben –, als ich mich unter die Leute mischte, die auf den Weg in ihre Büros und in die Läden waren. Ich tat, als wäre ich einer von ihnen, als hätte ich immer noch einen Job, dabei war ich ein Blender. Ein Betrüger. Vielleicht stand ich immer noch unter Schock, weil alles so schnell gegangen war.

Ich ging an der Eingangstür unseres Bürogebäudes vorbei und lief einfach immer weiter. Stundenlang. Als ich hungrig war, suchte ich mir ein Café, doch sobald ich mich gesetzt hatte, verging mir der Appetit.

Es lief alles schief. Das Einzige, was heute auf dem Programm stand – und das Einzige, worauf ich mich freute –, war der Termin am späteren Nachmittag. Bis dahin musste ich

Zeit totschlagen. Vielleicht sollte ich noch mal in Ryans Haus vorbeischauen? Der erste Besuch war eine Pleite gewesen, aber ich war nicht sehr lange geblieben und hatte mir nicht genug Zeit genommen. Ich hatte gehofft, auf etwas Offensichtliches zu stoßen. Ein Foto von Ryan mit einer anderen Frau vielleicht. Oder Klamotten, die sie vergessen hatte. Drogen, große Mengen Alkohol, Beweise für einen exzessiven, kriminellen Lebenswandel. Beweise für *irgendetwas.*

Aber es würde nichts Offensichtliches sein, nicht wahr? Nicht bei jemandem, der so klug war wie Ryan. Und vor allem nicht jetzt, da Abbie bei ihm wohnte.

Ich hatte etwas übersehen. Es musste so sein.

Ich rief die Bilder auf, die ich in seinem Haus gemacht hatte. Die Fotos auf dem Kamin, das Wohnzimmer, die Küche. Die beiden Silberrahmen über dem Esstisch. Das Military Cross für den Einsatz in Afghanistan. War es wirklich echt? Ich holte den Laptop hervor und begann zu recherchieren. Der Krieg in Afghanistan befand sich im Mai 2012 in einer heißen Phase, und es gab zahllose Berichte über Selbstmordattentate, Autobomben, Luftangriffe und Sprengstoffanschläge. Ich fand keinerlei Beweise, dass Ryan dort gewesen war oder dass er eine Auszeichnung bekommen hatte. Andererseits wurden solche Dinge vielleicht nicht veröffentlicht.

Ich bestellte noch einen Kaffee und betrachtete das nächste Bild. Ryans Abschlusszeugnis von der Uni. Es trug das vertraute violett-gelbe Wappen der Universität mit dem Motto *Cognitio, sapienta, humanitas.*

Wissen, Humanität … und das mittlere Wort vergaß ich ständig. *Verdammtes Latein.* Sapienta hieß Verständnis. Oder Einsicht? Ich googelte es.

Ich bekam 841 000 Ergebnisse, fand jedoch keine Wikipedia-Seite mit einer Übersetzung, sondern lediglich Firmen,

Leute mit dem Nachnamen Sapienta und einen Link zu einem wissenschaftlichen Projekt der Universität von Aberystwyth.

Über den Ergebnissen stand: *Meinten Sie Sapientia?*

Ich klickte auf den Vorschlag und erhielt 8 820 000 Einträge. Der erste führte auf Wiktionary:

Substantiv; Bedeutungen: Klugheit, Weisheit, Vernunft.

Ich sprang eine Seite zurück. Bei *Sapienta* fehlte ein i. Es war kein lateinisches Wort. Ich lehnte mich zurück, und Müdigkeit umnebelte meine Gedanken.

Warum wurde das Wort auf Ryans Zeugnis falsch geschrieben? Das ergab keinen Sinn. Ich betrachtete das Foto, dann schoss Adrenalin in meine Adern, und ich setzte mich ruckartig auf.

Es sei denn, das Zeugnis war eine Fälschung.

Ich stellte mein Handy immer lautlos, wenn ich bei Rebecca war, und das mehr oder weniger seit unserem ersten Treffen. Mittlerweile war es zur Gewohnheit geworden, und ich machte es automatisch, wenn ich auf dem Weg zu ihr war. Wir hatten viel zu wenig Zeit miteinander, die ohne das Piepen und Klingeln des Alltags auskam. Sie gab mir das Gefühl vollkommener Achtsamkeit. Das Gefühl, am Leben zu sein. Und manchmal vergaß ich nach meiner Rückkehr in den Alltag, das Handy wieder laut zu schalten. Dieses Mal war ich schon fast bei meinem Wagen, als es mir einfiel. Ryan und Abbie wollten heute bei uns essen, und vielleicht musste ich auf dem Heimweg noch Zutaten besorgen.

Ich hatte fünf verpasste Anrufe von Claire.

Die Angst packte mich so heftig, wie es seit diesem einen Tag vor all den Jahren nicht mehr gewesen war. Seit dem schlimmsten Tag in meinem Leben. Sie schnürte mir die Kehle zu und raubte mir den Atem.

Abbie.

Ich ging schneller, wählte Claires Nummer und fluchte vor mich hin, während sich die Verbindung aufbaute.

»Ed?« Sie klang panisch und den Tränen nahe. »Wo warst du? Ich habe versucht, dich …«

»Was ist los? Sag schon!«

»Du musst kommen. *Sofort.*«

Ich begann zu laufen. »Ist es Abbie? Was ist passiert? Geht es ihr gut?«

»O Gott, Ed.«

»Ist sie verletzt?«

»Es ist nicht Abbie«, schluchzte sie. »Es ist Tilly.«

CLAIRE

33

Ryans gestärktes weißes Hemd war voller Blut. Er hatte Tilly an die Brust gedrückt, als Abbie mit ihnen in die Tierklinik gerast war. Nun saß er neben seiner Verlobten, der Tränen übers Gesicht liefen, und hatte einen Arm um sie gelegt, während Claire auf der anderen Seite saß und die Hand ihrer Tochter hielt. Alle drei starrten auf die grüne Schwingtür, die in den OP führte.

Claire versuchte benommen, ihre eigenen Tränen zurückzudrängen, um es nicht noch schlimmer für Abbie zu machen. Sie deutete auf Ryans Hemd. »Tut mir leid wegen der Flecken.«

Er schüttelte den Kopf. »Das ist doch nur ein dämliches Hemd.«

Die Empfangsdame, eine Frau mit mausgrauen Haaren und einer Lesebrille um den Hals, kam auf sie zu. »Es tut mir schrecklich leid, Mrs Collier, aber die Versicherung Ihres Tieres ist nicht im System. Sind Sie sicher, dass sie verlängert wurde?«

»Ja, mein Mann kümmert sich um diese Dinge.«

»Es tut mir leid, aber ich habe alles drei Mal eingegeben, aber es erscheint kein Ergebnis.«

»Wollen Sie damit sagen, dass die Operation nicht gedeckt ist?«

Die Empfangsdame verzog entschuldigend das Gesicht. »Leider nicht.«

Ryan zögerte keine Sekunde. »Ich übernehme das«, sagte er und griff in die Hosentasche.

»Seien Sie nicht albern, Ryan. Das kostet Tausende Pfund«, wehrte Claire ab.

Ryan sah Abbie an. »Das ist es wert.«

Ed stürzte keuchend durch die Eingangstür. Sein Gesicht war rot, sein Jackett zerknittert, und seine Krawatte hing schief.

»Wo ist Tilly?«, fragte er atemlos. »Was hat der Arzt gesagt?«

Abbie sprang auf, und er schloss sie in die Arme.

»Es war grauenhaft, Dad. Sie hat so laut miaut. Sie hatte schreckliche Angst. Überall war Blut.« Sie schluchzte und vergrub den Kopf an seiner Brust. »Sie wird operiert. Sie hat vielleicht innere Verletzungen und … sie wird es vielleicht nicht schaffen.«

»Sie ist in guten Händen«, flüsterte Ed in ihre Haare. »Sie wird wieder gesund.«

»Aber sie ist doch schon alt. Was, wenn sie nicht mehr aus der Narkose aufwacht?«

»Sie schafft das«, versicherte Ed mehr sich selbst als Abbie. »Sie ist eine harte Nuss.«

»Ryan hat sie auf dem Bürgersteig vor unserem Haus gefunden«, sagte Claire.

Ed wandte sich an Ryan. »*Sie* haben sie gefunden?«

»Sie lag neben der Straße, als ich vor dem Haus hielt«, erklärte Ryan. »Sie hat sich seltsam bewegt. Ist mehr oder weniger von einer Seite zur anderen gerollt. Ich bin ausgestiegen und habe das Blut gesehen, also habe ich sie hochgehoben und bin mit ihr ins Haus.«

Ed musterte ihn einen Augenblick. »Danke, Ryan.«

»Ich hoffe, sie wird wieder gesund.«

»Was ist mit unserer Tierversicherung, Ed?«, fragte Claire. »Du solltest sie verlängern, aber offensichtlich ist sie ausgelaufen.«

Ed öffnete den Mund und schloss ihn wieder. »Ich … ich dachte, das hätte ich«, sagte er langsam. »Vielleicht habe ich es übersehen.«

»Und wo warst du überhaupt?« Claire klang langsam ein wenig wütend. »Ich dachte, du hättest das Handy immer eingeschaltet, falls Kunden anrufen?«

»Es war ein stressiger Tag«, antwortete Ed und wandte den Blick ab, um auf die Tür in den OP zu starren.

»Du hast in der letzten Woche alle zwei Minuten aufs Handy gesehen, und dann brauchen wir dich *einmal,* und du reagierst auf keinen einzigen Anruf. Langsam frage ich mich, was, zum Teufel, mit dir los ist.«

»Ich hatte mein Handy lautlos gestellt.«

»Seit wann machst du denn so etwas?«

»Wenn ich nicht gestört werden will.«

»Warst du wieder im Fitnessstudio?«, zischte Claire. »Obwohl du gar kein Mitglied bist?«

»Wovon redest du?«

Die Tür in den OP ging auf, und sie drehten sich alle zu der Chirurgin in dem blauen Anzug um.

Claire presste sich eine Hand auf den Mund und machte sich auf das Schlimmste gefasst.

Die Tierärztin kam auf sie zu und zog sich dabei die blauen Latexhandschuhe von den Händen. »Ich habe gute Neuigkeiten«, sagte sie.

DIENSTAG

Sechs Tage bis zur Hochzeit

34

Farmer ignorierte meine Anrufe. Ich hatte den Detektiv in den letzten fünf Tagen mehrmals täglich angerufen und nie eine Antwort bekommen. Er hatte mir den ersten Bericht nach vierzehn Tagen versprochen, und nun waren bereits zehn vergangen, und mir lief die Zeit davon. Nicht zum ersten Mal kam mir der Verdacht, dass ich übers Ohr gehauen wurde. Das schicke Büro, die herzliche Begrüßung, die Mitarbeiter an ihren Computern. Vielleicht war alles nur ein ausgefeilter Betrug. In dieser Branche war es schwer, dass enttäuschte Kunden zu ihrem Recht kamen. Trotzdem versuchte ich es weiter.

Die gute Nachricht war, dass sich Tilly auf dem Weg der Besserung befand. Sie hatte einen Gips an einem Bein, einen Verband am zweiten und ein Dutzend Nähte am Bauch, hatte Schmerzen, war müde und *extrem* mürrisch, weil sie einen Schirm um den Hals tragen musste, aber sie war am Leben. Sie würde wieder gesund werden. Und wir waren übereingekommen, dass sie vorerst bei uns bleiben würde, anstatt zu Abbie und Ryan zu ziehen.

Wir wussten immer noch nicht, was mit ihr passiert war. Claire und Abbie vermuteten, dass sie von einem Auto angefahren wurde, und die Verletzungen deuteten auf einen schweren, dumpfen Schlag hin, doch die Tierärztin hatte angemerkt, dass die Krallen nicht abgeschoben waren, was normalerweise bei einem Autounfall passierte, wenn sich die Katze an der Straße festkrallen wollte. Ein dumpfer Schlag konnte zwar von einem Auto verursacht oder mit einem anderen schweren Gegenstand erfolgt sein, es konnte aber auch bedeuten, dass Tilly wiederholt getreten worden war.

Die Behandlungskosten beliefen sich auf über 2000 Pfund. Ryan hatte den Betrag an Ort und Stelle beglichen, aber wir hatten darauf bestanden, es ihm zurückzuzahlen. Am Ende hatten wir uns darauf geeinigt, dass jeder die Hälfte übernahm. Ich kämpfte immer noch mit der Tatsache, dass er Tilly gefunden hatte. Er hatte sie bei seinem ersten Besuch in unserem Haus getreten, da war ich mir sicher. Er mochte offensichtlich keine Katzen und wollte nicht, dass sie bei ihm einzog. Mittlerweile stand fest, dass sie aufgrund ihrer Verletzungen noch länger bei uns bleiben würde – er hatte also bekommen, was er wollte. Claire hatte ihren seltsamen Kommentar über das Fitnessstudio nicht weiter erklärt, und ich hatte sie auch nicht danach gefragt. Es war besser, ihn zu vergessen.

Zwölf Tage nachdem ich Farmer eine vierstellige Anzahlung gezahlt hatte, und eine Stunde nachdem ich in sein Büro marschiert und ein Update verlangt hatte, rief er endlich zurück.

Wir tauschten Höflichkeiten aus, und er entschuldigte sich für die Verzögerung. Als er schließlich ein persönliches Treffen vorschlug, klopfte mein Herz schneller. Das klang vielversprechend.

»Was haben Sie herausgefunden?«, fragte ich neugierig.

»Das besprechen wir lieber nicht am Telefon«, erwiderte Farmer ruhig. »Es ist besser, wenn wir persönlich reden.«

»Okay. Wann treffen wir uns? Heute Nachmittag? Ich kann sofort zu Ihnen ins Büro kommen.«

»Ich sitze den restlichen Tag in diversen Besprechungen, aber wir können uns nach Feierabend treffen. Kennen Sie das Pub um die Ecke des Büros. Das *Albatros?*«

Wir vereinbarten ein Treffen um sechs Uhr, und er legte auf.

35

Im *Albatros* ging es geschäftig und laut zu. Eine Jazzband spielte auf einer kleinen Bühne neben der Bar, und die frühabendlichen Pubbesucher klatschten eifrig. Farmer hob die Hand, als er mich sah, und winkte mich zu einem Tisch vor der Bühne.

»Mr Collier!«, rief er über die Musik hinweg. »Danke, dass Sie gekommen sind. Setzen Sie sich doch.«

Unser Tisch stand direkt vor den Lautsprechern, und wir mussten einander ins Ohr schreien, um überhaupt etwas zu verstehen.

»Ein ungewöhnlicher Treffpunkt«, merkte ich an.

»Ich kann hier gut nachdenken. Keine Ablenkung.« Er lächelte. »Und es ist gut, ab und zu von der digitalen Welt Abstand zu nehmen.«

»Also«, fragte ich, als die Band zu einer weiteren lauten Nummer ansetzte. »Was haben Sie für mich?«

»Wir machen gute Fortschritte und haben einige Informationen, die Sie sicher interessieren werden.« Er lehnte sich näher heran und sprach direkt in mein Ohr. »Hat Mr Wilson angedeutet, dass er möglicherweise nicht in Großbritannien geboren wurde?«

»Nein.«

»Und dass er in der Vergangenheit möglicherweise seinen Namen geändert hat?«

»Nein.« Meine Gedanken rasten. Er hatte seinen Namen geändert? Was hatte das zu bedeuten? Vielleicht sehr viel. Vielleicht gar nichts.

»Hat er angedeutet, dass er womöglich einige Zeit im Gefängnis verbracht hat?«

»Nein, auch das hat er nicht.« Mein Herz klopfte in einer Mischung aus Erleichterung und Entsetzen darüber, dass ich vielleicht doch den richtigen Riecher gehabt hatte. »Was hat er getan?«

»Daran arbeiten wir noch. Unsere bisherigen Ergebnisse legen weiterführende Nachforschungen nahe. Ein tieferes Eindringen in die Materie, wenn Sie so wollen.«

»Wie tief können Sie graben?«

Farmer nippte an seiner Cola. »Wissen Sie, als ich 1996 in der Branche begonnen habe, lief alles mehr oder weniger wie vor fünfzig Jahren. Die Methoden waren dieselben, und es schien, als würde sich nicht so schnell etwas daran ändern. Doch mit der Digitalisierung änderte sich alles. Nicht über Nacht, aber im Laufe von zehn Jahren wandelte sich das Geschäft von Grund auf.«

»Verstehe, aber was hat das mit dem Fall …?«

»Durch die Digitalisierung ist das Geschäft mehr oder weniger *explodiert*. Handys, GPS, E-Mail, Social Media, Online-Handel. Es gibt mehr Informationen, als wir verarbeiten können.« Er sah sich eilig um, wie um sicherzugehen, dass die anderen Gäste ihre Aufmerksamkeit ausschließlich der Band widmeten. »Im digitalen Bereich bieten wir unseren Kunden bestimmte … maßgeschneiderte Online-Services, die Sie – aufgrund ihrer hohen Sensibilität – nicht auf unserer Homepage finden.«

Ich runzelte die Stirn. »Ich dachte, Sie hätten schon alle Möglichkeiten ausgeschöpft?«

»Auf diesem Level ja.« Farmer war jetzt so nahe, dass ich seinen Atem an meinem Ohr spürte. »Aber es gibt gewisse zusätzliche Wege, die wir beschreiten können, wenn Sie die Nachforschungen auf das nächste Level heben wollen.«

»Auf das nächste Level?«

»Genau.«

Nun war mir klar, warum Farmer sich ausgerechnet dieses Pub als Treffpunkt ausgesucht hatte. Der Lärm, die Band, der Tisch neben dem Lautsprecher – unsere Unterhaltung konnte nicht abgehört werden, und ich konnte sie auch nicht mit dem Handy aufzeichnen. Wenn nötig, konnte er alles abstreiten.

»Sie sprechen davon, Computer zu hacken, nicht wahr?«, fragte ich. »Davon, in gesicherte Datenbanken einzudringen. Deshalb wollten Sie sich hier treffen.«

Farmer lächelte und nippte an seinem Drink. »Ich helfe unseren Kunden dabei, richtige Entscheidungen zu treffen, Ed. Und dafür brauchen sie Daten. Leider verstecken sich die nützlichsten Informationen oft unter dem Mantel der Bürokratie. Die Regierung beruft sich auf das Datenschutzrecht, dabei wollen sie nur nicht, dass wir die Wahrheit erfahren. Die Gesetze hindern uns daran, richtige Entscheidungen zu treffen, und ich weiß, dass Sie genau das wollen. Für Ihre Familie. Und Ihre Tochter.«

»Wie groß ist die Chance, erwischt zu werden?«

»Mit dem Mann, auf den ich zurückgreife? Gleich null.«

»Das klingt ziemlich optimistisch.«

»Weil es so ist.« Farmer zuckte mit den Schultern. »Es geht um wiederholtes diskretes, niederschwelliges Eindringen in die staatlichen Datenbanken, die unglaublich fehleranfällig sind. Solange man nicht jemandem auf die Zehen steigt, hat niemand Zeit und Lust, jeden kleinen Eingriff zurückzuverfolgen. Und falls doch, arbeitet mein Mann mit Dutzenden

Servern weltweit, um seine Spuren zu verwischen. Er ist mehr oder weniger unmöglich aufzuspüren.«

Ich dachte über seine Antwort nach und war überrascht, wie unwichtig mir die rechtlichen Aspekte seines Angebots waren. »Und was ist der Haken?«, fragte ich schließlich. »Abgesehen davon, dass es illegal ist, meine ich.«

Farmer lächelte nicht mehr. Er sah mich bloß ausdruckslos an. »Diese Art Service ist in dem Paket, das Sie bereits bezahlt haben, nicht enthalten«, erklärte er. »Es ist eine hoch qualifizierte Arbeit, und mein Mann ist sehr …«

»Wie viel wird es mich kosten?«, fragte ich rundheraus.

»Dreitausend. Zusätzlich zu der bereits entrichteten Anzahlung und dem vereinbarten Gesamtbetrag.«

»Das ist viel Geld.«

»Natürlich.« Farmer nickte langsam. »Aber ich garantiere Ihnen, wenn es dort draußen etwas gibt, wird mein Mann es finden. Er ist einer der Besten.«

Ich konnte das Geld auftreiben, das war nicht das Problem, selbst wenn der Großteil meiner gerade erhaltenen Abfindung damit draufging. Die Frage war eher, ob das Angebot seriös war oder ob ich gerade übers Ohr gehauen wurde. War das Farmers Masche? Stellte er noch mehr pikante Informationen in Aussicht und versprach, tiefer zu graben als im Prinzip möglich, bloß um einem leichtgläubigen Kunden noch mehr Geld aus der Tasche zu ziehen?

Aber falls es eine Masche war, warum machte er sich dann die Mühe, sich hier zu treffen? Warum hatte er mich nicht einfach in sein Büro bestellt?

Weil es gut aussah, vermutlich. Mysteriös, seltsam und mit genau dem richtigen Touch Mafiaatmosphäre, um echt zu wirken. Jeder Betrüger wusste, dass der erste Schritt zum Erfolg ein überzeugendes Setting war.

Die Chancen, dass er es tatsächlich ernst meinte, standen schätzungsweise bei 50:50. Ich konnte also eine Münze werfen.

Aber Abbie verdiente die Wahrheit. Und es gab nichts Wichtigeres als ihr Glück und ihre Sicherheit.

»Wie lange wird das dauern?«, fragte ich.

»Mein Mann ist schwer beschäftigt, aber sobald er begonnen hat, liefert er innerhalb von fünf bis sieben Tagen die Ergebnisse. Sie erhalten anschließend alle Daten gesammelt und ausgewertet in einem schriftlichen Bericht.«

»Ich habe keine sieben Tage.«

»Wann ist die Hochzeit?«

»Am Montag. In weniger als einer Woche.«

Farmer zog die Luft ein. »Das wird eng. Ich werde versuchen, es ein wenig zu beschleunigen, aber wie gesagt: Mein Mann ist aufgrund seiner besonderen Fähigkeiten sehr begehrt.«

Ich fragte mich, wie hoch das Strafmaß für Leute war, die jemanden dafür bezahlten, sich in eine vertrauliche Datenbank zu hacken. Fiel es unter das Computermissbrauchsgesetz? Oder das Datenschutzgesetz?

Die Musik verstummte, und Applaus erklang.

Verdammt, was solls! Ich war so weit gekommen, und ich würde alles für Abbie tun. Alles.

»Okay«, sagte ich. »Legen wir los.«

MITTWOCH

Fünf Tage bis zur Hochzeit

36

»Und was beweist das?«, fragte Claire und verschränkte die Arme.

Ich hatte den ganzen Tag überlegt, ob ich die vagen Informationen, mit denen mich Farmer am Vorabend gefüttert hatte, mit meiner Frau teilen sollte. Doch schon nach dem ersten Satz hatte ich gemerkt, dass meine Offenheit ein Fehler gewesen war. Nun standen wir einander in der Küche gegenüber, und die Falten auf ihrer Stirn wurden mit jedem meiner Worte größer.

»Es könnte sein, dass er nicht in Großbritannien geboren wurde und seinen Namen geändert hat! Wer macht so etwas?«

»Na und?« Ihre Stimme klang hart und war etwas zu laut – ein Anzeichen dafür, dass sie wirklich wütend auf mich war. »Was macht das für einen Unterschied?«

»Außerdem war er möglicherweise im Gefängnis.«

»Aber du hast keine Beweise, stimmt's?«

»Nein, noch nicht. Trotzdem sollten wir Abbie bitten, die Hochzeit zumindest zu verschieben.«

Sie schüttelte den Kopf. »Wage es ja nicht, Ed.« Sie wurde noch lauter. »Wage es ja nicht!«

»Ich mache mir Sorgen um sie.«

»Und ich mache mir Sorgen um *dich*, Ed. Bist du verrückt geworden?«

»Wir müssen sie dazu bringen, vorerst einmal auf die Bremse zu steigen.«

Sie nahm wütend einen Schluck Weißwein. »Wirst du mir verraten, woher du diese Informationen überhaupt hast?«

Ich schluckte und wandte den Blick ab. »Ich … ich habe jemanden gebeten, sich Ryan genauer anzusehen. Einen Profi.«

Sie schloss die Augen und legte sich eine Hand auf die Stirn. »O mein Gott«, sagte sie. »Was hast du getan, Ed? Was ist los mit dir?«

»Ich muss es Abbie sagen.«

Sie riss die Augen auf. »Nein, musst du nicht.«

»Sie muss es erfahren. Wenn du es ihr nicht sagst, mache ich es.«

»Nein, du nicht«, erklärte meine Frau mit Nachdruck. Dann schüttelte sie seufzend den Kopf. »Lass mich das machen.«

Ich überprüfte gerade zum fünfzigsten Mal an diesem Tag den GPS-Tracker, als die Haustür mit einem lauten Knall ins Schloss fiel. Kurz darauf marschierte meine Tochter mit energischen Schritten ins Wohnzimmer und schleuderte ihre Handtasche aufs Sofa.

Ich steckte eilig das Handy weg. »Hi!«, sagte ich fröhlich. »Ich wusste gar nicht, dass du zum Abendessen kommst.«

Sie stand mit funkelnden Augen in der Mitte des Zimmers und hatte die Fäuste geballt wie ein Boxer, der seinen Gegner zum Kampf erwartet.

»Mum hat mir alles erzählt«, sagte sie mit bebender Stimme.

»Über Ryan?«

»Ja, über Ryan!«, zischte sie. Ihre Wangen glühten. »Du bist unglaublich, Dad. Einfach unglaublich!«

»Warum fangen wir nicht noch mal von vorne an? Setz dich doch …«

»Nein.«

»Ich will doch nur mit dir reden …«

»DAS ALLES HAST NICHT DU ZU ENTSCHEIDEN, DAD!« Sie deutete anklagend mit dem Finger auf mich. »Es ist mein Leben, meine Entscheidung, meine Hochzeit! Unglaublich, dass du Ryan hinterherspionierst. Was hast du denn gedacht, dass du finden würdest?«

»Ich habe nur versucht, dich zu beschützen. Und ich bitte dich, noch ein wenig zu warten, bevor du ihn heiratest.«

Sie warf die Arme hoch. »Warum schickst du mich nicht gleich ins Kloster? Das würde dir doch gefallen, oder? Weggesperrt an irgendeinem abgelegenen Ort. Ein Leben im Zölibat.«

»Natürlich nicht«, erwiderte ich. »Hör zu, es tut mir leid, dass du …«

»Nein, tut es nicht!« Sie schüttelte den Kopf. »Wusste Mum Bescheid?«

»Nein. Sie hätte versucht, es mir auszureden.«

»Natürlich hätte sie das! Mein Gott, das ist so verdammt peinlich! Ein Psychodad, der meinen Verlobten stalkt und einen Privatdetektiv beauftragt, um Dreck ans Tageslicht zu befördern. Ich dachte, du wärest die letzten Wochen einfach seltsam drauf gewesen, aber das … das übersteigt alles. Es ist mein Leben, Dad, nicht deines! Hör auf, es für mich leben zu wollen. Wenn du so etwas noch einmal tust, werde ich dir das nie verzeihen. Niemals! Hast du das verstanden?«

»Ja.«

»Niemals«, wiederholte sie. »Ich meine es ernst. Versprichst du es mir?«

»Natürlich, es tut mir leid, Abbie.«

Sie stürmte aus dem Wohnzimmer und in die Küche. Ich hörte ihre wütende Stimme und Claire, die sie sanft zu beruhigen versuchte. Kurz darauf fiel die Haustür erneut knallend ins Schloss.

Claire saß in ihrem Büro und schrieb eine E-Mail. Sie sah mich nicht an, als ich eintrat.

»Also, offensichtlich bin ich Psychodad.«

Sie hörte auf zu tippen. »Was hast du dir dabei gedacht, Ed?«

»Ich wollte einfach das Richtige tun und ihr helfen.«

»Ich glaube, du solltest einmal ein ernstes Wort mit dir selbst reden.« Sie nahm einen Schluck Wein. »Unglaublich, dass du das alles vor mir geheim gehalten hast. Dass du es getan hast, ohne mit mir zu reden. Wie konntest du dich derart in das Leben unserer Tochter einmischen?«

»Ich schätze, im Nachhinein gesehen wirkt es wirklich etwas irre.«

»Auf jeden Fall, und nicht bloß im Nachhinein.«

»Abbie ist schrecklich wütend.«

»Ehrlich gesagt, finde ich, dass sie es dir zu leicht gemacht hat. Ich bin so verdammt wütend, dass ich es kaum ertrage, dich anzusehen.«

Ich schwieg einen Moment mit den Händen in den Taschen und überlegte, ob ich gehen sollte. Ich konnte diesen Streit nicht gewinnen. »Und was, wenn ich recht habe?«, fragte ich schließlich.

Claire stellte ihr Glas so ruckartig ab, dass ich es schon zerbrechen sah. *»O mein Gott«*, hauchte sie. »Hast du irgendetwas von dem verstanden, was Abbie und ich zu dir gesagt haben?«

»Warum denkst du nicht wenigstens darüber nach? Selbst wenn die Chancen eins zu hundert stehen. Ich meine – rein hypothetisch –, wie treten Psychopathen in das Leben anderer Menschen? Taumeln sie mit wilden, aufgerissenen Augen aus dem dunklen Wald? Natürlich nicht. Sie sehen aus wie du und ich, und sie hören sich auch so an.«

Sie seufzte, als wäre sie der Unterhaltung überdrüssig. »Willst du jetzt auch noch behaupten, dass er ein Psychopath ist?«

»Es war bloß eine hypothetische Frage.«

»Und ich schätze, du kennst den Unterschied, nicht wahr? Zwischen einem Psychopathen und einem normalen Menschen?«

»Manchmal.«

»Wie?«

»Ich kann es nicht erklären«, sagte ich leise. »Ich erkenne es einfach.«

SAMSTAG

Zwei Tage bis zur Hochzeit

37

Ich fuhr aus dem Schlaf hoch. Mein Kopf pochte vor Müdigkeit, und meine Augen waren geschwollen. Ich hatte kaum geschlafen, und wenn doch, war der Traum wieder da gewesen: Abbie in dem kleinen Boot, das immer weiter ins tiefe Wasser trieb.

Ich hatte gerade noch achtundvierzig Stunden, um die Wahrheit über Ryan herauszufinden.

Claires Seite des Bettes war leer. In den letzten Tagen waren wir beide damit beschäftigt gewesen, Abbie mit den Hochzeitsvorbereitungen zu helfen. Außerdem stand Claires Theatertour mit zwölf Vorstellungen in Irland und Schottland kurz bevor. Seit vergangenem Mittwoch herrschte eine angespannte Stimmung zwischen uns, und wir beide vermieden das Thema Ryan, um den Waffenstillstand nicht zu gefährden.

Ich schlüpfte in meinen Frotteemorgenmantel und tappte barfuß nach unten. Claire saß im Tennis-Outfit an der Frühstücksbar, vor sich einen leeren Kaffeebecher und einen geöffneten Briefumschlag.

»Hey«, sagte ich. »Ich dachte, du wärst schon unterwegs zum Tennis?«

Sie sah mich hasserfüllt an.

»Was ist denn los?«, fragte ich.

»Vielleicht kannst du mir das hier erklären?« Sie deutete

auf den Brief, als wollte sie ihn nicht noch einmal berühren. »Der hier ist heute Morgen gekommen.«

Ich sah genauer hin. Der Brief trug das Wappen der Nottinghamshire Polizei und die Aufschrift WICHTIGES DOKUMENT in dicken, roten Lettern. Ein besorgtes Schaudern lief mir über den Rücken. »Was ist das?«

»Sieh es dir an. Er ist an den Hauseigentümer adressiert, deshalb habe ich ihn geöffnet.«

Ich nahm den Brief, und Übelkeit stieg in mir hoch. Als Betreff war das Kennzeichen meines Peugeot angeführt. Es ging um den Vorfall am 10. Juni, als man mich am Straßenstrich an der Forest Road West erwischt hatte. Der Brief war eine Warnung, dass dieses Gebiet in Zukunft verstärkt von der Polizei kontrolliert werden würde, um gegen illegale Prostitution vorzugehen. Man würde mich strafrechtlich verfolgen, wenn mein Auto noch einmal dort gesichtet wurde, und ich wurde darüber hinaus über die Gefahren des Straßenstrichs für Kunden und Prostituierte aufgeklärt. Zu diesem Zweck lag dem Brief eine Broschüre über sexuell übertragbare Krankheiten bei.

Claires Blick brannte ein Loch in meine Brust.

»Was zur Hölle soll das, verdammt noch mal, Ed? Eine tolle Überraschung, einen Tag vor der Hochzeit unserer Tochter! Suchst du jetzt schon auf dem Straßenstrich nach Abenteuern?«

»Natürlich nicht.«

»Es erklärt zumindest, warum du dein Telefon ausmachst und meine Anrufe ignorierst.«

»Es ist nicht, wie es aussieht.«

»Nicht? Aber du warst doch dort, oder?«

Verdammt.

»Ja, aber nicht, um eine Prostituierte aufzugabeln.«

»Warum dann?«

»Weil ich ...« Ich suchte nach einer plausiblen Ausrede, doch mir fiel nichts ein. »Ich bin ... Ryan gefolgt.«

Claire schüttelte ungläubig den Kopf. »Mein Gott, meine größte Sorge war, dass du etwas wirklich, wirklich Dämliches angestellt hast, und das hast du tatsächlich. Ich weiß nicht, was schlimmer ist: dass du auf dem Straßenstrich unterwegs warst oder dass du deinen zukünftigen Schwiegersohn stalkst.«

»Ich war nicht auf dem Straßenstrich unterwegs. Ich war dort, weil ich wissen wollte, was Ryan dort verloren hatte. Ich hatte einfach Pech, dass die Polizei gerade an diesem Abend unterwegs war.«

Sie dachte einen Augenblick lang nach. »Er war im Hospiz.«

»Aber das stimmt nicht!« Ich setzte mich neben Claire. »Das Hospiz ist nur eine weitere Lüge. Ich war dort, und weißt du, was? Niemand kannte ihn! Er arbeitet nicht wirklich dort, aber es ist in der Nähe der Forest Road West, wo er hinfährt, um ...«

»Abbie war am Montag mit ihm im St Jude's und hat ihn während der Schicht begleitet.«

Ich runzelte die Stirn. »Wie bitte?«

»Sie war mit ihm im Hospiz und hat sich alles angesehen.«

Ich spürte, wie meine Überzeugung ins Schwanken geriet. »Aber, ich verstehe nicht ...«

»Das ist doch keine Raketenwissenschaft, Ed. Sie war dort, hat mit dem Geschäftsführer gesprochen und mitgeholfen. In ein paar Wochen kann sie noch einmal mit.«

»Das hat dir Ryan erzählt, nicht wahr?«

»Nein, Abbie.«

»Aber ich habe mit *einigen* der Patienten gesprochen und sie kannten ihn nicht.«

Falls Claire überrascht war, ließ sie sich nichts anmerken. Vielleicht hatte sie es aufgegeben, sich über mein bizarres Verhalten zu wundern.

»Du hast mit einigen Patienten gesprochen? Es gibt dort über hundert, und die meisten haben sicher andere Sorgen. Es ist also kein Wunder, dass sie ihn nicht kannten, oder?«

»Und Abbie war eine ganze Schicht lang bei ihm?«

»Ja.«

Meine Überzeugung schwand. »Oh«, war alles, was ich herausbekam.

»Er hat keine Prostituierte abgeschleppt«, erklärte Claire mit harter Stimme. »Dein zukünftiger Schwiegersohn opfert seine Freizeit, um Sterbenden Trost zu spenden.«

»Er war außerdem in einem zwielichtigen Haus in Bestwood«, platzte ich heraus.

»Was hat das jetzt damit zu tun?«

»Ich glaube, es ist ein Drogenumschlagplatz. Und mit seinen Ausflügen nach Manchester stimmt auch etwas nicht. Außerdem ist da sein Unizeugnis. Es sieht aus wie eine Fälschung …« Ich verstummte.

»*Was?* Wovon redest du überhaupt?«

Ich schluckte. »Und die Geschichte mit dem Verlobungsring. Da stimmt doch auch irgendetwas nicht …«

»Aufhören!« Sie hielt eine Hand hoch. »Hör einfach auf, okay? Hörst du dir eigentlich selbst zu? Merkst du, wie verrückt du klingst?«

»Aber …«

»Nein!«, rief sie mit noch mehr Nachdruck. »Du wolltest wissen, warum ich noch hier bin, obwohl ich schon unterwegs sein sollte? Ich versuche, mir darüber klar zu werden, ob ich dich nächste Woche alleine lassen kann. Ob du es schaffst, diesen Irrsinn zu beenden und dich wieder wie ein normaler

Vater – ein normaler Mensch – zu benehmen, während ich fort bin. Schaffst du das?«

»Ja«, antwortete ich leise.

»Willst du, dass unsere Tochter glücklich ist?«

»Natürlich. Mehr als alles andere.«

»Gut.« Sie musterte mich frustriert. »Natürlich willst du das.«

»Ich will, dass sie in Sicherheit ist.«

»In *Sicherheit?*«

»Ja.«

Sie starrte mich eine gefühlte Ewigkeit an, dann wandte sie sich seufzend und mit einem enttäuschten Kopfschütteln ab.

»Versuchen wir einfach, den Hochzeitstag unserer Tochter zu genießen, okay? Oder sorgen wir zumindest dafür, dass sie ihn genießen kann. Die Tour beginnt am Mittwoch, und wenn ich zurückkomme, will ich, dass du dich wieder unter Kontrolle hast und bei klarem Verstand bist. Du hörst auf, Ryan zu stalken und zu verfolgen, und du denkst dir keine Verschwörungstheorien über ihn aus. Vielleicht ist es besser, wenn ich eine Weile nicht da bin. Vielleicht brauchst du genau das. Etwas Zeit für dich, um darüber nachzudenken, was du tust und bereits getan hast. Vielleicht ist das der Tritt in den Hintern, den du brauchst. Eine Portion Realität.«

Eine Portion Realität. Das brachte mich zum Nachdenken. Vielleicht hatte ich nichts Konkretes über Ryan gefunden, weil es nichts zu finden gab. Vielleicht war Ryan genau das, was er vorgab zu sein, und die Dunkelheit, die ich gespürt hatte, existierte gar nicht. Vielleicht hatte ich die Zeichen falsch interpretiert und war zu einem falschen Schluss gekommen.

Vielleicht war Ryan wirklich ein ganz normaler Kerl und hatte von Anfang an die Wahrheit gesagt.

»Ich werde es versuchen«, sagte ich schließlich.

»Und wenn du dich nicht in der Lage fühlst, nett zu ihm zu sein, halte dich einfach von ihm fern, okay? Hör auf, den Verrückten heraushängen zu lassen, und schließ Frieden mit unserer Tochter. Denn wenn du dich noch einmal einmischst, kann ich dir nicht garantieren, dass sie dir jemals verzeihen wird.«

MONTAG, 29. JUNI

38

»Meine Damen und Herren, ich wünsche Ihnen einen schönen Nachmittag.« Die Stimme der Standesbeamtin drang mühelos bis in den hintersten Winkel des blumengeschmückten Festsaals. Die Sonne schien durch die geöffneten Fenster, und eine sommerliche Brise linderte die Hitze des frühen Nachmittags. »Ich heiße Sie alle recht herzlich hier auf Bridgford Hall willkommen, wo wir gemeinsam die Hochzeit von Abbie und Ryan feiern werden.«

Ich starrte geradeaus, die zu Fäusten geballten Hände lagen auf den Knien, und ich spürte einen stechenden Schmerz tief in meiner Brust. Claire saß in dem Stuhl neben mir und Joyce in ihrem Rollstuhl am Ende der Reihe. Beide trugen extravagante breitkrempige Hüte und lächelten breit. Alle Anwesenden schienen zu lächeln, nur mein Gesicht war wie erstarrt.

Abbie trug ein bodenlanges elfenbeinfarbenes Kleid, und ihre dunklen Haare fielen ihr offen über die nackten Schultern. Sie sah so atemberaubend aus, dass ich einen Kloß im Hals bekam, wenn ich sie nur ansah. Joyce hatte ihr bei der Auswahl des Kleides geholfen und darauf bestanden, dass Abbie die Kette mit dem tropfenförmigen Saphiranhänger bekam, die sie zu ihrer eigenen Hochzeit getragen hatte. *Etwas Geborgtes, etwas Blaues.*

Ryan stand stolz und hoch erhobenen Hauptes neben ihr.

Er trug einen dunkelblauen Anzug mit Gehrock, bestickter Weste, Krawatte und Einstecktuch.

Die Standesbeamtin nahm ein kleines Buch von ihrem Tisch und öffnete es.

»Heute beginnen Abbie und Ryan ein gemeinsames Leben, und es bedeutet ihnen sehr viel, dass Sie – ihre Familie und ihre Freunde – hierhergekommen sind, um den Bund der Ehe zu bezeugen und mit ihnen zu feiern.«

Wir saßen in der ersten Reihe links, hinter uns hatten Claires Geschwister mit ihren Partnern und Kindern Platz genommen, und die letzten drei Reihen waren mit Abbies Freunden von der Uni und aus der Schule besetzt, die so zahlreich erschienen waren, dass sie auch die letzte Reihe der Bräutigamseite besetzten, die ohnehin zu zwei Dritteln leer war. Ich kannte niemanden von Ryans Gästen, aber keiner war älter als vierzig und jünger als fünfundzwanzig, vermutlich waren es die Arbeitskollegen.

Der Gedanke, der mich schon den ganzen Tag verfolgte, ließ mich auch jetzt nicht los. *Es ist zu spät. Ich hätte mehr tun, mich mehr anstrengen und klüger verhalten sollen.*

Als ich vorhin mit dem Autoschlüssel in der Hand an der Eingangstür unseres Hauses gestanden hatte, war mir ein Kommilitone von der Uni in den Sinn gekommen. Er hatte am Tag der Abschlussprüfungen eine anonyme Bombendrohung abgesetzt und gedroht, das Büro des Rektors in die Luft zu sprengen, weil er sich davon ein bisschen mehr Vorbereitungszeit erhofft hatte. Er wurde natürlich geschnappt und suspendiert und musste ein Jahr anhängen. In gewisser Weise hatte es also geklappt – er hatte sich etwas Raum zum Atmen verschafft.

Und wenn so etwas Ähnliches auch heute passierte, würde es Wochen oder womöglich Monate dauern, um einen Ersatztermin zu finden. Vielleicht würde Abbie bis dahin erkennen, dass sie einen großen …

»Bist du so weit?«, hatte mich Claire aus den Gedanken gerissen. Sie war neben mich getreten und war in den Stöckelschuhen beinahe so groß wie ich gewesen. Den taubenblauen Sarong, den sie trug, hatte ich noch nie gesehen, aber sie sah atemberaubend schön darin aus.

»Natürlich«, hatte ich gesagt.

Inzwischen war die Zeremonie fortgeschritten, und die Standesbeamtin las aus ihrem kleinen Büchlein vor. »Wir haben uns heute hier versammelt, um die Ehe zwischen Ryan Wilson und Abbie Rose Collier zu bezeugen. Sollte jemand der Anwesenden einen gesetzlich legitimen Grund nennen können, warum die beiden nicht den Bund der Ehe eingehen sollten, so möge er jetzt sprechen.«

Niemand sagte ein Wort. Claire nahm meine Hand in ihre und drückte zu. Ich spürte, wie sie sich neben mir versteifte.

Ich konnte sie nicht ansehen. Ich schluckte schwer und bemerkte, wie etwas in mir zerbrach, als hätte mir jemand das Herz aus der Brust gerissen.

Die Standesbeamtin sah sich kurz um, dann richtete sie die Aufmerksamkeit wieder auf das Paar vor ihr.

»Nun ist also der feierliche Moment gekommen. Abbie und Ryan werden sich ihr Eheversprechen geben, und dazu bitte ich die Anwesenden, sich von den Plätzen zu erheben.«

Wir erhoben uns.

»Abbie«, fuhr die Standesbeamtin fort. »Willst du Ryan zu deinem Mann nehmen und dein Leben mit ihm teilen, in guten wie in schlechten Zeiten, bis dass der Tod euch scheidet?«

Abbie nahm Ryans Hand in ihre und sah lächelnd und mit glänzenden Augen zu ihm hoch.

»Ja, ich will.«

TEIL II

DER SCHWIEGERSOHN

39

Ein seltsamer, beißender Geruch hatte sich in der Küche breitgemacht. Es war eine Mischung aus schlechtem Essen, ungewaschenem Geschirr und Tillys übervoller Katzentoilette. Ich nahm mir vor, morgen aufzuräumen, wenn ich etwas mehr Zeit hatte. Im Moment saß ich umgeben von leeren Bechern und Tellern in meinem Büro, und mein iPad, das Handy, der Laptop, Notizbücher und Computerausdrucke bedeckten jede verfügbare Fläche und außerdem noch den halben Fußboden.

Claire war seit fünf Tagen fort.

Abbie war seit einer Woche verheiratet.

Ich hatte versagt.

Seit Claire unterwegs war, tat ich nicht mehr so, als würde ich jeden Tag zur Arbeit gehen, sondern beschäftigte mich rund um die Uhr mit den Ermittlungen gegen meinen Schwiegersohn. Auf dem Bildschirm vor mir befand sich eine Liste der letzten vierzig Gewinner des Grand National. Ich dachte an die Geschichte, die Ryan mir über den Verlobungsring erzählt hatte, den er von seiner Großmutter bekommen hatte.

Sie hat oft erzählt, wie mein Großvater Arthur sein ganzes Monatsgehalt beim Grand National auf ein Pferd namens Well To Do *gesetzt hat. Er verstand nichts von Pferden, aber der Name gefiel ihm und er wäre selbst gerne »gut situiert« gewesen.*

Das Pferd gewann mit einer Quote von 14 zu 1, und er hat fast den gesamten Gewinn für den Ring ausgegeben.

Etwas stimmte nicht mit der Geschichte, aber ich konnte nicht sagen, was genau.

Ich suchte in meiner Liste nach *Well To Do.* Er war als Vierter gereiht gewesen, und an dem Tag seines Sieges hatten nur neun von mehr als vierzig Pferden das Rennen tatsächlich beendet.

Tilly humpelte in mein Büro. Die Nähte waren gezogen, aber sie trug immer noch einen Gips am Hinterbein. Seit wir alleine zu Hause waren, servierte ich ihr eine VIP-Diät aus Thunfisch aus der Dose, Katzenleckerli und einer täglichen Portion Schlagsahne. Sie wurde langsam etwas rundlich, aber sie erholte sich gut, und das war die Hauptsache. Tilly setzte sich neben meinen Stuhl und sah blinzelnd zu mir auf, bis ich sie behutsam hochhob. Ich kraulte sie unterm Kinn und lauschte einen Moment lang ihrem Schnurren, dann wandte ich mich wieder der Liste zu.

Well To Do hatte nur einmal beim Grand National mitgemacht, und zwar in dem Jahr, in dem er gewonnen hatte, und das war 1972 gewesen. Aber Ryan war dreiunddreißig und demnach 1986 geboren – gerade einmal vierzehn Jahre nach *Well To Dos* Sieg. Es konnte also kaum sein Großvater gewesen sein, der den Ring zur Verlobung gekauft hatte.

Andererseits war es vielleicht nur eine dieser Familiengeschichten, die über Jahrzehnte weitergegeben wurden und dabei immer weiter von der Wahrheit wegdrifteten. Vielleicht hatte sich Ryan vertan. Warum sollte jemand eine Lüge erzählen, die so einfach aufzudecken war?

Ich vermutete, dass ich die Antwort darauf kannte: Weil Ryan nun einmal in allem log. Sein ganzes Leben war die reinste Erfindung. Einschließlich des Uniabschlusses mit

Auszeichnung und der militärischen Karriere samt Military Cross.

Ich öffnete das E-Mail-Programm. Noch immer keine Nachricht von Farmer. Ich schickte ihm eine schnelle Erinnerung, dann checkte ich Ryans Facebook-Feed. Neben dem Hochzeitsfoto gab es einen neuen Post über den Zehn-Kilometer-Lauf, den er mit Abbie bestreiten würde, und einen Link zur Spendenseite. Ich öffnete ihn. Sie hatten mittlerweile 4390 Pfund eingenommen und waren ihrem Ziel bereits sehr nahe. Und als ich näher hinsah, wusste ich auch, warum. George Fitzgerald hatte vor ein paar Wochen 1000 Pfund gespendet und Abbie eine Nachricht hinterlassen:

Ich habe immer schon gesagt, dass du unglaublich bist, Abbie. Ich wünsche dir alles Glück dieser Erde. G xxx

Wow. Ich hatte natürlich gewusst, dass George jede Menge Geld hatte, aber ich hätte nicht gedacht, dass er so weit gehen würde. Es war mehr als drei Mal so viel, wie ich gespendet hatte. Mir wurde klar, dass ich schon eine ganze Weile nicht mehr an George gedacht hatte. Nicht seit dem Abend, als Abbie mir von seinem Verschwinden erzählte. Wann war er wieder aufgetaucht, und welchen Grund hatte er gehabt fortzugehen? Ich gab seinen Namen ein und stieß auf eine Facebook-Seite voller verzweifelter Posts und mitfühlender Nachrichten von Freunden und Familienmitgliedern. Es gab sogar eine Belohnung für zielführende Hinweise.

George war also nicht wiederaufgetaucht. Er war mittlerweile seit mehr als drei Wochen verschwunden.

Mein Handy vibrierte. Ich hatte eine neue Nachricht von Jason.

Lust auf ein Pint?

Ich seufzte und warf einen Blick auf die Uhr. Es war neun Uhr abends, und ich sollte langsam etwas essen. Ich schwor mir, bald wieder anständige Mahlzeiten zu mir zu nehmen, und schrieb eine schnelle Antwort an Jason.

Tut mir leid, Kumpel, aber ich werde es heute ruhig angehen.

Ich scrollte gerade durch die Posts von Georges Familie, als das Handy erneut vibrierte.

Falsche Antwort.
Schau aus dem Fenster.

Ich hob die Katze von meinem Schoß, ging ins Wohnzimmer und spähte durch den Spalt zwischen den Vorhängen hinaus. Jason stand mit dem Handy in der Hand in der Auffahrt und grinste.

»Was ist denn los?«, fragte er, nachdem ich die Tür geöffnet hatte. »Ist alles okay, Kumpel?«

»Hey, Jason.«

»Verdammt. Du siehst aus wie nach einem dreitägigen Saufgelage mit Oliver Reed.«

Ich sah an mir hinunter. Das Hemd war zerknittert, die Jeans schmutzig. Es war mir bisher nicht aufgefallen. »Ich war beschäftigt.«

»Zu beschäftigt für ein Bier mit deinem besten Freund?« Er sah an mir vorbei auf das Chaos im Flur und der Küche dahinter. Die übervollen Müllsäcke neben der Hintertür, die ungewaschenen Pfannen auf dem Herd, das schmutzige Geschirr, das sich in der Spüle stapelte, dann meinte er leise: »Ist wirklich alles in Ordnung, Ed?«

Ich rieb mir den Fünf-Tage-Bart. »Ja«, sagte ich. »Nein. Ich weiß es nicht. Willst du eine Minute reinkommen?«

Jason rührte sich nicht vom Fleck. »Offenbar würde dir ein Tapetenwechsel guttun.« Er lehnte sich gegen den Türrahmen und sah mich besorgt an. »Was ist los mit dir? Du siehst müde aus.«

»Die letzten Wochen waren … kompliziert.« Ich lehnte mich näher heran und senkte die Stimme. »Hattest du jemals das Gefühl, als sei jemand in deinem Haus gewesen, während du fort warst?«

»Ja«, meinte er lachend. »Als wir ausgeraubt wurden.«

»Nein, ich meine, dass jemand hier war. An meinen Sachen. Ich bin neulich früher nach Hause gekommen und wusste instinktiv, dass gewisse Dinge nicht mehr an ihrem Platz lagen.«

»Wirklich? Was haben sie mitgenommen?«

»Nichts. Es ist niemand eingebrochen, aber ich wusste, dass jemand hier war. Ich habe es *gespürt*. Da war dieses Kribbeln im Nacken, als ob … ich weiß auch nicht.«

»Hast du mit der Polizei gesprochen?«

»Sie hätten mir nicht geglaubt. Und was hätten sie tun können?«

Jason trat in den Flur und schloss die Tür hinter sich. »Weißt du, ich mache mir langsam Sorgen um dich, Ed. Du antwortest nicht auf meine Nachrichten, du hebst nicht ab, wenn ich anrufe. Du scheinst mir auszuweichen.«

»So schlimm bin ich nun auch wieder nicht.« Ich kratzte mich erneut am Kinn. »Ich hatte einfach viel um die Ohren.«

»Claire ist gerade unterwegs, oder?«

»Ja, sie …« Ich suchte nach den richtigen Worten. Wir hatten unseren Streit beigelegt, bevor sie gefahren war – allerdings lediglich aufgrund der Abmachung, dass ich Ryan nicht weiter hinterherspionieren würde. »Sie tourt mit dem Theater durch Irland und Schottland. Zehn Vorstellungen, zwölf Abende.«

»Worauf wartest du dann noch? Es ist niemand hier, der dich aufhalten könnte.« Er lehnte sich verschwörerisch näher heran. »Komm schon. Ich lade dich ein.«

Ich suchte nach einer Ausrede, aber ich war müde – so müde – und mir fiel nichts ein. Vielleicht tat es mir gut, über alles zu reden. Mit jemandem, der mich verstand.

»Okay, ich hole nur noch meine Schuhe.«

40

Ich war blind.

Alles tat weh.

Doch anstatt einer tiefen Schwärze breitete sich weißes Licht vor meinen Augen aus und drang wie spitze Nadeln durch meine Augenlider bis in mein Gehirn. Ich blieb einen Moment lang regungslos liegen und machte eine Bestandsaufnahme. Mein Kopf fühlte sich an wie in Zement gegossen, und ich hatte ein sandiges, schmutziges Gefühl im Mund. Ich zwang mich, mich aufzurichten und die Beine aus dem Bett zu schwingen. Ich war vollständig bekleidet, und die Vorhänge im Schlafzimmer standen offen. Offenbar hatte ich mich hierher geschleppt und war dann zusammengebrochen.

Unbehagen machte sich breit, und mein Magen zog sich zusammen, als mir klar wurde, dass ich absolut keine Ahnung hatte, wie ich nach Hause gekommen war. Ich erinnerte mich, dass wir im Pub gesessen hatten und Jason mir mit immer neuen Ideen, was wir mit Ryan machen konnten, ein Ohr abgekaut hatte, und dann … nichts. Ich zog mein Handy aus der Hosentasche und schrieb Jason eine Nachricht.

Was haben wir gestern Abend getrunken?

Ich hatte mich in letzter Zeit beim Trinken zurückgehalten und vertrug nicht annähernd so viel wie früher. Fünf Pints mit Jason waren um mindestens zwei Pints zu viel gewesen. Ganz zu schweigen von den Kurzen und was auch immer wir sonst noch runtergekippt hatten. Aber ich hatte meinen Job verloren, meine Frau war unterwegs und meine Tochter ausgezogen – ich hatte also mehrere gute Gründe dafür gehabt.

Ich duschte und nippte gerade an meinem starken schwarzen Kaffee, als mein Handy klingelte. Es war nicht Jason, sondern Claire.

»Hey«, krächzte ich und räusperte mich. »Wie ist es in Irland?«

Sie schwieg einen Moment, bevor sie antwortete. »Gut.« Sie klang wütend. Oder enttäuscht. Vielleicht aber auch beides. »Also, wann hattest du vor, es mir zu sagen?«

Ich ging eilig die Liste meiner Geheimnisse durch, die kontinuierlich länger wurde. Meinte sie die Nachforschungen zu unserem Schwiegersohn? Oder dass ich letzte Nacht einen über den Durst getrunken hatte? Sprach sie vielleicht sogar von Rebecca? Ich beschloss, mich dumm zu stellen, obwohl ich es nach siebenundzwanzig Jahren Ehe besser hätte wissen sollen. »Dir was sagen?«

»Ich habe mich vorhin verwählt und versehentlich deine Büronummer angerufen. Stell dir vor, wie überrascht ich war, als jemand anders abhob.« Sie hielt einen Moment inne, bevor sie mir den Todesstoß versetzte. Ihr Zorn war über Hunderte Kilometer spürbar. »Also, wann hattest du vor, mir zu sagen, dass du deinen verdammten Job verloren hast?«

Ah, dachte ich. *Das meint sie.* Ich seufzte und ließ mich auf den Stuhl an der Frühstücksbar sinken. Dann erzählte ich ihr von der Umstrukturierung und den Sparplänen, ohne die illegalen Nachforschungen zu erwähnen, die letztlich zu meiner Kündigung geführt hatten.

»Ich wollte es dir nicht sagen, bevor ich nicht etwas anderes gefunden habe.«

Ihre sonst so ruhige Stimme bebte vor Wut. »Und *hast* du schon etwas anderes gefunden?«

»Noch nicht.«

Sie schwieg erneut, und als sie weitersprach, klang sie sanfter und versöhnlicher. »Du klingst schrecklich.«

»Danke.« Ich rieb mir den verspannten Nacken. »Ich war gestern mit Jason unterwegs.«

Erneutes Schweigen. Ich hörte sie atmen und Stimmen im Hintergrund.

»Was ist los mit dir, Ed?«, fragte sie sanft. »Die letzten Wochen, die Hochzeit und alles andere – ich habe das Gefühl, als würde ich dich gar nicht mehr kennen.«

»Ich bin bloß müde.«

»Ed, ich stelle dir jetzt eine Frage, und du musst sie ehrlich beantworten, okay?«

»Okay.«

»Es ist egal, wie die Antwort lautet, solange es die Wahrheit ist.«

»Das klingt ominös.«

»Glaubst du, dass du gerade eine Art … Zusammenbruch erlebst?«

»Nein!« Ich richtete mich auf. »Natürlich nicht.«

»Eine Midlife-Crisis vielleicht?«

»Was? Nein.«

»Du solltest zu einem Arzt gehen. Mit jemandem reden. Du bekommst eine Überweisung und …«

Ich zögerte und spürte, wie mich die letzte Kraft verließ. Welchen Sinn hatte es, es weiter vor ihr zu verheimlichen? »Diesbezüglich bin ich dir einen Schritt voraus«, sagte ich schließlich.

»Was soll das heißen?«

»Ich bin bereits in Behandlung«, erklärte ich. »Schon seit einiger Zeit.«

Und so erzählte ich ihr von Rebecca – Dr. Rebecca Barnes – und den Therapiesitzungen in dem geschmackvoll eingerichteten Büro neben dem Bahnhof, während derer ich mein Handy immer lautlos stellte. Ich erzählte ihr, dass wir über unsere Kinder und meine Hilflosigkeit angesichts Abbies neuer Beziehung gesprochen hatten. Es fühlte sich gut an, meiner Frau davon zu erzählen. Ich hasste es, Claire zu belügen, hatte mich aber mit der Zeit daran gewöhnt, ohne es zu bemerken.

Sie seufzte, und ihre Stimme klang brüchig und weit weg. »Ach, Ed. Warum hast du mir nie etwas davon erzählt?«

»Ich wollte nicht, dass du einen schlechten Eindruck von mir hast. Dass du denkst, ich … würde den Verstand verlieren.«

»Hat es etwas gebracht?«

Der nächste Kaffee war fertig, ich füllte meinen Becher wieder auf und klemmte mir das Handy zwischen Ohr und Schulter. »Was denkst du?«

»Ich denke, das Wichtigste ist jetzt erst einmal, dass du dich mit Abbie versöhnst«, sagte Claire. »Und mit Ryan, nachdem sie mittlerweile verheiratet sind. Abbie zuliebe. Unserer Familie zuliebe. Und vor allem dir selbst zuliebe. Damit du endlich zur Ruhe kommst. Ob es dir gefällt oder nicht, Ryan gehört jetzt zur Familie.«

»Okay.«

»Wirst du das tun? Versprichst du es mir?«

Ich hätte beinahe gelogen und ihr gesagt, was sie hören wollte. Es wäre klüger gewesen. Eine kleine Notlüge, um den Frieden zu wahren. Aber ich hatte genug von all den Lügen. »Das kann ich dir nicht versprechen. Es tut mir leid.«

»Wie bitte?« Sie klang unsicher, als hoffte sie auf einen Scherz, dessen Pointe noch ausstand. »Das meinst du nicht ernst, oder?«

»Ich wünschte, ich könnte es, aber ich kann nicht. Wenn Abbie etwas zustößt, könnte ich mir das nie verzeihen. Nicht nachdem …«

»Abbie wird nichts zustoßen!«, schrie Claire ins Telefon. Ihre letzte Geduld war aufgebraucht. »Sie und Ryan haben ein schönes Leben vor sich. Wenn du es nicht ruinierst.«

»Ich habe es versucht, Claire. Ehrlich. Ich habe versucht, ihn zu mögen, aber je genauer ich hinsehe, desto mehr Dinge fallen mir auf, die nicht zusammenpassen. Ich kann nicht danebenstehen und nichts tun.«

»Und ich kann nicht zusehen, wie du ihr Glück zerstörst. Ich werde nicht zustimmend nicken, als würde ich verstehen, was hier los ist. Weil ich es nicht tue. Das bist alleine du. Du und deine Wahnvorstellungen. Siehst du das denn nicht? Denn alle anderen sehen es sehr wohl. Das geht jetzt schon so lange, und du merkst selbst nicht mehr, wie verrückt alles geworden ist. Tritt einmal einen Schritt zurück und betrachte es von ihrem Standpunkt aus.«

»Es tut mir leid, Claire, ich …«

Aber sie hatte bereits aufgelegt.

41

Ich hatte die Hoffnung aufgegeben, was Farmer betraf. Er würde mich weiter hinhalten, bis ich irgendwann aufgab, und im Prinzip konnte ich es ihm nicht verübeln. Es war der perfekte Coup: Überzeuge den Kunden, für etwas Illegales zu zahlen, damit er nicht zur Polizei gehen kann, wenn du nicht lieferst. Mein letzter Gehaltsscheck war aufgebraucht, und ich konnte noch eine Rate fürs Haus von meinem Ersparten abstottern, bevor es wirklich eng wurde. Was Ryan betraf, war ich wieder auf mich allein gestellt.

Ich hatte das Vertrauen meiner Tochter und meinen Job verloren und stand kurz davor, meine Frau zu verlieren.

Aber ich hatte noch immer einen Karton mit Abbies Sachen im Kofferraum.

Ich fuhr zu Ryans Haus in Beeston und rollte einmal daran vorbei. Die Vorhänge standen offen, und in der Auffahrt stand kein Auto. Ich wendete und fuhr noch einmal daran vorbei, aber es gab keine Anzeichen, dass jemand zu Hause war. Trotzdem wollte ich auf Nummer sicher gehen.

Ich parkte um die Ecke, holte mein Handy heraus, blockierte meine Nummer und rief bei Eden Gillespie International an, wo ich die Dame am Telefon bat, mich mit Ryan Wilson zu verbinden.

»Natürlich, Sir. Wen darf ich melden?«

»Mr Ripley.«

»Weiß er, worum es geht?«

»Ja.«

»Ich stelle Sie durch, Sir.«

Einen Augenblick später meldete sich Ryan mit ruhiger, professioneller Stimme.

Sein Büro befand sich fünf Kilometer entfernt. Ich hatte zwar bereits den GPS-Standort seines Wagens abgerufen, aber sicher war sicher.

Ich legte auf, setzte die Sonnenbrille auf und hob den Karton aus dem Kofferraum, ehe ich zielstrebig die Straße entlangging. Ich hatte immer noch den Hausschlüssel, den ich beim Umzug bekommen hatte.

Ich klingelte zur Sicherheit und wartete. Dann versuchte ich es noch einmal. Im Haus blieb alles ruhig. Ich steckte den Schlüssel ins Schloss, drehte ihn und trat ins Haus. In der kleinen Diele hielt ich noch einmal inne. Alles blieb ruhig.

Ich ging weiter ins Wohnzimmer und versuchte, es mit neuen Augen zu sehen. Das Haus war sauber und aufgeräumt, aber spärlich möbliert. Es wirkte unpersönlich, wie ein Ausstellungsraum in einem Möbelhaus.

So nichtssagend und neutral wie Ryan selbst.

Das deckenhohe Bücherregal in der Ecke schien die Ausnahme zu sein. Die oberen Regalreihen waren vollgestopft mit einer Mischung aus klassischer Literatur, neu erschienenen Thrillern und Ratgebern zur Selbstoptimierung mit Titeln wie *Wenn du nicht der Erste bist, bist du der Letzte* und *Mit militärischen Führungsqualitäten zum Erfolg.* Ich war immer der Meinung gewesen, dass Bücherregale sehr viel über ihre Besitzer aussagten, doch bei Ryan bekam ich dieses Gefühl nicht. Die Mischung war einfach zu seltsam, denn was hatte Dan Browns *Diabolus* neben *Ulysses* von James Joyce verloren?

Ich holte ein paar Bestseller aus dem Regal. Sie wirkten wie frisch aus der Buchhandlung. Und auch bei den Klassikern – *Jane Eyre, Eine Geschichte aus zwei Städten, Das Bildnis des Dorian Gray* – war es dasselbe. Sie waren wie neu.

Vielleicht passte Ryan einfach sehr gut auf seine Bücher auf. Oder er hatte keines davon gelesen, und sie waren nur ein Teil seiner Maskerade.

Das hier ist das Bücherregal eines gewöhnlichen Mannes in einem gewöhnlichen Wohnzimmer in einem gewöhnlichen Haus.

Bei den DVDs in den unteren Regalreihen handelte es sich um Komödien und Gerichtssaaldramen, die meisten originalverpackt.

Er ist schwer beschäftigt, vielleicht hatte er noch keine Gelegenheit, die Filme anzusehen.

In der Mitte des Regals standen mehrere gerahmte Fotos. Ein Teenagermädchen in den Neunzigern, wenn man die Kleider und die Haare betrachtete. Ein älterer Mann, der beide Daumen in die Höhe streckte. Eine Frau Anfang zwanzig mit einer Weihnachtsmannmütze in einem Pub. Ein Familienfoto von Ryan, auf dem er etwa sieben oder acht war. Neben ihm, seiner Mum und seinem Dad war darauf auch ein junges Mädchen zu sehen. Eine ältere Schwester vielleicht? Oder eine Cousine? Er hatte doch gesagt, dass er ein Einzelkind war. Vielleicht war seine Schwester gestorben. Der junge Ryan war seinem Dad wie aus dem Gesicht geschnitten, abgesehen von den Augen, die schon damals unverwechselbar waren und als schwarze Abgründe in die Kamera starrten. Die Mutter jedoch …

Mein Atem stockte. Die Frau auf dem Bild war Mitte dreißig, groß und schlank. Sie hatte lange dunkle Haare, gerade Augenbrauen und ein kleines Grübchen am Kinn. Sie lächelte sanft in die Kamera und hatte eine Hand auf die Schulter ihres Sohnes gelegt, der wiederum schützend die Hand auf ihre gelegt hatte. Sie war hübsch. Zweifellos.

Und sie sah Abbie zweifellos sehr ähnlich.

So ähnlich, dass sie Schwestern hätten sein können.

Er hat also eine Frau geheiratet, die seiner Mutter wie aus dem Gesicht geschnitten ist. Das ist verdammt eigenartig.

Ich machte ein Handyfoto von dem Bild, und ein kalter Schauer lief mir über den Rücken.

Ich ging an den beiden Urkunden über dem Esstisch vorbei und weiter in die Küche, öffnete wahllos Schränke und Schubladen, überprüfte den Kalender, die Briefe und die Post-its auf der Pinnwand, sah unter der Spüle nach und untersuchte den Karton mit den leeren Flaschen an der Hintertür. Ich sah hinaus auf den kleinen Garten hinter dem Haus, der von hohen Zäunen umgeben war und an dessen Ende ein kleiner Schuppen stand. Ich wusste nicht, wonach ich eigentlich suchte.

Jeffrey Dahmer hatte mehrere abgetrennte Köpfe in der Tiefkühltruhe. Ich öffnete das Gefrierfach, fand aber lediglich gefrorene Steaks, Fisch, Quornfilets für Abbie und Eiscreme.

Reiß dich zusammen, so etwas Offensichtliches würde er nie tun.

Ich sah auf die Uhr. Ich war seit zehn Minuten hier, aber ich hatte sicher noch einige Stunden, bevor Ryan nach Hause kam, selbst wenn er früher Feierabend machte.

Am unteren Ende der Treppe entdeckte ich ein Bild, das mir bisher noch nicht aufgefallen war. Es zeigte die Abschlussklasse der Militärakademie Sandhurst von 2009. Ich suchte nach Ryans Gesicht unter den etwa hundert jungen Offizieren, aber sie hatten sich die Schirmmützen so tief ins Gesicht gezogen, dass kaum etwas zu erkennen war. Die meisten jungen Männer sahen gleich aus, und das war vermutlich auch gewollt.

Ich ging nach oben, trat ins Badezimmer und fand schon nach kurzer Zeit, was ich gesucht hatte. Einen blauen Kamm mit schwarzen Haaren darin.

Ich holte einen Plastikbeutel und eine Pinzette heraus, gab zwei Haare in den Beutel, verschloss ihn und steckte ihn ein.

Das große Schlafzimmer befand sich direkt über dem Wohnzimmer, und hier war von Abbies Anwesenheit am meisten zu bemerken. Ihre Kleider im Schrank, ihr Make-up auf der Kommode, ihr Kindle auf dem Nachttisch – und es roch sogar nach ihr. Es war wie in ihrem Zimmer zu Hause, wie …

Ein Geräusch drang von draußen ins Haus.

Ich erstarrte.

Es kam nicht von draußen, sondern von der Eingangstür.

Aus der Diele.

Dann senkte sich erneut Stille über das Haus.

Ich schlich zur Treppe, ging in die Hocke und lauschte. Auf dem Fußabtreter lag eine Gratiszeitung. *Entspann dich, das war nur der Briefschlitz.*

Ich richtete mich auf, kehrte zurück ins Schlafzimmer und öffnete Ryans Nachttischschublade. Ein Reisepass, ein Ersatzschlüssel fürs Auto, eine Sonnenbrille, eine leere Uhrenschachtel von TAG Heuer. Sein Kleiderschrank war ebenso enttäuschend. Anzüge, Hemden, Jeans, Pullover. Nichts, was sich zwischen den gefalteten Pullovern oder in den obersten Fächern des Schrankes versteckte.

Das kleinere Schlafzimmer wurde als Abstellraum benutzt. Im Schrank befanden sich leere Koffer und Rucksäcke, ein Zelt und Kletterausrüstung, im Schuhregal standen makellos saubere Sportschuhe, Laufschuhe und schwere Wanderstiefel.

Der Platz unter dem Gästebett war vollgestopft mit Laken, Bettdecken und Pappkartons. Ich zog ein paar Sachen heraus und streckte den Arm in den Hohlraum. Da war etwas Festes, Kaltes. Ich holte mein Handy heraus und leuchtete mit der Taschenlampe unters Bett. Zwischen den Laken und den Pappkartons stand eine lange Metallkiste. Ich packte den Griff, der an einer Seite befestigt war, und zog sie, vor Anstrengung grunzend, unter dem Bett hervor.

Es sah aus wie etwas, das Jason Bourne im Schrank versteckt. Eine verzinkte Stahlkiste, etwa sechzig Zentimeter lang, dreißig Zentimeter breit und fünfzehn Zentimeter hoch, die mit einem großen Vorhängeschloss gesichert war. Es kostete einige Kraft, sie hochzuheben. Ich schüttelte sie, doch es war nichts zu hören. Vielleicht war der Innenraum wattiert oder irgendwie gedämmt.

Was, zum Teufel, bewahrte man in einer mit Vorhängeschloss gesicherten Stahlkiste unter dem Gästebett auf? Dokumente? Bargeld? Eine Pistole? Drogen vielleicht. Oder Hehlerware. Vielleicht aber auch nur unverfängliche Bankbelege oder Rechnungen. Aber warum sollte man so etwas in einer Kiste versperren?

Ich suchte in den Nachttischschubladen nach dem Schlüssel, aber sie waren beide leer. Ich überlegte gerade, noch einmal im großen Schlafzimmer nachzusehen, als ich erneut ein Geräusch hörte.

Ein Schlurfen.

Weitere Post, die durch den Briefschlitz geworfen wurde? Oder war es dieses Mal etwas anderes? Schritte auf dem Teppich … Ich lauschte angestrengt, eine Hand auf der Metallkiste. Der Staub aus ihrem Versteck lag auf dem Boden verstreut.

Stille. Tiefe, dunkle Stille, die sich fünf Sekunden lang breitmachte. Es war nichts, es war …

Die Eingangstür fiel ins Schloss.

Im Erdgeschoss war jemand.

42

Ich erstarrte.

Dann schob ich die Metallkiste langsam unters Bett zurück und platzierte die anderen Gegenstände zur Tarnung. Ich hatte Schwierigkeiten, alles unter das Bett zu schaffen. Als ich ein letztes Mal anschob, krachte die Metallkiste gegen den Bettrahmen, und ein metallisches Scheppern erklang. *Komm schon, beeil dich.*

Ich hörte Schritte in der Küche direkt unter mir. Sie wurden leiser, als die Person im Erdgeschoss über den Teppich im Wohnzimmer ging.

Was, wenn es ein Einbrecher war? Ich hatte keine Waffe dabei und konnte mich lediglich mit den bloßen Händen verteidigen.

Aber das war albern. Es war sicher kein Einbruch. Oder?

Die Treppe knarrte.

Ein Immobilienmakler vielleicht? Suchte Ryan jetzt, wo er verheiratet war, nach einem größeren Haus? Das war nachvollziehbar. Ein Immobilienmakler hätte einen Schlüssel besessen. Aber es erklärte nicht, warum sich die Person so leise verhielt.

Ich sah mich nach einem Versteck um. Sollte ich mich auf der anderen Seite des Bettes auf den Boden legen? Oder im Schrank verstecken? Ich verwarf beide Ideen.

Die Schritte waren am oberen Ende der Treppe angelangt.

Ich glitt hinter die halb geöffnete Tür. Hier war ich nicht zu sehen, außer die Person kam ins Zimmer und drehte sich um.

Ich hielt vollkommen still und versuchte, ruhig zu atmen. Die Schritte waren nun im großen Schlafzimmer, und ich hörte, wie Schubladen geöffnet und geschlossen wurden.

Ein Handy läutete, und einen schrecklichen Moment lang dachte ich, es wäre meines. Meine Hand glitt instinktiv zu meiner Hosentasche, doch dann hielt ich inne. Es war nicht mein Klingelton.

Eine Männerstimme nahm den Anruf entgegen. Eine Stimme, die ich sehr gut kannte. Er sprach leise, war in dem ansonsten stillen Haus aber trotzdem gut zu hören.

»Danny?« Eine Pause. »Ich kann jetzt nicht reden.«

Es war Ryan.

Verdammt.

Was machte er hier? Mitten am Tag? Ich hoffte inständig, dass der Anruf aus dem Büro kam und ein Notfall seine sofortige Anwesenheit erforderte.

»Ich habe dir doch gesagt, dass du mich nicht unter dieser Nummer anrufen sollst«, zischte Ryan.

Ich runzelte die Stirn. Das war interessant. Offenbar ging es nicht um die Arbeit. Und plötzlich war ich froh darüber, hier zu sein und Zeuge eines unbedachten Momentes im Leben meines Schwiegersohns zu werden.

»Ja, ich weiß. Das wollte ich nicht«, sagte Ryan gerade. Und dann: »Ja, natürlich. Natürlich tue ich das, das weißt du doch.«

Ich starrte durch den Spalt zwischen Tür und Türstock und versuchte, einen Blick auf Ryan zu erhaschen. Doch ich sah nur den leeren Flur und die geöffnete Schlafzimmertür.

»Ja, gleicher Ort, gleiche Zeit.«

Es folgte eine längere Pause, denn verabschiedete sich Ryan: »Du auch. Okay. Bye.«

Ich traf einen spontanen Entschluss: Ich würde das Beste aus der Situation machen, bevor Ryan ins Zimmer kam und mich hinter der Tür wie einen Einbrecher ertappte.

Ich trat aus meinem Versteck und ging zurück zur Treppe, wobei ich versuchte, so unbeeindruckt wie möglich zu erscheinen. Als wäre es keine große Sache, einfach ins Haus eines anderen zu marschieren. Als würde mein Herz nicht jeden Moment aus der Brust springen.

Ryan war noch im Schlafzimmer, und einen verrückten Moment lang spielte ich mit dem Gedanken, die Beine in die Hand zu nehmen und mich so schnell wie möglich aus dem Staub zu machen. Aber genau das hätte ein Dieb gemacht. Und ich war kein Dieb.

Ich war ein verantwortungsvoller, liebender Vater, der sich um seine Tochter sorgte. Ich war nicht eingebrochen und hatte mit meiner Anwesenheit keinerlei Gesetze gebrochen. Also wartete ich mit klopfendem Herzen und geballten Fäusten, bis Ryan rückwärts aus dem Schlafzimmer geschlichen kam.

Ich räusperte mich, um auf mich aufmerksam zu machen. »Hey, Ryan.«

Ryan zuckte zusammen, als hätte ihn eine Schlange gebissen, fuhr herum und fiel dabei beinahe über die eigenen Füße. Er hielt einen geschlossenen kleinen Regenschirm in der zitternden Hand und streckte ihn abwehrend von sich. Er wirkte wie ein von den Scheinwerfern eines Autos erfasstes Reh, und von seiner üblichen Selbstsicherheit war nichts zu bemerken. Falls er vorgehabt hatte, einen Einbrecher zu stellen, musste er an seiner Körpersprache arbeiten. Er sah aus, als wollte er jeden Moment die Flucht ergreifen, und der kleine gelbe Regenschirm machte es noch peinlicher.

»Mein Gott, Ed.« Er presste sich eine Hand auf die Brust. »Du hättest mich beinahe zu Tode erschreckt.«

Ich hob entschuldigend die Hände, und Hitze stieg meinen Nacken hoch. »Tut mir leid, ich wollte dich nicht erschrecken.«

»Was … was machst du hier?« Er senkte den Regenschirm. »Ist alles okay? Geht es Abbie gut?«

»Alles bestens. Ich hätte dich angerufen, aber ich wollte dich nicht bei der Arbeit stören. Ich war gerade in der Gegend und dachte, ich komme schnell vorbei und bringe Abbies letzten Karton vorbei.«

»Oh.« Er stieß die Luft aus. »Alles klar. Das musst du doch nicht.«

»Es hat keine Umstände gemacht.«

Ryan hob den kleinen gelben Regenschirm. »Tut mir leid wegen dem hier. Ich war einfach überrascht …«

»Ich schulde dir eine Entschuldigung.« Ich schaffte ein verlegenes Lächeln. »Geht es dir auch sicher gut, Ryan? Du siehst blass aus. Vielleicht solltest du dich einen Moment setzen?«

»Es geht schon. Ich mag bloß keine Überraschungen.« Er blickte zum Schlafzimmerfenster. »Ich habe dein Auto gar nicht gesehen?«

Und ich hätte nicht gedacht, dass du hier auftauchst, dachte ich. *Immerhin bist du vor fünfzehn Minuten in deinem Büro ans Telefon gegangen. Woher wusstest du, dass du herkommen sollst? Woher wusstest du, dass ich hier war?*

»Ich habe um die Ecke geparkt.«

Vor dem Haus hielt ein Auto mit quietschenden Reifen. Türen wurden zugeknallt. Ryan hob erneut überrascht den Kopf. »Ach du Scheiße!«

»Was ist los?«

»Ich habe die Polizei gerufen, als ich die offene Eingangstür gesehen habe.«

Ich runzelte die Stirn. *Ich hatte die Eingangstür offen gelassen?*

»Die Polizei?«

Bevor Ryan antworten konnte, ertönte ein lautes Klopfen, und eine Frau rief: »Polizei! Kommen Sie zur Eingangstür, und identifizieren Sie sich! Wir haben Meldung über einen Einbruch an dieser Adresse.«

»Ich rede mit ihnen«, sagte ich, während ich Ryan die Treppe nach unten folgte. Meine Wangen glühten. Abbie und Claire durften nichts von dem Vorfall erfahren. Er konnte der letzte Tropfen sein, der das Fass zum Überlaufen brachte. »Lass mich die Situation erklären.«

»Ich mach das schon«, erwiderte Ryan.

»Nein, ich sollte wirklich …«

Doch Ryan öffnete bereits die Tür und stand im nächsten Moment einer uniformierten Polizistin in Schutzweste gegenüber.

»Guten Morgen, Sir, sind Sie der Hausbesitzer?« Sie warf einen Blick über seine Schulter. »Uns wurde ein Einbruch gemeldet.«

»Ja, ich habe Sie angerufen.« Ryan klang ruhig und selbstbewusst. Er hatte sich wieder unter Kontrolle. »Es tut mir leid, das ist alles meine Schuld.«

Ich zog die Augenbrauen hoch. Das kam jetzt überraschend.

»Ihre Schuld?«, wiederholte die Polizistin.

»Ich habe vergessen, dass ich meinen Schwiegervater gebeten hatte, ein paar Dinge vorbeizubringen, während ich im Büro bin.« Er deutete auf mich, der immer noch verlegen in der Diele stand. »Ich bin kurz zu Hause vorbei, weil ich Unterlagen vergessen hatte, und als ich im oberen Stock Geräusche hörte, bin ich in Panik geraten und dachte, es wären Einbrecher.«

Ich war unwillkürlich beeindruckt, wie leicht Ryan eine derartige Lüge über die Lippen kam. Ich hätte sie beinahe selbst geglaubt.

Die Polizistin deutete auf mich. »Sind Sie der Schwiegervater, Sir?«

»Ja.« Ich nickte. »Tut mir leid, dass wir Ihre Zeit vergeudet haben.«

Ein Polizist erschien. »Der Hintereingang ist gesichert«, erklärte er seiner Kollegin. »Was haben wir hier?«

»Nichts. Bloß ein Fehlalarm.«

Ryan warf mir einen Blick zu, und ich sah etwas darin aufblitzen. *Triumph? Komplizenschaft? Das Wissen, dass ich nun in seiner Schuld stand?*

Er schenkte den beiden Polizisten sein schönstes Lächeln. »Es tut mir wirklich sehr leid, dass wir Sie unnötig herbestellt haben.«

Die Polizisten machten sich auf den Weg, und ich stand da und sah ihnen nach, bis das Auto verschwunden war.

Als ich mich wieder zum Haus umdrehte, starrte Ryan mich an. Sein Gesicht war ausdruckslos, aber *diese Augen*. Konzentriert. Abwägend. Kalkulierend. *Wissend.*

Es dauerte bloß eine Sekunde, dann verzog er die Lippen zu einem verlegenen Grinsen und legte sich eine Hand auf die Brust.

»Mein Gott, das ist so peinlich«, sagte er. »Wie wäre es, wenn wir die ganze Sache für uns behalten, Ed?«

43

Auf der Heimfahrt sah ich bei Joyce vorbei und wir unterhielten uns bei einer Tasse Tee in ihrem sauber aufgeräumten, luftigen Wohnzimmer. Nachdem sie alle Fragen zu ihrem Gesundheitszustand abgewehrt hatte, ging es vor allem um Abbie und Ryan, aber ich war nur mit halbem Ohr bei der Sache, weil ich ständig an den geheimnisvollen Anruf denken musste, den ich in Ryans Haus belauscht hatte.

Es war sicher kein geschäftlicher Anruf gewesen. Ich kannte Ryans Bürostimme, und er hatte vollkommen anders geklungen. Ein Freund vielleicht? Aber Ryan hatte so verstohlen und vertraut geklungen, dass die Vermutung nahelag, dass die beiden mehr als Freunde waren. Viel mehr.

Vielleicht hatte ich endlich den Schlüssel gefunden, der mir Ryans geheimes Leben offenbarte.

Zu Hause ging ich sofort in mein Arbeitszimmer und setzte mich vor den Computer. Ich schob einen Turm schmutziger Teller beiseite, um Platz für die Maus zu haben, und wischte einen eingetrockneten Teefleck mit dem Ellbogen fort, bevor ich es mir im Sessel bequem machte.

Ryan hatte den Anrufer mit Namen begrüßt.

Danny.

Wer war Danny? Solange ich keinen Zugang zu Ryans Handy hatte, gab es keine Möglichkeit, das herauszufinden. Ich konnte auch nicht Abbie danach fragen, denn ich war mir ziemlich sicher, dass sie nichts von Ryans Beziehung zu diesem Danny wusste.

Ich ging zwar davon aus, dass es kein geschäftlicher Anruf gewesen war, aber es konnte trotzdem ein Arbeitskollege von Eden Gillespie gewesen sein. Ich beschloss, diese Möglichkeit zuerst zu überprüfen, ging auf die Firmen-Homepage, klickte auf »Über uns« und scrollte durch die Mitarbeiterfotos. Es gab niemanden mit Namen Danny, Daniel oder Dan, und auch in dem Büro in Manchester wurde ich nicht fündig. Ich schloss den Browser und lehnte mich zurück.

Wer bist du, Danny?

Ich ging in die Küche, schaltete den Wasserkocher an und lehnte mich an die Arbeitsplatte, während ich darauf wartete, dass das Wasser zu kochen begann.

Denk nach.

Ryan war dreiunddreißig Jahre alt. Er war also mit Social Media aufgewachsen. Er hatte Hunderte Freunde und Follower auf den verschiedenen Accounts, und unter ihnen befand sich vermutlich auch die Person, mit der er telefoniert hatte.

Ich kehrte mit einem Becher Tee in mein Arbeitszimmer zurück und begann meine Suche auf LinkedIn. Ich fand fünf Personen, deren Vorname zu Danny abgekürzt werden konnte, und machte Screenshots von ihren Profilen, doch nach weiteren zwanzig Minuten hatte ich alle ausgeschlossen. Sie wohnten zu weit entfernt, waren zu alt, hatten kaum Berührungspunkte mit Ryan. LinkedIn war vielleicht einfach zu langweilig.

Ich öffnete stattdessen Ryans Facebook-Seite und scrollte durch die Liste seiner Freunde. Zwei Freunde namens Daniel, einer namens Dan. Sie lebten in Johannesburg, Exeter und London, und ich öffnete ihre Profile, um nach einer Verbindung zu Ryan zu suchen.

Es gab keine nennenswerten Einträge, zwei der drei Männer befanden sich in einer Beziehung, einer war homosexuell und verheiratet, und sie hatten offenbar keine besondere Beziehung zu Ryan. Außerdem wurde keiner von ihnen Danny genannt.

Ich ging die Liste noch einmal durch, um nichts zu übersehen.

Ich fand keinen Dan, Danny oder Daniel.

Aber da war eine Frau namens Danielle.

44

Vielleicht hieß die Person am Telefon *Dani* und nicht *Danny*.

Ich öffnete das Profil.

Danielle White hatte dunkle Haare, war Mitte bis Ende zwanzig und sehr hübsch. Ihr Profilfoto zeigte sie in Wanderklamotten vor blassgrünen Hügeln und einem endlos blauen Himmel. Hinter ihr waren ein Steinhügel und ein Schild zu erkennen. Sie hatte gerötete Wangen und lächelte strahlend in die Kamera. Jemand, der Abbie nicht so gut kannte wie ich, hätte den beiden schlanken jungen Frauen mit den langen braunen Haaren eine außerordentliche Ähnlichkeit bescheinigt.

Danielles Profil war privat, weshalb ich nur das Profilfoto, den Wohnort – Manchester – und die Heimatstadt Liverpool sah. Wir hatten keine gemeinsamen Freunde, und alles andere schien gesperrt. Ich konnte ihr zwar eine Freundschaftsanfrage senden, aber das wäre seltsam und verdächtig gewesen. Ich hatte sie noch nie persönlich getroffen oder mit ihr geredet, und wenn sie nicht gerade zu den Leuten gehörte, die jede Freundschaftsanfrage automatisch annahmen, würde sie meine Anfrage vermutlich ignorieren. Und falls sie es Ryan gegenüber erwähnte, flog ich sofort auf.

Es musste eine andere Möglichkeit geben.

Ich gab *Danielle White, Manchester* in die Suchmaschine

ein und fand heraus, dass sie und Ryan in derselben Firma gearbeitet hatten, bevor er zu Eden Gillespie gewechselt war. Sie waren drei Jahre lang Kollegen gewesen. Und vielleicht auch mehr als das.

Ich rief noch einmal das Profilfoto auf. Auf dem grünen Schild hinter Danielle war eine weiße Schrift zu erkennen. Es handelte sich um einen öffentlichen Wanderweg, aber der Rest war zu klein, um ihn zu erkennen.

Ich speicherte das Bild, öffnete es in Photoshop und vergrößerte es, bis ich die Schrift lesen konnte. *Jacob's Ladder – Edale.*

Eine weitere Recherche ergab, dass Jacob's Ladder ein Reit- und Wanderweg im Peak District in Derbyshire war.

Ich gab »Danielle White Edale Derbyshire« in die Suchmaschine ein und stieß auf einen Flickr-Account mit demselben Profilbild wie auf Facebook und weiteren Bildern von grünen Hügeln, blauem Himmel und Moorland. Es waren gute Fotos, keine Schnappschüsse, und ich musste an das Foto über Ryans Kamin denken. Die Fotosammlungen hatten keinen Titel, sondern waren nur mit dem jeweiligen Datum versehen. Seit Mitte Mai hatte sie nichts mehr gepostet.

Ich scrollte weiter. Offenbar stellte sie einmal pro Monat Landschaftsbilder ins Netz, auf denen sie ab und zu auch selbst posierte. Die Person, die die Bilder gemacht hatte, war nirgendwo zu sehen, außer …

Da.

Ich hielt inne, und meine Hand umklammerte die Maus. Vor vier Monaten hatte Danielle ein Foto gepostet, auf dem auch noch eine andere Gestalt zu sehen war. Es war ein großer Mann mit Sonnenbrille und einer dunkelorangen Outdoor-Jacke. Ich öffnete das Foto und lehnte mich näher heran. Der Mann hatte sich halb zur Seite gedreht, als hätte er nicht erwartet, fotografiert zu werden. Es war ein Schnappschuss, wie sie Freundinnen gerne von ihrem Liebsten schießen. Das attraktive Gesicht, das Kinn und die ölschwarzen Haare waren unverkennbar.

Ryan.

Ich starrte das Foto an. Es bestand absolut kein Zweifel. Das war mein Schwiegersohn.

Ich griff nach meinem Kalender, blätterte zurück in den Februar und suchte das Datum auf dem Foto. Der 9. Februar war ein Sonntag gewesen, der zweite im Monat.

Ich überprüfte die anderen Fotos auf Danielles Account und hörte Abbies Stimme, in der Liebe und Respekt mitschwangen: *Jeden zweiten Sonntag im Monat besucht er das Grab seiner Mutter in Manchester.*

Manchester war also tatsächlich eine Lüge. Er fuhr stattdessen in den Peak District.

Was machte er dort? Warum log er Abbie an? Und uns alle? Die Antwort war so verdammt offensichtlich, dass ich nicht glauben konnte, dass sie mir nicht früher eingefallen war.

Ryan log, weil er nicht alleine unterwegs war.

Er betrog Abbie, genauso wie ihr Ex-Freund Toby es getan hatte. Wie sie es alle getan hatten. Abbie war eine nette, gutherzige und tolerante Frau, die solche … Arschlöcher anzog, die sie ausnutzten. Alphatiere, denen eine Frau allein nicht genug war.

Ryan hatte uns von Anfang an etwas vorgemacht. Ich hatte es gewusst.

Ich sah es vor mir: Ryan und Danielle waren ein Paar gewesen, bevor er Abbie kennengelernt hatte, und sie hatten einen Weg gefunden, die Beziehung hinter ihrem Rücken weiterzuführen. Danielle liebte die Fotos ihrer gemeinsamen Zeit und konnte dem Drang nicht widerstehen, sie auf Flickr zu posten, weil sie dachte, dort würde sie niemand finden. Es war beinahe wie die Nadel im Heuhaufen, aber ich hatte sie entdeckt.

Ein einziges Foto von Ryan unter Dutzenden anderen. Er wusste mit ziemlicher Sicherheit nicht, dass es existierte. Vermutlich hatten sie sich darauf geeinigt, dass sie keine Bilder von ihnen beiden postete. An den Sonntagen, an denen er eigentlich das Grab seiner Mutter besuchte.

Ryan war aufgeflogen.

Ich nahm den letzten Schluck Tee. Er war eiskalt, aber das war mir egal.

Hab' dich.

Dieses Mal habe ich dich.

Denn der kommende Sonntag war der zweite in diesem Monat.

45

Es war wieder jemand in unserem Haus gewesen, und dieses Mal war ich mir absolut sicher.

Ich war zu meinem Morgenlauf aufgebrochen und hatte brutale fünfzehn Kilometer zurückgelegt, um meine Gedanken zu ordnen. Als ich schweißgebadet und keuchend zurückkam, hatte ich eine klare Vorstellung, was ich als Nächstes tun musste.

Doch sobald ich die Haustür geöffnet hatte, war meine Konzentration dahin.

Etwas stimmte nicht. Die Atmosphäre im Haus schien gestört, als wäre es nicht mehr es selbst. Als wäre die Luft plötzlich anders. Das war es. Es roch kaum merklich nach Aftershave. Ein Hauch von Zitrone und Eukalyptus.

Ryan.

Sämtliche Türen waren ver- und die Fenster geschlossen. Es gab bloß vier Schlüssel – einen für mich, einen für Claire und einen für Abbie sowie einen Ersatzschlüssel. Aber jetzt, wo Abbie und Ryan verheiratet waren und zusammenlebten, war es kein Problem für ihn, sich einen Abdruck von ihrem Schlüssel anfertigen zu lassen. Mit oder ohne ihr Wissen. Vielleicht wollte er mir den Besuch in seinem Haus heimzahlen.

Aber wonach hatte er gesucht? Was hatte er mitgenommen?

Immer noch schweißgebadet, machte ich mich auf den

Weg durchs Haus, sah in den Schubladen im Arbeits- sowie Schlafzimmer nach und suchte nach etwas, das nicht an seinem Platz war. Ich ließ mir Zeit, stand ein paar Minuten einfach nur in jedem einzelnen Zimmer und sah mich um. Wie ein Ermittler, der sich zuerst einen Überblick über den Tatort verschafft, bevor er alles auf den Kopf stellt. Und überall spürte ich die Anwesenheit dieses Fremden in meinem Zuhause. Geradeso, als würde er vor mir stehen, wenn ich um die nächste Ecke bog.

Doch nach einer Stunde, und nachdem ich jeden Raum dreimal überprüft hatte, gab ich schließlich auf. Ich sank aufs Sofa und schloss einige herrliche Momente lang die Augen. Ich war so sicher, dass jemand im Haus gewesen war, aber ich hatte keine Beweise.

Vielleicht hatte Claire recht.

Verlor ich langsam den Verstand? Oder fühlte man sich so, wenn man als Einziger einen klaren Kopf bewahrte, während alle um einen herum geblendet wurden? Claire und Joyce erkannten es nicht, und Abbie war *definitiv* blind, auch wenn es direkt vor ihrer Nase passierte. Ich war der Einzige, der die Wahrheit sah.

Ich war so schrecklich müde, dass ich am liebsten eine Woche geschlafen hätte. Aber ich durfte mir keine Pause gönnen.

Ich öffnete das GPS-Tracking-Portal und sah mir Ryans heutiges Fahrtenbuch an. Er war in letzter Zeit nicht in West Bridgford gewesen, aber das musste nichts bedeuten. Vielleicht hatte er ein Uber genommen, war mit dem Rad unterwegs gewesen oder auf seiner Trainingsstrecke hier vorbeigekommen.

Ich nahm mir vor, Überwachungskameras und Bewegungssensoren am Haus zu montieren.

Ich öffnete das Fahrtenbuch der letzten sieben Tage und studierte die Daten – Geschäftstermine, ein paar abendliche Besuche in der Forest Road West und ein Abstecher zu dem Haus in Bestwood –, dann öffnete ich die Datei mit den Aufzeichnungen des ersten GPS-Trackers, den ich selbst installiert hatte. Viele Routen stimmten überein und wiederholten sich, nur eine stach heraus: die Fahrt in den Peak District am zweiten Sonntag im Juni.

Ich holte eine Straßenkarte aus meinem Arbeitszimmer, setzte mich mit einer Tasse grünem Tee an den Küchentisch und begann mit der Vorbereitung meiner Reise am kommenden Sonntag. Ich wollte gerade alles zusammenpacken, als es an der Tür klingelte.

Ich öffnete und stand einem Mann und einer Frau gegenüber. Beide waren Ende zwanzig und trugen Anzüge. Der Mann streckte mir seinen Ausweis entgegen.

»Edward Collier?«

Mein erster Gedanke war – wie immer, seit wir Joshua verloren hatten –, dass etwas mit Abbie und Claire passiert war. Dass eine von den beiden einen Unfall gehabt hatte. »Ja?«

»Ich bin Detective Preston, und das ist Detective Basu. Wir würden gerne mit Ihnen über George Fitzgerald sprechen. Dürfen wir reinkommen?«

46

Ich servierte den beiden Detectives Tee.

DC Preston hatte kurz geschorene dunkle Haare und ein gerötetes Gesicht. Er wirkte beinahe zu freundlich, um als Polizist durchzugehen, und lächelte, seit ich ihm die Tür geöffnet hatte. Ich lächelte ebenfalls. Ich war erleichtert, dass es nicht um Abbie ging, blieb aber dennoch auf der Hut.

Preston setzte sich aufs Sofa, sein Tee stand unangerührt auf dem Beistelltisch. Seine Partnerin, DC Basu, nahm den Lehnstuhl.

»Ich hoffe, wir stören nicht«, meinte Preston und deutete auf meine Laufklamotten.

»Nein, das kann warten.«

»Ihr Haus gefällt mir. Viktorianisch, nicht wahr?«

»Edwardianisch. 1908, glaube ich.« Ich *glaubte* es nicht, ich *wusste* es, denn die Urkunden lagen in einer Mappe in meinem Arbeitszimmer, aber die beiden Detectives, die mir gegenüber in meinem Wohnzimmer saßen, machten mich unsicher und ließen mich an meinem Verstand zweifeln.

»Es gibt hier sicher gute Schulen, oder?«, fragte Preston und wartete meine Antwort gar nicht erst ab. »Ich und meine bessere Hälfte würden gerne in die Gegend ziehen, wenn wir es uns irgendwann leisten können. Aber jetzt zum Geschäftlichen …« Er holte einen Stift und ein Notizbuch aus seiner Tasche. »Sie kennen George Fitzgerald?«

»Ja.«

»Und Sie wissen, dass es in den letzten Tagen Bedenken bezüglich seines Wohlbefindens gab?« Er nippte an seinem Tee. »Das Verschwinden eines männlichen Erwachsenen hat normalerweise nicht oberste Priorität, aber es gibt einige Anhaltspunkte, die Georges Fall ans obere Ende unserer Liste gehoben haben. Untypisches Verhalten, keinerlei Kontobewegungen, keine Aktivitäten auf Social Media, völliger Rückzug aus dem Beruf und ein Handy, das seit dem Tag seines Verschwindens keinen Empfang hat. Sie wissen, dass sich seine Freunde und die Familie Sorgen machen?«

»Meine Tochter hat es erwähnt. Sie hat mir die Aufrufe in den Social Media gezeigt.«

Der Detective warf einen Blick in seine Notizen. »Ihre Tochter ist Abbie, nicht wahr? Mr Fitzgerald und sie waren in einer Beziehung?«

»Ja, vor einiger Zeit. Sie haben sich letztes Jahr getrennt.«

»Warum?«

»Wie meinen Sie das?« Die Frage brachte mich einen Moment lang aus dem Konzept. »Das müssen Sie wohl eher Abbie fragen.«

»Ich frage aber Sie, Mr Collier.« Das Lächeln verschwand. »Warum ist die Beziehung Ihrer Meinung nach gescheitert?«

»Abbie hat in Cardiff studiert. Die Entfernung war zu groß, also hat sie …«

»Ein enger Freund von Mr Fitzgerald behauptet, *Sie* seien der Grund für die Trennung gewesen«, unterbrach er mich.

»Ich? Nein, sicher nicht.«

»Es heißt, die Beziehung habe geendet, weil Sie Mr Fitzgerald bedroht haben. Sie hätten sogar angekündigt, ihn zu töten, falls er sich nicht von Ihrer Tochter trennt.«

»Nein, nein, das haben diese Leute falsch verstanden.«

Meine Wangen begannen zu glühen. »Er hat nach der Trennung begonnen, sie zu stalken, und ich musste ihn zurechtweisen. Ich habe nie gedroht, ihn umzubringen. Das ist verrückt.«

Preston musterte mich. »Sie haben ihn zurechtgewiesen …«

»Ich habe ihm gesagt, dass er aufhören soll, sie zu verfolgen und zu allen Tages- und Nachtzeiten vor der Tür zu stehen. Ich habe meine Tochter beschützt.«

Der Detective runzelte die Stirn. »War er jemals gewalttätig ihr gegenüber?«

»Nein.«

»Waren Sie gewalttätig gegenüber Mr Fitzgerald?«

»Nein.«

»Aber Sie haben ihn *zurechtgewiesen*, wie Sie es nennen. Und neulich gab es weitere Drohungen, als er Sie zu Hause besuchte.«

Ich dachte an die letzte Begegnung mit George. Er hatte mir den Brief für Abbie gegeben. »Das stimmt ebenfalls nicht. Wir sind im Guten auseinandergegangen.«

»Dann streiten Sie es also ab?«

»Auf jeden Fall.«

Schweigen senkte sich über den Raum, und beide Detectives machten sich Notizen. Ich sah von einem zum anderen und wischte mir die feuchten Hände an den Laufhosen ab. Schließlich legte Preston den Stift auf sein Notizbuch.

»Verzeihen Sie mir die doch recht zusammenhanglose Frage, aber haben Sie schon einmal von *Snapchat Spectacles* gehört?«

»Abbie war eine Zeit lang auf Snapchat«, meinte ich schulterzuckend. »Keine Ahnung, ob sie es immer noch nutzt.«

»Es gibt Sonnenbrillen mit eingebauter Kamera, um Videos

aufzuzeichnen und auf Social Media zu posten. Die Kamera ist so klein, dass man sie kaum sieht. Die Brillen sehen aus wie normale Sonnenbrillen. Mr Fitzgerald gefiel dieses Zubehör als angehender Filmemacher sehr. Ich möchte Ihnen etwas zeigen, das er kurz vor seinem Verschwinden auf seinem YouTube-Kanal veröffentlicht hat.«

Er holte sein Handy hervor. Zu Beginn des Videos stand George am Ende unserer Einfahrt. Dem Winkel nach befand sich die Kamera in Augenhöhe. Und ich hatte mich noch gewundert, warum er an einem bewölkten Tag eine Sonnenbrille trug. Preston startete den Film.

Ich sah mich selbst mit verschränkten Armen und wütendem Gesicht.

»Du kannst mich nicht davon abhalten!«, schrie George.

Ich hörte meine eigene Stimme. Es war ein warnendes Knurren.

»Auf meinem Grundstück kann ich das.«

Die Kamera versuchte, sich an mir vorbeizudrängeln, und ich sah, wie ich die Hand ausstreckte und George zurück auf den Bürgersteig schubste. Ein leises »Uff« war zu hören. Das Bild wackelte und beruhigte sich erst, als George das Gleichgewicht wiedergefunden hatte.

Seine Stimme klang wutentbrannt. *»Das war ein tätlicher Angriff.«*

»Wohl kaum.«

»Du hast mich angegriffen.«

»Nein.«

»Es war ein tätlicher Angriff. Du hast die Hände auf meine Brust gelegt und absichtlich widerrechtliche Gewalt angewandt. Ich habe ein Jahr Jura studiert, und mein Vater ist Kronanwalt, wie du weißt. Dafür bekommst du sechs Monate.«

Ich erinnerte mich plötzlich, was ich als Nächstes gesagt

hatte. Ich war frustriert gewesen und unendlich genervt, weil George nicht verstehen wollte, dass er bei uns unerwünscht war. Ich machte mich bereit, für das, was gleich kommen würde, und mir wurde klar, dass meine Worte der wahre Grund waren, warum die Polizei hier war.

»Ich habe dich nicht angegriffen«, knurrte ich. *»Aber das werde ich, wenn du Abbie nicht in Ruhe lässt.«*

»Ist das eine Drohung? Bedrohst du mich etwa?«

»Weißt du was?«, meinte ich. *»Geh einfach. Du machst dich hier gerade zum Affen.«*

»Du hast gedroht, mich zusammenzuschlagen.« George blieb ungerührt stehen. *»Ich bleibe hier, bis du mich mit Abbie reden lässt. Ich könnte dich anzeigen für das, was du vorhin getan hast.«*

Der Detective hielt das Video an und sprang ein paar Sekunden zurück.

»Ich habe dich nicht angegriffen. Aber das werde ich, wenn du Abbie nicht in Ruhe lässt.«

Preston stoppte erneut, und auf dem Bildschirm war mein zornerfülltes Gesicht zu sehen.

»Erinnern Sie sich an dieses Gespräch?«

»Ja.«

»Ich nehme an, Sie wussten nicht, dass er es aufgezeichnet hat?«

»Warum um alles in der Welt macht man so etwas?«

»Vielleicht war er besorgt, weil er von Ihrem Hang zur Gewalttätigkeit wusste?«

»Ich habe keinen Hang zur …«

»Eine Sorge, die aufgrund dieses Videos berechtigt erscheint.« Er deutete auf mein wütendes Gesicht auf dem Handy. »Wann haben Sie Mr Fitzgerald nach diesem Vorfall das nächste Mal gesehen?«

Ich räusperte mich. »Er war danach noch einmal hier.«

»Und Sie sind im Guten auseinandergegangen?«

»Ja.« Mein Kopf pochte.

»Obwohl Sie gedroht haben, ihn anzugreifen?«

»Ich habe mich entschuldigt und mich bereit erklärt, meiner Tochter einen Brief zu übergeben, den er für sie geschrieben hatte. Er meinte, er wollte wieder Kontakt zu ihr.«

»Auf dem Video ist keine Entschuldigung zu sehen.«

»Natürlich nicht, er gab mir den Brief ja ein paar Tage später. Wahrscheinlich hat er die Kamera da nicht mitlaufen lassen.«

»Okay.«

Ich dachte an das letzte Treffen zurück und überlegte, was George sonst noch weggelassen haben könnte. Wir hatten uns wirklich im Guten verabschiedet. Ich hatte versprochen, Abbie den Brief zu geben, und George von dem Wohltätigkeitslauf erzählt. Ich hatte …

Ich hatte versucht, George wieder ins Spiel zu bringen, um Ryan zu provozieren.

»Sie sollten auch mit Ryan sprechen«, sagte ich bemüht ruhig. »Das ist mein Schwiegersohn.«

»Wir haben heute Morgen bereits mit Mr Wilson geredet. Er war sehr hilfsbereit. Fällt Ihnen noch jemand ein, der wissen könnte, wo Mr Fitzgerald sich aufhält?«

Ich tat, als müsste ich einen Moment nachdenken, dann schüttelte ich den Kopf. »Nein.«

Preston steckte Handy, Stift und Notizbuch zurück in seine Tasche, dann hielt er kurz inne und sah mich mit harten, kalten Augen an. »Wissen Sie, wo Mr Fitzgerald ist, Ed?«

»Nein.«

»Wissen Sie, ob ihm etwas zugestoßen ist?«

»Nein, keine Ahnung.«

»Wissen Sie, Ed, das Problem ist, dass dieses Video weniger als eine Woche vor seinem Verschwinden entstand.« Preston erhob sich. »Es ist ein wasserdichter Beweis dafür, dass Sie ihm gedroht haben, und meiner Erfahrung nach eskalieren solche Dinge manchmal sehr schnell und geraten außer Kontrolle. Ein überfürsorglicher Vater, ein Ex-Freund, der kein Nein akzeptiert, der Stress einer bevorstehenden Hochzeit. Manchmal geschehen Dinge, ohne dass sie beabsichtigt waren. Vor allem, wenn man sein eigenes Fleisch und Blut beschützen möchte. Sie verstehen also mein Problem, nehme ich an?«

»Ja«, sagte ich leise. »Ich schätze, das tue ich.«

47

Ich ging in den Keller und suchte im Werkzeugregal nach meiner Brechstange. Ich war lieber vorbereitet und hatte im Fall des Falles etwas dabei, das schwer genug war, um ein wenig Schaden anzurichten. Nicht, dass ich die Brechstange benutzen würde. Aber sie würde zur Abschreckung und als Drohung gute Dienste erweisen.

Doch die Brechstange war nicht im Regal. Hatte ich sie Jason geliehen? Ich öffnete stattdessen den Werkzeugkasten und holte einen Hammer heraus. Er war nicht so schwer, aber leichter zu transportieren. Ich schloss die Werkzeugkiste und nahm ihn mit in die Küche.

Ich legte den Hammer neben meinen Listen, den Landkarten, dem iPad, dem Rucksack und der Wanderjacke auf den Küchentisch. Ich hatte den ganzen Samstag mit Vorbereitungen verbracht. Nun musste ich nur noch sichergehen, dass Ryan Abbie nicht eingeladen hatte, ihn dieses Mal zu begleiten. Ich rief sie an, doch es ging nur die Mailbox ran. Ich war mir sicher, dass sie zu Hause war, aber offenbar wollte sie nicht mit mir sprechen. Ich hatte sie auch nach dem Besuch der beiden Detectives angerufen, weil ich wusste, dass sie sich Sorgen um George machte, aber auch da hatte sie meinen Anruf ignoriert. Ich hinterließ ihr eine Nachricht und bat um Rückruf, und nachdem sie sich nach fünfzehn Minuten nicht gemeldet hatte, schrieb ich ihr eine Nachricht.

Hi, Abs. Hoffe, es geht dir gut. Hast du am Sonntag Zeit zum Quatschen? x

Ich legte gerade den Rest meiner Ausrüstung auf dem Küchentisch aus, als sie antwortete.

Ich habe zu tun, tut mir leid. x

Ich versuchte, meine Antwort so beiläufig wie möglich zu formulieren.

Okay. Bist du mit Ryan unterwegs? x

Nein, ich muss etwas für die Schule vorbereiten. x

Dann fährst du nicht mit ihm nach Manchester? x

Auf die letzte Frage bekam ich keine Antwort mehr.

Aber zumindest hatte sie mir bestätigt, dass Ryan alleine unterwegs sein würde.

Ich setzte mich vor den Computer und suchte nach weiteren Informationen über Edale. Es schien bei Wanderern sehr beliebt zu sein. Der Mam Tor und der Kinder Scout lagen ganz in der Nähe, und das Moorland erstreckte sich kilometerweit. Das Gebiet wurde Dark Peak genannt, und es handelte sich um einen höher gelegenen, wilderen Teil des Peak District. *Aufgrund unvorhersehbarer Wetterumschwünge kann das Hochmoor für unvorbereitete Wanderer gefährlich werden.* Ich überlegte, aber ich konnte mich nicht erinnern, jemals in dieser Gegend gewesen zu sein.

Ich holte mein Fernglas aus dem obersten Fach des Kleiderschranks, befreite es vom Staub und steckte es in meinen Rucksack. Ich hatte keine richtige Kamera, aber mein Handy hatte einen Zwölffachzoom und machte auch in einiger Entfernung gute Bilder, solange es ausreichend Licht gab.

Als Nächstes zog ich meine Wanderschuhe aus dem hintersten Teil des Schrankes und legte meine Klamotten zurecht: Eine Cargohose mit zahlreichen Taschen, ein T-Shirt und zwei Oberteile, die ich ausziehen konnte, wenn es warm wurde, dazu eine grüne wasserfeste Jacke, eine Sonnenbrille und eine schwarze Baseballkappe, um nicht gleich erkannt zu werden. Ich stellte sicher, dass mein Handyakku vollständig geladen war, dann bereitete ich eine Nachricht an Claire vor, die ich am Morgen abschicken würde.

> Ich fahre in den Norden nach Derbyshire. Bin am Abend zurück. x

Da ich kein passionierter Wanderer war, würde sie fragen, was ich vorhatte, und was würde ich antworten?

> Keine Sorge, ich verfolge bloß unseren Schwiegersohn auf einer einsamen Wanderung. Ha-ha. X

Wohl kaum.

Ich löschte die Nachricht und dachte an ihre wütende Stimme, als wir das letzte Mal telefoniert hatten. Vielleicht war es besser, wenn sie erst erfuhr, was ich getan hatte, wenn ich ihr Beweise liefern konnte.

Trotzdem brauchte ich eine Versicherung. Der Hammer würde sich im Notfall sicher als nützlich erweisen, aber er war zu sperrig, um ihn stets in Griffweite zu haben. Mein Blick fiel auf das Messer, das von unserer Pinnwand hing. Abbie hatte es mir vor einigen Jahren während eines gemeinsamen Urlaubs in Amerika geschenkt. Die Klinge war etwa zehn Zentimeter lang, und auf dem Griff stand *#1 Dad*.

Die Klinge war scharf, aber nicht scharf genug. Ich googelte, was es übers Messerschleifen zu wissen gab. Offenbar konnte man alles so scharf wie eine Rasiermesserklinge schleifen, wenn man sich genug Zeit nahm.

Ich ging in die Küche, holte den Messerschleifer hervor und begann mit der Arbeit. Als ich fertig war, reichte kaum merklicher Druck, und ein perfekter runder Blutstropfen bildete sich auf meinem Daumen. Ich nahm ihn in den Mund und schmeckte Eisen und Salz.

Die Vorstellung, das Messer absichtlich gegen einen anderen Menschen einzusetzen, schien abstrakt und reichlich absurd, und so etwas wäre mir sonst nie in den Sinn gekommen. Es war verrückt.

Ich säuberte das Messer und steckte es zurück in den Schaft.

Aber was, wenn ich die Wahl hatte, Abbie zu retten oder jemandem wehzutun? Was, wenn es um Leben und Tod meines einzigen Kindes ging? Hätte ich vor all den Jahren mein Leben für meinen Sohn geopfert?

Natürlich hätte ich das. Ohne zu zögern.

George Fitzgerald war verschwunden. Ich erschauderte bei dem Gedanken daran, wozu Ryan vielleicht fähig war. Er war ein Lügner und Betrüger. Was, wenn er auch ein Mörder war? Was, wenn Abbie sein nächstes Opfer sein würde? Die Frage war, ob ich bereit war, Blut zu vergießen und meine Freiheit aufzugeben, um meine Tochter zu beschützen.

Ich wusste lediglich, dass ich ihr Vater war und niemals untätig danebenstehen würde. Das würde ich mir nie verzeihen.

Ich hatte vor Jahren bereits einmal versagt. Ich würde es nicht noch einmal tun. Ich würde alles tun, um sie zu beschützen.

Alles.

48

Von hier oben konnte man beinahe die ganze Stadt sehen.

Die Burgruine auf ihrem steilen Felsvorsprung, die cremeweiße Kuppel des Council House, die gerade noch zwischen den umstehenden Gebäuden des Market Square hervorblitzte, das Cricketstadion an der Trent Bridge mit seinen riesigen Flutlichtstrahlern und die beiden Fußballstadien ganz in seiner Nähe.

Der Sommer präsentierte sich in seiner ganzen Pracht. Es war kaum ein Wölkchen am blauen Himmel, die Morgenluft war sauber und kühl, und der Duft von frisch geschnittenem Gras lag in der Luft über dem Wilford Hill. Ich kam gerne frühmorgens hierher, wenn ich den ganzen Hügel für mich alleine hatte. Manchmal sprach ich leise, manchmal saß ich im Gras, hörte den Vögeln zu und betrachtete die Grabsteine, die sich den Hügel hinauf bis zur Kapelle und dem Krematorium erstreckten.

Ich liebte diesen Ort.

Und ich hasste ihn.

In den ersten Jahren waren Claire und ich gemeinsam gekommen, und wir hatten auch Abbie ein paarmal mitgenommen, doch im Laufe der Zeit wurden die Besuche immer weniger, und ich wollte nicht immer derjenige sein, der den Vorschlag machte. Also kam ich allein. Ich bezeichnete mich nicht als Christ, und ich glaubte auch nicht mehr an Gott oder eine höhere Macht, die mit so sinnloser Grausamkeit herrschte. Als Junge hatte ich im Kirchenchor bei Hochzeiten, Beerdigungen als auch zur Sonntagsmesse gesungen und mir manchmal vorgestellt, ich würde die Stimme Gottes im leeren Kirchenschiff und zwischen den Holzbalken hören.

Mittlerweile hatte ich Gott schon lange nicht mehr gehört, aber ich kannte alle, die hier lagen.

Da war der Grabstein in einem roten Fußballshirt von Nottingham Forest. Es wurde jedes Jahr zum Beginn der Saison durch das neueste Exemplar ersetzt und trug immer die Nummer 4 auf dem Rücken. Da war das polnische Paar, das der Tod vierzig Jahre lang getrennt hatte und auf dessen Grabstein ein verblichenes Schwarz-Weiß-Foto von ihrem Hochzeitstag hing. Da war eine Reihe schlichter Steine, die etwas entfernt an die Opfer des Luftangriffs 1941 erinnerten. Das Grab einer Mutter, eines Vaters und ihrer drei Kinder, die nebeneinander begraben waren. Die Steine von Moos überzogen. Eine weitere vergessene Tragödie.

Ich hingegen wollte nie vergessen. Wollte nicht, dass sich die Wunde jemals schloss. Denn Vergessen bedeutete, dass man etwas für immer verlor. Ich wollte niemals vergessen, wie zerbrechlich alles war – das Leben, das Glück, die Familie. So zerbrechlich, dass innerhalb kurzer Zeit nur noch Scherben übrig waren. Ich durfte es nicht vergessen, musste sichergehen, dass ich nie wieder so selbstgefällig sein würde.

Ich konnte nicht mehr mit Claire darüber sprechen, und deshalb musste ich mit Rebecca reden.

Ich musste ihr immer wieder erzählen, wie ich darauf bestanden hatte, dass Joshua mit drei Jahren in den Kindergarten kam. Claire war sich nicht sicher gewesen, aber ich hatte eine Kita ausfindig gemacht, sie auf Herz und Nieren geprüft und ihr mein Vertrauen geschenkt. Ich hatte Claire versichert, dass es das Beste wäre. Für Joshuas Entwicklung und Sozialisation und für uns – für Claires Karriere und auch für meine. Es dauerte Monate, aber am Ende hatte ich sie überzeugt. Ich hatte sie überredet.

Rebecca hatte die Geschichte inzwischen unzählige Male gehört, aber natürlich erlaubte sie mir, sie immer wieder zu erzählen.

»Als ich ihn zum ersten Mal in die Kita brachte, hatte ich plötzlich ein Gefühl, das ich bis dahin nicht gehabt hatte. Es war ein chaotischer Montagmorgen, und ich merkte – ich spürte in meinem Inneren –, dass die Betreuerinnen nicht richtig bei der Sache waren. Sie waren nicht aufmerksam genug, was die Kinder betraf. Einige hatten ein Handy in der Hand, andere unterhielten sich. Ein Gartentor stand offen. Ich hatte ein ungutes Gefühl, und ich wäre beinahe umgedreht und hätte Joshua wieder mit nach Hause genommen. Aber ich redete mir ein, dass ich albern, paranoid und gluckenhaft reagierte. Also ließ ich ihn dort und brachte ihn an jedem einzelnen darauffolgenden Tag wieder zu ihnen …«

Ich hatte mein Bauchgefühl ignoriert.

Ein paar Wochen später machte die Kindergarten-Gruppe an einem sonnigen Sommertag einen Ausflug in den Park, um zu spielen und Eis zu essen. Die Betreuerinnen wurden von einer Hochzeitsgesellschaft abgelenkt, die in der nahe gelegenen Bridgford Hall eintraf, und in diesen wenigen, bedeutsamen Momenten machte sich Joshua alleine auf den Weg zur Bibliothek am Rande des Parks. Die Polizei sprach von einem Unfall mit Todesfolge, und der Gerichtsmediziner stellte fest, dass mein Sohn bereits zwei Minuten nach seinem Verschwinden auf die stark befahrene Central Avenue gerannt war.

Zwei Minuten.

Eine Krähe landete auf einem nahe gelegenen Grabstein. Ihre ölschwarzen Federn glänzten in der Morgensonne, und sie musterte mich mit ihren scharfen schwarzen Augen. Ich starrte sie einen Moment lang an, dann legte ich meinen Rucksack ins Gras und setzte mich darauf.

Ich wusste früher nie, was ich mitbringen sollte, aber ich hatte mich vor ein paar Jahren entschieden, dass Blumen dem Ort ein wenig Farbe verleihen würden, und so kaufte ich jedes Mal ein paar leuchtend rote und gelbe Blumen. *Gelb und rot.* Die Farben einer Schmusedecke, eines Lieblingsautos, des liebsten Vorlesebuches. Ich legte die Blumen vor den vernarbten Marmorstein und las die Inschrift erneut, obwohl sich die Worte in mein Herz gebrannt hatten und bis zu meinem Tod nicht mehr verschwinden würden.

JOSHUA LUKE COLLIER
12. JULI 1999 – 4. SEPTEMBER 2002
GELIEBTER SOHN VON CLAIRE UND ED,
KLEINER BRUDER VON ABBIE
SCHLAF SCHÖN, DU WUNDERBARER JUNGE

Ich legte eine Hand auf den Grabstein, der sich kalt und hart unter meinen Fingern anfühlte.

»Alles Gute zum Geburtstag, mein Sohn.«

49

Ich fuhr nach Westen durch die Vororte der Stadt, an der Universität vorbei und auf die Schnellstraße. Der Verkehr geriet vor dem Kreisverkehr zur Auffahrt auf die M1 ins Stocken, und ich warf einen Blick auf die Tracking-App. Ryans Auto befand sich noch in Beeston, er war also noch nicht losgefahren. Gut. Ich fuhr eine halbe Stunde auf der M1 Richtung Norden, bevor ich nach Westen auf eine Bundesstraße bog. Schafe grasten auf den sanften Hügeln, und die tiefgrünen Täler waren von Steinmauern durchzogen.

Edale war winzig, ein zerstreutes Dorf, das sich um zwei Pubs, ein Café und den Bahnhof in der Mitte gebildet hatte. Die Verbindung zwischen Sheffield und Manchester führte direkt durch Edale, trotzdem hielt jede Stunde bloß ein Zug, der größtenteils Scharen von Wanderern ins Dorf spülte. Ich warf einen neuerlichen Blick auf den GPS-Tracker. Ryan war mittlerweile unterwegs, fuhr allerdings nicht auf der M 1, sondern benutzte schmälere Straßen, die ihn quer durch Derbyshire führten. Er war etwa eine halbe Stunde hinter mir.

Joel Farmer hatte mich zwar mit der Recherche im Stich gelassen – es gab immer noch keinen Bericht, bloß die saftige Rechnung –, aber das GPS-Tracking funktionierte wenigstens.

Ich parkte auf dem für Wanderer angelegten Parkplatz in einer Ecke neben einem Range Rover, wo mein Auto kaum auffiel. Hinter mir verlief die Bahnstrecke, rechts standen ein paar Bäume. Auf der gegenüberliegenden Seite befanden sich der Gemeindesaal und die öffentlichen Toiletten. Es war bewölkt, aber trocken, und es war kein Regen vorhergesagt. Das war gut, denn so waren mehr Wanderer unterwegs, unter die ich mich mischen konnte.

Ich rutschte auf den Beifahrersitz, sank, so tief es ging, nach unten und sah einer Frau zu, die gerade angekommen war. Sie öffnete den Kofferraum und schlüpfte in ihre Wanderschuhe. Ich nahm mein Fernglas. Sie war Ende zwanzig, hatte dunkle Haare und war bestens ausgerüstet für einen Querfeldeinlauf. Es kam mir seltsam vor, dass sie alleine unterwegs war. Meistens sah man Wanderer zu zweit oder dritt. *Bist du diejenige?*, dachte ich. *Bist du die Frau, mit der er sich trifft?*

Ich holte mein Handy heraus, zoomte die Frau näher heran und schoss einige Fotos. Sie war zweifellos attraktiv, ähnelte aber nicht der Danielle White von den Fotos. Ich beobachtete, wie sie sich dehnte, noch einen Schluck Wasser trank und dann in gemütlichem Tempo davonjoggte.

Hinter mir ratterte der Zug in Richtung Manchester vorbei.

Ich öffnete erneut das GPS-Tracking-Portal und sah, wie sich der Punkt immer weiter meinem Standpunkt näherte. Ich fühlte mich wie eine Spinne in ihrem Netz, die eine ahnungslose Fliege beobachtete.

Ryan kam direkt auf mich zu.

50

Ryan erreichte Edale kurz nach zwölf, parkte und streckte sich, nachdem er aus dem Auto gestiegen war. Er setzte sich auf die Stoßstange seines Wagens, um die Turnschuhe gegen schwere Wanderstiefel zu tauschen, schlüpfte in eine orangefarbene Jacke und schwang sich den geräumigen Rucksack auf den Rücken. Ich beobachtete durch das Fernglas, wie er sein Handy herausholte, es lächelnd betrachtete und ein paar Sekunden darauf herumtippte, bevor er es wieder einsteckte.

Na, ist deine Freundin auch schon auf dem Weg, Ryan?

Ich hatte vor, den beiden zu folgen und Fotos zu schießen, bevor ich ihn damit konfrontierte. *Hi, Ryan. Wer ist das?* Ich würde ihm keine Gelegenheit geben, sich eine Ausrede zu überlegen. Die orangefarbene Jacke war gut; solange er sie trug, würde ich ihn wenigstens nicht verlieren.

Ich selbst trug eine nichtssagende marineblaue Jacke, in der mich Ryan noch nie gesehen hatte. Dazu Cargohose, Wanderschuhe und einen grünen Rucksack. Ein gewöhnlicher Wanderer.

Ich folgte Ryan mit einigem Abstand und achtete darauf, dass sich andere Wanderer zwischen uns befanden, als er sich auf den Weg hinauf in das offene Moorland begab.

Ich warf einen Blick auf mein Handy, doch ich hatte keinen Empfang. Dann überprüfte ich noch einmal meine Ausrüstung, die ich griffbereit hatte. Die Landkarte, die Powerbank, die Energieriegel, das Wasser.

Das Messer.

Ich fühlte mich beschwingt, beinahe berauscht. Zum ersten Mal war ich Ryan einen Schritt voraus und reagierte nicht nur wie in den letzten Monaten.

Wir kamen an einem alten weißen Cottage, einem winzigen überwucherten Friedhof mit uralten Grabsteinen und der kleinen Gemeindekirche vorbei, bevor es langsam bergauf ging.

Ich ließ Ryan nicht aus den Augen, während wir die Häuser hinter uns ließen und durch eine Wiese voller Butterblumen wanderten. Es ging stetig bergauf, in Richtung der tief hängenden Wolken über dem dunklen Sandstein vor uns. Ryan drehte sich nur ein einziges Mal um, doch er schien eher über das Tal hinwegzusehen und den Ausblick zu genießen.

Ich trat hinter einen Weißdornbusch, senkte den Kopf, sodass mein Gesicht von der Baseballkappe verdeckt wurde, und holte meine Flasche hervor, als ob ich auch eine Pause machen und etwas trinken wollte. Ich zählte bis hundert, bevor ich den Kopf hob, überprüfte noch einmal meine Hosentaschen – Handy auf der linken, Messer auf der rechten Seite – und setzte mich wieder in Bewegung.

Vor mir rührte sich etwas. Eine Gestalt rannte bergab auf Ryan zu.

Eine Frau.

Sie wurde langsamer, als sie Ryan erreicht hatte.

Hab dich.

Ich holte mein Handy hervor. Ich hatte immer noch keinen Empfang, aber ich wollte auch nicht telefonieren, sondern ein Foto machen. Doch anstatt stehen zu bleiben und Ryan zu begrüßen, machte die Frau einen Schritt an ihm vorbei und legte wieder an Tempo zu. Sie kam näher, und ich sah, dass sie in den Vierzigern und somit mindestens zehn Jahre älter als Dani White war. Sie war bloß eine weitere Querfeldeinläuferin, die im Moor unterwegs war.

Ich nickte ihr zu, als sie vorbeilief, und sie erwiderte den Gruß lächelnd.

Ich wanderte weiter und erreichte zehn Minuten später den höchsten Punkt des Hügels. Vor mir erstreckte sich das Hochmoor. Im Tal hinter mir hatte es noch vereinzelte Hinweise auf Zivilisation gegeben, ein paar Häuser, Steinmauern, Schafe, aber hier herrschte vollkommene Einsamkeit. Wilde, unbewirtschaftete Landschaft und dunkelgrüne Hügel, so weit das Auge reichte. Keine Anzeichen, dass sich in den letzten hundert, tausend oder vielleicht sogar zehntausend Jahren etwas verändert hatte.

Die Aussicht war spektakulär.

Doch Ryan war verschwunden.

51

Ich war Ryan beinahe eine Stunde lang über den steinigen Weg ins Hochmoor gefolgt. Der Himmel war immer noch wolkenverhangen, aber die Sonne versuchte bereits, sich einen Weg durch die Wolken zu bahnen.

Von Ryan fehlte jede Spur.

Wie konnte er einfach so verschwinden? Man konnte hier nirgendwo hin, es gab weder Bäume noch sonstige Verstecke.

Ich warf einen Blick auf meine Karte und erkannte, dass ich trotz sorgfältiger Planung den Kompass vergessen hatte. Also eine Wander-App. Ich wollte gerade nach dem Handy greifen, als mir einfiel, dass es hier keinen Empfang gab und ich nichts downloaden konnte.

Also wandte ich mich wieder der Karte zu und folgte meiner bisherigen Route mit dem Finger. Das Tal befand sich hinter mir im Süden, der Weg wand sich in Richtung Nordwesten zu ein paar höheren Gipfeln. Links von mir sah ich winzige Gestalten auf dem Kinder Scout, dem höchsten Gipfel der Umgebung. Ryan trug eine orangefarbene Jacke – eigentlich sollte er nicht zu übersehen sein. Ich setzte mich auf einen Stein und wartete darauf, dass er wiederauftauchte.

Es war wunderschön hier. Schroff und düster und atemberaubend schön. In ganz Nottinghamshire gab es nichts Vergleichbares. Nichts, was der schieren Größe und Weite des Dark Peak nahekam.

Ich hörte Schritte hinter mir.

»Hey, Ed. Ich dachte mir schon, dass du es bist«, sagte eine vertraute Stimme. »Was machst du hier oben?«

Ich wirbelte herum. »Ryan!« Mein Herz klopfte bis zum Hals. »Mein Gott, wo kommst du denn her?«

Er trat erschrocken einen Schritt zurück. Er hatte die orangefarbene Jacke ausgezogen und an seinem Rucksack befestigt.

Er war allein. Von Danielle White fehlte jede Spur.

Verdammt.

Meine Tarnung war aufgeflogen, und ich konnte mich nicht mehr unbemerkt an die beiden heranschleichen. Meine Hand wanderte instinktiv zu meiner Hosentasche und dem Messer darin.

»Tut mir leid, Ed.« Ryan hob beschwichtigend die Hände. »Ich wollte dich nicht erschrecken. Ich dachte schon vorhin, ich hätte dich gesehen, aber ich hielt es für Einbildung.«

Mein Herzschlag beruhigte sich ein wenig. »Schon gut. Es kam nur etwas überraschend.«

»Das kann man wohl sagen. Ist Claire denn nicht bei dir?«

»Claire ist noch in Irland«, antwortete ich. »Und ehrlich gesagt, wundert es mich, dass du heute hier bist, Ryan.«

»Inwiefern?«

»Na ja.« Ich runzelte die Stirn und versuchte, nicht rot zu werden, weil ich so gut über seine Gewohnheiten Bescheid wusste. »Abbie meinte, dass du jeden zweiten Sonntag im Monat nach Manchester fährst und Blumen auf das Grab deiner Mum legst. Ich dachte, du wärst heute dort.«

Ryan nickte und lächelte betrübt. »Manchmal ertrage ich es einfach nicht, auf den Friedhof zu gehen, wo Mum …« Er räusperte sich, und seine Wangen wurden rot. »Manchmal habe ich schon die halbe Strecke hinter mir, aber plötzlich wird mir alles zu viel. All die Erinnerungen. Also komme ich stattdessen hierher, um ein wenig für mich zu sein. Es ist so wunderschön, und es hilft mir, einen klaren Kopf zu bekommen.«

Ich musterte ihn und nickte verständnisvoll. Es war mir unangenehm, und ich war nicht darauf vorbereitet. Ich war davon ausgegangen, ihn und Danielle White im Moor auf frischer Tat zu ertappen und Fotos zu schießen, um sie danach damit zu konfrontieren. Aber so etwas hatte ich nicht erwartet.

Ich nahm die Hand vom Messer. »Es ist ein spektakulärer Ort, nicht wahr? Ich liebe die frische Luft.«

Ryan warf einen Blick auf die Uhr und richtete ihn dann in den Himmel. »Weißt du was, ich kenne da einen tollen Aussichtspunkt.« Er deutete in Richtung Norden, wo ein schmalerer Weg tiefer ins Ginstergebüsch führte. »Es war Mums Lieblingsplatz. Die beste Aussicht im Dark Peak. Willst du hin? Wir hätten noch genug Zeit.«

Ich sah mich um und versuchte, die Situation einzuschätzen. Es waren einige Wanderer unterwegs, es war helllichter Tag, ich war bewaffnet, und ich konnte hinter Ryan gehen und ihn somit im Auge behalten. Und falls Danielle White hier war, kam sie vielleicht trotzdem – selbst wenn Ryan sie vorgewarnt hatte.

»Warum nicht?«, meinte ich schließlich.

Ryan holte eine Tafel Kendal Mint Cake heraus, eine nach Minze schmeckende Energiebombe, die vor allem bei Wanderern beliebt war, und steckte sich ein Stück in den Mund. »Das habe ich mir immer mit Mum geteilt, wenn wir unterwegs waren«, sagte er und streckte mir den weißen Riegel entgegen. »Es erinnert mich immer noch an sie. Und es gibt dir neuen Schwung.«

Ich nickte dankend und brach mir ein Stück ab. Es bestand hauptsächlich aus Zucker, war zäh und hart, und der scharfe Pfefferminzgeschmack brannte auf der Zunge. Wir machten uns auf den Weg durch die hüfthohen Ginsterbüsche und bewegten uns kontinuierlich auf den höchsten Punkt vor uns zu. Der Weg war so schmal, dass wir hintereinandergingen und Ryan sich ab und zu umdrehte, um nach mir zu sehen. Meine Oberschenkel und die Waden brannten, aber ich weigerte mich, langsamer zu werden oder eine Pause einzulegen. Ich würde so lange weitergehen, solange Ryan vor mir war. Ich würde ihm beweisen, dass ich mit ihm mithalten konnte.

»Ich bin froh, dass wir endlich einmal die Gelegenheit haben, miteinander zu reden«, meinte er gerade. »Nur wir beide. Ich weiß, wir hatten nicht gerade den besten Start, aber ich wollte dir schon lange einmal sagen, wie schön es für mich ist, nun ein Teil der Familie zu sein.« Er machte eine Pause. »Ich weiß, dass einige von Abbies Ex-Freunden …«

»… Idioten waren«, beendete ich den Satz für ihn.

Ryan lächelte. »Ja. Idioten. Und ich wollte zu Protokoll geben, dass ich nicht so bin. Ich verstehe, warum du Abbie um jeden Preis beschützen willst, und ich wäre an deiner Stelle genauso. Sie ist die wundervollste Frau der Welt, und ich will sie einfach nur glücklich machen.«

»Freut mich zu hören, Ryan.«

»Das hier ist einer meiner absoluten Lieblingsplätze. Ich würde so gerne einmal mit Abbie herkommen.«

»Sie mag Wandern nicht besonders.«

»Wenn ich sie zum Laufen bringen kann«, meinte Ryan grinsend, »sollte Wandern doch kein Problem sein.«

»Stimmt.«

Er dachte einen Moment lang nach. »Daniel Defoe nannte

Dark Peak ›das einsamste, wildeste und verlassenste County Englands‹. Und ich denke, ich muss ihm zustimmen.«

Ich sah ihn überrascht an. »Ich hätte nicht gedacht, dass du ein Literaturfan bist.«

Ryan sah lächelnd auf das weite Grün hinaus, das sich vor uns erstreckte, und rezitierte aus dem Gedächtnis:

»Allein, weit durch die Wildnisse und Gebirge jage ich,
Wandernd, überrascht über meine eigene Behändigkeit
und Fröhlichkeit,
Am späten Nachmittag eine sichere Stelle aufsuchend,
um die Nacht zuzubringen,
Zünde ich ein Feuer an und schlafe auf den zusammen-
geschichteten Blättern ein.«

»Walt Whitman.« Ich lächelte. »Das ist eines meiner absoluten Lieblingsgedichte.«

Ryan nickte. »Du hast einen ausgezeichneten Geschmack.«

Er überwand den letzten Anstieg und stand kurz darauf auf einer kleinen Ebene auf einem der vielen kleineren Hügel in diesem Teil des Moors. »Also, da wären wir.« Ryan breitete die Arme aus. »Mums Lieblingsplatz.«

Ich trat schwer atmend neben ihn und sah mich um. Um uns erstreckten sich meilenweit dunkelgrüne Heide und Ginsterbüsche, dazwischen stach schwarzer Sandstein aus der Erde. Im Westen zog ein Bussard seine Kreise.

»Die Aussicht ist wirklich unglaublich.«

Ryan nahm den Rucksack ab und lehnte ihn an einen Stein. »Mum hat es hier geliebt. Wir hatten ein Picknick dabei, und wir haben den ganzen Tag hier verbracht, haben Verstecken gespielt und Unterschlupfe gebaut. Kein Handyempfang. Niemand, der einen stört. Nur das Moor, die Heide und der Wind.

Dieser Ort erinnert mich an sie. Ich habe immer das Gefühl, dass sie mit mir hier ist.«

Er wandte sich ab, und ich sah gerade noch die Träne, die über seine Wange lief.

Es war ein unangenehmer Moment, und ich trat unbewusst einen Schritt zurück und ließ den Blick in die Ferne schweifen. Ich wusste nicht, ob ich etwas sagen oder lieber schweigen sollte. Am Ende schwieg ich.

»Es tut mir leid«, sagte Ryan schließlich mit belegter Stimme. »Mein Gott, was ist bloß los mit mir?«

»Schon gut.« Ich räusperte mich. »Das ist vollkommen verständlich.«

»Ich bin normalerweise nicht so, aber manchmal überkommt es mich.«

Ich griff in meine Tasche und reichte Ryan ein Taschentuch. Er nahm es mit einem dankbaren Nicken und wischte sich hastig die Augen trocken.

»Danke.« Er stieß ein betretenes Lachen aus. »Es tut mir leid.«

Ich legte eine Hand auf seine Schulter und drückte sie. »Du musst dich nicht entschuldigen, Ryan.«

Die Wolken rissen auf, und zum ersten Mal wurden wir in strahlenden Sonnenschein getaucht. Ich sah weiter aufs Moor hinaus, während Ryan sich wieder unter Kontrolle brachte, und ich hatte plötzlich das Gefühl, als würde sich ein Vorhang öffnen und Licht ins Dunkel lassen. Als hätte ich endlich die Erlaubnis enthalten, die schwere Last abzulegen, die ich mit mir herumschleppte. Ich hatte meinen Argwohn so lange gehegt und gepflegt wie eine zarte Pflanze, dass die plötzliche Verbindung zu dem Mann neben mir ein Schock war.

Männer wie Ryan und ich weinten nicht vor anderen Männern. Nicht, wenn es sich vermeiden ließ.

Ryan tat mir leid, weil ihn die Emotion derart überrumpelt hatte. Ich atmete tief ein, und meine Lunge füllte sich mit der kalten, reinen Moorluft. Meine Kopfschmerzen, die mich die letzten Wochen jeden Tag heimgesucht hatten, waren verschwunden. Ich fühlte mich erfrischt, wie neu geboren. Als hätte dieser unbekannte Ort die Wolke vertrieben, die so lange über mir geschwebt war.

Und alles war plötzlich sonnenklar.

52

Ryan war ein ganz normaler Kerl.

Er hatte seine Fehler, war vielleicht überemotional und klammerte sich ganz offensichtlich an seine geheime Trauer. Aber das kannte ich nur zu gut.

Ich sah die Angst in seinem Gesicht vor mir, als er mir mit dem gelben Regenschirm in der Hand in seinem Haus gegenübergestanden hatte. Sein erster Gedanke war gewesen, die Polizei zu rufen.

Mein Gott, Ed, du hättest mich beinahe zu Tode erschreckt.

Ich sah Ryan und Abbie in dem Ruderboot.

Ich kann mich nicht erinnern, sie jemals so glücklich gesehen zu haben.

Ich sah Abbies Gesicht und die leuchtenden Augen, als sie mir ihren Verlobungsring gezeigt hatte.

Ist er nicht unglaublich? Ich kann nicht aufhören, ihn anzusehen.

Ich hörte Claire, die mich anflehte, Ryan eine Chance zu geben.

Es geht hier nicht um ihn, Ed. Es geht um dich.

Ich hatte meine eigenen Ängste und Unsicherheiten auf diesen Mann – diese jüngere Version meiner selbst – projiziert, weil ich Angst hatte, Abbie zu verlieren. Ich hatte Angst vor dem Tag, an dem sie aus dem schützenden Kokon treten würde, den ich für sie errichtet hatte.

Ich hatte mich getäuscht, was die Forest Road West betraf. Das Hospiz. Sein Haus, das vollkommen gewöhnlich war. Ich hatte mich getäuscht, was Dani betraf. Und dass Ryan hierherkam, um seine Geliebte zu treffen.

Ich hatte mich in so vieler Hinsicht getäuscht.

Sie ist die wundervollste Frau der Welt, und ich will sie einfach nur glücklich machen.

Ryan war am Ende doch kein schlechter Kerl. Er vermisste seine Mutter schrecklich und trauerte noch immer um sie. *Das* war die Dunkelheit, die ich in seinen Augen gesehen hatte. Ich wusste, wie es sich anfühlt, wenn man die Trauer im Inneren mit sich trägt wie einen Tumor. Ich hatte zugelassen, dass mein eigener Schmerz und meine Schuldgefühle mich der Wahrheit gegenüber blind hatten werden lassen, und war überzeugt gewesen, dass ich Abbie vor allem und jedem beschützen musste, damit sie nie so leiden musste, wie Claire und ich es getan hatten. Oder war es vielleicht noch etwas viel Dunkleres? Wollte ich nicht zulassen, dass sie etwas bekam, was Joshua, ihr Bruder, niemals haben würde?

Was auch immer es war, ich war blind gewesen. Aber jetzt konnte ich sehen.

Ich steckte die Taschentücher wieder ein, und meine Hand berührte das Messer. Mein Gott, ich war ein solcher Idiot gewesen.

Ich überlegte, was ich zu Abbie sagen würde. Wie ich es wiedergutmachen konnte. Die Vorstellung, mich mit ihr zu versöhnen, erfüllte mich mit einer plötzlichen tiefen Liebe, die ich in den letzten Wochen schmerzlich vermisst hatte. Ich würde mich entschuldigen und zugeben, dass ich falschgelegen hatte. Ich würde um Verzeihung bitten. Und sie würde sie mir gewähren, denn diesbezüglich kam sie nach ihrer Mutter.

Ich würde sie noch heute Abend anrufen, sobald ich zu Hause war.

»Es ist so schön hier«, sagte ich. Wir setzten uns auf einen vorragenden Stein mit Blick auf das Moorland. Ich holte tief Luft. »Ryan, ich muss dir etwas gestehen.«

Ryan lachte verlegen. »Du hast noch nie einen erwachsenen Mann weinen gesehen?«

»Es ist kein Zufall, dass wir uns heute hier getroffen haben. Ich wusste, dass du herkommst.«

»Ach ja?«

»Ich war der festen Überzeugung, dass du dich hier mit einer anderen Frau triffst. Dass du … etwas hinter Abbies Rücken am Laufen hast. Also bin ich hergefahren und habe auf dich gewartet.«

Ryan starrte in die Ferne. »In diesem Fall bin ich froh, dass ich dich enttäuscht habe, Ed.«

»Und ich bin froh, dass ich enttäuscht wurde.« Ich räusperte mich. »Wer ist eigentlich Dani?«

»Dani?« Ryan sah mich verwirrt an.

»Ich dachte, du triffst dich mit ihr.«

»Ach, du meinst Danielle aus dem Regiment! Sie ist letztes Jahr ausgestiegen, und ich habe ihr geholfen, eine Anstellung in einer Firma in Bradford zu bekommen. Wir gehen ab und an zusammen wandern, und der Peak District liegt für uns beide auf halbem Weg. Manchmal kommt auch ihre Frau mit.«

Ich sah ihn an. »Ihre *Frau?*«

»Marie. Aber sie wandert nicht sehr gerne, also sind es meistens nur wir beide.«

Ich schüttelte lächelnd den Kopf. »Da habe ich mich wohl auch getäuscht.« Ich dachte über meine Fähigkeit nach, alles von der falschen Seite aus zu betrachten und aus zwei und zwei fünf zu machen. »Ich habe vieles falsch interpretiert,

Ryan, und das tut mir leid. Ich verstehe jetzt, dass ich dir nie eine wirkliche Chance gegeben habe, aber ich bringe das wieder in Ordnung.«

Der Bussard kreiste weiter über uns und suchte nach Beute.

»Eigentlich hast du dich gar nicht getäuscht«, sagte Ryan. »Zumindest nicht in jeder Hinsicht.«

»Ach ja?«

Ryan sah an mir vorbei auf das Moorland im Süden. »Ich bin tatsächlich hergekommen, um mich mit jemandem zu treffen.«

»Wirklich?« Ich folgte seinem Blick, sah aber niemanden. Bloß die karge dunkelgrüne und braune Landschaft, die sich bis zum Horizont erstreckte. »Mit wem?«

Als ich ihn wieder ansah, lächelte Ryan.

TEIL III

DER EHEMANN

ABBIE

53

Abbie pinnte die letzten Poster an die Klassenzimmerwand und trat einen Schritt zurück, um ihre Arbeit zu begutachten.

Morgen startete das Ozeanprojekt der 1b, und sie würden Geschichten hören, Spiele spielen und so einiges über Wale, Delfine, Seelöwen und Haie lernen. Um die Kinder persönlich abzuholen, hatte sie das vergangene Wochenende – und den Großteil ihrer Abende – damit verbracht, alles für die Dekoration des Klassenzimmers vorzubereiten, das nun tatsächlich wie ein Teil der Unterwasserwelt aussah. Die Kinder würden schon beim Betreten der Klasse von dem Thema gefesselt sein.

Abbie war mindestens fünf Jahre jünger als die anderen Lehrer an der Schule, und ihr war klar, dass ihre älteren Kollegen sie für naiv und übermotiviert hielten, doch sie ließ sich dadurch nicht von ihrer Begeisterung abbringen.

Sie warf erneut einen Blick auf ihr Handy. Keine Nachricht von Ryan.

Eine Gestalt trat in die Tür. »Ach, das sieht ja wundervoll aus, Abbie.«

Es war Patricia Woodruff, die Schulleiterin. Wie alle guten Lehrer glaubte Patricia fest an die Macht positiver Verstärkung, weshalb alles »*wunder*voll« und »*ganz* toll« war.

»Wirklich?« Abbie wurde rot.

Patricia bewunderte die Poster. »Ihre Klasse wird *begeistert* sein.« Die Schulleiterin klimperte mit ihrem Autoschlüssel. »Sind Sie bald fertig für heute?«

»Bald.«

»Wunderbar. Und wie gefällt Ihnen das Eheleben?«

Na ja, ich habe seit gestern nichts von meinem Ehemann gehört, dachte Abbie. *Normalerweise schreiben wir uns jeden Tag einige Male, aber seit vierundzwanzig Stunden herrscht Funkstille.* Wobei sie ihn nicht drängen wollte. Er ließ ihr ihren Freiraum, wenn sie es brauchte, und sie tat das Gleiche. Außerdem hatten sie beide einen Job und trugen Verantwortung, da blieb oft keine Zeit, zehn Mal am Tag zu telefonieren oder Nachrichten zu schreiben.

Andererseits konnte sie sich nicht erinnern, dass er sich schon einmal so lange zurückgezogen hatte.

»Es ist perfekt«, sagte Abbie und rang sich ein Lächeln ab. »Ich genieße es sehr.«

»Wunderbar.« Die Schulleiterin sah auf die Uhr. »Ich muss jetzt los. Vergessen Sie nicht, Mr Overden Bescheid zu geben, dass Sie die Letzte sind, okay?«

Fünfzehn Minuten später hatte Abbie ihre Vorbereitungen beendet und sah sich noch ein letztes Mal um, bevor sie ihre Tasche nahm, das Licht ausmachte und zum Haupteingang ging, um sich vom Hausmeister zu verabschieden. Sie stieg ins Auto und warf noch einmal einen Blick auf ihr Handy. Vielleicht hatte sie eine Nachricht überhört. Sie überlegte erneut, ob es schon einen Tag gegeben hatte, an dem Ryan sich nicht zumindest ein Mal gemeldet hatte. Das hatte es mit Sicherheit, auch wenn sie sich nicht mehr daran erinnern konnte.

Auf dem Handy erschienen nur die drei unbeantworteten Nachrichten, die sie Ryan geschrieben hatten, und zum ersten Mal machte sich Unbehagen in ihr breit.

Ryan war verlässlich, pünktlich und effizient, ohne sich

besonders anstrengen zu müssen – und das hatte ihr immer an ihm gefallen. Er kam nie zu spät und war weder vergesslich noch unvorhersehbar.

Er würde nicht wollen, dass sie sich Sorgen machte.

CLAIRE

54

Claire hörte es, noch ehe sie den Schlüssel ins Schloss gesteckt hatte. Ein extrem lautes, klagendes Miauen, wütend und mitleiderregend zugleich. Das Heulen wurde lauter, als Claire die Tür aufdrückte, und näherte sich einem ohrenbetäubenden Höhepunkt. Tilly drückte ihr graues Gesicht durch den Türspalt und rieb sich im nächsten Moment an Claires Beinen. Sie humpelte immer noch und miaute unablässig weiter.

»Ich freue mich auch, dich zu sehen, Tilly«, sagte Claire und hob ihren Koffer über die Schwelle. »Was für eine schöne Begrüßung.«

Sie hob die Post vom Türvorleger und sah sie beiläufig durch, während Tillys Miauen immer lauter und eindringlicher wurde.

»Ich weiß, was du willst.« Claire beugte sich nach unten und kraulte die Katze zwischen den Ohren. »Aber es ist doch noch gar nicht Zeit fürs Abendessen. Du bekommst nicht jedes Mal etwas, wenn jemand nach Hause kommt.«

Die Katze miaute weiter und rieb sich an Claires Beinen.

Sie sah auf die Uhr. Es war kurz nach sechs.

»Ed?«, rief sie.

Im Haus herrschte Stille.

»Ich bin zu Hause!«

Vielleicht war er im Garten oder in Abbies altem Zimmer und hörte sie nicht.

Ihr kam der Gedanke, dass er sie für ihren letzten Streit bestrafen wollte und absichtlich unterwegs war, wenn sie nach Hause kam, um ihr zu zeigen, was er davon hielt. Vielleicht aß er im Pub, und wenn er später nach Hause kam, würde er so tun, als sei es keine große Sache. Vielleicht – und dieser Gedanke kam plötzlich und unerwartet –, vielleicht war er gegangen. Vielleicht hatte er beschlossen, dass er genug von den endlosen Diskussionen über Ryan hatte, und er hatte einen sauberen Schnitt vollzogen, während sie unterwegs gewesen war. Vielleicht wollte er wie Jason das Junggesellenleben ausprobieren.

Nein, das war albern. Er hatte ihr erst dieser Tage geschrieben, dass er ihr Lieblingsessen – Spaghetti carbonara – kochen würde, wenn sie aus Irland zurückkam. Sie stellte ihren Koffer an der Treppe ab.

»Hallo?«, rief sie erneut.

Keine Antwort.

Das Wohnzimmer war ein einziges Chaos. Bücher und Papiere bedeckten jede Oberfläche, dazwischen standen leere Kaffeebecher und Weinflaschen. Ed kümmerte sich normalerweise besser um das Haus, wenn sie unterwegs war, obwohl sie bereits mehrmals den Verdacht gehabt hatte, dass er die Dinge bis zum letzten Tag schleifen ließ, um dann wie ein Wirbelwind durchs Haus zu fegen und alles wieder in Ordnung zu bringen. Wie ein Teenager, dessen Eltern verreist waren. Sie hatte ihn schon einige Male ertappt, wenn sie einen Tag früher nach Hause gekommen war.

Aber so schlimm war es noch nie gewesen.

Eds Arbeitszimmer sah genauso aus. Überall Bücher und Papiere, Notizbücher und Stifte. Eine Visitenkarte eines Detective der Nottingham Police namens Mark Preston. Sie griff nach dem Buch, das neben dem Computer lag. Es war ein Sachbuch über Soziopathen, Psychopathen und Serienmörder und voller Post-its. Sie öffnete das Buch an einer markierten Stelle und las den gelb hervorgehobenen Satz am Ende der Seite. »Ein Psychopath ist kein Monster. Kein unmenschliches Wesen. Er ist im Gegenteil vollkommen menschlich. Genauso menschlich wie Sie und ich.«

Claire blätterte weiter und runzelte die Stirn, als sie sah, welche Stellen Ed hervorgehoben hatte. Die Katze war ihr gefolgt, und ihr Miauen steigerte sich weiter. Sie war immer schon anhänglich gewesen, aber so verzweifelt noch nie. »Was ist denn los mit dir?«

Tilly rannte in die Küche und sah sich um, ob Claire ihr folgte.

Die Küche war genauso schlimm dran wie das Wohn- und Arbeitszimmer. Die Spüle war voller schmutziger Teller, der Müll quoll über, und Tillys Katzentoilette musste dringend geleert werden.

Claire ging weiter in den kleinen Abstellraum neben der Hintertür, und dort sah sie endlich, warum die Katze so außer sich war. Die Schüsseln mit dem Nass- und Trockenfutter waren leer und sauber geleckt. Und auch der Wassernapf war leer. Tilly hatte es irgendwie geschafft, die Schachtel mit dem Trockenfutter vom Regal zu befördern, und sie offenbar mit Zähnen und Krallen bearbeitet, um sie aufzureißen.

»Hast wohl schon länger nichts mehr gefressen, was?«

Claire griff nach der Schachtel, und Tilly geriet völlig außer sich und drehte sich miauend im Kreis. Claire gab ihr ein Säckchen Trockenfutter, und die Katze machte sich darüber her, als hätte sie einen Monat lang nichts mehr gefressen.

Claire sah ihr zu und versuchte es noch einmal auf Eds

Handy, doch es meldete sich bloß die Mailbox. Sie hinterließ ihm ein paar Worte und schrieb einige Minuten später auch noch eine Nachricht. Dann legte sie das Handy auf die Arbeitsplatte und lauschte in das leere Haus hinein.

Irgendetwas stimmte nicht. Tilly war eigentlich Abbies Katze gewesen, doch nachdem Abbie zur Uni gegangen war, hatte sie sich Ed zugewandt, denn er war derjenige, der sie am häufigsten fütterte. Typisch Katze. Sie folgte ihm oft durchs Haus, kletterte auf seinen Schoß, sobald er sich setzte, und rieb ihren Kopf an seinem Kinn, während er mit ihr sprach und sie zwischen den Ohren kraulte. Er mochte das Haus unordentlich hinterlassen, die Teller in der Spüle nicht gewaschen, seine Klamotten einfach zu Boden geworfen und die Beweise für seine Besessenheit im Wohnzimmer vergessen haben, aber er hätte die Katze niemals ohne Fressen zurückgelassen.

Das sah ihm ganz und gar nicht ähnlich.

55

ABBIE

Abbie hoffte den ganzen Heimweg lang, dass Ryans Audi in der Auffahrt stand, wenn sie nach Hause kam, doch sein Platz vor dem Haus war leer.

Genau wie das Haus.

»Ryan?« Sie rief nach ihm, obwohl sie wusste, wie albern es war. Sie bekam keine Antwort.

Ihr Handy piepte in ihrer Handtasche, und sie zuckte zusammen. Hoffnung stieg in ihr auf, aber es war bloß ihre Mum.

> Hast du heute schon von Dad gehört? Ich habe ihm geschrieben, aber er meldet sich nicht. x

Abbie runzelte die Stirn und tippte eine Antwort.

> Nein, seit gestern nicht mehr. Vielleicht ist er bei einem Vorstellungsgespräch? x

Sie ging durchs Wohnzimmer in die kleine Küche und zur Hintertür, die in den schmalen Garten führte. Ryan war nirgendwo zu sehen, und er war wohl auch nicht hier gewesen, denn in der Spüle standen lediglich ihre Frühstücksschale und ihr Becher. Ihr Handy piepte erneut.

Er hat versprochen, dass er da ist, wenn ich nach Hause komme, aber ich erreiche ihn nicht. x

Es war seltsam, dass sie beide Probleme hatten, ihre Männer zu erreichen. Vielleicht gab es eine Störung des Handynetzwerks?

Sie überlegte, ob sie Ryan eine weitere Nachricht schicken sollte, verwarf die Idee aber. *Ich werde mir keine Sorgen machen,* schwor sie sich selbst. *Ich werde keine dieser ständig besorgten Ehefrauen sein, die immer wissen wollen, wo ihr Mann gerade ist und was er macht.*

Normalerweise hätte sie sich ein Glas Wein eingeschenkt, aber heute nicht. Stattdessen holte sie sich eine Coke Light aus dem Kühlschrank und kehrte ins Wohnzimmer zurück. Die Kohlensäure kitzelte auf der Zunge, und sie lächelte in sich hinein. Es war immer noch neu und aufregend, ein eigenes Haus zu haben, und der Gedanke machte sie glücklich. Obwohl es theoretisch nicht ihr Haus war, da ihr Name nicht im Grundbuch eingetragen war – aber es fühlte sich danach an. Es war ihr erster gemeinsamer Schritt in die Zukunft. Sie hatte ihr altes Zimmer mit den Postern, den Lichterketten und den im Schrank versteckten Stofftieren zurückgelassen. Sie hatte sich weiterentwickelt und tat all die Dinge, die Erwachsene tun, während viele ihrer Freunde immer noch in Wohngemeinschaften oder bei ihren Eltern wohnten.

Ihr Herz zog sich zusammen, als sie an ihren Dad dachte. Daran, wie wütend sie vor der Hochzeit auf ihn gewesen war. Und daran, dass sie sich immer noch nicht richtig versöhnt hatten.

Sie schrieb noch eine Nachricht an ihre Mum.

Bestell Dad liebe Grüße von mir, wenn du etwas von ihm hörst. Ach, und hat sich Ryan bei dir gemeldet? x

Die Antwort kam sofort.

Nein, tut mir leid. Alles in Ordnung bei dir? Wie war die Arbeit? Bist du zu Hause? X

Abbie nippte lächelnd an ihrer Cola. Wenn sie ihrer Mutter eine Frage stellte, erhielt sie eine Antwort und drei Gegenfragen. Es wäre tatsächlich schneller gewesen, sie gleich anzurufen.

In diesem Moment hörte sie einen Schlüssel in der Eingangstür, und ihre Hoffnung erwachte erneut.

56

ABBIE

Und dann stand er in Hemdsärmeln in der Tür und hielt einen riesigen Strauß Lilien in den Händen.

»Es tut mir so leid«, sagte Ryan und warf ihr einen verlegenen Blick zu. »Ich verspreche, ich mache es hundert Mal wieder gut. Wir können …«

Sie schlang die Arme um seine Mitte und küsste ihn lange und zärtlich, während ihr Herz bis zum Hals schlug. »Hallo, Fremder«, sagte sie schließlich und legte die Stirn auf seine. »Ich dachte schon, du wärst mit Colin aus der Buchhaltung abgehauen.«

»Der ist leider so gar nicht mein Typ.«

Sie küsste ihn erneut und saugte den Duft nach Pfefferminz und den Geruch seines Zitronen-Eukalyptus-Aftershaves in sich auf. »Was ist dann dein Typ?«

Er überlegte einen Moment. »Brünett, etwa einen Meter zweiundsiebzig groß, schlank, klug, witzig, vorzugsweise Grundschullehrerin mit einem kleinen Grübchen genau hier.« Er legte den Zeigefinger auf ihr Kinn. »Und mit einem unglaublichen Arsch.«

Sie löste sich aus der Umarmung und schlug ihm sanft gegen den Arm. »Dabei hast du dich bis hierher echt gut geschlagen …«

»Er ist aber wirklich unglaublich. Das ist wissenschaftlich bewiesen.«

»Also, wo warst du?«

Er streckte ihr den Blumenstrauß entgegen und holte eine Flasche Wein aus seiner kleinen Reisetasche. »Das ist eine lange Geschichte.«

»Meine Lieblingsblumen.« Sie lächelte und griff nach dem Strauß. »Danke.«

Er nahm sie in die Arme, und sie küssten sich erneut, während ihr Herz vor Erleichterung überging. *Ich will mich mein ganzes Leben lang so fühlen,* dachte sie. *Genau wie in diesem Moment. Vollständig, glücklich, geliebt. Nur ich und dieser Mann, der in mein Leben kam und mir gezeigt hat, wie schön es sein kann.*

Sie gingen in die Küche, und ihr fiel auf, wie müde er aussah. Seine Lider schienen schwer, und seine Krawatte hing schief.

»Du siehst total fertig aus«, sagte sie.

»Es war ein langer Tag. Es gab gestern ein kleines Problem in unserem Büro in Manchester, und wir haben bis heute gebraucht, um es zu lösen, also bin ich gleich über Nacht geblieben.«

»Aber du arbeitest doch gar nicht mehr dort.«

»Ich weiß, aber ich … ich war ohnehin schon auf dem Weg nach Manchester, und ich habe die E-Mail zufällig gelesen, also bin ich … freiwillig hin.«

»Oh. Okay.«

Sie fragte sich kurz, ob ihre Ehe immer so aussehen würde: dass Ryan sich freiwillig meldete und immer alles für seine Kollegen regelte; dass die Firma stets an erster Stelle stand und er seine karge Freizeit dafür opferte, dass sie jedes gesetzte Ziel erreichten und jeden Auftrag an Land zogen. Einen egoistischen Moment lang wünschte sie sich, er würde stattdessen ihre Beziehung an die erste Stelle rücken. Das musste er, wenn sie erst Kinder hatten. Sie wollte, dass sie sie als Team großzogen. Nicht, dass sie bereits über Kinder gesprochen hätten, aber sie wusste, dass Ryan welche haben wollte. Und sie war sich sicher, dass er ein wunderbarer Dad sein würde.

Ich wünschte, du wärst nicht so ein netter Kerl, dachte sie, rief sich aber sofort zur Ordnung. Sie waren zusammen, gerade *weil* er so ein netter Kerl war. Weil er anders war als die anderen.

»Wo hast du denn übernachtet?«, fragte sie bemüht beiläufig.

»Bei James. Seine Wohnung ist in der Nähe des Büros. Es waren nur ein paar Stunden, dann haben wir uns wieder an die Arbeit gemacht. Ich habe immer eine kleine Reisetasche dabei. Diese Lektion habe ich schon vor langer Zeit gelernt.«

»Also konntet ihr das Problem lösen?«

»Am Ende ja.«

»Aber warum hast du nicht angerufen?« Sie versuchte, den Ärger und den beschuldigenden Ton aus ihrer Stimme zu verbannen. »Ich habe mir Sorgen gemacht.«

»Ich weiß, und es tut mir *schrecklich* leid. Mein Handy ist auf dem Weg nach Manchester kaputtgegangen. Jedes Mal, wenn ich es eingesteckt habe, war der Akku sofort bei einhundert Prozent und dann wieder gleich auf null. Ich habe es auch im Auto versucht, aber es wurde so heiß, dass ich es kaum anfassen konnte, und das Display blieb schwarz. Ich kann deine Nummer immer noch nicht auswendig und habe vom Büro in Manchester mehrere Male verschiedene Kombinationen der Zahlen ausprobiert, an die ich mich erinnern konnte, aber ich erwischte ständig nur irgendwelche Fremde, und meine Kollegen waren am Durchdrehen, also …«, er holte ein neues, noch verpacktes iPhone aus seiner Aktentasche, »… habe ich mir ein neues Handy gegönnt. Tut mir leid.«

»Schon okay. Du hast deinem alten Team geholfen.«

»Wie wäre es, wenn wir heute Abend essen gehen? Es ist Montag und sicher nicht viel los.«

»Klar, das wäre super.«

Er schenkte ein Glas Wein ein und hielt es in die Höhe. »Cheers«, sagte er und stieß mit Abbies Coke Light an. »Dann verzeihst du mir also?«

»Was soll ich dir verzeihen?«

Er betrachtete sie einen Moment mit funkelnden Augen über den Rand des Weinglases hinweg. Der Wein war von einem satten Dunkelrot. Er hatte ihn auch bei ihrem ersten Date bestellt und ihr erklärt, dass es genau der richtige Wein sei, um einen Neuanfang zu feiern.

»Alles«, sagte er.

Bevor Abbie etwas erwidern konnte, klingelte ihr Handy. Es war ihre Mum.

»Hi, Mum.« Abbie stellte die Cola auf die Arbeitsplatte. »Wie war es in Irland?«

»Gut.« Ein einziges Wort, das eine Vielzahl an Gefühlen ausdrückte, und kein einziges war *gut*. »Hör mal, ich will dich nicht stören, aber ich mache mir Sorgen und weiß nicht, was ich tun soll.«

Abbie drückte sich das Handy ans Ohr. »Was ist denn los, Mum?«

»Vielleicht ist es albern«, sagte Claire. »Aber ich kann deinen Dad immer noch nirgendwo finden oder erreichen.«

57 CLAIRE

»Er sollte eigentlich die ganze Zeit zu Hause sein, während ich unterwegs war«, erklärte Claire ihrer Tochter. Sie war in eine Jeans und ein T-Shirt geschlüpft und checkte nebenbei eilig die Nachrichten auf ihrem iPad. »Er wollte mir etwas Gutes kochen, wenn ich heute Abend nach Hause komme. Aber er ist nicht da, und im Haus herrscht das reinste Chaos. Tilly hatte nichts zu essen und kein Wasser, und sie hat so laut miaut, dass es die ganze Straße gehört hat. Ich glaube, sie wurde den ganzen Tag nicht gefüttert.«

»Der arme Schatz«, sagte Abbie. »Geht es ihr gut?«

»Ich glaube schon. Ich habe ihr Trocken- und noch eine Packung Nassfutter gegeben, und jetzt schläft sie.«

»Hat Dad eine Nachricht hinterlassen, wo er ist?«

»Nein, nichts.«

»Hat er etwas mitgenommen?«

»Sein Auto ist nicht da, und sein Handy, die Geldbörse und die Schlüssel sind fort, sonst ist mir nichts aufgefallen. Ein paar Turnschuhe vielleicht und eine Jacke, aber ich bin mir nicht sicher.«

»Hast du es bei Jason versucht? Vielleicht sind sie gemeinsam unterwegs?«

»Ich habe ihm gerade geschrieben. Hör mal, ich lege jetzt besser auf, falls er anruft. Meldest du dich, wenn du etwas von deinem Dad hörst?«

»Klar. Hab dich lieb, Mum.«

»Ach, und Abbie?«, fragte Claire noch schnell. »Ist Ryan aufgetaucht?«

»Ja, danke. Er hatte einen Albtraumtag im Büro, mehr nicht.«

Sie legten auf, und Claire versuchte es noch einmal auf Eds Handy. Mailbox.

Es sah Ed nicht ähnlich, nicht ans Telefon zu gehen. Sie hatte ihn mittlerweile drei Mal angerufen und zwei Nachrichten geschickt und keine Antwort erhalten. Sie hatte sogar seine ehemaligen Arbeitskollegen Siobhan und Paul gefragt. Es war zwar seltsam, sich bei ihnen nach ihrem Mann zu erkundigen, aber ihre Sorge war mittlerweile größer als derartige Bedenken. Keiner der beiden hatte seit Eds letztem Arbeitstag etwas von ihm gehört.

Sie ging nach oben und sah in Eds Kleiderschrank und im Bad nach, ob irgendetwas fehlte, aber abgesehen von dem Peugeot, schien alles an seinem gewohnten Platz.

Jason rief innerhalb von fünf Minuten zurück.

»Er hat nicht erwähnt, dass er fortfahren möchte«, erklärte er. Es klang, als wäre er im Auto unterwegs und telefonierte über die Freisprecheinrichtung. »Vielleicht hat er bloß vergessen, dass du heute nach Hause kommst?«

»Ich schreibe alle Termine in seinen Outlook-Kalender und den Kalender in der Küche, außerdem haben wir geschrieben, während ich unterwegs war. Ich kann mir nicht vorstellen, dass er es vergessen hat.«

»Es wäre aber nicht das erste Mal, oder?«

»Wie war er die letzten beiden Wochen drauf, während ich nicht da war?«, fragte Claire und überging Jasons Einwand. »Wirkte er … wie immer?«

Jason zögerte, bevor er antwortete, und nur das Rauschen des Verkehrs war zu hören. »Na ja …«

Claire stand neben seinem Grab, sah hinunter auf die Stadt, die sich um den Fluss herum ausbreitete, holte ihr Handy heraus und wählte die Nummer ihres Mannes.

Sie landete direkt auf der Mailbox.

58 CLAIRE

Claire schlief schlecht und wachte jede halbe Stunde auf, um auf ihrem Handy nachzusehen, ob Ed angerufen oder eine Nachricht geschrieben hatte. Sie hatte Ed oft erklärt, wie sehr sie es genoss, das ganze Bett für sich alleine zu haben, wenn er unterwegs war. Dass sie sich ausbreiten konnte, wie es ihr behagte, und er sie nicht weckte, wenn er im Schlaf leise murmelte oder schnarchte, wenn er zu viel getrunken hatte. Sie hatte ihm sogar zum Spaß vorgeschlagen, sich getrennte Schlafzimmer zuzulegen.

Doch jetzt wünschte sie sich nichts mehr, als dass er da war, sich von einer Seite auf die andere warf und im Schlaf leise murmelte. Manchmal hatte er Albträume und schrie so laut, dass sie aufwachte, doch wenn sie ihn am Morgen danach fragte, konnte er sich nicht mehr erinnern. Vielleicht wollte er ihr aber auch einfach nichts erzählen. Sie streckte die Hand zu seiner Seite aus und hoffte, noch einen Abdruck in der Matratze zu spüren.

Aber da war nichts.

Sie starrte in die Dunkelheit und überlegte, ob sie die Polizei rufen sollte. Sie gab »vermisster Angehöriger« in die Google-Suchleiste ein, um nachzusehen, wie lange jemand abgängig sein musste, bis die Polizei etwas unternahm. Einige meinten vierundzwanzig Stunden, andere sprachen von achtundvierzig, je nachdem, um wen es sich handelte und wie der geistige Zustand der jeweiligen Person war. Die letzte Nachricht von Ed war gestern Abend eingegangen, aber offenbar war Jason derjenige, der ihn zuletzt *gesehen* hatte. Und zwar am vergangenen Dienstag. Sie gab die ersten beiden Ziffern des Notrufs ein, dann hielt sie inne. War es überhaupt ein Notfall? Sie löschte die Nummer wieder, und in diesem Moment vibrierte ihr Handy. Hoffnung stieg in ihr hoch, und ihre Hände begannen zu zittern. Doch es war nicht Ed, sondern Jason.

> Hast du schon etwas von Ed gehört? Vielleicht solltest du auf seinem Computer nachsehen?

Claire seufzte und tippte eine kurze Antwort.

> Nein. Warum am Computer?

Sie warf einen Blick auf den Radiowecker. Es war beinahe halb vier Uhr morgens.

> Es wäre einen Versuch wert. Man weiß ja nie. Ich kann morgen Früh vorbeikommen, wenn du willst? Ich fühle mich so nutzlos.

> Okay. Ich melde mich, wenn ich etwas finde. Danke.

Sie wälzte sich eine weitere Stunde im Bett hin und her und schlief immer wieder kurz ein. Als das erste Licht des neuen Tages durch die Vorhänge fiel, war sie endgültig wach. Kurz vor fünf. Sie schlüpfte in ihren Morgenmantel sowie in die

Hausschuhe und ging hinunter. Das Knarren der Treppe hallte durch das leere Haus. Claire ging in Eds Arbeitszimmer und setzte sich vor den Computer. Da die ganze Familie ihn benutzte, stand das Passwort auf einem gelben Post-it, das seitlich am Bildschirm klebte.

Sie wählte Eds Profil aus und öffnete Dokumente und die neuesten Downloads, wobei sie ständig das Gefühl hatte, ihrem Mann hinterherzuspionieren und in seine Privatsphäre einzudringen. Sie fand den Entwurf eines Bewerbungsschreibens samt Lebenslauf und mehrere Bewerbungsformulare, die Ed heruntergeladen, aber noch nicht ausgefüllt hatte. Das Zentrum für Krebsforschung, die Universität von Nottingham, die Universität Loughborough und kleinere Unternehmen, von denen sie noch nie gehört hatte. Nichts davon schien wichtig genug, dass er einfach verschwand und sein Handy ausmachte.

Auch die neuesten Downloads und der Webverlauf waren keine große Hilfe. Es schien bloß, dass er in der letzten Woche unglaublich viel Zeit im Internet verbracht hatte. Die letzten Suchanfragen hatte er am Samstagabend, also vor beinahe zweiundsiebzig Stunden, gestellt.

Claire überflog die unzähligen Einträge, bis sie schließlich innehielt und sich die Hoffnungslosigkeit wie ein Stein auf ihre Brust legte. Das hier war sinnlos, und …

Moment.

Ganz unten stach eine Suchanfrage aus dem Rest hervor.

Peak District abgelegene Orte

Ein kalter Schauer lief ihr über den Rücken. Ed hatte die Suchanfrage vor fünf Tagen eingegeben. Sie öffnete den detaillierten Verlauf dieses Tages und fand acht Google-Suchanfragen und mindestens ein Dutzend Websites, die Ed besucht hatte. Ihr Atem stockte, als sie sich die Suchanfragen genauer ansah.

Peak District abgelegene Orte
Peak District Dark Peak
Amitryptilin Alkohol
Amitryptilin Überdosierung
Ladybower Reservoir Tiefe
Ladybower Reservoir Selbstmord
Selbstmord Lebensversicherung
Selbstmord durch Ertrinken

CLAIRE

59

»O mein Gott«, hauchte Jason verschlafen. »Und das hast du alles in seinem Verlauf gefunden?«

»Ja, gerade eben«, antwortete Claire. Panik stieg in ihr hoch und raubte ihr die Luft zu atmen, aber sie schluckte sie hinunter. »Hat er jemals mit dir über diese Dinge gesprochen? Über Derbyshire, den Peak District, Lebensversicherungen und dass er sich etwas antun will?«

Jason schwieg einen Moment. »Nein, nie. Und ich will dich ja nicht noch weiter beunruhigen, aber ich denke, du solltest langsam die Polizei verständigen.«

»Die wollte ich als Nächstes anrufen.«

»Soll ich vorbeikommen?«

Claire zog an einem losen Faden ihres Morgenmantels und wickelte ihn sich um den Finger, bis dieser blau anlief. »Nein. Du musst doch zur Arbeit, oder nicht?«

»Das hier ist wichtiger, Claire. Ich fahre noch einmal ein paar Stellen ab, wo er sein könnte. Ich habe das Handy immer dabei, falls du mich brauchst, okay?«

»Danke, Jason.«

»Mach ein Foto von dem Computerbildschirm, und schick es mir. Und versprich mir, dass du anrufst, wenn du etwas brauchst. Egal, was.«

Sie legten auf, und Claire schoss ein Foto des Bildschirms und schickte es ihm via WhatsApp.

Dann wählte sie noch einmal Eds Nummer. Mailbox. Ihr Herz flatterte, und ihre Kehle zog sich zusammen. Einen Moment lang war sie den Tränen nahe, und die Panik drohte überhandzunehmen.

Selbstmord durch Ertrinken.

Sie schluckte, atmete tief durch und wählte den Notruf. Eine klare Frauenstimme erklang. »Hallo, welche Einsatzorganisation wollen Sie sprechen?«

»Die Polizei bitte.«

»Ich verbinde.« Es ertönte ein Klicken, dann eine weitere Stimme. »Nottinghamshire Police, was kann ich für Sie tun?«

»Mein Ehemann ist verschwunden.« Claire stolperte beinahe über die Worte. »Er hat sich seit mehr als sechsunddreißig Stunden nicht gemeldet, und er wurde nicht mehr gesehen, seit …«

»Befindet sich Ihr Mann in unmittelbarer Gefahr?«

»Ich weiß es nicht. Vielleicht. Deshalb rufe ich an.«

»Gibt es einen Grund zur Annahme, dass er für sich oder andere eine Gefahr darstellen könnte?«

»Normalerweise nicht, aber ich habe einige Suchanfragen auf seinem Computer gefunden …« Sie zögerte, denn sie wollte es nicht laut aussprechen. »Sie weisen darauf hin, dass er womöglich an Selbstmord denkt.«

»Sind Sie seine Partnerin, Ma'am?«

»Seine Frau. Mein Mann heißt Edward Collier, er ist achtundvierzig und hat so etwas noch nie zuvor getan.«

»Hat er Sie bedroht, oder haben Sie das Gefühl, dass es in naher Zukunft dazu kommen könnte?«

Sie runzelte die Stirn. »Nein, natürlich nicht. Das ist nicht der Grund meines Anrufs. Es ist nicht seine Art, einfach zu verschwinden, und ich mache mir Sorgen.«

»Ich verbinde Sie weiter zu Ihrem nächstgelegenen Polizeirevier, Ma'am. Dort wird man Ihnen erklären, wie Sie weiter vorgehen sollen.«

»Moment mal …«

Es ertönte ein weiteres Klicken, und ein Mann meldete sich. Claire gab Eds Daten durch, und er versprach, sich innerhalb von zwei Stunden zu melden.

Aber das konnte doch nicht alles gewesen sein. Sie ließ den Blick über Eds Schreibtisch schweifen und erkannte die Visitenkarte des Detectives der Nottinghamshire Police. *Mark Preston.* Sie hatte keine Ahnung, warum Ed diese Karte besaß, aber vielleicht kannte er den Polizisten von irgendwoher.

Sie wählte Prestons Nummer im Polizeirevier und hinterließ eine Nachricht. Dann versuchte sie es auf seinem Handy und bereitete sich darauf vor, eine weitere Nachricht auf Band zu sprechen. Sie musste ruhig und vernünftig klingen, nicht wie eine nervtötende Angehörige, die man abwimmeln musste. Sie musste erreichen, dass er sie ernst nahm.

Zu ihrer Überraschung hob er nach dem zweiten Klingeln ab, und zu ihrer noch größeren Überraschung schien er tatsächlich mit ihr sprechen zu wollen. »Hören Sie«, meinte Preston, nachdem sie ihm die Situation erklärt hatte, »ich werde im Revier in West Bridgford erwartet, aber ich komme vorher bei Ihnen vorbei. Ich wollte Sie ohnehin anrufen.«

Bevor Claire ihn nach dem Grund fragen konnte, hatte er bereits aufgelegt.

60 CLAIRE

»Wann hatten Sie zum letzten Mal Kontakt zu Ihrem Mann?«, fragte Preston.

Der Detective saß mit Notizbuch und Stift in der Hand in ihrem Wohnzimmer. Er war zwanzig Minuten nach dem Telefonat angekommen, hatte ihr aber immer noch nicht gesagt, warum er mit ihr reden wollte.

»Ich versuche seit meiner Rückkehr, ihn zu erreichen«, antwortete Claire und zupfte nervös an ihrer Nagelhaut. »Ich habe ihm unzählige Nachrichten geschrieben und ihn gebeten, sich zu melden.«

»Und wann hat *er* sich zum letzten Mal bei Ihnen gemeldet?«

»Sonntagabend kurz nach sechs. Er hat mir und meiner Tochter dieselbe Nachricht geschickt. Auf unsere Antworten hat er schon nicht mehr reagiert.«

Sie suchte die entsprechende Nachricht und hielt Preston mit zitternder Hand das Handy entgegen.

> Es tut mir leid. Alles. Ich liebe dich. xx

»Ich habe ihm sofort zurückgeschrieben und gefragt, ob alles in Ordnung sei, aber er hat bis heute nicht geantwortet. Nach einiger Zeit rief ich ihn an, aber das Handy war aus.«

»Haben Sie sich da bereits Sorgen gemacht?«

»Ja. Andererseits vergisst er gelegentlich, das Handy zu laden, oder er lässt es in seiner Jackentasche. Ich wollte nach meiner Rückkehr mit ihm reden und alles besprechen.«

Preston notierte sich den genauen Zeitpunkt der Textnachricht. »Dann hatten Sie also seit über sechsunddreißig Stunden keinerlei Kontakt zu ihm?«

»Nein. Ich habe Freunde und Kollegen angerufen, aber die haben auch nichts von ihm gehört.«

»Was bedeutet diese Entschuldigung Ihrer Meinung nach?«

»Wir hatten … Die letzte Zeit war sehr schwierig für uns. Ich nahm die Entschuldigung als ein Friedensangebot.« Claire tupfte sich die Augen trocken. »Ich dachte, er wollte sich entschuldigen, weil wir so oft gestritten haben, aber jetzt sieht es so aus, als wollte er sich …« Sie verstummte, und neue Tränen stiegen in ihre Augen.

Preston lächelte mitfühlend. »Das steht noch nicht mit Sicherheit fest.«

Claire zupfte weiter an ihrem Daumen herum, bis er zu bluten begann. Sie lutschte das Blut ab und umklammerte ihre Hände. »Also, sagen Sie mir jetzt, warum Sie vorbeigekommen sind?«, fragte Claire leise. »Sie haben sicher einen guten Grund.«

»Ja. Aber ich will nicht, dass Sie vorschnelle Schlüsse ziehen.«

»Sagen Sie es einfach.«

Der Detective nippte an seinem grünen Tee, dann stellte er den Becher beiseite. »Die Derbyshire Police hat den zurückgelassenen Wagen Ihres Mannes gefunden.«

61 CLAIRE

Claire spürte, wie sie sämtliche Kraft verließ.

»Wo ist das Auto jetzt?«, fragte sie schließlich. »Und was bedeutet *zurückgelassen?*«

»Dass die Umstände der Derbyshire Police – und mir – Anlass zur Sorge geben.« Der Detective spielte mit seinem Stift. »War Ed oft im Peak District National Park unterwegs?«

»In Derbyshire?« Ihre Brust zog sich zusammen, als sie an den Browserverlauf auf Eds Computer dachte. »Wir waren nur ab und zu dort. Zum Spazierengehen. Aber er hat in letzter Zeit darüber im Internet recherchiert.«

»Kennt er die Gegend um Castleton und hoch in den Dark Peak?«

Claire schüttelte den Kopf. »Ich glaube nicht. Zumindest hat er es mir gegenüber nie erwähnt. Wurde dort sein Auto gefunden?«

Der Detective nickte, und sein Gesicht wurde weich. »Auf einem kleinen Parkplatz am Straßenrand. Man darf dort nicht über Nacht parken, und als Montag Morgen ein Streifenwagen vorbeifuhr, hielten die Kollegen an, um sich den Wagen näher anzusehen. Er war nicht abgeschlossen, und die Fahrertür stand offen.«

»Sind Sie sicher, dass es Eds Auto ist?«

Preston las ihr das Kennzeichen vor, und Claire nickte.

»Die Kollegen aus Derbyshire haben seine Adresse herausgefunden und uns gebeten, mit den Angehörigen zu sprechen, und hier bin ich nun.«

»Was befindet sich in der Nähe des Parkplatzes? Ist er mitten im Nirgendwo?«

»Er liegt nicht weit entfernt vom Ladybower Reservoir.«

»O Gott.« Claire legte sich die Hände aufs Gesicht und hätte am liebsten laut geschrien.

»Wir sind noch dabei, den genauen Ablauf zu rekonstruieren«, fuhr Preston fort. »Der Parkplatz ist nicht sehr beliebt, es gibt keine Toiletten oder Ähnliches, und man hat auch keinen besonders guten Blick auf das Reservoir. Es gibt keine Videoüberwachung, weshalb wir nicht sagen können, warum Ed dort geparkt hat.« Er warf einen Blick in seine Notizen. »Die automatische Nummernschilderkennung hat ihn am frühen Sonntagmorgen auf der M1 erfasst, wo er in Richtung Norden fuhr. Danach gibt es ein Bild einer Kamera in Chesterfield, und seine Handydaten zeigen, dass er sich etwa eine Stunde in Edale und der näheren Umgebung aufhielt, bevor er keinen Empfang mehr hatte. Vielleicht war der Akku leer, oder er ist ins Moorland nördlich von Edale gewandert. Laut den Kollegen gibt es dort oben kaum Empfang. Es ist sehr einsam und abgelegen.«

»Aber sein Auto wurde nicht im Moor gefunden?«

»Dort kommt man unmöglich mit dem Auto hin, das funktioniert nur zu Fuß. Das Auto war allerdings nicht weit entfernt. Vom Ladybower Reservoir bis Edale sind es etwa fünf Kilometer Luftlinie.«

»O Gott«, hauchte Claire erneut. Sie wünschte sich bloß eine einzige Chance. Eine Minute, um ihren Mann zu schütteln, in den Arm zu nehmen, ihm zu sagen, dass er geliebt und gebraucht wurde. Dass er so etwas nicht tun musste. Dass sie immer für ihn da sein würde.

»Dann haben Sie also keine Ahnung, was er dort wollte?«

»Nein. Erst, als ich mir heute Morgen seinen Computer näher angesehen habe.«

Sie führte Preston in Eds Arbeitszimmer und zeigte ihm, was sie gefunden hatte. Der Detective machte sich Notizen. »Hat sonst noch jemand Zugriff auf dieses Gerät?«

»Nein. Ich habe einen Laptop und Abbie ebenfalls. Außerdem wohnt sie mittlerweile bei ihrem Mann in Beeston.«

»Wir müssen uns den Computer ansehen. Ich schicke jemanden vorbei. Und wir brauchen die Namen und Telefonnummern von Freunden und Verwandten. Eine Liste mit Orten, wo Ed sich gerne aufhielt, wäre auch hilfreich. Und ein aktuelles Foto.«

»Natürlich, alles, was Ihnen weiterhilft.«

»Und da ist noch etwas …«

Claire hörte, in entsetztes Schweigen gehüllt, zu, wie der Detective Eds Zahnbürste erbat, um eine DNA-Probe zu entnehmen. Ihr Kopf begann zu pochen. Sie nickte stumm, während Preston weitersprach: »Gibt es Krankheiten, von denen wir wissen sollten? Schwere Erkrankungen, Allergien, psychische Probleme?«

»Nein.« Claire schüttelte den Kopf. »Ed ist nie krank.«

Preston sah stirnrunzelnd von seinem Notizbuch auf. »Gar nichts? Depressionen zum Beispiel?«

»Er machte sich große Sorgen um unsere Tochter und unseren Schwiegersohn. Außerdem hat er in letzter Zeit häufiger über unseren verstorbenen Sohn gesprochen, und er war bei einer Therapeutin, um mit der Trauer fertigzuwerden. Glauben Sie, das könnte relevant sein?«

»Wir haben einige Dinge in Eds Wagen gefunden.« Er blätterte in seinem Notizbuch. »Eine beinahe leere Flasche Wodka. Drei Packungen Amitriptylin. Jede Packung enthält vierzehn

Tabletten, und wir haben nur einige lose im Fußraum des Wagens gefunden. Den Rest scheint er …«

Claire hob ruckartig den Kopf, und ein weiterer Schmerz durchfuhr sie. Eds Suchverlauf. *Amitriptylin Überdosierung.* »Nein! Ich meine, Ed hält nichts von Medikamenten oder Drogen.«

Preston warf einen Blick in seine Notizen, dann sah er Claire an. »Sie wurden ihm letztes Jahr verschrieben.«

»Von wem?«

»Wir haben bei seinem Arzt nachgefragt. Bei Dr. Entwistle? Er hat sie Ed aufgrund einer generalisierten Angststörung und Depression verschrieben. Mit einer Dosierung von fünfzig Milligramm täglich.«

»Sind Sie sicher?«, fragte Claire zögernd. »Davon wusste ich nichts.«

»Sein Name und die Adresse stehen auf den Klebeetiketten auf den Verpackungen. Sie hatten also keine Ahnung, dass Ihr Mann diese Medikamente nahm?«

»Nein.« Claires Stimme war kaum mehr als ein Flüstern. »Aber er hat im Internet nach dem Wirkstoff gesucht.«

»Es kann leider sein, dass er seine tägliche Dosis nie genommen hat, sondern die Pillen heimlich angehäuft hat.«

»Danach hat er auch gesucht«, murmelte Claire. »Es ging um die Wirkung in Verbindung mit Alkohol und wie viele davon geschluckt werden müssen, wenn man …«

Sie konnte den Satz nicht zu Ende sprechen.

CLAIRE

62

Die Angst wurde zu einem ständigen Begleiter und setzte sie dauerhaft unter Strom.

Der Dienstag verging in einem verzweifelten Chaos aus Anrufen bei Freunden und der Familie, Textnachrichten und E-Mails in der Hoffnung, dass irgendjemand eine Ahnung hatte, wo Ed abgeblieben war. Irgendjemand musste doch etwas wissen. Andererseits hatte er seiner Frau und seinem besten Freund verschwiegen, dass ihm Antidepressiva verschrieben worden waren. Wer weiß, was er sonst noch verbarg.

Claire und Abbie wollten unbedingt nach Derbyshire und an die Stelle, an der Eds Auto gefunden wurde, aber DC Preston hatte ihnen dringend davon abgeraten, während die Suche nach Ed noch im Gange war. Uniformierte Polizisten durchkämmten das Ufer des Ladypower Reservoir, und eine Taucherstaffel war eigens aus Manchester angereist.

Abbie wanderte mit blassem Gesicht im Wohnzimmer auf und ab. »Sollten wir die Medien informieren?«, fragte sie. »Eine Kollegin war mal mit einem Kerl von der *Nottingham Post* zusammen.«

»Das macht bereits die Polizei«, sagte Claire, und ihr Magen drehte sich.

Also stellte Abbie ein neues Foto von Ed auf Facebook, Twitter und Instagram und bat ihre und Eds Follower – mehr als zweitausendfünfhundert auf drei Plattformen –, es zu teilen und weiterzuversenden.

Er stirbt vor Verlegenheit, wenn er sieht, dass sein Foto durch das Netz rauscht, dachte Claire, und heiße Tränen stiegen ihr in die Augen, bevor sie sie zurückblinzeln konnte.

Sie hatte Eds Therapeutin ausfindig gemacht, die sich allerdings weigerte, am Telefon etwas über ihre Sitzungen bekannt zu geben, und sich auf das Patientengeheimnis berief. Nachdem Claire ihr zehn Minuten ihr Leid geklagt hatte, hatte Dr. Rebecca Barnes zumindest zugestimmt, sich am Nachmittag mit ihr zu treffen und ihr inoffiziell einige Fragen zumindest mit *Ja, Nein* oder *Kein Kommentar* zu beantworten.

Claire hatte der Frau in ihrem kleinen, unscheinbaren Büro mit den tiefen Lederlehnstühlen und einigen abstrakten Gemälden an den Wänden gegenübergesessen.

»Litt mein Mann unter klinischer Depression?«

Dr. Barnes lächelte entschuldigend. »Dazu darf ich leider nichts sagen.«

»Hatten Sie Bedenken, dass Ed bald einen Zusammenbruch erleiden könnten?«

»Auch darauf kann ich Ihnen keine Antwort geben.«

»Ach kommen Sie schon!«, rief Claire frustriert. »Helfen Sie mir! Sein Leben könnte in Gefahr sein! Hat er jemals erwähnt, dass er sich selbst etwas antun möchte?«

»Nein.«

»Hat er jemals von Selbstmord gesprochen?«

»Nein.«

»Aber ein Patient mit Selbstmordgedanken würde sich seinem Therapeuten normalerweise öffnen?«

»Das kommt auf den Patienten an.«

Sie stellte etwa ein Dutzend weitere Fragen, bis ihr klar wurde, dass Dr. Barnes nichts mehr preisgeben würde.

Als sie nach Hause kam, hatte Jason Abendessen eingekauft, und Abbie saß mit ihrem Laptop bei ihm in der Küche.

»Du musst etwas essen«, sagte er und streckte Claire ein Sandwich entgegen. »Damit du bei Kräften bleibst.«

Doch Claire hatte keinen Appetit. Die Welt drehte sich noch immer, und ihr Mann wurde immer noch vermisst. Sie versuchte es noch einmal bei Preston. Es klingelte sechs Mal, dann schaltete sich die Mailbox ein. Sie hinterließ keine Nachricht.

Dienstagnacht war noch schlimmer als Montagnacht. Sie hatte Abbies Bett frisch bezogen, sie vor dem Schlafengehen umarmt und ihr versprochen, sie sofort zu wecken, falls es Neuigkeiten gab. Dann setzte sie sich mit dem Laptop ins Bett und surfte auf Vermisstenseiten im Internet, bis sie sich nicht mehr konzentrieren konnte. Irgendwann machte sie das Licht aus und starrte in die Dunkelheit. Sie zitterte trotz der dicken Decke, wenn sie daran dachte, was morgen zu erledigen war. Noch mehr Listen mit Leuten, die sie anrufen oder denen sie eine E-Mail schreiben musste.

Als sie endlich einschlief, träumte sie von ihrem Mann.

Sie saßen nebeneinander auf einem alten Pier und sahen aufs Meer hinaus. Ed versuchte, mit ihr zu sprechen, aber es befand sich eine Glaswand zwischen ihnen. Sie sah, wie sich seine Lippen bewegten, aber sie hörte ihn nicht und verstand nicht, was er von ihr wollte. Sie richtete den Blick aufs Wasser, und als sie sich wieder umwandte, war er verschwunden. Und sie selbst saß nicht mehr auf dem Pier, sondern auf einem sinkenden Boot. Der Bug tauchte unter Wasser, und alles rutschte auf das dunkle Wasser zu. Es gab nichts, woran sie sich festhalten konnte, und sie konnte nicht …

Ein schrilles Klingeln riss sie aus dem Schlaf. Die Laken waren schweißnass.

Einen Moment lang dachte sie, es sei der Wecker, und suchte verschlafen nach der Snooze-Taste, doch dann erkannte sie, dass es ihr Handy war. Auf dem Display stand *DC Preston*. Sie griff eilig danach.

»Tut mir leid, dass ich Sie so früh anrufe, Mrs Collier.«

Seine Stimme jagte frisches Adrenalin durch ihre Adern, und sie war mit einem Mal hellwach.

»Schon gut.« Durch die Vorhänge fiel erstes Dämmerlicht.

Sie hielt den Atem an und schickte ein stummes Gebet in den Himmel. *Bitte lass es gute Nachrichten sein. Bitte.* »Haben Sie Ed gefunden? Geht es ihm gut?«

Der Detective schwieg, und sie hörte gemurmelte Unterhaltungen und laute Stimmen im Hintergrund.

»Ich denke, es wäre besser, wenn Sie herkommen«, sagte Preston schließlich. »Aufs Revier.«

ABBIE

63

Abbie schlüpfte in ihre Jeans und ein altes Sweatshirt ihres Vaters. Ihre Mum trat in die Tür ihres alten Zimmers, und sie umarmten sich wortlos. Abbie schloss einen Moment lang die Augen, zwang sie aber sofort wieder auf, als Bilder ihres Vaters durch ihren Kopf huschten.

»Wir sollten fahren«, sagte Abbie und führte ihre Mum durchs Haus, während sie von einer miauenden Tilly begleitet wurden.

Ryan wartete bereits auf dem Parkplatz vor dem Polizeirevier. Er trug einen dunklen Anzug und eine Sonnenbrille und wirkte groß, kompetent und verlässlich. Bei seinem Anblick wurde Abbie schmerzhaft bewusst, wie sehr sie seine Stärke brauchte. Er schloss sie in eine Umarmung.

»Wie geht es dir?«, fragte er sanft.

»Nicht so gut«, antwortete sie mit dem Kopf an seiner Schulter und klammerte sich an ihn. »Danke, dass du gekommen bist.«

Das Revier befand sich in einem zweistöckigen Backsteingebäude aus den Achtzigern mit hohen Zimmern und schmalen Fenstern. Preston holte sie am Empfang ab und führte sie durch eine schwere Sicherheitstür in ein Verhörzimmer mit einem kleinen Tisch, der am Boden befestigt war.

Er setzte sich ihnen gegenüber und zog die Augenbrauen

zusammen. »Danke, dass Sie so kurzfristig Zeit hatten. Haben Sie etwas von Ed gehört?«

»Nein«, antwortete Abbie. »Gar nichts, nicht wahr, Mum?«

Claire schüttelte stumm den Kopf. Sie hatte dunkle Ringe unter den Augen.

Abbie griff nach ihrer eiskalten Hand und drückte sie.

»Ich muss Sie vorwarnen, einige der Dinge, die ich Ihnen gleich erzählen werde, sind recht verstörend«, sagte Preston und öffnete eine grüne Papiermappe. »Die Kollegen haben die unmittelbare Umgebung des Autos durchkämmt und Eds Handy am Ufer des Reservoirs, etwas unterhalb des Parkplatzes, gefunden. Direkt am Wasser. Der Akku war leer, aber nachdem die Kollegen ihn geladen hatten, haben sie Entwürfe für mehrere Textnachrichten gefunden.« Er hatte die Nachrichten einzeln ausgedruckt.

Abbie, du warst das Beste, was mir je passiert ist, ich hoffe, du vergisst das nie. Es tut mir alles unendlich leid. Ich habe großen Schaden angerichtet und weiß nicht, wie ich es wieder geradebiegen soll. Ich habe schreckliche Dinge getan, und es tut mir leid, dass ich dich enttäuscht habe.
In Liebe, dein Dad xxx

Abbie spürte, wie etwas in ihr zerbrach. Tränen stiegen ihr in die Augen und kullerten über ihre Wangen. Ryan legte einen tröstenden Arm um ihre Schultern und zog sie an sich.

Die nächste Nachricht schien für ihre Mum bestimmt:

Du warst schon immer sehr viel mehr, als ich verdient habe, und ich hoffe, du kannst mir eines Tages verzeihen. Ich entschuldige mich für die Entscheidungen, die ich getroffen habe, und für alles, was ich getan habe. Du hast dein

Vertrauen in mich gesetzt, und ich habe dich auf die schlimmste Art und Weise im Stich gelassen. Pass gut auf Abbie auf. Sie war schon immer die Beste von uns allen. In Liebe. Für immer. Ed xxx

Claire weinte nun ebenfalls und tupfte sich die Tränen mit einem Taschentuch von den Wangen. Sie las die Nachricht ein zweites und drittes Mal. Ihre Hände zitterten.

»Nein«, flüsterte sie. »Ed, was hast du getan?«

Abbie löste sich von Ryan und umarmte ihre Mum. Dann saßen die beiden einen Moment lang bloß da und klammerten sich weinend aneinander. Irgendwann meinte Abbie: »Aber die Nachrichten wurden nicht abgeschickt?«

»Nein«, antwortete Preston. »Möglicherweise war der Akku vorher leer, oder er war sich nicht sicher, ob er es tun sollte. Der Empfang ist dort oben sehr schlecht, also hatte er vielleicht kein Signal. Das wissen wir im Moment noch nicht. Aber wir müssen nun davon ausgehen, dass er sich selbst etwas angetan hat.«

»Aber doch nicht mein Dad«, sagte Abbie, und ihre Stimme brach. Sie schluchzte. »Er würde so etwas niemals tun.« Sie brach erneut in Tränen aus, und Ryan streichelte ihre Schulter, zog sie näher und drückte ihr einen Kuss auf die Schläfe.

»Ich sage nicht, dass es hundertprozentig so war«, fuhr Preston fort. »Aber angesichts der Sachlage müssen wir es in Betracht ziehen.«

»Er würde so etwas nicht tun«, flüsterte Abbie erneut.

Preston deutete auf die erste Nachricht. *Ich habe schreckliche Dinge getan.* »Was meint er damit?«, fragte er. »Es steht in beiden Nachrichten.«

Abbie schüttelte den Kopf.

»Fällt Ihnen nichts ein, was sein Gewissen plagte?«

Schweigen breitete sich aus, dann meinte Claire: »Er hat sich nie verziehen, was mit unserem Sohn Joshua passiert ist.«

»Was ist denn mit ihm passiert?«, fragte Preston freundlich.

Claire starrte lange nach unten auf den Tisch, und als sie zu sprechen begann, klang ihre Stimme ausdruckslos und monoton. »Er wurde von einem Auto überfahren, als er gerade einmal drei Jahre alt war. Er war mit seiner Kindergarten-Gruppe im Park und lief alleine los, ohne dass die Betreuerinnen es bemerkten …« Sie starrte auf die Wand. »Ed meinte, er hätte vom ersten Tag an gespürt, dass in dem Kindergarten nicht ordnungsgemäß gearbeitet wurde, aber er hat das Gefühl ignoriert. Er tat es damals als Paranoia ab.«

»Das tut mir sehr leid«, sagte Preston leise.

»Es war nicht seine Schuld.« Claire seufzte. »Aber er hat sich immer die Schuld daran gegeben.«

»Fällt Ihnen in der näheren Vergangenheit vielleicht auch etwas ein?«, fragte der Detective und machte sich Notizen.

»Nein.«

»Gab es vor letztem Sonntag irgendwelche Auffälligkeiten?«

Abbie lehnte sich nach vorne. Ihr war gerade etwas eingefallen. »Er hat mich gefragt, ob ich am Sonntag mit Ryan nach Manchester fahre, um das Grab seiner Mutter zu besuchen.«

»Und was haben Sie geantwortet?«

»Nichts. Ich war immer noch wütend auf ihn.«

»Haben Sie eine Ahnung, warum er das gefragt haben könnte?«

»Nein, absolut keine.« Sie zögerte. »Dad hat … alles infrage gestellt, was Ryan gesagt hat. Ich nahm an, dass es damit zu tun hatte.«

Preston wandte sich an Abbies Mann. »Hat er mit Ihnen darüber gesprochen, Ryan?«

Ryan dachte einen Moment lang nach, dann schüttelte er den Kopf. »Nein, ich glaube nicht. Wir haben über vieles gesprochen. Über Abbie, meinen Job, meine Freiwilligenarbeit, was ich von Nottingham halte … solche Dinge.« Er zuckte mit den Schultern. »Gott, ich wünschte, ich könnte mehr sagen.«

»Drei Küsse«, sagte Abbie gedankenverloren. »Normalerweise setzt er nur einen Kuss unter seine Nachrichten.«

»Er schreibt normalerweise auch keine so langen Nachrichten«, stimmte Claire ihr zu.

»Möglicherweise war er zu dem Zeitpunkt nicht mehr ganz er selbst«, erklärte Preston. »Je nachdem, wie viele Pillen er geschluckt und wie viel Alkohol er getrunken hat. Das wissen wir allerdings erst, wenn wir …« Er brach ab.

Abbie starrte ihn an. »Wenn Sie was?«

»Wenn wir Proben entnehmen können.«

»Proben?« Ihr Gesicht fiel in sich zusammen, als ihr klar wurde, wovon er sprach. »Oh. Sie meinen …« Sie beendete den Satz nicht.

Claire nahm Abbies Hand. »Daran darfst du jetzt nicht denken, Liebes. Okay?«

»Es gibt noch etwas, worüber wir sprechen sollten«, fuhr Preston fort. »Wir haben in Eds Auto Blutspuren sichergestellt.«

»Blut?«, fragte Abbie.

»Im Kofferraum und auf dem Fahrersitz.«

Claire presste sich eine Hand auf den Mund. »O Gott.«

»Sie meinen, jemand hat meinen Dad verletzt und ihn verschleppt?«

»Nein, das nicht …«

»Aber …« Abbie hob entnervt die Hände. »Wenn Sie Blut gefunden haben, könnte es einen Kampf gegeben haben. Jemanden, der bei ihm war, oder … Ich weiß auch nicht. Was meinen Sie?«

»Abbie, Liebling«, flüsterte Claire. »Vielleicht hat er sich selbst wehgetan.«

»Es gibt diesbezüglich einige Ermittlungsansätze«, erklärte Preston.

»Aber es könnte Ihrer Selbstmordtheorie widersprechen, oder?« Abbies Stimme war voller Hoffnung. »Wenn Blut in seinem Auto gefunden wurde, war vielleicht jemand bei ihm. Vielleicht wurde er gekidnappt?«

Preston schüttelte seufzend den Kopf. »Das wäre nur der Fall, wenn es *sein* Blut wäre. Das ist es aber nicht.«

ABBIE

64

»Wie bitte?« Abbie sah den Detective an. »Das verstehe ich nicht.«

Preston musterte sie, als müsste er überlegen, wie viel er preisgeben sollte. Als er endlich sprach, war seine Stimme ausdruckslos. »Das Blut im Auto Ihres Vaters war nicht sein eigenes.«

»Das sagten Sie schon«, zischte Abbie.

»Das sind nun mal die Fakten«, erwiderte Preston unbeeindruckt. »Ich halte Sie lediglich über den Verlauf der Ermittlungen auf dem Laufenden.«

»Okay, aber bitte erklären Sie es mir trotzdem.«

»Wir haben die Spuren mit DNA-Proben anderer vermisster Personen verglichen und eine Übereinstimmung erzielt.«

»Mit wem?«

»Es handelt sich natürlich um vorläufige Ergebnisse, weshalb …«

»MIT WEM STIMMTEN SIE ÜBEREIN?«, schrie Abbie mit Tränen in den Augen.

Claire legte eine Hand auf Abbies Arm. »Ist schon gut, Abbie.«

Preston lehnte sich zurück und betrachtete sie. »Das Blut stammt von George Fitzgerald.«

Abbies olivfarbene Haut wurde kalkweiß. »Das ist unmöglich«, sagte sie benommen. »Das muss ein Fehler sein.«

»Nein, kein Fehler«, erwiderte Preston. »Ich habe mit Ed letzte Woche über die Drohungen geredet, die er gegenüber Mr Fitzgerald ausgesprochen hat. Wir wissen, dass seit einigen Jahren böses Blut zwischen den beiden herrscht und sich Ihr Dad in Ihre Beziehung eingemischt hat.«

»Er hat sich nicht *eingemischt,* er hat versucht, George abzuwimmeln, nachdem ich mit ihm Schluss gemacht hatte.« Plötzlich wurde Abbie klar, was der Detective eigentlich sagen wollte. »Sie behaupten doch nicht, dass mein Dad etwas mit Georges Verschwinden zu tun hat?«

»Wir haben Spuren von Mr Fitzgeralds Blut im Auto Ihres Vaters gefunden.«

»Das ist lächerlich. Dad hätte ihm nie etwas getan. Und auch sonst niemandem.«

Ryan beugte sich vor und stützte die Ellbogen auf dem Tisch ab. »Abbie hat recht«, erklärte er nachdrücklich. »Das ist verrückt. Ich glaube keine Sekunde lang, dass er so etwas getan haben könnte. Ich kannte ihn nicht lange, aber ich kann Ihnen versichern, dass das nicht seinem Naturell entsprach.«

»In diesem Fall«, meinte Preston, »wäre es gut, wenn wir ihn von der Liste der Verdächtigen streichen könnten.« Er wandte sich wieder an Abbie. »Er kam nicht damit zurecht, dass Sie geheiratet haben, nicht wahr?«

»Er wollte Abbie unbedingt beschützen«, erklärte Claire.

»Also fassen wir zusammen«, fuhr der Detective fort. »Er war unglücklich über Abbies neue Beziehung, wurde der gefährlichen Bedrohung bezichtigt, hat seinen Job verloren und war bei einer Therapeutin in Behandlung. Außerdem nahm er Antidepressiva. Man kann also durchaus behaupten, dass Ed sich in einer psychisch labilen Phase befand.«

Abbie sah, wie ihre Mum das Gesicht verzog und in Tränen ausbrach.

»Ja, das alles hat ihn fertiggemacht.« Claire legte den Kopf in die Hände und begann zu weinen. »O Gott, das ist meine Schuld. Ich hätte mit ihm reden sollen. Ihm zuhören und mehr Zeit geben. Aber stattdessen habe ich … ich habe ihn von mir gestoßen. Das ist alles meine Schuld.«

Preston legte seinen Stift zur Seite und verschränkte die Finger. »Jeder hat einen Punkt, an dem seine Belastbarkeit überschritten wird, Mrs Collier. Die meisten von uns wissen nicht einmal, wo dieser Punkt liegt, bis sie ihn schließlich erreichen.«

Abbie reichte ihrer Mum ein Taschentuch. »Von wie viel Blut reden wir eigentlich?«, fragte sie leise. »In Dads Auto, meine ich? Ein paar Tropfen? Oder mehr?«

»Eine beweistechnisch relevante Menge.«

»Und es ist sicher von George?«

»Die DNA-Proben seiner Eltern und seiner Schwester zeigen eine eindeutige verwandtschaftliche Nähe.« Preston zog ein DIN-A4-Foto aus der Mappe. »Mrs Collier, besitzt Ihr Mann eine Brechstange?«

»Wie bitte?«

Er schob das Bild über den Tisch. »Wir haben die hier im Wagen Ihres Mannes gefunden. Unter dem Reservereifen im Kofferraum. Auch darauf war George Fitzgeralds Blut.«

65

ABBIE

»Es ist mir egal, dass die Polizei uns rät, nicht hinzufahren, ich will es unbedingt«, beharrte Abbie.

Das war das Erste, was sie nach dem Verlassen des Polizeireviers sagte. Sie war fassungslos und verwirrt, dass DC Preston ihren Vater tatsächlich als Verdächtigen im Vermisstenfall George Fitzgerald betrachtete. Es war ein warmer Julimorgen, der Himmel war strahlend blau, und die Sonne brannte vom Himmel, doch das herrliche Wetter wirkte wie ein kranker Scherz nach allem, was sie gerade erfahren hatten.

»Nach Derbyshire?«, fragte Ryan. »Bist du dir sicher?«

»Es ist alles besser, als hier rumzusitzen und zu warten, bis uns die Polizei wieder zu sich bestellt. Es muss irgendetwas geben, was ich tun kann. Ich kann dort mit Leuten reden, ihnen Dads Foto zeigen und fragen, ob ihn jemand gesehen hat.«

»Ich komme mit«, sagte Ryan und legte seine Stirn auf ihre. »Wir fahren zusammen.«

»Wirklich?«

Er zog sie in eine Umarmung, und sie spürte die Wärme, die sie immer umfing, wenn er sie in die Arme schloss.

»Natürlich. Ich lasse dich nicht alleine. Außerdem kenne ich die Gegend.«

»Danke. Ich wüsste nicht, was ich ohne dich täte.«

»Hey, weißt du was? Wir machen Flyer mit seinem Foto,

und die hängen wir in den Läden und auf den Parkplätzen auf. Das kurbelt die Erinnerung der Leute vielleicht an.«

»Das ist eine super Idee.«

Claire betrachtete die beiden. Sie schien in den letzten zwei Tagen um zehn Jahre gealtert. »Ich könnte auch mitkommen«, sagte sie.

»Es ist vielleicht besser, wenn eine von uns hierbleibt, Mum«, sagte Abbie. »Falls die Polizei noch einmal mit uns reden muss. Oder falls Dad auftaucht …«

Sie beendete den Satz nicht.

Abbie sah zu, wie der Drucker die Flyer mit dem Foto ihres Vaters ausspuckte. Vor zwei Tagen war sie am Montagmorgen aufgewacht und hatte nur an die Arbeit und ihre Pläne fürs kommende Wochenende gedacht. Nun war kein Platz mehr für solche Gedanken. Morgen war Donnerstag, und Ryan hatte sich einen weiteren Tag freigenommen, damit er mit ihr nach Edale fahren, die Flyer verteilen und etwas über Dads Verschwinden herausfinden konnte.

Sie hob einen der Flyer hoch. Sie hatte hundert Exemplare gedruckt und war sich nicht sicher, ob es viel zu viele oder doch zu wenige waren. Der Wortlaut des Textes erinnerte sie an den Aufruf von Georges Schwester auf Social Media. War es möglich, dass ihr Dad tatsächlich etwas mit dem Verschwinden ihres Ex-Freundes zu tun hatte? Vor ein paar Monaten hätte sie diese Frage sofort verneint, aber jetzt? Sie wusste nicht mehr, was sie denken sollte.

Ryan trat mit dem Autoschlüssel in der Hand durch die Tür, nahm einen der Flyer und nickte zustimmend.

»Das sieht super aus.« Er verzog das Gesicht. »Tut mir leid, nicht *super*. Das klang seltsam. Sie passen genau und werden dem Gedächtnis der Leute auf die Sprünge helfen. Ich hole noch Klebeband, Plastikfolien und Pinnadeln. Fällt dir sonst noch etwas ein?«

»Nein.« Sie setzte sich an den Schreibtisch. »Danke, Ryan.«

»Das ist wohl das Mindeste.«

»Es fühlt sich so surreal an«, sagte sie. »Verrückt. Wie etwas, von dem man in der Zeitung liest.«

»Es ist schwer zu begreifen. Aber du musst positiv denken, das hilft deinem Dad jetzt am meisten. Außerdem ist es unglaublich schwer, einfach vom Erdboden zu verschwinden. Ich bin überzeugt, dass wir ihn finden. Es ist nur eine Frage der Zeit.«

»Wirklich?«, fragte sie hoffnungsvoll.

»Wirklich.«

So war Ryan einfach. Immer positiv, ganz egal, was er bereits durchleiden musste – die Trennung seiner Eltern, den Verlust seiner Mum, die toten Kameraden in Afghanistan –, er blieb immer optimistisch. Das liebte sie so an ihm. Und manchmal beneidete sie ihn auch darum.

Trotzdem war da etwas, das sie beunruhigte. Ein Gedanke, der sie nicht mehr losließ. Irgendetwas, das im Gespräch mit Detective Preston gesagt worden war. Aber sie konnte es nicht festmachen. Die Angst hielt sie fest umklammert, und sie hatte nur ein paar Stunden geschlafen.

Sie packte seufzend die Flyer zusammen und steckte sie in ihren Rucksack. Sie machte das Radio an, falls auf dem Regionalsender etwas über das Verschwinden ihres Dads gesendet wurde, aber es kam nichts. Auf Social Media hatten viele Freunde, aber auch Fremde Nachrichten hinterlassen, um ihr Kraft zu schicken und viel Glück zu wünschen. Es gab jedoch keine einzige Nachricht, die etwas zur Klärung seines Verschwindens beigetragen hätte.

Und das seltsame Gefühl, dass etwas nicht stimmte, ließ sie

immer noch nicht los. Erst als sie am Ende der Facebook-Kommentare angelangt war, fiel es ihr ein. Es war etwas, das Ryan gesagt hatte, als sie von dem Blut in Dads Auto erfahren hatten. Er hatte ihn gegenüber dem Detective verteidigt und darauf bestanden, dass Dad kein gewalttätiger Mann gewesen war.

»Es lag nicht in seiner Natur.«

Das war es. *Lag.* Vergangenheit.

66

ABBIE

Das Ladybower Reservoir lag dunkel und still vor ihr, nur eine sanfte Brise strich über die Wasseroberfläche.

Es war früher Nachmittag, und Ryans Audi parkte auf dem kleinen Parkplatz, auf dem vor drei Tagen Dads Auto gefunden worden war. Abbie bemühte sich, nicht auf das flatternde gelbe Absperrband zu achten, das vergessen von einem der Bäume am Rand des Parkplatzes hing. Einen Moment lang sah sie Dads Peugeot vor sich. Bei dem Gedanken hätte sie am liebsten laut geschrien, also versuchte sie, ihn von sich zu schieben. Ryan nahm ihre Hand. Er hatte Flyer an der Parkplatztafel und an dem niedrigen Zaun befestigt, der zum Wasser führte, und der Ort wirkte mittlerweile wie ein makabres Spiegelkabinett. Überall lachte ihr das Gesicht ihres Vaters entgegen.

Sie standen Seite an Seite am sandigen Ufer, und Ryan hatte den Arm um ihre Schultern gelegt, während Abbie aufs Wasser hinausschaute. Das Reservoir umfasste das gesamte Tal auf einer Länge von etwa drei Kilometern, doch an diesem Ende war es ziemlich schmal, sodass das gegenüberliegende stark bewaldete Ufer nur etwa hundertfünfzig Meter entfernt war.

Sie waren seit zwanzig Minuten hier, und bis jetzt hatte niemand auf dem Parkplatz haltgemacht. Es war totenstill. Abbie verschränkte die Arme und versuchte, sich vorzustellen, wie ihr Dad hierhergefahren und mehrere Packungen Amitriptylin mit einer Flasche Wodka hinuntergespült hatte, um sich anschließend auf den Weg zum Ufer zu machen.

Sie konnte es nicht. Und das frustrierte und verwirrte sie und machte ihr gleichzeitig auch Angst. Sie war hierhergekommen, weil sie *verstehen* wollte. Weil sie den Ort, an dem es angeblich geschehen war, mit eigenen Augen sehen wollte. Aber sie konnte sich einfach nicht vorstellen, dass ihr Dad hierhergefahren war, um sich das Leben zu nehmen. Er hätte gewusst, welche Auswirkungen es auf ihre Mum und sie haben würde, und das hätte er niemals gewollt. Niemals. Sie hatten Joshua verloren, und ihr Dad hätte niemals gewollt, dass seine Familie noch einmal denselben Schmerz durchlitt.

»Ich verstehe es nicht«, sagte sie und wandte sich an ihren Ehemann. »Warum haben sie ihn noch nicht gefunden? Er müsste doch auf der Wasseroberfläche treiben, oder?«

»Das Reservoir ist riesig, weißt du«, meinte Ryan sanft.

Er hatte ihr erzählt, dass drei Dörfer unter den Wassermassen verschwunden waren, als der Stausee vor Jahrzehnten errichtet worden war.

Abbies Blick wanderte vom Ufer zur Straße hoch. Vom Parkplatz bis zum Wasser waren es etwa zwanzig Meter. Das war keine große Distanz, nicht einmal, wenn man eine Flasche Wodka und Dutzende Pillen im Körper hatte.

»Sollten die Polizeitaucher nicht längst hier sein und das Reservoir durchkämmen?«

»Sie haben etwas weiter unten mit der Suche begonnen und arbeiten sich dann bis hierher vor«, erklärte Ryan. »Das habe ich zumindest gehört.«

»Aber sie sollten *hier* sein. Jetzt.«

»Soll ich den Detective anrufen und ihn darum bitten?«

Abbie hörte ihn kaum. »Vielleicht ist Dad gar nicht ins Wasser. Vielleicht wollte er einen Spaziergang machen und hat sich verirrt. Vielleicht hatte er vor, wieder zum Auto zurückzukehren und nach Hause zu fahren.«

Ryan drückte sie an sich. »Vielleicht.«

»Du klingst nicht überzeugt.«

Er drückte ihr einen Kuss auf die Schläfe. »Es ist nur, weil der Schlüssel im Auto steckte. Wenn er vorgehabt hätte zurückzukommen, hätte er ihn dann nicht mitgenommen?«

Abbie sah ihn an. »Was? Der Schlüssel war im Auto? Woher weißt du das?«

»Der Detective hat es gestern gesagt.«

Sie runzelte die Stirn. »Bist du dir sicher?«

»Ja. Aber im Grunde weiß niemand, was das zu bedeuten hat. Vielleicht hat er ihn einfach vergessen.«

»Mein Gott.« Abbie rieb sich die Schläfen. »Ich kann mich nicht einmal erinnern, dass Preston darüber gesprochen hat. Ich bin total durcheinander.«

»Sei nicht so hart zu dir selbst.« Ryan rieb ihr beruhigend den Rücken. »Dafür bin ja ich da. Ich bin immer für dich da.«

Abbie dachte einen Moment lang nach. »Vielleicht hat sich Dad im letzten Moment anders entschieden, wollte mit dem vielen Alkohol und den Tabletten im Blut aber nicht mehr fahren?«

»Vielleicht.« Ryan nickte wenig überzeugt. »Komm, wir hängen noch ein paar Flyer auf.«

Sie fuhren etwa fünf Kilometer in südwestlicher Richtung nach Castleton, einem kleinen Dorf, in dem vor allem Wanderer Station machten. Als sie auf dem Parkplatz hielten, piepte Abbies Handy. Sie hatte drei neue Nachrichten von ihrer Mum.

Sie schien in Panik, weil sie Abbie nicht erreichen konnte und nicht wusste, ob es ihr gut ging. Abbie schrieb ihr eilig, dass sie keinen Empfang gehabt und deshalb nicht geantwortet hatte.

Dann nahm sich jeder einen Stapel Flyer, und sie befestigten sie an den Telegrafenmasten, dem Schwarzen Brett vor dem Gemeindehaus und auf den Wanderwegweisern. Außerdem gingen sie in sämtliche Läden, Pubs und Cafés, zeigten den Leuten Eds Bild und fragten, ob ihn jemand gesehen hatte.

Die ältere Besitzerin des Minimarkts ließ Abbie den Flyer ans Schaufenster kleben und legte einen hinter die Theke.

»Danke, Liebes«, sagte die weißhaarige Frau und betrachtete das Foto eingehend. »Mein Mann ist oft im Moor unterwegs und macht Fotos. Vielleicht hat er welche vom letzten Wochenende. Haben Sie eine E-Mail-Adresse, dann können wir sie Ihnen schicken.«

Verdammt, dachte Abbie. Sie hatte vergessen, eine E-Mail-Adresse auf den Flyer zu drucken. Vielleicht sollte sie eine eigene Adresse für Hinweise einrichten, auf die sie alle zugreifen konnten.

Vorerst holte sie allerdings ihren Stift hervor und schrieb ihre private E-Mail-Adresse auf den Flyer. »Ich danke Ihnen vielmals für Ihre Hilfe.«

»Ich hoffe, Ihr Vater taucht wohlbehalten wieder auf«, erwiderte die Ladenbesitzerin.

Ryan wartete vor dem Postamt und schlug vor, als Nächstes zum Parkplatz in Edale zu fahren, wo Eds Wagen ebenfalls gesehen worden war.

Sie fuhren über einen Pass ins nächste Tal. *E-Mail,* dachte Abbie erneut.

Was war mit Dads E-Mails? Vielleicht fand sich dort etwas, das ihnen helfen würde? Ein Hinweis darauf, wo er stecken könnte. Er checkte seine E-Mails regelmäßig, löschte oder leitete sie weiter und schickte ihr ständig irgendwelche nützlichen Lehrerlinks. Sie hatte versucht, ihn von WhatsApp oder Messenger zu überzeugen, doch er blieb lieber bei seinem zwanzig Jahre alten Hotmail-Account.

Die Polizei hatte noch kein Interesse an seinen E-Mails gezeigt. Vielleicht waren die bürokratischen Hürden so hoch, dass es eine Zeit lang dauerte, bis sie Zugriff erhielten? Aber so viel Zeit hatten sie womöglich nicht.

Abbie holte ihr Handy heraus. Der Empfang wurde immer schwächer. Sie musste sich beeilen.

ABBIE

67

Während Ryan die gewundenen Straßen entlangfuhr, versuchte Abbie, sich an das Passwort ihres Dads zu erinnern. Er verwendete immer dasselbe und änderte allerhöchstens eine Ziffer.

Sie hatte ihm geraten, eine Passwort-App zu installieren, aber das war ihm zu *modern* gewesen. *Ich bin da eher old-school,* hatte er gemeint. *Ich habe die Technik in der Hand, nicht umgekehrt.* Er schwor auf leicht zu merkende Passwörter, die dementsprechend leicht zu knacken waren.

Sie öffnete die Hotmail-Seite, gab die E-Mail-Adresse ein und tippte das letzte ihr bekannte Passwort in den Balken darunter. *AbbieRose7*

Ungültiger Username/Passwort

Sie versuchte es mit *AbbieRose8*

Ungültiger Username/Passwort.

Komm schon, Abbie! Wie oft konnte man es versuchen, bis man gesperrt wurde? Sie hielt den Atem an und tippte *AbbieRose9.*

Dads Posteingang erschien, und es gab 259 ungelesene Nachrichten.

Abbie schickte ein stummes Danke an ihren Dad, dass er sich kein besseres Passwort hatte einfallen lassen.

Sie scrollte durch die Liste und suchte nach E-Mails, die vielleicht etwas mit seinem Verschwinden zu tun hatten. Zugtickets, Hotelbuchungen, eine Mietautoanfrage – irgendeinen Hinweis darauf, was er vorgehabt hatte. Selbst ein geheimer E-Mail-Austausch mit einer anderen Frau wäre besser gewesen als diese Leere. Diese Unsicherheit.

Es waren allerdings hauptsächlich alltägliche Nachrichten der BBC und des *Guardian*. Datenbankgenerierte Jobangebote. E-Mails von der Bank und Netflix und unzählige Spam-Nachrichten.

Es gab drei Nachrichten, die mit einem roten Ausrufezeichen markiert und demnach vom Absender als wichtig eingestuft wurden. Eine Personalfirma schickte ein Jobangebot, die Versicherungsgesellschaft wies darauf hin, dass die Autoversicherung verlängert werden musste, und die letzte E-Mail kam von einem Absender namens *investigator@midlandinvestigations.co.uk* und war erst vor etwa einer Stunde eingetroffen, während sie am Ladybower Reservoir gewesen waren.

Abbie warf einen Blick auf den Empfangsbalken ihres Handys. Er nahm rapide ab. Sie öffnete eilig die Mail.

> Sehr geehrter Mr Collier,
> im Anhang finden Sie die Rechnung für die bei unserem Treffen am 11. Juni in Auftrag gegebene Dienstleistung.
> Nachdem Sie auf den Brief, der am Donnerstag, 9. Juli, an die von Ihnen angegebene Adresse geschickt wurde, nicht reagiert haben, möchte ich Sie darauf hinweisen, dass der Betrag innerhalb von fünf Tagen nach Erhalt des Abschlussberichtes fällig wurde und die Zahlungsfrist mittlerweile überschritten ist.
> Im Anhang senden wir Ihnen auch eine nochmalige Kostenaufstellung.
> Unter dem unten stehenden Link können Sie eine elektronische Version des Abschlussberichts downloaden,

falls Sie den Bericht in schriftlicher Form nicht erhalten haben sollten. Ich entschuldige mich für etwaige Missverständnisse, aber wir haben zwei E-Mail-Adressen in unserem System gespeichert, weshalb diese E-Mail der Vollständigkeit wegen sowohl an *edward.collier71@hotmail.com* als auch an *edward.collier711@hotmail.com* gesendet wurde.

Sie können den Bericht unter folgendem Link mit Ihrem persönlichen Passwort abrufen:

http://midlandinvestigations/secure/dyy94th0122kwpa/M_502983

Wie vereinbart, handelt es sich dabei um ein streng vertrauliches Dokument, das nicht zur Weiterleitung, Kopie oder anderweitigen Verbreitung gedacht ist.

Ich hoffe, unsere Arbeit geschah zu Ihrer Zufriedenheit, und erwarte die Begleichung der Rechnung zum ehestmöglichen Zeitpunkt.

Die E-Mail war mit *Joel Farmer, Geschäftsführer, Midland Investigations Ltd.* unterzeichnet.

Abbie warf einen schnellen Blick auf Ryan, dessen starke Hände das Auto sicher durch die Kurven lenkten. Sie musste sich den Bericht nicht ansehen, um zu wissen, was ihr Dad getan hatte. Es war sein letzter Versuch gewesen, etwas Negatives über Ryan ans Tageslicht zu befördern. Irgendetwas, um seine Paranoia zu rechtfertigen.

Dennoch öffnete sie das erste PDF-Dokument, und schnappte eine Sekunde später nach Luft. Die Rechnung betrug 5167,44 Pfund, aufgeteilt auf diverse Leistungen wie Hintergrundcheck (Standard), erweiterter Hintergrundcheck, berufliche Laufbahn, GPS-Tracking, Verwaltungsaufwand. Alleine der erweiterte Hintergrundcheck belief sich auf 3000 Pfund.

Mehr als 5000 Pfund für einen Privatdetektiv. *Fünftausend* Pfund. Wie hatte dieser Kerl Dad dazu gebracht, so viel Geld auszugeben? Und warum hatte Dad sich überzeugen lassen? Er war kein leichtgläubiger Mensch, sondern das genaue Gegenteil. Er war in allen Belangen ein Skeptiker – vor allem aber, was Abbies Freunde betraf.

Abbie kam der beunruhigende Gedanke, dass ihr Dad sich vielleicht mit Joel Farmer in die Haare geraten war. Vielleicht war er wütend über die hohe Rechnung und die mangelhaften Ergebnisse gewesen, sie hatten sich gestritten, und der Streit war eskaliert. Wer wusste schon, mit welchen Leuten sich Privatdetektive abgaben? Sie erschauderte und verdrängte den Gedanken eilig.

Falls Joel Farmer etwas mit dem Verschwinden ihres Dads zu tun hatte, warum hatte er dann den Bericht noch einmal geschickt? Um den Verdacht von sich zu lenken? Das schien unwahrscheinlich.

Sie dachte nach. Wenn der Brief an ihren Vater letzten Donnerstag zur Post gebracht worden war, hatte er ihn am Freitag oder Samstag vor seinem Verschwinden bekommen. Falls er etwas – etwas Schlimmes – enthalten hatte, hätte er es niemals für sich behalten. Er hätte, so schnell es ging, mit ihr oder ihrer Mum darüber gesprochen. Sie schrieb ihrer Mutter eine kurze Nachricht:

> Hat Dad dir von dem Bericht eines Privatdetektivs erzählt, den er bekommen hat? x

Sie drückte auf Senden und seufzte. Es machte sie traurig, dass ihr Dad bereit gewesen war, diesen Leuten für etwas so Sinnloses eine solche Summe zu bezahlen. Sie öffnete die PDF-Datei erneut und seufzte noch einmal, dieses Mal allerdings nicht traurig, sondern frustriert. Die Postleitzahl der Adresse lautete NG9, ihr Elternhaus hatte die Postleitzahl NG2. Das Detektivbüro hatte ihrem Vater nicht nur 5000 Pfund aus der Tasche gezogen, sie hatten es nicht einmal geschafft, die Adresse richtig zu speichern.

Aber wo hatten sie den Bericht hingeschickt?

Sie las die ganze Adresse und blinzelte verwirrt.

16 Leslie Road Beeston, Nottingham NG9 2PQ.

Es war nicht die Adresse ihres Elternhauses, sondern die Adresse des Hauses, in dem Ryan und sie wohnten.

Sie warf einen schnellen Seitenblick auf ihren Mann, während ihre Gedanken rasten.

Das Detektivbüro hatte nicht bloß zwei zufällige Adressen vertauscht. Aber warum wollte Dad, dass der Bericht an Abbie und Ryan ging? Vielleicht hatte er gedacht, dass sie ihn von ihm nicht annehmen würde und es besser wäre, sie würde ihn mit der Post erhalten? Aber hätte er ihn sich dann vorher nicht selbst ansehen wollen?

Es sah jedenfalls so aus, als wäre die Adresse absichtlich geändert worden, sodass der Brief zu Abbie und Ryan nach Hause kam.

Aber warum? Und von wem?

Und warum hatte Joel Farmer zwei E-Mail-Adressen in seinem System? Ihr Dad hatte schon seit zwanzig Jahren dieselbe Adresse, auch wenn Abbie ihn immer dazu drängte, eine Adresse zu wählen, in der nicht auch noch sein Geburtsjahr vorkam. Dass er nun eine zweite Adresse hatte, die, abgesehen von einer zusätzlichen Zahl, identisch mit der ersten war, war irgendwie seltsam und unlogisch.

Nachdem Sie auf den Brief, der am Donnerstag, 9. Juli, an die von Ihnen angegebene Adresse geschickt wurde, nicht reagiert haben …

Sie hatte diesen Brief, der anscheinend an ihre Adresse versendet wurde, tatsächlich nie gesehen.

Plötzlich stieg eine Erinnerung aus den Tiefen ihres Gedächtnisses empor. Als sie am Samstag vom Einkaufen nach Hause gekommen war, hatte Ryan den Terrassenofen im Garten hinter dem Haus angemacht und gerade zusammengeknülltes Papier ins Feuer geworfen. Es war das erste Mal gewesen, dass der Ofen brannte, seit sie bei ihm eingezogen war.

Sei nicht albern. Das hat nichts zu bedeuten.

Trotzdem gesellte sich zu der Traurigkeit über das Schicksal ihres Dads auch noch etwas anderes. Nervosität vielleicht? Oder Angst?

Sie öffnete den Link mit dem Bericht und begann zu lesen.

68

BERICHT: M502983/20
KUNDE: Edward Collier
BEARBEITER: Joel Farmer, Geschäftsführer
DATUM: 08. 07. 2020
STATUS: Streng vertraulich – keine Weiterleitung, Kopien oder sonstige Vervielfältigung

Nach Auftragserteilung durch den Kunden,
MR EDWARD COLLIER, wurde bzgl. MR RYAN WILSON (nachstehend kurz »Zielperson« genannt) ein erweiterter Hintergrundcheck, beginnend mit dem Geburtstag der Zielperson (10.09.1986), durchgeführt.

Der erweiterte Hintergrundcheck brachte einige Diskrepanzen bezüglich der schulischen, beruflichen und persönlichen Vergangenheit der Zielperson zutage.

Besagte Diskrepanzen berechtigen unserer professionellen Meinung nach zu ernsten Bedenken hinsichtlich des Hintergrundes der Zielperson.

Weitere Dienstleistungen werden auf Anfrage gerne angeboten.

Beruflicher Hintergrund – Diskrepanzen/Bedenken
Die britische Armee hat keinen Eintrag über einen Offizier mit dem Namen der Zielperson, und es gibt keinerlei Aufzeichnungen einer Rekrutierung derselben.
Schulischer Hintergrund – Diskrepanzen/Bedenken
Die Universität von Manchester hat keinen Studenten mit dem Namen der Zielperson verzeichnet und demnach keinen Abschluss an eine Person dieses Namens verliehen.
Persönlicher Hintergrund – Diskrepanzen/Bedenken
Das Strafregister der Zielperson enthält eine Inhaftierung aufgrund eines Gewaltdelikts.

Abbie riss den Blick vom Display ihres Handys und blinzelte mehrmals.

Wie bitte?

Sie schluckte. Ihr Hals war mit einem Mal staubtrocken. Das ergab keinen Sinn. Es musste eine logische Erklärung dafür geben. Es gab immer eine logische Erklärung. Privatdetektive waren nicht die Polizei. Sie hatten nicht das Wissen, die Fähigkeiten und die Berechtigung, um an solche Informationen zu kommen. Sie brachten gutgläubige Menschen um ihr Geld, die schnelle Antworten wollten.

Sie wiederholte diese Sätze wie ein Mantra, bis sie nachvollziehbar klangen, obwohl sie die ganze Zeit wusste, dass sie selbst nicht daran glaubte.

Denn der Bericht war eindeutig.

Ryan hatte entweder als Offizier beim Militär gedient oder nicht.

Er hatte entweder einen Abschluss mit Auszeichnung von der Universität von Manchester oder nicht.

Er hatte im Laufe ihrer Beziehung sehr ausführlich und lange von der Zeit beim Militär und an der Uni erzählt. Hatte darüber gesprochen, wer er war, was er getan hatte und woher er kam. Es gab kaum Platz für Doppeldeutigkeiten oder Missverständnisse.

Und wenn er in Bezug auf diese Dinge gelogen hatte, welche Lügen hatte er dann noch erzählt?

Abbie zuckte zusammen, als Ryan den Gang wechselte und seine Hand ihr Knie berührte.

Sie drehte sich ein wenig zur Seite, sodass er das Display nicht sehen konnte, und zwang sich weiterzulesen.

Persönlicher Hintergrund

Die Zielperson wurde am 10.09.1986 als ***Ryan Steven Getzler*** in Regina, Saskatchewan, Kanada, geboren. Als Eltern sind Steven Robert Getzler, Versicherungsvertreter, und Kate Davidson Getzler, Lehrerin, vermerkt. Seine Schwester Stacey wurde 1985 geboren. Recherchen in der LexisNexis Datenbank förderten den folgenden Artikel aus einer in Regina ansässigen Regionalzeitung vom 19.11.1997 zutage.

Es folgte ein grobkörniger, schwarz-weißer Zeitungsausschnitt mit dem Foto eines ausgebrannten zweistöckigen Hauses und Feuerwehrleuten in dem schneebedeckten Vorgarten. Darunter befand sich ein kleineres Bild einer Familie, das offensichtlich zu einem besonderen Anlass bei einem Fotografen entstanden war. Alle trugen ihre schönsten Sonntagskleider: der Vater einen übergroßen Anzug mit gestreifter Krawatte, die Mutter ein Kleid samt Kostümjacke, das Mädchen ein Trägerkleid und zu Zöpfen geflochtene Haare und der etwa zehn- oder elfjährige Junge mit den zur Seite gekämmten tiefschwarzen Haaren ein weißes Hemd und eine Fliege.

Abbie vergrößerte das Foto und erkannte selbst auf dem

kleinen Handydisplay und dem gescannten und in eine E-Mail eingefügten alten Foto zweifelsfrei ihren Ehemann. Er trug einen anderen Namen, aber das Gesicht, das Grinsen, das Kinn und die Augen waren unverwechselbar.

Unter dem großen Bild prangte die Schlagzeile:

ELTERN UND TOCHTER BEI BRAND GETÖTET
MAPLE-CREEK – Ein elfjähriger Junge war der einzige Überlebende des zerstörerischen Feuers, das am Sonntagabend sein Elternhaus verschlang.

Ryan Getzler, Schüler der Humboldt-Grundschule, konnte den Ermittlern zufolge aus seinem Zimmerfenster auf eine vor dem Haus wachsende Eiche flüchten.

Seine Eltern, Steven und Kate Getzler, und seine Schwester Stacey kamen in dem Feuer ums Leben, das um etwa halb drei Uhr morgens ausbrach, während die Familie friedlich in ihren Betten lag. Die Feuerwehr ist derzeit noch mit der Klärung der Brandursache beschäftigt …

Der Rest des Artikels bestand aus Zitaten der Polizisten und Feuerwehrmänner vor Ort. Über den Jungen wurde lediglich berichtet, dass er sich in der Obhut der Kinderfürsorge befand, bis seine nächsten Angehörigen verständigt werden konnten.

Danach fuhr der ursprüngliche Bericht fort.

Nach dem Brand zog die Zielperson nach Großbritannien zu seiner Großtante in Rusholme, Manchester. Nach ihrem Tod ein Jahr später übernahm erneut die Kinderfürsorge, und er kam als Pflegekind zu Mrs Eileen Jackson aus Longsight, Manchester. 2001 nahm er ihren Namen an und hieß ab diesem Zeitpunkt Ryan Steven Jackson.

2005 wurde Mrs Jackson von ihrem Bruder John als vermisst gemeldet.

Am 2. Februar 2006 heiratete die Zielperson Lori Anne Fowler.

Es folgte ein weiterer Zeitungsartikel. Dieser stammte aus einer Zeitung aus Manchester und war mit 29. November 2007 datiert.

TERROR-EHEMANN IM GEFÄNGNIS

Der Mann, der eine Herrschaft des Schreckens über seine Ehefrau führte, wurde zu einer 22-monatigen Gefängnisstrafe verurteilt.

Ryan Jackson, 20, setzte seine Ehefrau Lori Fowler, 19, einer monatelangen Tortur aus körperlichen und psychischen Misshandlungen aus, weshalb sie insgesamt fünf Mal die Notaufnahme eines Krankenhauses aufsuchen musste.

Die Misshandlungen begannen wenige Wochen nach der Hochzeit. Der aus Charnwood Grove, Toxeth, stammende Jackson wurde wegen vorsätzlicher Körperverletzung und unerlaubten Waffenbesitzes sowie wegen Betruges und Besitzes von Rauschmitteln verurteilt …

Das dazugehörige Bild war ein Polizeifoto, das offenbar nach der Verhaftung entstanden war. Der Mann hatte kurz geschorene Haare, einen Dreitagebart und frische Blutergüsse im Gesicht.

Es handelte sich zweifellos um Ryan.

Abbie schluckte und widerstand dem Drang, einen Blick zum Fahrersitz zu werfen. Sie wollte nicht weiterlesen, konnte aber auch nicht damit aufhören. Ihr Herz klopfte bis zum Hals, als sie den Blick wieder auf das Handydisplay senkte.

Die Zielperson verbrachte elf Monate im Gefängnis, bevor er auf Bewährung freikam.

Lori Fowler reichte während der Haft die Scheidung ein, sie wurde kurz nach der Haftentlassung im Oktober 2008 rechtskräftig. Versuche, Ms Fowler für weitere Befragungen ausfindig zu machen, blieben erfolglos. Sie scheint nicht im Wählerregister auf, und es gibt keine Hinweise auf eine Namensänderung, neuerliche Heirat, Beantragung eines Reisepasses oder einer Kreditkarte. Des Weiteren wurden keine Hypotheken oder Besitz- bzw. Mietverträge gefunden.

Ein weiterer, nur wenige Absätze langer Artikel berichtete, dass Ryan Jackson im April 2009 von der Merseyside Police zum Verschwinden von Lori Fowler befragt wurde. Er wurde wenig später jedoch wieder auf freien Fuß gesetzt.

Nachforschungen haben ergeben, dass die Zielperson im August 2009 den Namen von ***Jackson*** auf ***Wilson*** ändern ließ. Danach gibt es keine Aufzeichnungen zu weiteren Haftstrafen oder Anzeigen, keine Zeitungsartikel, keine Heiratsurkunden und keine weiteren Namensänderungen.

Abbie senkte das Handy und stellte sicher, dass das Display immer noch von Ryan abgewandt war. Ihr Blick huschte zu dem Mann hinter dem Lenkrad. Dem Mann, den sie kennen und lieben gelernt hatte. Dem Mann, mit dem sie ihr restliches Leben verbringen wollte. Mit dem sie vorgehabt hatte, Kinder zu bekommen und alt zu werden. Der ihr eine wundervolle gemeinsame Zukunft ausgemalt hatte.

Zu einem Mann, dessen Geschichten nicht zu den Fakten passten.

Einem Mann, der sich mindestens zweimal selbst neu erfunden hatte und die Vergangenheit abgestreift hatte wie eine Schlange, die sich häutet. Der seinen Namen geändert und neu angefangen hatte.

Einmal als Teenager, um den Namen seiner Eltern loszuwerden und sämtliche Verbindungen zu seiner Familie zu trennen …

Zu seiner *toten* Familie.

Und einmal, nachdem er aus dem Gefängnis entlassen und von seiner ersten Frau geschieden worden war. Er hatte nicht beim Militär gedient, sondern im Gefängnis gesessen. Er war zu Ryan Wilson geworden und hatte sich eine vollkommen neue Vergangenheit ausgedacht – samt Universitätsabschluss mit Auszeichnung und Offizierskarriere, mit der er sich schließlich einen wohldotierten Job gesichert hatte. Er hatte sich nach oben gearbeitet und Stück für Stück eine neue Identität aufgebaut. Vielleicht hatte er sich wahllos bei so vielen Firmen wie möglich beworben, bis jemand sich nicht die Mühe gemacht hatte, seine Referenzen zu überprüfen. Vielleicht hatte er auch einfach seine wahre Bestimmung gefunden. Er war gut aussehend, charmant, überzeugend und charismatisch – ein Macher. Und das war in seiner Branche, in der die Macher ihre eigenen Regeln aufstellten, mehr als genug.

Er war zu einem Mann geworden, der sie nach Strich und Faden manipuliert hatte.

Zu einem Mann, dessen Weg Vermisste und Tote pflasterten. Seine Mutter und sein Vater. Seine Schwester. Seine Großtante. Seine Pflegemutter. Seine erste Frau.

Seine erste *Frau*.

Abbie lief es eiskalt über den Rücken.

Er war schon einmal verheiratet gewesen. Und seine Ex-Frau war spurlos verschwunden.

Sie dachte an die Bilder auf dem Bücherregal in ihrem gemeinsamen Wohnzimmer. Ryan als Junge mit seiner Mum und seinem Dad. Ryan als junger Mann mit zwei älteren Frauen, die angeblich Freundinnen der Familie waren. Ryan mit einer Frau, die er ihr als Cousine verkauft hatte, die aber vermutlich Lori Fowler gewesen war.

Sie standen alle in ihrem Haus in Beeston. Sie waren alle Ryans Vergangenheit. Und sie waren alle tot oder wurden vermisst.

Ein weiterer eiskalter Schauer durchfuhr sie, als sie an das neueste Bild dachte. Einer der Flyer mit dem Gesicht ihres Vaters hatte sich zu den gerahmten Fotos auf dem Regal gesellt.

Sie hatte das Gefühl, gleich in Ohnmacht zu fallen, als sie alles erneut vor sich sah. Die Suchbegriffe auf Dads Computer. Die Wodkaflasche und die Medikamente in seinem Auto. Den Schlüssel ihres Elternhauses, den sie Ryan geliehen hatte, damit er ihre Sachen abholen und in ihr neues Zuhause in Beeston bringen konnte. Er hatte ihn lange genug gehabt, um einen Abdruck anfertigen zu lassen – und somit konnte er *wochenlang* im Haus ihrer Eltern ein und aus gehen.

In ihrem Kopf drehte sich alles.

Sie dachte an die Vermissten und Toten, zu denen nun auch George Fitzgerald zählte.

Und ihr Dad.

Ihr liebenswürdiger, witziger Dad, der sie als Kind auf den Schultern getragen und ihr das Schwimmen beigebracht hatte. Ihr Dad, der nie ins Bett ging, bevor sie nicht sicher wieder zu Hause war. Ihr Dad, der sie gelehrt hatte, für sich selbst einzustehen und an sich zu glauben. Der sie in allem ermuntert und angefeuert hatte.

Ihr Dad hatte sich Ryan gegenüber von Beginn an seltsam verhalten.

Ihr Dad hatte Ryan durchschaut.

Ihr Dad …

»Was liest du da?«, fragte Ryan.

TEIL IV
DER HAKEN

RYAN

69

Seine Frau zuckte zusammen, als hätte er sie geschlagen.

»Was?«, fragte sie, und ein seltsamer Ausdruck machte sich auf ihrem Gesicht breit. »Was meinst du?«

»Ich wollte nur wissen, was du da gerade liest«, meinte Ryan und deutete mit dem Daumen auf ihr Handy. »Es scheint entweder echt toll oder echt furchtbar zu sein.«

Sie machte das Handy aus und legte es mit dem Display nach unten in ihren Schoß, wo sie es fest umklammerte.

»Ach so, das waren bloß, du weißt schon … Schulangelegenheiten.« Sie winkte ab. »Eine Mail von der Bildungsaufsicht.«

Sie fuhren an einem schwarz-weißen Schild vorbei, das sie in Edale willkommen hieß. Ryan bog auf den Parkplatz und hielt nahezu an derselben Stelle wie vor vier Tagen.

»Hattest du nicht erst letztes Jahr eine Überprüfung?«, fragte er.

»Das ist schon länger her«, antwortete sie hastig. »Sieht so aus, als wäre es nächste Woche wieder so weit.«

»Das ist heftig.«

»Ja, schon.«

Ryan stieg aus, ging zum Kofferraum, tauschte die Sportschuhe gegen seine Wanderstiefel und schnappte sich seinen Rucksack. Abbie saß noch immer im Wagen. Soweit er sehen konnte, hatte sie erneut das Handy in der Hand. Er ließ den Rucksack sinken und ging zur Beifahrertür.

»Was ist denn los?«, fragte er. »Du siehst aus, als hättest du einen Geist gesehen.«

Abbie sah einen Augenblick zu ihm hoch. Ihre Augen waren geweitet, die Pupillen groß und rund. Beinahe so, als würde sie ihn zum ersten Mal sehen. Dann wandte sie sich eilig ab und öffnete ungeschickt ihren Sicherheitsgurt.

Ryan wusste, womit er es zu tun hatte. Abbie zeigte die klassischen Anzeichen eines psychischen Schocks. Verwirrung, Orientierungslosigkeit, die Unfähigkeit, klar zu denken. Wie Passagiere auf einem sinkenden Schiff, die nicht fähig sind, etwas zu unternehmen, weil sie nicht begreifen, was gerade mit ihnen passiert, und die darauf warten, dass jemand in Uniform kommt und ihnen hilft.

Das Gehirn gerät in eine Schockstarre, und die Umgebung verschwimmt. Zu viele Menschen ergeben sich wie Lämmer dem Tod, wenn etwas auf katastrophale Art schiefläuft.

»Ehrlich gesagt, ist mir ziemlich übel.« Abbie stieß die Luft aus. »Vielleicht die vielen Kurven.«

Ja, dachte Ryan, *sie sieht wirklich aus, als müsste sie sich gleich übergeben.* Aber da war noch etwas anderes. Etwas, das er schon viele Male gesehen hatte.

Angst.

Und es spielte keine Rolle, wie oft er sie schon gesehen, gerochen, geschmeckt hatte – sie bescherte ihm immer noch dieses kleine, dunkle Hochgefühl. Wie beim ersten Mal, als er vor all den Jahren das verzweifelte Gesicht seiner Schwester hinter der Fensterscheibe gesehen hatte, bevor der Rauch und die Flammen sie verschlangen.

Er lächelte mitfühlend. »Das kommt davon, wenn man

während der Fahrt aufs Handy starrt. Die frische Luft wird dir guttun.«

Sie stieg aus. »Ich gehe nur noch schnell auf die Toilette.«

»Brauchst du etwas? Wasser, Schmerztabletten, Snacks?«

Sie schüttelte den Kopf und eilte zu den öffentlichen Toiletten am anderen Ende des Parkplatzes.

»Ich hänge noch ein paar Flyer auf!«, rief er ihr nach.

Sie streckte einen Daumen in die Höhe, drehte sich aber nicht um.

Ryan setzte sich in Bewegung. Natürlich bestand ein Risiko, dass ihn jemand wiedererkannte, wenn er die Flyer verteilte, aber in diesem Fall würde er sich herausreden. Was war das Leben ohne Risiko? Er pinnte einen Flyer auf die Anschlagtafel und klebte einen weiteren an den Parkscheinautomaten.

Es war seltsam, Eds Gesicht wiederzusehen, der ihn anlächelte, als wäre alles in bester Ordnung.

Er hatte noch etwa zwei Dutzend Flyer im Rucksack, aber zuerst musste er etwas erledigen. Er lehnte sich an die Wand neben dem Eingang zur Damentoilette und holte sein Handy heraus.

Er hatte keine neuen Nachrichten und E-Mails, und der Google-Alert zeigte keine neuen Meldungen zu Ed Collier und George Fitzgerald.

Er öffnete den Account der E-Mail-Adresse *edward.collier711@hotmail.com* und entdeckte die als wichtig eingestufte Nachricht des Detektivbüros sofort. Er klickte sie an, und Zorn stieg in ihm hoch.

Verdammt!

Ganz ruhig. Beruhige dich.

Er hätte es wissen müssen. Joel Farmer wollte sein Geld. Er hatte zwar den schriftlichen Bericht abgefangen und verbrannt und Eds Hotmail-Account geklont, um auch die elektronische

Rechnung zu löschen, aber er hatte nicht daran gedacht, sie zu begleichen. Farmer kümmerte es nicht, was mit dem Bericht passierte, das war die Sache des Kunden. Aber natürlich wollte er für seine Mühen bezahlt werden.

Ryan war sich zwar sicher, dass Farmer nicht so schnell zur Polizei gehen würde, denn immerhin hatte er den Großteil seiner Erkenntnisse ganz offensichtlich mit illegalen Mitteln erworben, aber er verwettete seinen Jahresbonus darauf, dass Abbie den Bericht gesehen hatte. Warum benahm sie sich sonst plötzlich so seltsam?

Um sicherzugehen, loggte er sich in Eds richtigen Account ein, und tatsächlich war die E-Mail von Midland Investigations nicht schwarz, sondern hellgrau hinterlegt. Sie war vor einer Stunde gekommen und bereits geöffnet worden. *Scheiße.*

Eines musste man Abbie lassen: Sie war eine ziemlich gute Lügnerin – vor allem, was ihre Eltern betraf. Sie hatte Talent, aber Ryan hatte das Lügen praktisch erfunden. Er beherrschte es so exzellent, dass er sich manchmal sogar selbst glaubte. Das war das Geheimnis dahinter. Es gab keine komplizierte Formel, und es waren keine Schauspielkünste notwendig. Man musste die Lügen einfach *glauben,* dann zeigte der Körper keine typischen Anzeichen, die schlechten Lügnern oft zum Verhängnis wurden.

Ryan überlegte. Seine Chancen standen 50 : 50. Sollte er die Sache beenden, um den Schaden in Grenzen zu halten? Nein, das war nicht notwendig. Er konnte die Situation noch retten.

Die Dinge im Bericht lagen alle so weit in der Vergangenheit, dass sie verjährt waren. Solange keine stichhaltigen neuen Beweise auftauchten, würde kein einziger Fall wieder aufgenommen werden.

Und alles würde gut werden. Das war immer so gewesen.

Aber …

Abbie würde nicht aufhören, nach ihrem Vater zu suchen. Sie würde die Polizei dazu bringen, auch in andere Richtungen zu ermitteln.

Ryan traf eine Entscheidung.

Er ließ den Blick über den Parkplatz schweifen. Es waren etwa ein Dutzend Autos zu sehen, und an einem bewölkten Wochentag waren sicher nicht viele Wanderer unterwegs. Er lehnte sich näher an die Toilettentür heran. Das Häuschen war ein einfacher Betonblock mit einem offenen Spalt unter dem Dach anstatt Fenstern, und aus dem Inneren war Abbies leise murmelnde Stimme zu hören. Sie war inzwischen fünf Minuten fort, und seitdem hatte niemand die Toilette betreten oder war herausgekommen.

Einen Moment später trat sie durch die Tür und machte sich auf den Weg zum Wagen.

»Hey«, meinte er hinter ihr.

Sie zuckte erschrocken zusammen und fuhr herum. Sie wirkte immer noch furchtbar nervös und sah aus wie eine Überlebende einer Bombenexplosion.

»Hey«, hauchte sie.

»Geht es dir besser?«

»Nicht wirklich.« Sie hob die zitternden Hände. »Hast du Desinfektionsmittel im Rucksack? Der Spender funktioniert nicht.«

Er holte eine kleine Flasche heraus und gab sie ihr. »Mit wem hast du geredet?«

Sie drückte etwas Gel auf ihre Handfläche. »Ich wollte nur sichergehen, dass Mum okay ist.«

»Und? Ist sie es?«

»Hmmm.« Sie bemühte sich, ihm nicht in die Augen zu sehen. Als sie es schließlich doch tat, sah sie ihn an, als wäre er ein Fremder. »Ich habe ihr eine Nachricht hinterlassen.«

»Der Empfang hier oben ist zum Vergessen, nicht wahr?«

Sie nickte grimmig. »Ryan, es geht mir echt nicht gut.« Sie legte sich eine Hand auf den Bauch. »Mir ist immer noch übel. Ich weiß nicht, ob ich es bis ins Hochmoor schaffe. Wie weit ist es denn?«

»Etwa zwei Kilometer, schätze ich. Und wo wir schon mal hier sind, sollten wir auch hinauf.« Er griff lächelnd, aber bestimmt nach ihrer Hand und zog sie mehr oder weniger mit sich auf eine schmale Straße, die zum Talschluss führte. »Komm.«

70

RYAN

Ryan hatte das Moor von Anfang an geliebt.

Wälder waren etwas für Amateure. Alle dachten, Wälder seien die erste Wahl, weil sie genug Deckung boten, aber diese Leute hatten im Gegensatz zu ihm keine Ahnung von der *Praxis*.

Das erste Problem in Wäldern waren die Wurzeln. Sie waren *überall*. Groß, klein, so dick wie ein Oberschenkel und so zäh wie gegerbtes Leder. Wer schon einmal versucht hatte, ein Loch von angemessener Tiefe zu graben, wusste sehr genau, wie verdammt anstrengend es war, den Spaten alle fünf Minuten beiseitezulegen, um sich den Weg durch die nächste Wurzelschicht zu hacken. Er hatte es auf die harte Tour gelernt.

Das zweite Problem war, dass Wälder zwar Deckung boten, dass dies aber auch im umgekehrten Fall galt und man oft erst im letzten Moment bemerkte, wenn sich jemand näherte. Ryan bevorzugte weite, einsame Ebenen mit dem einen oder anderen Hügel, wo er zufällig vorbeikommende Wanderer bereits ausmachen konnte, bevor sie ihn entdeckt hatten.

Und das Moor hatte einen weiteren entscheidenden Vorteil gegenüber jedem Wald: Wenn es regnete, ging die gesamte Wassermenge sofort in den Boden und wurde nicht von den Bäumen aufgefangen. Dadurch war der Untergrund feuchter, weicher und formbarer. Zu graben war einfacher, und man kam schneller auf die erforderliche Tiefe.

Als er als Junge nach England gekommen war, war er von dem Saddleworth-Moor fasziniert gewesen, das sich östlich von Manchester erstreckte und in den Sechzigern durch die Moormörder Myra Hindley und Ian Brady Berühmtheit erlangt hatte. Die beiden hatten fünf ihrer Opfer dort vergraben, wobei die Leiche des zwölfjährigen Keith Bennett nie gefunden wurde.

Saddleworth befand sich etwa fünfzehn Kilometer weiter nördlich, aber hier, im Herzen des Dark Peak, war *sein* Revier. Er kannte die Gegend wie seine Westentasche und wusste über sämtliche Hügel, Mulden und Abgründe Bescheid. Er kannte die bewaldeten Klammen, das mit Heidekraut bewachsene Hochland, die dunklen Torfmoore und die Felsen aus grobkörnigem Sandstein, die dem Dark Peak seinen Namen verliehen.

Er kannte die Geheimnisse des Dark Peak. Und der Dark Peak kannte seine.

Es war der einzige Ort, an dem Ryan er selbst sein konnte. Nur hier konnte er wirklich klar denken. Das Chaos, die Komplikationen und das Gruppendenken des »normalen« Lebens existierten nicht.

Hier konnte er *frei* sein.

Und seine Behauptung war nicht unbedingt gelogen, dass er jeden zweiten Sonntag im Monat das Grab seiner Mutter besuchte. Obwohl sie seine *Pflege*mutter gewesen war und sich ihr Grab auch nicht in Manchester befand, sondern hier, verscharrt in der torfigen Erde.

Mehr oder weniger genau unter Eds Füßen, als dieser seinen letzten Atemzug gemacht hatte.

Nach allem, was er ihretwegen durchgemacht hatte, und nach all den Demütigungen, die er durch seine *Pflege*mutter – er verzog immer noch das Gesicht, wenn er den Begriff in den

Mund nahm – erleiden musste, hätte er sie am liebsten liegen gelassen und gewartet, bis wilde Tiere ihr das Fleisch von den Knochen genagt und es in alle vier Himmelsrichtungen verschleppt hatten.

Aber selbst mit achtzehn hatte er gewusst, dass ein solches Vorgehen auf lange Sicht nicht ratsam war. Das konnte man in Alaska oder im asiatischen Dschungel machen, aber nicht hier. Die Raubtiere in dieser Gegend waren nicht groß genug und auch nicht in ausreichender Menge vorhanden, um eine derartige Aufgabe ordnungsgemäß zu erledigen. Und auch wenn es im Dark Peak nicht gerade von Wanderern wimmelte, musste man die notwendigen Vorkehrungen treffen, um nicht erwischt zu werden.

Erwischt zu werden hätte bedeutet, dass er aufhören musste.

Und Ryan wollte nicht aufhören.

Er war noch jung und lernfähig, und er wurde immer besser, was die drei wichtigsten Prinzipien seiner Profession betraf.

Da war zum Ersten die *Täuschung*. Schon damals, als Elfjähriger, als er noch in dem beschissenen kleinen Haus in Maple Creek gewohnt hatte, hatte er verstanden, dass Täuschung das grundlegende Prinzip dieses Lebensstils war. Er hatte erkannt, wie wichtig gute Lügen waren. Nicht nur, was Worte, sondern auch, was Taten betraf.

Die Arbeit im Hospiz war beispielsweise großartig, denn sie brachte gleich zwei Vorteile: Sie ließ ihn gut dastehen, und er konnte diese Menschen in ihren letzten Stunden oder sogar Minuten begleiten. Manchmal schloss er mit sich selbst Wetten ab, wer zuerst sterben würde und in welcher Reihenfolge ihm die anderen folgen würden, und einige Male war er bis kurz vor dem Ende bei den Patienten geblieben, bis die Angehörigen gekommen waren, um ein paar letzte Tränen zu vergießen. Er hatte es an ihrem röchelnden Atem, der bebenden Brust und den schlaffen Lippen erkannt, dass sie kurz davor standen, und es war zwar nicht so befriedigend mitzuerleben, wenn er selbst die letzten Momente herbeiführte, aber es half ihm durch die langen Durststrecken, die dazwischenlagen. Es hielt ihn im Zaum, wenn das Verlangen in ihm ihn wie eine Welle zu überrollen drohte.

Das zweite wichtige Prinzip seiner Profession war die *Problemlösungskompetenz,* und dafür war Ryan Spezialist. Er konnte klar denken und mit Stolz von sich behaupten, ein pragmatischer Mann zu sein. Er konnte jedes Problem in seine Einzelteile zerlegen und eine Lösung für sie alle finden.

Die Tat selbst geschah wie von selbst. Jeder Schwachkopf konnte ein Leben auslöschen, es waren die restlichen Facetten – die Planung, das Tatmuster, das Alibi, der Tatort, die Hilfsmittel und die Forensik –, bei denen er glänzen konnte. Ryan war stolz darauf, dass er heller glänzte als die meisten anderen. Vielleicht sogar heller als *alle* anderen. Und genau deshalb brauchte er ein umfassendes, todsicheres Alibi-Leben. Ein Leben mit einer schönen jungen Frau und ein paar pausbäckigen Kindern.

Was ihn zum dritten wichtigen Prinzip brachte: *Tarnung.*

Hier kam Abbie ins Spiel. Alleinstehende Männer um die dreißig wirkten verdächtig. Eine Lebenspartnerin half in dieser Hinsicht, aber warum nicht gleich heiraten? Aber kein unzuverlässiges kleines Ding wie Lori, sondern eine nette, hübsche, respektable Frau aus gutem Haus. Ein verheirateter Mann erregte weniger Aufmerksamkeit, als ob ein goldener Ring am Finger dich automatisch vertrauenswürdiger machte. Und wenn schon eine Frau, warum dann nicht auch ein paar Kinder, um das Bild abzurunden? Es war die perfekte Tarnung, denn es hatte selten Männer gegeben, die das Gleiche getan hatten wie er und eine Gattin und Kinder vorweisen konnten, als sie verhaftet wurden.

Er schenkte seiner Frau ein Lächeln, während er sie den Pfad entlang ins Moor führte. Von der Seite betrachtet, sah sie seiner Mom – seiner richtigen Mom – so ähnlich, dass ihm ein Schaudern über den Rücken lief. Sie war so ein süßes Mädchen.

Sie war perfekt.

Die eine. Die eine, die ihn vielleicht retten würde. Ein Gegengift gegen die Dunkelheit, wie es seine Mom hätte sein sollen. Sie hatte es versucht, aber sie war schwach gewesen. Zu schwach.

Denn wenn Ryan sich etwas in den Kopf gesetzt hatte, ließ er sich um keinen Preis davon abhalten. Er hatte sein Talent schon früh erkannt. Er war bereit, alles zu tun, um seine Ziele zu erreichen. Wenn er erst beschlossen hatte, Dinge zu tun, für die anderen der Mut fehlte, gab es niemanden, der sich ihm in den Weg stellen konnte. Kein dazwischenfunkender Schwiegervater und auch kein potenzieller Rivale, der eine Beziehung wieder aufleben lassen wollte, indem er Geld in ein Wohltätigkeitsprojekt pumpte. Nicht seine Mutter, nicht seine Schwester. Nicht sein Vater.

Es gab nichts und niemanden.

ABBIE

71

Endlich tauchte sie aus dem Schock auf wie ein Schiff, das eine Nebelwand durchbrach.

Sie waren die schmale Straße entlanggewandert, die aus Edale hinaus und in den Norden in Richtung Hochmoor führte, und dabei an dem Pub, dem Friedhof und dem kleinen weißen Haus vorbeigekommen. Sie kamen schnell voran, bis die Straße zu einem Wanderweg wurde, der sich durch die Wiese voller Butterblumen und schließlich nach oben zu dem dunklen Sandstein wand. Ryan verteilte auf dem Weg Flyer, sprach mit allen, die ihnen begegneten, und versprühte lächelnd seinen Charme, während er gleichzeitig echte Besorgnis vermittelte.

Und ihre Hand fest umklammert hielt.

Abbie bewegte sich wie in Trance und war nicht fähig, etwas zu sagen oder etwas anderes zu tun, als einen Fuß vor den anderen zu setzen. Fast eine Stunde ging es immer weiter durch einsames Moorland, während vom Westen tief hängende Wolken aufzogen.

Fast eine Stunde wanderte sie, bis der Schock endlich nachließ.

Kein Ehemann mehr.

Kein gemeinsames Leben.

Keine Zukunft.

Es war, als wäre sie während der Fahrt von einem Karussell

gesprungen, und nun stand sie orientierungslos da und versuchte, nicht das Gleichgewicht zu verlieren, während die Welt sich immer noch drehte. In dem Moment, als sie die E-Mail geöffnet hatte, war das im vergangenen Jahr sorgfältig erbaute Fundament mit einem lauten Krachen zusammengebrochen.

Denk nach.

Denk nach.

Sie kamen an eine Weggabelung. Zu ihrer Rechten sah sie in etwa 250 Metern Entfernung ein paar Felsen auf einem Hügel.

»In welche Richtung?«, fragte Abbie ein wenig außer Atem. Ihre Beine brannten vor Anstrengung.

»Geradeaus«, antwortete Ryan.

Abbie deutete auf das verwitterte grüne Schild zu ihrer Rechten, das zu den Felsen zeigte. »Vielleicht sollten wir dort drüben einen Flyer aufhängen?«

»Das liegt nicht auf unserer Route.«

»Aber es kommen sicher viele Leute vorbei, oder?«

Ryan drehte sich zu ihr um und lächelte. »Weißt du was, ich laufe hinüber und hänge einen Flyer auf. Du wartest hier und ruhst dich aus.« Er ließ den Rucksack von den Schultern gleiten und stellte ihn neben ihr ab. »Es dauert nur ein paar Minuten, dann können wir weiter.«

»Okay. Danke.« Sie ließ sich nieder und sah zu, wie er mit einer Selbstverständlichkeit den Hügel hochjoggte, als müsste er nicht weiter darüber nachdenken.

Sobald er ihr den Rücken zugewandt hatte, holte sie ihr Handy aus der Tasche.

Sie hatte kaum Empfang, der sich immer wieder verabschiedete.

Sie rief ihre Mum an, doch der Anruf ging nicht durch. *Anruf fehlgeschlagen*. Ihr Herz wurde schwer.

Sie versuchte es mit dem Notruf 999. *Anruf fehlgeschlagen.*

Ryan hatte ihr immer noch den Rücken zugekehrt, war aber beinahe am Ziel angekommen.

Scheiße.

Sie steckte ihr nutzloses Handy in die Hosentasche und machte sich mit zitternden Fingern über Ryans Rucksack her. Vielleicht hatte sein Handy Empfang. Immerhin waren sie bei verschiedenen Netzanbietern.

Ryan befestigte den Flyer an dem hölzernen Steher der Tafel.

Sie steckte ihre Hand in den Rucksack. Wechselklamotten, Wasser, Plastiktüten, Energieriegel, eine Art Kiste. Ihre Hand berührte etwas Kleines, Stabiles. Sie zog es heraus und ... erstarrte.

Sie blickte auf den Gegenstand auf ihrer Handfläche hinunter und wollte nicht wahrhaben, was das bedeutete. Er war vertraut und dennoch völlig fehl am Platz. Ihr Blut gefror zu Eis. Sie wollte weinen, schreien, sich zu einem Ball zusammenrollen. Der Schock drohte sie wieder unter sich zu begraben.

Nein.

Bleib ruhig.

Denk nach.

Sie schloss die Faust um den Gegenstand und steckte ihn in ihre Jackentasche, dann schloss sie eilig Ryans Rucksack. In diesem Moment drehte er sich um.

Sie sah zu, wie er auf sie zujoggte. »Erledigt«, sagte er und war kaum außer Atem.

»Super.«

Er griff nach ihrer Hand. »Komm. Weiter gehts.«

»Weißt du, ich habe nachgedacht«, sagte Ryan nach einer Weile. »Wie wäre es, wenn wir den ersten Jahrestag unserer Hochzeit im Chatsworth House feiern? Es wäre etwa auf halber Strecke zwischen Nottingham und Manchester und gar nicht weit entfernt. Wir könnten es uns auf dem Rückweg ansehen.«

Sie ließ sich Zeit mit der Antwort. »Ehrlich gesagt, habe ich jetzt keinen Kopf für die Party.«

»Aber warum denn nicht? Es wäre perfekt. Und das wollen wir doch beide, nicht wahr?«

Abby ignorierte die Frage. »Ich will, dass mein Dad dabei ist.« Sie schluckte. Ihre Kehle war staubtrocken. »Ich will zuallererst, dass er zurückkommt, bevor ich mir Gedanken über etwas anderes mache.«

»Das ist natürlich verständlich, Abs.« Ryans Stimme wurde sofort sanfter. »Das verstehe ich absolut.«

Sie schaffte es endlich, ihm ihre Hand zu entziehen, und steckte sie eilig in ihre Jackentasche. Sie gingen schweigend weiter, und wie aus dem Nichts musste sie plötzlich an eine Serie denken, die sie vor ein paar Jahren zusammen mit ihrem Dad auf Netflix gesehen hatte. In *Tote Mädchen lügen nicht* ging es um eine Highschool-Schülerin, die Selbstmord beging und dreizehn Audiokassetten hinterließ, in denen sie verschiedenen Leuten die Mitschuld an ihrem Tod gab. Ihrem Dad hatte zwar die Geschichte, aber nicht die tiefere Botschaft gefallen, dass es möglicherweise Gründe gab, sich selbst zu töten. Sie hatten nach der letzten Folge lange geredet, und er hatte gesagt, dass Suizid *eine permanente Lösung für ein vorübergehendes Problem* sei. Er war in leidenschaftlicher Sorge darüber gewesen, dass seine Teenagertochter den falschen Eindruck erhalten hatte und nun dachte, Selbstmord könnte die Antwort auf bestimmte Probleme sein.

In diesem Moment fiel es Abbie wie Schuppen von den Augen. Und vielleicht hatte sie es auch schon von Anfang an gewusst. Als sie schließlich sprach, waren die Worte nicht geplant, sie brachen einfach aus ihr heraus.

»Was ist deiner Meinung nach mit ihm passiert, Ryan?«, fragte sie bemüht ruhig. »Mit meinem Dad, meine ich.«

»Ganz ehrlich, Schatz? Ich weiß es nicht. Aber du musst weiter positiv denken und daran glauben, dass er zu uns zurückkommt. Er würde genau das wollen.«

Sie schüttelte den Kopf. »Ich habe es versucht, aber ich kann mir nicht vorstellen, dass er sich selbst etwas angetan hat. Genauso wenig, wie ich akzeptieren kann, dass er einfach gegangen ist, ohne sich zu verabschieden.«

»Wer weiß, was er sich in dem Moment gedacht hat …«

»Warum hat er mich gefragt, ob ich mit dir zum Grab deiner Mutter in Manchester fahre?«

Ryan blinzelte und runzelte kaum merklich die Stirn. Sie hatte diesen Ausdruck in den letzten vier Tagen oft gesehen, aber jetzt wirkte er gekünstelt, wie bei einem Schauspieler, der nach der richtigen Gefühlsregung sucht. »Ich denke, er wollte einfach Bescheid wissen, was du treibst.«

Abbie schüttelte den Kopf. »Es war mehr als das. Es klang, als wäre er sich nicht sicher gewesen, ob du überhaupt nach Manchester fährst.«

»Er will dich immer und überall beschützen und wissen, was du machst. Ich werde als Dad sicher genauso sein.«

»Nein«, beharrte Abbie. »Es ging nicht um mich. Es ging um *dich*. Darum, wo *du* hinfahren wolltest.«

Ryan wollte etwas sagen, doch dann hielt er inne.

»Was?«, fragte Abbie. »Was ist los?«

Ryan fuhr sich mit der Hand über den Mund und runzelte die Stirn.

»Ich muss dir etwas gestehen«, sagte er schließlich mit sanfter, leiser Stimme. »Es geht um deinen Dad.«

Es war, als hätte Abbie einen Schlag in die Magengrube erhalten. Sie blieb stehen und sah ihn an. »Wovon redest du?«

»Es fällt mir nicht leicht, dir das zu sagen, und ich wünschte mehr als alles andere, ich hätte es dir schon früher gesagt …«

»Dann sag es mir jetzt.«

»Ich war letzten Sonntag auch hier«, sagte Ryan und griff erneut nach ihrer Hand, »und habe deinen Dad gesehen.«

ABBIE

72

Abbie sah ihren Mann fassungslos an. »*Wie bitte?*«

»Zumindest dachte ich, ich hätte ihn gesehen.«

»Aber du warst letztes Wochenende in Manchester …«

»Ja, aber zuerst war ich hier.«

»Warum?« Ihre Stimme wurde lauter. »Was hast du hier gemacht?«

»Ich komme gerne hierher, um …«

»Und warum, zum Teufel, hast du der Polizei nichts davon erzählt?«

»Weil … ach, es ist grauenhaft. Ich dachte, es wäre nicht relevant, und ich wollte nicht, dass du und deine Mum so von ihm denkt …«

»Wovon redest du?«

»Er war mit einer anderen Frau zusammen.«

»Wie bitte?«, fragte sie erneut, und ihr Gesicht wurde hart wie Stein.

»Er war dort drüben.« Ryan deutete auf einen kleinen Hügel in der Ferne. »Ich bin ihm ein Stück gefolgt, um ihn zu begrüßen. Sie haben Händchen gehalten und sich geküsst. Am Anfang dachte ich, deine Mum wäre bei ihm, aber als ich näher kam, erkannte ich, dass es eine fremde Frau war.«

Abbie schüttelte entschieden den Kopf. »Nein.«

»Es ist scheußlich, dass du es auf diese Art erfahren musst, aber …«

»Nein«, sagte sie erneut und um einiges lauter. »Das ist vollkommener Schwachsinn, Ryan. Ich glaube dir kein Wort.«

»Warum sollte ich dich anlügen?«

Sie schnaubte. »Echt jetzt? Das fragst du mich? Nach allem, was passiert ist?«

»Ich weiß nicht, was du meinst, Liebling.«

»Du lügst mich doch schon die ganze Zeit an!« Mittlerweile schrie sie. »Über deine Zeit beim Militär, über die Uni, über deine Familie …« Sie wartete nicht, bis er antwortete. »Deine Mum hatte keinen Krebs, nicht wahr? Sie ist gestorben, als du zehn warst. Mein Dad hat einen Privatdetektiv beauftragt! Du hast mir erzählt, dass du jeden zweiten Sonntag im Monat das Grab deiner Mutter besuchst – aber ich glaube kaum, dass du innerhalb eines Tages schaffst, nach Kanada und wieder zurückzufliegen.«

»Es war meine Pflegemutter …«

»Deine Pflegemutter ist verschwunden. Genau wie deine erste Frau! Genau wie mein Dad! Und wie George!« Sie hob ihr Handy. »Ich habe es selbst gesehen.«

Ryan schüttelte beinahe enttäuscht den Kopf. »Du solltest nicht alles glauben, was du liest.«

»Was soll denn das schon wieder heißen?«

»Das ist doch eine Standardtaktik von Privatdetektiven.« Er seufzte. »Vertrau mir, wir haben früher ab und zu auf ihre Dienste zurückgegriffen, wenn wir Leute für Spitzenpositionen suchten. Auf einen guten Detektiv kommen zehn schlechte, die verzweifelten, leichtgläubigen Leuten ein Vermögen aus der Tasche ziehen und nichts liefern. Sie schmücken ihre Berichte mit verrücktem Schwachsinn aus, um ihre horrenden Preise zu rechtfertigen. Ich kenne das.«

Nun musste Abbie den Kopf schütteln. »Ich habe die Fotos gesehen, Ryan. Von dir.« Sie starrte zu ihm hoch. »Das Foto von der Verhaftung, als du ins Gefängnis kamst, nachdem du deine erste Frau misshandelt hattest. Das Foto von dir und deiner Familie, das nach dem Feuer in der Zeitung war.«

Ryan sah sie an. »Ich habe einige Dinge getan, auf die ich nicht stolz bin, und ich hatte es ab und zu sehr schwer. Aber dieser Mann bin ich nicht mehr.«

»Du kannst einfach nicht aufhören, was?« Sie schüttelte den Kopf. »Du erzählst bloß eine Lüge nach der anderen.«

Die Spannung fiel von ihm ab, und er gab sich geschlagen. »Ich liebe dich, Abbie Wilson. Du hast mir zum ersten Mal im Leben gezeigt, was wahre Liebe ist. Ich will dir dabei helfen, deinen Dad zu finden, und dir den letzten Ort zeigen, wo ich ihn gesehen habe. Es ist nicht mehr weit.« Er winkte sie mit sich. »Komm.«

73 RYAN

Ryan setzte sich in Bewegung. Er wusste, dass sie ihm folgen würde. Das taten sie früher oder später immer. Es war wie beim Tanzen – trotz der ganzen Leier zum Thema Feminismus und Geschlechtergleichheit wollten Frauen tief in ihrem Inneren immer noch geführt werden.

Nachdem er ein paar Meter gegangen war, drehte er sich um, um sie weiterzuwinken, ihre Hand zu nehmen und ihr Sicherheit zu geben.

Doch sie war nicht da. Sie stand immer noch dort, wo er sie zurückgelassen hatte. »Abbie, komm. Bitte.«

»Was ist letzten Sonntag passiert, Ryan?« Ihre Stimme hallte dumpf über das karge Moorland. »Was ist mit meinem Dad geschehen?«

Er streckte die Hand aus, um sie zu sich zu locken. »Ich versuche gerade, dir zu helfen, genau das herauszufinden. Deshalb sind wir doch hier, oder?«

»Ich gehe nirgendwo mit dir hin«, sagte sie. »Ich gehe zurück.«

»Wohin zurück?«

»Egal, Hauptsache fort von hier!«, rief sie, und ihre Stimme brach. »Hauptsache fort von *dir.*« Sie machte sich schluchzend auf den Weg.

Ryan folgte ihr. Sein Herz klopfte bis zum Hals. »Abbie, warte.«

»Lass mich in Ruhe!«

Er hielt inne. »Ich verspreche dir, dass ich dir nicht folge. Ich will doch nur, dass dir nichts zustößt.«

»Mir stößt schon nichts zu!«, rief sie. »Ich mache mich jetzt alleine auf die Suche nach meinem Dad.«

Sie ging weiter, den Kopf hoch erhoben, die Schultern gestrafft und so schnell, dass sie beinahe ins Stolpern geriet. Er sah ihr nach und wartete, welche Richtung sie einschlug. Nirgendwo waren Wanderer zu sehen, bloß Heidekraut, Ginster, dunkler Sandstein und tief hängende Wolken.

»Okay!«, rief er schließlich. »Ich werde dir nicht folgen. Aber nur damit du es weißt: Du gehst in die falsche Richtung.«

74 RYAN

Ed war natürlich nicht im Reservoir.

Es war nicht genügend Zeit geblieben, um die Herausforderungen einer Gewässerentsorgung zu meistern. Die richtige Beschwerung, die Bildung von Gasen, Raubtiere, die Zersetzung von Seilen und anderen Fesseln – all das musste bedacht werden. Wasser war in Ordnung, wenn man es richtig machte, aber die meisten Seen, Teiche und Wasserspeicher hatten nicht die nötige Tiefe, um eine langfristige Lösung zu garantieren. Das Ladybower Reservoir maß an der tiefsten Stelle zwar vierzig Meter, was nicht schlecht war, aber während der Sommerhitze 2018 war es dennoch beinahe ausgetrocknet.

Gewässerentsorgungen bargen also gewissen Risiken.

Ryan kannte sich mit der altmodischeren Variante um einiges besser aus, und eine bereits vorbereitete Stelle ersparte einigen Ärger, wenn man unter Zeitdruck stand.

Eine Bestattung im Moor brachte vor allem logistische Probleme mit sich – so wurde überschüssige Erde am besten vorab in einer nahe gelegenen Mulde entsorgt, und es musste verhindert werden, dass das Loch bis zum Tag der Entsorgung einstürzte. Ryan hatte lange experimentiert und am Ende herausgefunden, dass eine billige Luftmatratze die beste Wahl war. Er grub ein Loch, legte eine zur Hälfte aufgeblasene Luftmatratze hinein, bedeckte sie zur Tarnung mit lockerer Erde und konnte sie bei Bedarf jederzeit durch einen Körper ersetzen.

Er hatte von Anfang an gewusst, dass Ed ein Problem darstellen würde, um das er sich früher oder später kümmern musste. Er war nicht der übliche Scheiß, den Vater-Tochter-Beziehungen oft mit sich brachten, es war viel mehr. Ryan hatte den GPS-Tracker gefunden und entsorgt (der billige Müll von Amazon hätte ohnehin nach ein paar Tagen den Geist aufgegeben), und er war auch nicht überrascht gewesen, als er einige Tage später ein weiteres, hochwertigeres Gerät entdeckt hatte. Er hatte beschlossen, es am Auto zu belassen und zu sehen, wo die Geschichte hinführte.

Er hatte seit Wochen einen Plan in petto – bloß für den Fall. Als Ed schließlich den Privatdetektiv anheuerte, hatte er damit gleichzeitig sein Todesurteil unterschrieben. Der Zeitpunkt zum Handeln war gekommen, und die Geschichte begann an dem Vormittag, als Ed sich zum zweiten Mal Zugang zu seinem Haus in Beeston verschafft hatte. Ryans Nest Cam von Google hatte die Bilder von Ed, wie er an der Tür klingelte, direkt auf Ryans Handy geschickt. Es war amüsant, dass Ed gedacht hatte, er würde die Oberhand haben und Ryan sozusagen dirigieren, indem er ihn am Telefon belauschte und seinen nächsten Schritt vorhersagte, obwohl es genau umgekehrt gewesen war.

Eine heimliche Unterhaltung, nur für Ed ersonnen – *»Dani? Ich kann jetzt nicht reden.« »Ja. Gleicher Ort, gleiche Zeit.«* –, und Ed hatte den Köder begierig geschluckt.

Der dämliche Mistkerl war so besessen von seinen GPS-Tracker gewesen, dass ihm nie in den Sinn gekommen wäre, dass Ryan ebenfalls einen Tracker an Eds Auto installiert haben könnte. Genauso wenig, wie er gecheckt hatte, dass Ryan bei ihm zu Hause gewesen war, die Suchbegriffe in Google eingegeben und die ungeöffneten Packungen Amitriptylin aus Eds Arbeitszimmer mitgenommen hatte.

Hier, im Dark Peak, hatte es schließlich gereicht, sich ein paar Tränchen rauszuquetschen. Er log schon sein ganzes Leben, aber auf diesen Moment war er besonders stolz. Wenn die üblichen Methoden nicht funktionierten, reichte ein scharfer Fingernagel im Nasenloch, und schon wurden seine Augen feucht.

Sonntagnacht hatte er nonstop durchgearbeitet – auch dank der Hilfe seiner drei guten Freunde aus der Kiste unter dem Gästebett: Modafinil, um wach zu bleiben, Amphetamin zur Leistungssteigerung (in überraschend reiner Form zur Verfügung gestellt von seinem Dealer Stephen aus Bestwood) und die Nachtsichtbrille, um auch im Dunkeln sehen zu können. Die Brille hatte ein kleines Vermögen gekostet, aber sie war jeden Penny wert. Sie machte die Körperwärme eines Menschen auf beinahe fünfzig Meter sichtbar, und im Moor war es bei Nacht und unter der Wolkendecke so dunkel wie nirgendwo sonst. Es herrschte reinste, ungestörte Finsternis.

Ed hatte seine Klamotten an diesem Tag mit dem Ziel ausgewählt, so unauffällig wie möglich zu sein, und das war Ryan beim nächsten Schritt sehr entgegengekommen. Denn nachdem er ihn begraben und ein paar ans Herz rührende Nachrichten verfasst hatte, war er in Eds Sachen geschlüpft und hatte bis zur Dämmerung gewartet, um zurückzugehen und mit Eds Peugeot zu dem verlassenen kleinen Parkplatz am Ladybower Reservoir zu fahren. Er hatte den GPS-Tracker entfernt, das Auto mit den leeren Pillenpackungen und der fast leeren Wodkaflasche aus Eds Vorrat präpariert, eine halbe Spritze von Georges Blut im Kofferraum verteilt und die Brechstange versteckt. Als er fertig war, war es beinahe 23 Uhr gewesen.

Er war in der Dunkelheit zu Fuß zurück zu seinem Wagen in Edale gewandert, hatte sein Kennzeichen mit ein paar sorgfältig platzierten schwarzen Streifen Klebeband für die Verkehrskameras unkenntlich gemacht und war über entlegene Landstraßen zurück nach Nottingham gefahren.

Natürlich hatte er sein Handy den ganzen Tag ausgemacht. Es war einfacher und besser, seiner Frau die Funkstille zu erklären – *mein Akku war kaputt* –, als eine leicht verfolgbare Spur für die Polizei zu hinterlassen. Abbie gehörte glücklicherweise nicht zu den bedürftigen Frauen, die Männer mit Fragen bombardierten, wo sie gewesen waren und was sie getan hatten.

Es war eines der Dinge, die er an ihr mochte.

Danach musste er nur noch die Brotkrumen wegfegen, die er für Ed ausgelegt hatte. Er löschte das falsche Facebook-Profil von Danielle White, das er über ein Prepaidhandy erstellt hatte, um keine Spuren auf seiner IP-Adresse zu hinterlassen. Es war zwar unwahrscheinlich, dass das Fake-Profil zu ihm oder Ed zurückverfolgt werden würde, aber er ging gerne auf Nummer sicher. Danach löschte er Danis Profil auf Flickr, auch wenn es ihm um die Photoshop-Bilder leidtat, die so echt aussahen, dass er wirklich stolz darauf war. Aber sie hatten ihre Arbeit getan, und nun mussten sie verschwinden. Genauso wie das Handy und die SIM-Karte, die er mit einem Hammer zerstörte, bevor er beides in getrennten Mülleimern entsorgte.

Die letzten Nachtstunden hatte er schließlich genutzt, um ein letztes Mal Eds und Claires Haus einen Besuch abzustatten. Er hatte alle Hinweise auf ihn aus Eds Suchverlauf gelöscht und noch einmal überprüft, ob die von ihm platzierten Suchanfragen an Ort und Stelle waren. Anschließend hatte er der Katze ein paar Tritte verpasst, damit sie endlich Ruhe gab – das nächste Mal würde er darauf achten, dem Vieh tatsächlich den Garaus zu machen –, und eine Stunde in Abbies altem Bett geschlafen, bevor er unter die Dusche gestiegen und in seinen Businessanzug geschlüpft war, eine Flasche Wein und Blumen besorgt hatte und schließlich ins Büro gefahren war.

Es war eine stressige Nacht gewesen.

ABBIE

75

Abbie ignorierte ihn.

Natürlich behauptete er, sie würde in die falsche Richtung gehen. Er war ein pathologischer Lügner. Ihre ganze Beziehung basierte auf Lügen. Er tat es automatisch, beinahe zwanghaft. Sie warf einen Blick über die Schulter und stellte erleichtert fest, dass er die entgegengesetzte Richtung einschlug und seine orangefarbene Jacke gerade in einer Mulde verschwand.

Dad, es tut mir so leid. Das ist alles meine Schuld. Wo bist du? Ich hoffe, es geht dir gut. Es tut mir leid.

Sie ging schnell, und ihr Blick war von Tränen getrübt. Nirgendwo waren andere Wanderer zu sehen. Die Wolken wurden dichter, sodass sie bald den Rand des Moors nicht mehr sehen konnte. Sie warf einen Blick auf ihr Handy. Kein Empfang.

Sie musste raus aus diesem grässlichen Moor. Zurück ins Dorf, wo sie in den Zug steigen und nach Hause fahren konnte. Zu ihrer Mum. Und zu DC Preston, um ihm den Bericht des Privatdetektivs zu zeigen. Sie würde ihnen sagen, dass der Bericht auf mysteriöse Weise an Ryans Adresse geschickt worden war und Ryan selbst zum Zeitpunkt des Verschwindens ihres Vaters vierundzwanzig Stunden lang nicht erreichbar gewesen war. Sie würde fragen, wie er wissen konnte, dass der Schlüssel noch im Auto steckte, als Dad es zurückgelassen hatte.

Geh weiter. Sieh nicht über die Schulter.

Sie marschierte weiter, wischte sich wütend die Tränen von den Wangen und widerstand dem Drang, sich auf den Boden zu legen und zu einem Ball zusammenzurollen. Sie setzte einfach einen Fuß vor den anderen, immer weiter und weiter, und schon bald würde sie sich wieder in der Zivilisation befinden. Darauf musste sie sich konzentrieren.

Sieh nicht über die Schulter.

Sie sah über die Schulter.

Ryan war nirgendwo zu sehen.

Er hat mich verlassen, dachte sie. *Er ist endlich fort, und ich bin wieder allein.* Übelkeit und Schwindel packten sie, und sie war wie betäubt von der Erkenntnis, dass sie diesen Mann so wahnsinnig falsch eingeschätzt hatte. Sie kannte ihn seit neun Monaten, hatte ein Haus und ihre geheimsten Gedanken mit ihm geteilt und ihn dennoch nie wirklich gekannt.

Plötzlich taten sich vor ihr mehrere Mulden auf, die offenbar der Winterregen ausgeschwemmt hatte. Sie hatte sie beim Aufstieg nicht gesehen, aber sie war ein wenig vom Weg abgewichen, weil sie der Überzeugung war, hier käme sie schneller zurück. Die Mulden waren fast zwei Meter tief – tief genug, dass Ryan sie darin nicht sehen konnte. Er lief Marathons, machte beim Ironman mit und war auch sonst stärker als sie. Sie hatte zwar in letzter Zeit für den Wohltätigkeitslauf trainiert, aber sie war nicht annähernd so fit wie er. Aber wenn er sie nicht sah, konnte er ihr auch nicht folgen.

Sie betrat eine der Mulden und folgte ihrem gewundenen Weg. Die dunklen Erdwände rechts und links schützten sie vor dem Wetter und fremden Blicken. Hinter sich sah Abbie die Sonne durch die Wolken scheinen. Musste sie dort stehen, wenn sie in Richtung Edale zurückwollte? Sie war sich nicht sicher. Sie ging um eine weitere Biegung und bergab. Die

Erde unter ihren Füßen war lehmig und schwarz. Sie zog ihr Handy hervor und hoffte, dass sie wie durch ein Wunder doch Empfang hatte. Bloß einen Balken, um ihre Mum anzurufen. Die Polizei. Irgendjemanden. Doch es funktionierte weder 4G noch 5G, kein Internet, keine Anrufe. Sie steckte das Handy fluchend in die Tasche zurück.

Sie ging um eine weitere Biegung und blieb wie angewurzelt stehen.

Vor ihr stand jemand und versperrte ihr den Weg.

ABBIE

76

Abbie starrte ihn an. Den Fremden im Körper ihres Mannes.

Ryan deutete auf die dunklen Wände. »Hübsch, nicht? Das Regenwasser bildet im Winter Mulden, die im Sommer austrocknen.«

»Lass mich durch, Ryan.«

»Es war vorhin ernst gemeint, dass du in die falsche Richtung unterwegs bist.« Er deutete mit dem Daumen über ihre Schulter. »Nach Edale gehts da entlang. Dieser Weg führt dich bloß tiefer ins Moor.«

Abbie schüttelte den Kopf und ballte die Hände zu Fäusten. »Du bist ein *Lügner*«, spie sie ihm mit zitternder Stimme entgegen. »Mein Dad hatte von Anfang an recht.«

Ryan trat lachend einen Schritt näher. »Dein Dad ist doch überhaupt erst der Grund, warum du hier bist. Wenn er dir – und mir – vertraut hätte, wäre das alles nicht passiert. Es ist ausschließlich seine Schuld. Das siehst du doch ein, oder?«

Abbies Herz raste. »Du meinst, ich wäre glücklicher, wenn ich nie von deiner Vergangenheit erfahren hätte? Wenn ich gar nicht wüsste, wer du wirklich bist?«

»Natürlich.« Er zuckte mit den Schultern, als wäre das sonnenklar. »Im Grunde kann man einen anderen Menschen gar nicht wirklich kennen, findest du nicht auch? Du denkst, du kennst ihn, aber du kennst nur das, was der andere dir freiwillig zeigt. Es ist unmöglich, jemanden wirklich zu kennen. Du kennst niemanden – außer dich selbst.«

»Es war alles eine Lüge. Alles, was dich ausmacht.«

»Aber das spielt keine Rolle, denn du wärst glücklich gewesen. Verstehst du denn nicht?« Er legte die Hände aufeinander. »Ich hätte dich glücklich gemacht. Ich wäre der beste Ehemann von allen gewesen.«

Abbie konnte den Blick nicht von ihm abwenden. Von dem Mann, den sie liebte.

Den sie geliebt *hatte.*

»Nein«, sagte sie schließlich.

»Ich könnte es immer noch sein«, fuhr er fort. »Ich liebe dich und will mit dir zusammen sein. Nichts anderes spielt eine Rolle. Ich kann dich …«

»Was ist mit deiner ersten Frau passiert, Ryan?«

»Sie war kein guter Mensch.«

»Und mit deiner Pflegemutter?«

Er zuckte mit den Schultern und machte einen weiteren Schritt auf Abbie zu. »Sie hatte Krebs.«

»Was ist mit meinem Dad, Ryan?« Ihre Stimme klang schrill. »Was hast du mit ihm gemacht?«

Ryan schüttelte den Kopf. »Ich mochte ihn wirklich, weißt du?« Er kam noch näher. »Er war ein herzensguter Mensch. Wir hatten viel gemeinsam.«

Sie machte einen halben Schritt zurück, und ihr Ellbogen schrammte über die Erde. »Lass mich gehen, Ryan.«

Er runzelte enttäuscht die Stirn. »Ich soll dich gehen lassen? Damit du mich abservieren kannst, wie den armen George? Damit du dich nach einem anderen umsehen kannst? Und mit jedem ins Bett springen, der dir gefällt?«

Abbie sah Georges Gesicht vor sich, und die plötzliche Trauer versetzte ihr einen Stich ins Herz. Sie wusste nun, was mit ihm passiert war. Ryan hatte ihn als Konkurrenz gesehen. Als Problem, das gelöst werden musste.

Sie blinzelte, um das Bild zu vertreiben. Daran durfte sie jetzt nicht denken. »Aber es muss nicht …« Sie holte Luft. »So habe ich das nicht gemeint.«

Er warf ihr einen mitfühlenden Blick zu und legte den Kopf schief. »Es tut mir leid, mein Schatz, aber das kann ich nicht zulassen.«

Sie sank mit dem Rücken gegen den Erdwall und senkte den Blick. Ein Schluchzen stieg in ihr hoch.

Ryan lächelte und wandte sich ab, um einen Blick über die Schulter zu werfen. Das Moor war verwaist, aber es war immer besser …

Abbie holte aus und schlug ihn, so stark sie konnte, mit der Faust ins Gesicht. Der große, vorstehende Diamant auf ihrem Verlobungsring riss die Haut über seinem Mund auf, und er wirbelte überrascht herum, während sie sich an das Selbstverteidigungsmantra erinnerte, das ihr Dad ihr eingebläut hatte, bevor sie zur Uni gegangen war.

Augen, Hoden, Knie oder Zehen. Fest zuschlagen, schnell wegrennen, laut schreien.

Sie trat ihm in den Schritt, und Ryan stöhnte auf, als ihr Wanderstiefel sein Ziel fand. Dann wandte sie sich ab und rannte davon. Um eine Biegung und um die nächste, während sie mit den Armen ruderte und versuchte, nicht das Gleichgewicht zu verlieren. Sie spielten Verstecken. Darin war sie die Königin.

»Hilfe!«, schrie sie und hörte bereits Ryans Keuchen hinter sich. »Hilfe! Ist da jemand?«

Viel zu spät wurde ihr klar, dass die Rinne einer Todesfalle gleichkam. Er musste das hier geplant haben. Sie verschluckte jegliches Geräusch, und sie waren praktisch unsichtbar, selbst wenn jemand direkt daneben vorbeiging. Sie musste hier raus, einen Weg an die Oberfläche finden, sich nach anderen Wanderern oder Wegweisern umsehen. Sie musste ins Tal, wo ihr Handy wieder Empfang hatte. Sie rannte weiter. Ihre Lunge brannte. Sie musste …

Er umfasste von hinten ihre Beine, und sie fiel wie ein Brett nach vorne aufs Gesicht. Noch ehe sie Luft holen konnte, lag Ryan auf ihr und drückte sie nieder. Sie versuchte, nach vorne zu robben. Ihre Finger gruben sich in die Erde, ihre Fingernägel brachen, aber es hatte keinen Sinn. Er war zu groß und zu stark. Seine Lippen waren an ihrem Ohr, und sie roch sein vertrautes Aftershave, das ihr mittlerweile die Nasenlöcher versengte.

»Hilfe!«, schrie sie erneut, die Stimme schrill und verzweifelt.

Mit einer einzigen Bewegung drehte Ryan sie auf den Rücken, setzte sich rittlings auf sie und fixierte ihre Arme mit den Knien. Dann schlug er ihr mit voller Kraft ins Gesicht. Der Schock war beinahe schlimmer als der Schmerz, der sich in ihrem Kiefer ausbreitete. Er hatte sie geschlagen.

Sie schrie auf, und er schlug sie erneut. Ihr Hinterkopf krachte auf die Erde.

»Hier hört dich niemand, mein Schatz«, sagte er. »Wir sind meilenweit die Einzigen. Nur du und ich.«

Sie wehrte sich trotzdem mit Leibeskräften und versuchte, ihn abzuwerfen, obwohl ihr Mund voller Blut war und es langsam ihre Kehle nach unten rann.

Im nächsten Augenblick sah sie das riesige glänzende Messer in Ryans Hand, dessen Spitze nur wenige Zentimeter von ihrem linken Auge entfernt war, und sie erstarrte.

77 RYAN

Ryan saß rittlings auf ihr und hielt das Jagdmesser bereit. Ihr Körper erschlaffte, und sie fixierte die Klinge mit ihrem Blick. Achtzehn Zentimeter Edelstahl, auf einer Seite gezackt, auf der anderen scharf wie ein Skalpell.

»Ryan, bitte«, hauchte sie. »Ich flehe dich an. *Bitte!*«

Doch das Gefühl baute sich bereits auf und stieg wie eine Flutwelle in ihm hoch. Ein erlesenes Kribbeln, das von jedem Muskel seines Körpers Besitz ergriff. So wie beim ersten Mal, als er barfuß und im Schlafanzug im Schnee gestanden und zugesehen hatte, wie das Feuer – *sein* Feuer – das Haus und seine Familie verschlang. So wie bei all den anderen Malen seither.

»Du bist so wunderschön – jetzt, in diesem Moment. Nichts kann jemals so schön und so lebendig erscheinen wie ein Mensch auf der Schwelle zwischen Leben und Tod.«

Es war eine Schande, neun Monate harte Arbeit zu vergeuden. Er war so weit gekommen, und nun musste er wieder von vorne beginnen. Er hatte nie gewollt, dass es so endete, aber sie wusste nicht, wann es genug war. Er musste erneut umziehen, aber das war okay. Der Gedanke, nach Kanada zurückzukehren, gefiel ihm. Groß genug, um seine Schwingen auszubreiten. Viel Platz. Viele Möglichkeiten.

Er war ein Meister des Neuanfangs.

Er ließ ein letztes Mal den Blick über ihren hilflosen Körper gleiten. Ihre Jacke stand offen, und das Oberteil war nach oben gerutscht. Die Haut unter ihrem Nabel war herrlich glatt, und da war das Muttermal, das er so viele Male geküsst hatte. Er hatte sie wirklich geliebt. Aber sie ließ ihm keine andere Wahl.

Sie wand sich unter ihm, aber er war schwerer und stärker. Außerdem hatte er Übung in dem hier. Er war ein Profi.

»Bitte«, sagte sie erneut, und ihre Augen glänzten feucht. »Ich muss dir etwas sagen.«

»Schhhh.« Er berührte ihre Lippen mit dem Messer. »Genug geredet.«

Er setzte die Spitze des Messers auf ihre Halsschlagader und lehnte sich so nahe heran, dass er ihr Blut unter der Haut pulsieren sah. Die Edelstahlklinge bildete einen perfekten Gegensatz zu Abbies blasser Haut, die vor Angst leicht gerötet war. Nur etwas mehr Druck, und sie würde nachgeben. *Denk daran, den Kopf zur Seite zu drehen, damit deine Hose nicht vollgeblutet wird.* Er hatte immer Reserveklamotten dabei, aber er zog es vor, sie nicht zu benutzen.

»Ryan«, sagte Abbie. »Ich bin schwanger.«

78 RYAN

Ryan hatte noch nie eine schwangere Frau getötet. Zumindest nicht bewusst. Er war sich nicht sicher, ob Lori, seine erste Frau, es nicht vielleicht gewesen war, als er sie überwältigt hatte – ihre Hand war unbewusst zu ihrem Bauch gewandert, als sie das Messer in seiner Hand gesehen hatte –, aber als ihm klar geworden war, was die Geste vielleicht bedeutete, war es bereits zu spät gewesen, sie zu fragen. Außerdem war es ohnehin ein Bastard gewesen, gezeugt von einem anderen, während er im Gefängnis gesessen hatte.

Der Gedanke, dass es dieses Mal *sein* Kind sein könnte, ließ ihn innehalten. »Ist es von mir?«

Abbie schaffte es trotz des Messers an ihrer Kehle und der Gewalt der letzten Augenblicke, beleidigt auszusehen. »Natürlich«, keuchte sie. »Natürlich ist es von dir.«

»Nicht von George Fitzgerald?«

»Es ist dein Baby, Ryan. Dein Kind.«

Er überlegte einen Moment. Es war möglich, dass sie log, um sich zu retten, aber das glaubte er nicht. Er erkannte eine Lüge, wenn er sie hörte.

Er lehnte sich nach vorne und drehte die Spitze des Messers auf ihrer Haut.

»Was für eine Schande«, sagte er und erhöhte den Druck. »Aber ich muss ehrlich sein, mein Schatz. Ich bin noch nicht bereit, Vater zu werden.«

Er erhöhte den Druck weiter und fixierte ihren Kopf mit der anderen Hand, während er auf den Strahl dunklen Blutes wartete.

Auf den perfekten Moment der Erlösung.

79 RYAN

Ryans Bewusstsein explodierte in einem höllischen Schmerz, und er hörte ein Krachen, als sein Kopf zur Seite geschleudert wurde. Einen Moment lang verlor er Orientierung, rollte sich von Abbie herunter und hockte am Boden, das Messer immer noch fest in der Hand. Er hörte, wie seine Frau hinter ihm die Möglichkeit ergriff zu fliehen.

Was, zum Teufel, war passiert?

Der Angreifer stand ihm in der Mulde gegenüber. Eine schlanke Gestalt mit einer großen Thermoskanne aus Metall in der Hand.

Claire.

Sie hielt die Thermoskanne verkehrt herum und schwang sie wie ein Schwert durch die Luft.

»Ich schlage dir den verdammten Schädel ein, das schwöre ich bei Gott!«, schrie sie mit zitternder Stimme.

Er schüttelte den Kopf, um wieder klar denken zu können, und der Nebel verzog sich. Er wechselte das Messer in die linke Hand. »Es ist nicht das, wonach es aussieht, Claire. Ich wollte Abbie nur zeigen, wie …«

»Halt die Klappe, Ryan.«

»Ehrlich, wir haben Selbstverteidigungspraktiken geübt, die ich beim Militär gelernt habe.«

»Dann gib mir das Messer.« Ihre Stimme klang bestimmt, als wäre nicht mit ihr zu spaßen.

»Wie bitte?«

»Wenn es nicht so ist, wie es aussieht, dann gib mir dein Messer.«

Er warf einen Blick auf das Messer in seiner Hand, als hätte er es noch nie gesehen. Auf der Spitze glänzte ein kleiner Tropfen Blut. Er schenkte ihr ein Lächeln.

»Weißt du was?« Er schüttelte den Kopf. »Ich glaube, das werde ich nicht tun, Claire.«

»Nein? Das dachte ich mir bereits.«

Ryan betrachtete seine Schwiegermutter mit wachsender Bewunderung. »Wann ist es dir klar geworden?«

»Ist es nicht. Aber als ich heute Morgen aufgewacht bin, wusste ich mit Sicherheit, dass ich meinen Mann nie mehr wiedersehen würde. Ich habe ihn verloren, genau wie meinen Sohn. Aber Abbie würde ich nicht verlieren, und ich wusste, dass ich sie finden musste.« Sie starrte ihn in Grund und Boden. »Nenn es Mutterinstinkt.«

»Und was sagt dir dein Instinkt jetzt?«

»Dass ich recht hatte herzukommen«, erwiderte Claire. »Ich bin der Spur an Flyern gefolgt, die ihr hinterlassen habt. Fotos von Ed, den ganzen Weg vom Dorf bis hierher. Er hat mich zu euch geführt. Nahe genug, um Abbies Schreie zu hören.«

»Schon ironisch«, meinte Ryan.

Claire nickte. »Ich sage dir jetzt, wie es weitergeht. Du lässt uns beide in Frieden und gehst deinen Weg, und Abbie und ich gehen unseren.«

Ryan warf einen Blick über die Schulter, doch Abbie war hinter der nächsten Biegung verschwunden.

»Ich glaube nicht, dass es so kommen wird«, meinte er und wandte sich wieder an Claire. »Aber ich werde …«

Bevor er den Satz zu Ende gesprochen hatte, stürzte sie

sich erneut auf ihn und schwang die Thermoskanne. Hätte sie seinen Kopf getroffen, wäre er zu Boden gegangen, doch er duckte sich ohne Probleme unter ihr weg und schlug zu. Seine Faust traf Claire an der Wange, ihr Kopf wurde beiseitegeschleudert, und sie taumelte zurück. Er stürzte mit dem Messer hinterher und schlitzte ihren Mantel auf. Blut breitete sich um den Riss aus.

Sie sackte mit einem Schmerzensschrei zusammen. Die Thermoskanne rollte fort, und sie presste die Hand auf die Wunde. Sie grunzte, spuckte Blut und rollte sich auf Hände und Knie. Ihre Hand umfasste die Thermoskanne erneut.

Sie erhob sich langsam und blinzelnd, ohne Ryan ein einziges Mal aus den Augen zu lassen.

»Wenn du sie noch einmal anfasst«, keuchte sie röchelnd, »dann bringe ich dich um, verdammt!«

Ryan nahm das Messer wieder in die rechte Hand. Claire wich vor ihm zurück, hinaus aus der Mulde und ins offene Moorland. Sie wollte ihn von Abbie fortlocken.

Er würde kurzen Prozess mit ihr machen und sich dann mit Abbie mehr Zeit lassen. Er würde das Loch ein wenig tiefer graben müssen, damit sie alle hineinpassten – zumindest bis er die Entsorgung besser vorbereitet hatte. Andererseits war es beinahe ein poetischer Gedanke: Mutter, Vater und Tochter im Tode vereint. Es war süß, so wie diese Familiengräber auf den Friedhöfen, in denen alle nebeneinanderlagen.

Er trat auf Claire zu, sie schwang die Thermoskanne erneut und er duckte sich. Sie zischte einen Zentimeter von seinem Kinn vorbei. *Verdammt.* Claire kämpfte wie eine Löwin. Härter als ihr Ehemann. Ryan trat nach vorne und ließ den Griff des Messers auf Claires Unterarm krachen. Die Thermoskanne fiel ihr aus der Hand und rollte davon.

Er bewegte sich auf sie zu und hielt das Messer in Hüfthöhe, während er sich nur auf sie konzentrierte.

Claire hob den unverletzten Arm, um auf ihn loszugehen, aber die Schläge und der Blutverlust ließen sie schwanken. Der rote Riss auf ihrer Brust war bereits deutlich zu erkennen.

»Lass. Mein. Mädchen. *In Frieden!*«

Ryan machte einen weiteren Schritt nach vorne, bis er nahe genug war. Seine Finger schlossen sich fest um den vertrauten Griff des Messers.

»Es war nett, dich kennenzulernen, Claire.« Er schenkte ihr ein letztes Mal sein perfektes Schwiegersohnlächeln. »Wirklich.«

Dann hob er das Messer.

80 RYAN

Es geschah ohne Vorwarnung. Er hörte keinen Kampfschrei und kein lautes Fluchen. Er hörte nicht einmal Schritte, so gefangen war er in seinem Blutrausch. Erst im letzten Moment bemerkte er, dass Abbie hinter ihm stand. Er spürte den Luftzug, als sie die Faust schwang, und duckte sich weg. Der Schlag verfehlte die Wange und traf ihn seitlich am Hals. Sein Ohr klingelte.

Ein Faustschlag. Mehr nicht.

Er blinzelte, um wieder klar sehen zu können, und hielt das Messer bereit. Er würde sie beide sofort erledigen. Er hatte seinen Spaß gehabt, aber jetzt wurde es Zeit, dem Ganzen ein Ende zu setzen.

Abbie starrte ihn entsetzt an. Sie taumelte zu ihrer Mutter, die in die Knie gegangen war, und stellte sich schützend vor sie.

Irgendetwas stimmt nicht, dachte Ryan gedankenverloren. Sein T-Shirt klebte an seinem Rücken. Regnete es? Nein.

Der pochende Schmerz wanderte von seinem Kinn nach oben und unten.

Ryan schenkte seiner Frau ein anerkennendes Lächeln. Der Schlag hatte gesessen. Es war eine Schande, dass ihre Beziehung so enden musste.

Ein verdammt guter Faustschlag.

Nein, kein Faustschlag.

Sie hatte ihn mit etwas anderem geschlagen. Mit einem Stein vielleicht?

Er sah an sich hinunter.

Seine Schulter, die Brust und der rechte Arm waren voller Blut. *Seinem* Blut.

Kein Stein. Ein Messer.

Er sah gerade noch den Griff, der aus seinem Hals ragte, dann packte er ihn mit der linken Hand und zog die Klinge heraus. Warmes Blut ergoss sich über seine Brust und die Schulter. Er starrte auf das Messer hinunter. Er kannte es. Billiger Touristenramsch. Eine zehn Zentimeter lange Stahlklinge, die blutrot glänzte. Und auch der Griff war blutverschmiert, sodass die Inschrift schwarz hervortrat.

#1 Dad

Abbie musste es in seinem Rucksack gefunden haben, und natürlich hatte sie es in diesem Moment gewusst. Immerhin hatte sie es ihrem Dad zum vierzigsten Geburtstag gekauft.

Ein Souvenir als Souvenir, dachte Ryan. *Aber ich hätte es nicht behalten sollen. Ich hätte es nicht in meinem Rucksack lassen sollen.*

Er ließ das kleine Messer fallen und presste die Hand auf die Stichwunde, direkt an der Halsschlagader. Das Blut quoll zwischen seinen Fingern hervor.

Ah. Ja. So ist das also.

Alles wurde grau, sein Blick verschwamm. Er sank auf die Knie, und das große Jagdmesser rutschte aus seinen tauben Fingern.

Es war ein berauschendes Gefühl zu spüren, wie das lebenserhaltende Blut aus seinem Hals strömte und sein Herz mit jedem Schlag schwächer wurde. Es war schwer und dick, kupferrot und süß und so herrlich warm. So herrlich real.

Die Welt ist eine Stadt mit tausend Straßen, zu Marktplatz Tod bringt jed' uns gleichermaßen.

Ja. Die Dunkelheit kam näher.

Es war berauschend.

Es war …

EIN JAHR SPÄTER

81

Abbie trug die beiden Blumensträuße den Hügel hinauf bis zum höchsten Punkt, an dem sich die Stadt zu ihren Füßen erstreckte. Sie konnte sich dunkel daran erinnern, wie sie als kleines Mädchen mit ihrer Mum und ihrem Dad hergekommen war. Sie durfte ihr schönstes Kleid tragen, aber Mum hatte immer geweint. Sie erinnerte sich noch gut daran, denn sie hatte dann auch immer zu weinen begonnen, und irgendwann waren sie nicht mehr hergekommen. Zumindest nicht alle zusammen.

Heute jedoch waren sie alle hier.

Es war der Geburtstag ihres Bruders.

Ihre Mutter kam mit dem Kinderwagen. Sie war langsamer als früher, hatte aber darauf bestanden, dass sie *durchaus in der Lage war, diesen kleinen Hügel zu erklimmen, recht schönen Dank auch.* Sie war genauso zäh wie ihre Mutter Joyce, die sich sämtlichen Prognosen zum Trotz vom Krebs erholt hatte.

Claire hatte es nie geschafft, ihrer Tochter zu erklären, warum sie an dem Tag in den Peak District gefahren war. Sie hatte vor ihrem Handy gesessen und auf einen Anruf gewartet. Hatte gewusst, dass er wahrscheinlich nicht von Ed kommen würde, und sich davor gefürchtet, dass die Polizei anrief.

Irgendwann hatte ich plötzlich das Gefühl, dass etwas nicht stimmt, hatte sie später im Krankenhaus erzählt. *Es war ein Bauchgefühl, wie es auch dein Vater hatte. Ich wusste es einfach.*

Sie war den Flyern mit Dads Foto von Edale bis ins Moor gefolgt und hatte vorbeikommende Wanderer nach Abbie gefragt. Sie war ziellos und allein durchs Moor gewandert, bis sie schließlich Abbies Schreie gehört hatte.

Als alles vorbei war, hatten sie lange dagesessen und auf Ryans blutüberströmten Körper hinuntergestarrt. Sie konnten nicht glauben, dass er tot war – beinahe so, als würde er sich jeden Moment erneut aufrichten. Abbie hatte ihre Mutter umarmt und so fest gehalten, wie sie noch nie jemanden gehalten hatte. *Versprich mir, dass du nicht stirbst. Versprich es mir.* Sie hatten sich blutend und blau geschlagen aneinandergeklammert, bis sie endlich fähig gewesen waren, die Wunden so gut wie irgend möglich zu verbinden. Danach waren sie aus dem Moor gestolpert und hatten den ersten Wanderer, dem sie begegnet waren, um Hilfe angefleht. Als der Hubschrauber Claire schließlich ins Krankenhaus flog, war es beinahe zu spät gewesen.

Zwei Tage später hatte die Polizei Eds Leiche im Moor gefunden.

Er war an einem Stich ins Herz gestorben. Es gab keine Abwehrverletzungen, keine Anzeichen für einen Kampf. Alles wies darauf hin, dass ihn der Mörder überrascht hatte. Wobei es eine bittere Ironie des Schicksals war, dass Dad Ryan von Anfang an verdächtigt hatte.

Mithilfe alter Zahnbefunde gelang es den Ermittlern, auch die Überreste von Eileen Johnson, Ryans Pflegemutter, und seiner ersten Frau Lori Fowler zu identifizieren. Zwei weitere Körper konnten nach Jahren im Moor nicht mehr identifiziert werden, denn in beiden Fällen fehlten sowohl der Kopf als auch die Hände.

George Fitzgeralds Überreste blieben verschwunden.

In Ryans Haus fanden die Ermittler »Souvenirs« seiner

Opfer, die er in einer versperrten Stahlkiste unter dem Gästebett versteckt hatte. Ein abgenutzter alter Stoffhase. Ein Spitzen-BH. Eine braune Ledergeldbörse. Eine silberne Kette mit einem Kruzifix. Ein Lederarmband. Den Ehering, den er Ed abgenommen hatte. In der Kiste befanden sich außerdem diverse fein säuberlich geordnete Drogen – Amphetamin, Modafinil, K.-o.-Tropfen, Rohypnol, Schlaftabletten und opiatbasierte Schmerzmittel –, Batterien für das Nachtsichtgerät, vier Messer, ein Taser, Kabelbinder, Seile, Klebeband, Spritzen, eine Sturmhaube, zwei Paar Lederhandschuhe und eine leere Box medizinischer Einweghandschuhe. Einer der Detectives hatte ihn »Killerkoffer« genannt.

Abbie legte den Strauß mit den gelben und roten Tulpen auf das Grab ihres Bruders, und neben ihr legte Claire den zweiten Strauß mit den Rosen vor einen neueren Stein. Der weiße Marmor funkelte in der Sommersonne.

EDWARD JOHN COLLIER
TREUER EHEMANN UND
HINGEBUNGSVOLLER VATER

Claire wischte sich eine Träne von der Wange.

»Ich kann immer noch nicht glauben, dass er nicht mehr da ist«, sagte Abbie leise. »Er wird seinen Enkelsohn nie kennenlernen.«

»Dein Dad wäre verrückt nach dem kleinen Mann gewesen«, sagte Claire und schenkte dem Baby im Kinderwagen ein Lächeln. »Er hätte ihn schrecklich verwöhnt.«

»Ich wünschte, er hätte wenigstens einmal die Gelegenheit gehabt, ihn zu halten.«

»Wir werden ihm alles über seinen Enkelsohn erzählen. Wir kommen hierher und halten ihn auf dem Laufenden.«

Abbie wischte sich ebenfalls die Tränen aus dem Gesicht. »Dad wird nie erfahren, wie es ausging. Dass wir es geschafft haben.«

»Doch, er weiß es«, erwiderte Claire sanft. »Und egal, wo er ist – ich weiß, dass er glücklich ist. Weil du in Sicherheit bist. Das war alles, was für ihn zählte.«

Abbie nickte und sah hinunter in den Kinderwagen. Eine überwältigende Liebe zu diesem kleinen Menschen stieg in ihr hoch und schlug wie eine Welle über ihr zusammen. Der Kleine blinzelte träge unter dem Dach des Kinderwagens hervor. Seine großen, dunklen Augen hielten ihren Blick gefangen. Perfekte braune Kreise, umgeben von herrlichem Weiß, die sagten:

Ich werde für immer dein sein und du für immer mein.

Es waren die Augen seines Vaters.

DANKSAGUNG Ich habe etwas Wichtiges gelernt, während ich dieses Buch schrieb. Falls ich je Vorschläge benötige, wo man am besten eine Leiche vergräbt, ist mein Schwiegervater der richtige Ansprechpartner. Mein Dank geht also an John Ashmore, der mir zum ersten Mal vom Dark Peak erzählte und dessen Wissen über den Peak District der Geschichte um Ed, Claire, Ryan und Abbie eine vollkommen neue Dimension gab. In diesem Buch geht es um die erweiterte Grundfamilie, und in diesem Sinne habe ich es meinen Schwiegereltern, John Ashmore und Sue Price, sowie meiner Schwiegermutter Jenny Ashmore und Bernard Robinson gewidmet. Danke, dass ihr mich in der Familie willkommen geheißen und nie einen GPS-Tracker in meinem Auto versteckt habt (zumindest meines Wissens nach).

Danke an meine Frau Sally und meine Kinder Sophie und Tom, die es mit mir aushalten, meine seltsamen Fragen beantworten und mein Meinungspool für alle möglichen Autorenthemen sind. Vor allem geht ein großer Dank (und eine Entschuldigung) an meine Tochter Sophie, die zum Teil als Inspiration für diese Geschichte diente. Ich verspreche, nicht so zu sein wie Ed.

Ich habe großes Glück, von Camilla Bolton von der Darley Anderson Agency vertreten zu werden, die ein zielsicheres Gespür für Geschichten und fesselnde Charaktere hat. Mein

Dank gilt wie immer auch ihren hervorragenden Kolleginnen Mary, Sheila, Rosanna, Kristina und Georgia. Auch meiner Lektorin bei Bonnier Books, Sophie Orme, bin ich zu großem Dank verpflichtet. Jeder einzelne Input macht meine Bücher besser, und ich danke außerdem ihrem Team bei Bonnier, darunter vor allem Kate Parkin, Francesca Russell, Felice McKeown und Katie Lumsden.

Danke an Charlie Spicer, meinen amerikanischen Lektor von St Martin's Press, der meine Geschichten dem nordamerikanischen Publikum näherbringt. Ebenfalls danke an alle internationalen Verleger:innen, Lektor:innen und Übersetzer:innen, die dazu beitragen, dass sich die Welt der Bücher weiterdreht. Und auch an alle Blogger:innen, Rezensent:innen und Leser:innen auf der ganzen Welt, die ihre Zeit dafür verwenden, auf Social Media von den Büchern zu berichten, die sie lieben. Die Bücherwelt wird durch euch zu einem besseren Ort, und ich hoffe sehr, dass ihr weitermacht.

Ein großer Dank gebührt Richard & Judy und ihrem wundervollen *Book Club,* der meinen letzten Thriller *Holiday* zum Sommerbuch 2019 gewählt hat. Sie sind auch in echt so nett wie auf dem Bildschirm, und es war mir eine Freude und ein Privileg, Teil des Clubs zu sein.

Mein Dank geht auch dieses Mal an Dr. Gillian Sare für ihr medizinisches Fachwissen und an Sara Russell vom Standesamt Nottinghamshire, die mir die rechtlichen und praktischen Zusammenhänge einer Eheschließung erklärte.

Am Ende danke ich Ihnen, dass Sie zu diesem Buch gegriffen haben. Ich hoffe, es hat Ihnen gefallen. Es ist nun drei Jahre her, seit ich meinen Job an den Nagel gehängt habe und zum Vollzeitautor wurde. Es war eine wunderbare Reise, und ich bin froh, Sie an Bord zu haben. Ich bin schon gespannt, wohin sie uns beim nächsten Mal führt.